知音动漫图书 · 漫客小说绘
ZHI YIN COMIC BOOK 以梦想之名 点燃阅读
小说绘

2

十夜

TEN LEVELS IN THE TRIAL AREA

颜 凉 雨 ◎ 著

中国致公出版社　　知音动漫

知音动漫图书 · 漫客小说绘出品

每个人心底都有一个深渊。人们会把自己所有害怕的东西藏进这个深渊里，有的明确，有的模糊，连本人都不知道。

目录

CONTENTS

第一章

狭路相逢 XIA LU XIANG FENG

1

有人埋伏五分钟，被目标赠送颈环；有人什么都不知，即被追击者放弃。

但这些赢在起跑线上的终究是个例，大部分闯关者依然在环形城里瞎溜达，既不知道自己是谁的目标，也不知道自己的目标在哪儿。

周云徽就是其中之一。

让他心情糟糕的还不止这一件事。

几分钟前，那些压根儿不服气他的孔明灯水世界组员举手表决，免了他的 2/10 闯关小队长职位，然后原地解散，分头行动。

闯关过程中，组员是否有权利投票推翻组织上层定好的闯关队长，这不重要。那些水世界待久了的人，不相信他这个刚从地下城上来的，更不打算听他的指挥，那么有没有投票仪式，他这个队长都是形同虚设。

当不当这个队长，周云徽无所谓，真正让他担心的是，那帮家伙进入关卡的第一时间想的不是怎么通关，而是罢免他，这说明“关卡难度已和从前截然不同”这件事，根本没引起他们的足够重视——闯关最怕的不是战斗力弱，是轻敌。

然而他再苦口婆心也没用，投票一结束，他的话就被当成空气了。

或许自己天生就不是当领导的料？带着郁闷和反思，周云徽走进两排石屋中间的巷道，穿过这里，就能抵达神庙附近。

随着时间的推移，神庙会成为闯关者流动最密集的地方，他现在单枪匹马地满环形城去搜寻目标已经不现实，还不如蹲点神庙，守株待兔。

在巷道里走了没多久，他骤然停住——迎面有人正在走来。

那人也发现了他，原本悠闲走路的身体一下子僵住，猛地靠向一侧石屋墙壁，瞪着他的眼里全是警戒。

周云徽："……"到底谁把谁吓着了啊？！

一米多宽的路，两个大男人，相隔七八米，你打量我，我观察你，不约而同地酝酿着文具树，又不敢轻易出手。

周云徽对这氛围太熟悉了。自倒计时开始，他一路上已经遇见两回其他闯关者，全是此刻这状态——你提防我，我警戒你，结果到最后谁也不是谁的目标，纯属萍水相逢，匆匆路过。

有了经验，处理起来便驾轻就熟了。周云徽清清嗓子，开门见山："咳，我的目标不是你。"

说这话时，他仔细观察着对面人的状态，在听见"不是你"三个字的时候，对方身体有一丝本能的放松，虽然他很快又重新绷紧，但周云徽已找到自己想要的答案。

"我的目标也不是你……"

对方的回应不过是给他的判断再增加一道保险。

"那这样，"周云徽走到另一侧石屋墙壁底下，"啪啪"拍两下墙，"我贴这边，你贴那边，咱俩各走各路。"说完，他率先背靠墙壁，横着匀速往前移动。明明是有些滑稽的姿态，但因为之前做过两次了，再做第三次，周云徽愣是走出了几分旷达和潇洒。

那边的男人看愣了，过了好几秒才依样画葫芦，也背靠墙壁，横着往这边来。

很快，两人来到同一水平点，就跟在狭窄山路里会车一样，你往左，我往右，隔着巷子一米宽的距离，渡劫成功。交错过去的一刹那，两人同时松了一口气。

周云徽怀疑"人心恐惧"只是这一场考验的缩写，全称应该是"我看哪个人都像要砍我头的所以甭管遇上谁心里都颤抖恐惧"……啊，真要被折磨疯了。

有惊无险地分开之后，周云徽加快了脚步，却发现两边的石屋离得越来越近，以至于巷道越走越窄，在隐约能看见出口的时候竟只剩下一人宽，置身其中，有种两边石壁随时可能合起来把你挤成纸片人的压抑感，并不舒服。

脚下的路也开始变得坑坑洼洼，周云徽稍不注意，就被绊了一下。

低头踉跄的一瞬，他敏锐察觉到前方的光线暗了。他倏地抬头，只见一个人正从对面走来，修长身形挡住了窄巷尽头照进来的光。

那人也看见了他，但还优哉游哉地往前走，仿佛他是透明的。

周云徽："……"这得是和多少闯关者偶遇过了，才能练就如此淡定的强大心态？

两个人身高身材都相仿，在仅容一人通过的窄巷里，这么近距离地彼此看着，颇有种狭路相逢寸步不让的紧迫感，但双方的神情都还算松弛。最终，两个心态都挺超群的男人，在距离两步之遥时同时停住。

离近了，周云徽才看清，这是一个漂亮得近乎邪气的男人，凤眼，眼尾上挑，眼下还有一颗极小的泪痣。如果说先前那个男人，还让周云徽默默和记忆中的目标照片比对了一下才放心，那这第二位都不用比——自己那个不知道还在哪里漂着的目标闯关者，就是美颜十级，也出不来眼前这张脸。不过他自然垂着但微微向后的掌心里，"星星之火"还是暗暗蓄势了，防人之心不可无嘛。

他这边做了小动作，对方却没有，别说攻击意图，就连一点儿防御性的变化都不存在，好像只是恰巧在巷子里遇上了路人，于是自然停下，等着对方先闪开。

近乎单行道的巷子，总要有人先礼让，如果对方只想要路权，周云徽不介意做个五讲四美的闯关者。

还是先前那一套。周云徽缓缓侧过身，手背跟着转，遮挡着掌心那簇不起眼的火焰，与此同时，后背贴住一侧石屋外壁，让出窄巷的大半空间："你先过。"

对方点点头，但人却不动。

周云徽这才想起来还忘了最重要的，忙举起没火苗的那只手，善意说明："放心，我的目标不是你。"

对方也举起手，伸过来和他清脆击了个掌："我知道。"

周云徽："……"这突如其来的"Give me five"是什么顽皮操作？

正愣着，对面又遗憾似的补了一句："但我的目标是你。"

猝不及防的答案，让周云徽一霎绷紧神经，无数念头本能地在他的脑海里闪过——

这人是谁？肯定不是十社、铁血营、还乡团的，那三大组织本次的闯关者，他不敢说每一个都认识，但在闯关口前也是重点观察过的，绝对没这样一张脸。草莓甜甜圈更不用说，本次闯关就地下城上来的那六个人，根本没水世界的组员。所以这人只能是其他中小型组织的。这人是故意把他堵巷子里，还是真的只是凑巧在这里遇见了他？最后也是最重要的，这人的文具树是什么？陌生意味着未知，在以文具树战斗的体系里，未知的对手才是最危险的。

纷乱的思绪让周云徽的警戒值抵达最高点，掌心的火苗"呼"一下蹿起很高。

对面的人忽然皱起了眉，极诚恳地道："你这身太丑了，尤其是扣子。"

没后退，没应战，反而是风马牛不相及的审美评价。

周云徽一怔，下意识低头，还没等看清自己的衣服，他就反应过来——扣你个鬼，他今天穿的是怀旧风绿白校服，拉链的！他猛地抬头，想直接甩出手里的火焰，却在抬头的刹那，感到一阵强烈的昏眩和恍惚。这冲击让他的大脑瞬间空白。天地间的一切仿佛都消失了，世界成了白茫茫一片，虚无而寂静。

不知过了多久，可能很长时间，也好像只有短短一晃神，周云徽的脑海和视野同时清明。那个奇怪而邪气的男人不见了，夕阳似的光从巷口照进来，直接打在他的脸上。空荡的窄巷里，只有他一个人和身后长长的影子。先前发生的种种，狭路相逢、Give me five、我的目标是你……恍若幻觉。

但周云徽知道不是。

风钻进窄巷，吹得他脖子凉飕飕的——那里原本有个怎么都拿不下来的颈环，现在它消失了。

2

倒计时 02:20:37。

经过近四十分钟的隐蔽地毯式搜寻，VIP 们终于在一个小广场附近发现了唐凛的目标——何律。而范佩阳的莱昂、南歌的柯南全家福花臂兄、郑落竹的凤眼泪痣邪气男还都没有踪影。

何律带着四个铁血营的组员，在一个罗马柱搭成的石门下休息，那里可以直接看到小广场，视野开阔，同时几根相邻的高大罗马柱又能给予他们自身很好的掩护。

不过 VIP 们一路踩着房顶追踪，居高临下，那点儿掩护在他们眼里就跟讲台上的老师看下面低头搞小动作的同学似的，谁说话谁抠手谁给手里的插图人物画胡子一目了然。

“他们的颈环都在，应该和我们一样，也在找各自目标。”唐凛伏在屋顶上，望着那五人低声道。

“你想怎么做？”范佩阳问，“四打五，还是等何律落单？”

唐凛一时拿不定主意。四打五动静太大，容易引来其他人，很可能就是新的麻烦，但时间有限，如果何律一直不单独行动，他也不能无休止地等下去。

“再看看吧，看他们下一步打算怎么动。”唐凛给了一个折中选择，“正好咱们也在这里休息一下。”

郑落竹和南歌举双手同意。好嘛，又要地毯式搜索，又不能暴露自己，简直比打架还累。而且这环形城也没个购物区，想买瓶水都不行。

唐凛让队友休息，他自己绷着的弦却没松，全神贯注地盯着何律，就怕一眼照顾不到，好不容易锁定的人跑了。

“你打算怎么对付何律的文具树？”旁边忽然传来询问。

唐凛一个激灵，转头，就见范佩阳不知何时伏在了他的身边，两个人离得极近，肩膀几乎要叠上了。他不着痕迹地移开一点儿，才说：“尽量打他个措手不及，不让他有机会启动文具树，否则一旦被‘墨守成规’圈住，就很被动。”

范佩阳一针见血：“你最好别寄希望于他来不及启动文具树。”

“我知道，”唐凛没那么轻敌，“所以我才说尽量。”

“没有尽量，”范佩阳说，“一场战斗在开始前，你要考量的是它的最坏情况，而不是最好情况。”

唐凛不再说话，看了范佩阳良久，忽然问：“你做到了吗？”

要去想最坏的情况……

他和范佩阳之间，最坏的情况就是他永远想不起丢失的记忆。如果范佩阳真的想过这一最坏情况，该考量的就是未来，而不是一再徒劳地去寻过去。

范佩阳听明白了他的意有所指，坦然承认：“我没做到。”

唐凛愣住，他还从没见过这么快低头的范佩阳。

“我公私不分，我一意孤行，所以我不是组长。”范总把话补完。

唐凛：“……”VIP该立组规了，嘲讽组长，揍之。

“哎？”休息中的郑落竹忽然扒到另一边的屋檐上，往某个方向看，同时压低声音召唤同伴，“南歌，你快点儿过来……”

南歌不明所以地挪过去，顺着他的目光，看见离这里不远的一幢石屋的墙根底下，有个人影正在经过。人影侧对着他们，看不全脸，只能看清是个瘦高的身形，左臂的文身从肩膀到手腕布满整条胳膊，全是一双双卡通人物忽闪的大眼，都不用对比照片了，就是南歌的目标——《名侦探柯南》全家福花臂兄。

唐凛和范佩阳听见动静回头，也看见了。

时不等人，南歌当机立断：“队长，我得跟上他，你们不用管我，拿到颈环去神庙就行。”

唐凛：“竹子，你跟她过去。”四个人四个目标，分开是迟早的事，但眼下只找到两个目标，分两路就够了。

“保证完成任务。”郑落竹一拍胸脯，跟着南歌跳下石屋。

花臂柯南很谨慎，基本都是贴着一座座房屋的墙边在走，不时还警惕地回头看看。

郑落竹和南歌不敢跟得太近，一直保持着一定距离。

跟踪过程中，郑落竹悄悄对柯南用了“〈防〉我看透你了”，得来的数据如下：智力 A，体力 A，攻击力 B+，防御力 A+，综合危险等级 A。

郑落竹和南歌现在的综合危险等级分别是 B+ 和 A-，单独拿出来都比对方略逊一筹，但二打一，不吃亏。

对方数据等级最高的是防御力，说明文具树和郑落竹的一样，也是偏防御型。这样的文具树是一把双刃剑。对于南歌和郑落竹来说，好处是偷袭时不用担心被强力反杀，坏处是这么强的防御，他们也很难偷袭得手。

两人就这么跟到了某个多巷交会处，倒计时 02:16:59。

南歌听周围没什么声响，想来是个适合偷袭的清净地界，便给郑落竹使了个眼色，低声道：“动手？”

郑落竹看一眼地形，摇头：“不行，这里四通八达，容易被他跑掉。”

倒计时 02:12:40，两人跟至某偏僻小巷。

南歌：“上？”

郑落竹：“不行，距离太远，咱们再跟近点儿。”

倒计时 02:07:35，某更偏僻的贫民草棚区附近。

南歌：“这里？”

郑落竹：“不行，最好能先看看他是什么文具树。”

南歌还没怎么样，在前面走着的柯南忽然一个急刹车向后转，直直看向藏在草棚后探出半个脑袋来不及收回的南歌，怒其不争、苦口婆心地说：“姐，你脾气太好了，我要是你，一脚给他卷出环形城。”

南歌：“……”她不光被目标发现了，还被目标同情了。

郑落竹一惊，理智告诉他，应该质问对方是什么时候发现被他们跟踪的，但感情上他必须先划分阵营：“你别仗着长得帅就挑拨我们队友情！”

五官端正的柯南陷入了骂回去还是谢谢对方肯定颜值的摇摆不定中。

这微妙的局面让南歌有点儿乱，只能逐个问题去捋：“首先，竹子虽然絮叨一点儿、磨蹭一点儿、优柔寡断一点儿，但他也是为我好，毕竟现在我们还不知道你的深浅……”

郑落竹：“……”就不能跳过三个“一点儿”直接说后半句吗？

“然后，”南歌朝柯南轻轻抬头，摊牌，“我要你的颈环。”

柯南：“我知道，不然你们也不会跟了我这么久。”

郑落竹搞不懂他：“既然知道，为什么不甩掉我们？”

柯南摊手：“你们跟得那么紧，但凡发现被我察觉，只会提前动手，不可能让我真的甩掉。

既然早晚都要动手，我何必多此一举，主动挑事，有那时间再找找我自己的目标不好吗？”

这是一个聪明且心理强大的人。

郑落竹刚下了判断，就听对方话锋一转，声音里带上些许腼腆和娇羞：“而且，我还没被这么好看的姐姐跟踪过。”

郑落竹：“……”这得是多么荒芜的人生才有这么让人心酸的追求！

南歌意外挑眉，但紧跟着妩媚一笑：“那现在好看的姐姐想要你的颈环，行吗？”

柯南果断摇头：“不行。”

南歌的笑容瞬间蒸发：“那就别废话。”

女人翻脸的速度，敲响了正面PK（PlayerKilling，挑战）的冲锋号。郑落竹给了南歌一个“按计划行事”的眼神，而后迅速启动，以百米冲刺的速度朝柯南而去。

近战？攻击型文具树？柯南第一时间做出判断，迅速后退，同时集中精神，紧紧盯着来势汹汹的郑落竹。

郑落竹冲刺得正嗨，颇有种风中追风的潇洒，突然眼前的景象开始拐弯。明明上一秒柯南还在他正前方，这一秒就已经移到他的右侧，而原本在左侧的石屋，则进入了正前方的视野……什么情况？他没拐弯啊！

“竹子，他把路的方向改变了——”身后传来南歌的大喊。

郑落竹身在其中，一时混乱，南歌可看得清楚，就在郑落竹马上要抵达柯南面前时，脚下那条直通柯南的路突然变成了向左的弯路，沿着路跑的他就被带偏了方向。

郑落竹一个急刹车，在惯性里停下来，发现自己已偏到柯南左侧四五米处。

自己中了文具，这是显而易见了，就是不知道这个通过改变对手脚下路的方向来进行防御的文具，究竟是一次性的防具还是柯南的文具树。

为了验证，郑落竹调转方向，第二次朝柯南冲去。这一次他的速度更快，接连几个跨步就到了柯南面前，他抬手作势要出拳，其实已经启动了“铁板一块”，以防对方突然攻击。但柯南还是重复了先前的套路——郑落竹举起的拳头挥下的同时，脚下的路就向右转，被文具操控的路就像传送带一样将他的身体也带着右转九十度，拳头最终挥向了空气，而柯南已到了他左侧。

一个招数用两次，文具树无疑了。

“南歌——”郑落竹召唤出“铁板一块”，猛地往左侧一靠，用铁板将柯南撞倒，并牢牢压在地上，大声道，“他的文具树就是‘走弯路’！”

言外之意，此人底细已摸清，你可以开始攻击了。

这就是他和南歌的建议配合方案——由防御系的他攻击，南歌先按兵不动，在一旁观察，等到他逼对手用了文具树，再评估“曼德拉的尖叫”能否对付，如果能，南歌直接攻击，如果不能，他们就要采取拖延战术，再想应对方案。

柯南的“走弯路”，显然属于南歌可以直接攻击的低威胁文具树。

“别瞎起名行不行，我这叫‘条条大路通罗马’！”柯南努力抵着铁板，想把压在身上的郑落竹掀翻，奈何人瘦力乏，只能扭动着为自己的文具树正名。

“行行，罗马……”郑落竹敷衍应着，视线还盯着南歌的方向。

南歌深吸一口气，朱唇轻启。

郑落竹用身体压住铁板，原本撑着铁板的双手则唰地捂住耳朵。

柯南不知道南歌要搞什么，但看郑落竹捂，他也跟着捂。

“啊啊啊啊啊啊——”

女王尖叫，天地变色，恶灵退散。

尽管捂住了耳朵，柯南还是觉得脑袋“嗡”的一下，原本集中的注意力顷刻涣散，看东西都重影了。郑落竹比他好点儿，虽然也头痛欲裂，但至少看得清，对方的颈环在尖叫中开始发光微震了——果然就像唐凛说的，只要对对方的精神力造成足够冲击，就有机会夺到颈环。

他咬牙松开捂着耳朵的一只手，伸过去勾住了柯南的颈环，一扯，没扯掉。郑落竹愕然，他清楚记得之前灰白格的颈环，是蓝格子伸手过去一碰就自动弹开了，再仔细看，好像颈环闪的光比灰白格当时的微弱。

难道是精神冲击的程度还不够？

意识到这一点，郑落竹马上转头，视线穿过尖叫的音浪，直接和南歌撞上，他扯着嗓子大喊：“冲击力不够——”

可铺天盖地的尖叫里，他那点儿声音根本传不过去。在南歌看来，就是队友光动嘴不出声，关键是她还不会读唇语。

不过郑落竹扯了半天没扯下颈环，南歌是看在眼里的，心思一转，就和郑落竹想到一块去了。她立刻停住“曼德拉的尖叫”，缓一口气，准备来个升级版，“曼德拉的尖叫 II”。

尖叫的消失让空气有瞬间的安静。

柯南捂着耳朵的双手忽然松开，下一秒死死按住郑落竹扯着他颈环的手，同时朝南歌的斜后方大喊：“那个穿大红鞋的你别躲了！再不帮我等会儿你也得二打一——”

大红鞋？郑落竹眺望，南歌回头，都去看柯南看的那个方向。

太好找了——斜后方的石屋大门敞开着，那身体藏在门内侧的阴影里，本来是完美融入黑暗的，但一双红色乔丹篮球鞋出卖了他。

就在郑落竹分神看石屋之际，柯南不知从哪里摸来一块石头，狠狠砸向压着他的铁板。“咣——”铁板被砸出巨大噪音，杀伤力就像在耳边敲锣一样，郑落竹连身体带耳膜都被震得酸爽。

柯南趁机发力，终于将人掀翻，爬起来就跑。

郑落竹象征性地骂了一句，赶忙起来追。为什么是象征性呢？因为对方有无数个理由可以用石头砸他脑袋，可最终选择了砸铁板，他这个仇恨值就有点儿升不起来。

不过还没等他追出去，就见柯南“扑通”一声摔地上了。

“……就你这腿脚还学人闯什么关啊。”郑落竹三步并两步到了柯南身边，这才发现还真冤枉对方了。不是柯南腿脚不济，是地上不知怎么生长出一堆荆棘，把他的双脚缠住了，这才绊倒了他。

等一下，荆棘？不久前他俩还没和唐凛、范佩阳分散时，就曾被使用“荆棘丛生”文具树的人跟踪，只不过对方跑得快，他们最后也只看见了背影和一双……红色乔丹鞋！

郑落竹刚把这两个纷乱的线头连上，还没来得及捋清脉络，摔地上的柯南就梗起脖子，朝远处发飙了：“你有病啊，你的目标不是他俩吗，缠我干什么？”

红色乔丹鞋也不躲了，大大方方地从石屋里走出来，回怼：“你把我拉出来了，自己想跑，没门。”

一个瘦高，柯南花臂，一个体形匀称，红色篮球鞋，都是二十来岁的年纪，都是浓眉大眼朝气蓬勃的。南歌左右看看这两个人，盘旋在心头的疑问终于解开了。

她之前一直没想明白，早就发现被跟踪的柯南明明一直装傻，为什么被跟到这里了，突然向后转和他俩搭话，主动挑明局势。如果胜券在握，那没话说，问题还是个战五渣（出自《七龙珠》，指战斗力弱）……现在知道答案了。柯南应该是走到这里才终于确认，后面还跟着一个以他俩为目标的人，他自觉双方可以联手，那胜算就提高了，此时不挑明更待何时。

“我想跑？”柯南不忿地坐起来，也不管脚踝上的荆棘了，非得和乔丹鞋掰扯一下这个道理，“你要早点儿出来，和我联手二打二，我至于被铁板压？至于被尖叫折磨？至于差点儿丢了颈环？”

红色乔丹鞋可不接这三宗罪：“我认识你是谁，我就出来和你二打二？”

柯南：“你的目标是不是他俩其中一个？”

乔丹鞋：“是。”

柯南：“是不是迟早要动手抢颈环？”

乔丹鞋：“是。”

柯南："敌人的敌人就是朋友，你用你的大红鞋想，也知道他俩和我动手的时候，你要是主动出来，我肯定站你这边。你救我，我帮你抢颈环，双赢啊弟弟！"

乔丹鞋："……"

"不是，"郑落竹都有点儿心疼乔丹鞋了，拿脚尖轻踢两下柯南，"你的内心戏会不会太多？"

"双赢？"乔丹鞋一点儿没被柯南绕晕，思路异常清晰，"我怎么能确定，你不会在我动手牵制住他俩之后拔腿就跑？"

柯南大怒："我不是那种人！"

乔丹鞋更生气："你刚才就是这么干的！"

柯南："……"

郑落竹："嗯，你就这么干的。"

南歌："我也看见了。"

打脸来得太快，就像龙卷风。

"算了，追究前尘往事没有意义。"柯南振臂一挥，"我就问你，现在要不要和我联手？"

乔丹鞋："你问我？你脚上还缠着我的文具树呢。"

柯南："那我同意和你联手了。"

乔丹鞋、郑落竹、南歌："……"

这是个人才。

敌人的敌人就是朋友，柯南啰唆了那么多，唯有这句话踩在了点上。所以当乔丹鞋从石屋里走出来，南歌和郑落竹意识到自己也在被别人跟踪时，就做好了被前后夹击的准备。

对于乔丹鞋来说，路只有一条，抢他俩之一的颈环。对于柯南来说，路却有两条。逃跑是一条路，但有被再次追到的后患；反过来抢夺他俩的颈环是第二条路，不论是帮乔丹鞋抢，还是自己抢了转手随便送给谁，都等于给了他俩重创。届时失去颈环的他俩通过考验无望，未必还有心力去追柯南的颈环。

现在情势很明朗了，柯南选择后者。

此时四个人的站位，是柯南、郑落竹在这边，乔丹鞋在那边，南歌则在中间，离柯南和郑落竹不到十米，离乔丹鞋大约三四米。

郑落竹可以现在拿出匕首横到柯南脖子上，但没用——柯南的颈环早就不闪了，在"曼德拉的尖叫"停止时，它就变回了那块无坚不摧的黑色金属。这就和崔战先前的困境一样，只要你不敢下手杀人，再发狠也拿不下颈环。而乔丹鞋也不可能眼睁睁看着他一拳拳把柯南打晕。所以这场二对二势在必行，只有把两个人都打服了，才有机会稳稳当当摘颈环。

郑落竹后撤几步，和柯南拉开一个适合战斗又不会让对方有机会跑路的距离。

南歌知道自家队友做好开战准备了，但她还有两件事要弄清楚。

第一件是——

“既然要打，总要知道打的是谁，以后去哪家找人算账。”南歌先自报家门，“南歌，郑落竹，VIP 的。”

柯南愣住，脱口而出：“那个擅闯海底洞穴又突围四艘追击艇安然返回酒店的 VIP？！”

郑落竹对这话很受用：“我喜欢你这一长串定语。”

乔丹鞋对 VIP 的事迹也有耳闻，但因为整个组织都比较清心寡欲、专注自家，所以没柯南那么大反应，只是好奇地问：“因为是 VIP，所以可以有女组员，还是因为有女组员，所以叫 VIP？”

南歌：“……”为什么这两个因为所以，她都没听出内在逻辑？

“喂喂，跑题了，”郑落竹难得还记得正题，“问你俩叫啥，哪个组的？”

乔丹鞋：“清一色，莲花。”

南歌：“呃，哪个是组名，哪个是你名？”

乔丹鞋：“……我们组，莲花。”

南歌：“OK，清一色。”

柯南：“江户川，步步高升的。”

郑落竹：“步步高升？！”

柯南：“你这个反应我已经习惯了，但通常大家质疑的都是江户川……”

郑落竹压根儿没听进去他后面的话。佛纹、柯南，还有在深海恐惧时遇见的文着骷髅新娘的铁汉子……他一拍脑门，这么多条花臂同时出现，早该想到“步步高升”的。

当时在地下城，鲨鱼就是带着一众步步高升的花臂弟兄，在电梯门口和吕爵带领的白组小弟争夺他们几个新人。虽然最后两边都没成功，但步步高升的花臂和白组的白衬衫，都在初入地下城的他们的脑海中留下了亮丽风景。可惜后续闯地下城关卡，步步高升的人一个都没能进入地铁口，以至于他们都快把这个组织忘到脑后了。

身份都清楚了，接着就是第二件事——

南歌看向清一色：“我和竹子，谁是你的目标？”

清一色朝郑落竹的方向瞥了一眼：“他。”

南歌点头，抬起下巴朝郑落竹大声道：“他的目标是我，等下打起来注意掩护我。”

郑落竹：“……”

江户川："……"

南歌："竹子？"

郑落竹："哦哦，收到！"

南歌满意地将视线重新落回清一色神情微妙的脸上，哼道："和我说谎？再修炼一百年吧。我遇见的渣男，随便一个骗术都碾压你。"

郑落竹、江户川、清一色："……"

姐，你到底经历过什么？！

3

战前对话结束，四人不知不觉形成一个矩形走位，南歌和郑落竹相对，各占一条长边，江户川和清一色相对，各占一条短边。

空气紧绷得近乎凝固。

四人其实现在都是明牌了——郑落竹的文具树是"铁板一块"，南歌是"曼德拉的尖叫"，江户川是"条条大路通罗马"，清一色是"荆棘丛生"。底牌门儿清的仗要怎么打，就靠各自盘算了。

"竹子，"南歌喊的是自家队友，眼睛却盯着江户川，"速战速决。"

郑落竹集中注意力："明白。"

速战，因为南歌的尖叫攻击拖得越久，越容易引来其他不必要的人和麻烦。

速决，专盯江户川下手，至于清一色那边，保证最低限度的安全防御就够了。

窸窸窣窣。

脚下的动静让郑落竹浑身一紧，他没浪费时间低头，直接一个箭步蹿了出去。刚冒头的荆棘只来得及缠绕住空气，郑落竹已抵达南歌身后，亮出"铁板一块"，正对着清一色展开防御："你来来回回就这一招吗？防御性文具树可不能帮你夺项环。"

清一色："你不也是防御文具树。"

"但我姐能攻击啊。"郑落竹嘚瑟地拿肩膀碰南歌。后者早酝酿好气息，可以保证这次的尖叫比前一次更凄厉，更有摧毁力。

江户川瞪大眼睛，不是瞪南歌，而是瞪更远的清一色——你倒是想办法啊！

清一色接收到了临时战友的惊恐，却双手插兜，小红鞋一翘，微笑。

江户川："……"这是什么骚包回应？！

不容他多想，南歌已经开始喊了："啊——"

江户川下意识想捂耳朵，但很快发现不对，根本……没声音嘛。

南歌也愕然停下。她拼尽全力，喊出的却是气声，除了最开始的“啊”能听见一点点音节，其余都成了空气里的风。她不可置信地又试了几次，到后面连音节都发不出来了。

郑落竹背靠南歌，还以为她没喊，催促道：“等什么呢？”

南歌抬手想摸自己的喉咙，却只摸到冷冰冰的颈环。

郑落竹看着清一色快咧到后脑勺的嘴角，终于意识到不对，连忙回头，就见南歌一脸茫然。

“我发不出声音了……”她努力用口型和气声一遍遍艰难叙述。尽管极力克制，那茫然之下还是溜出一丝无措，看得人心疼。

郑落竹终于读懂了她的话，瞬间变了脸色，朝清一色吼：“你对她做什么了？！”

“放心，暂时的啦，”清一色慢悠悠道，“‘‹幻›寂静岭’，让人短时间内消音，对话痨和尖叫女王都有效。”

“哎哟，你这也太对症下药了。”江户川觉得有点儿不可思议，这种特殊幻具可不常见，简直就像专门拿来克制南歌的。

“要怪就怪漂亮姐姐太高调，”清一色还挺谦虚，“我们整个莲花都知道地下城上来个VIP，VIP里有个美女，美女的文具树是惊声尖叫。以至于我的目标照片一翻出来，我们组所有闯关的都翻文具盒帮我找能克制尖叫的一次性文具，所以这个荣誉不只属于我一个人……”

“行了行了，”江户川强烈怀疑，“‹幻›寂静岭”是莲花同仁预备着对付自家话痨的，“赶紧拿颈环。”

清一色收敛笑意，正色起来，目光紧盯南歌和郑落竹。趁着两人因为南歌喊不出声而分神之际，他已操控荆棘将他们缠得寸步难行。

荆棘带来的刺痛化成无数焦灼，从脚踝传到四肢百骸，郑落竹知道，自己还是轻敌了。

单论文具树，这场战斗是“防＋攻 VS 防＋防”，他和南歌赢面极大。他也有担心过对方可能会用一次性的攻击文具，但在战斗设想里，他能用铁板防住，南歌继续攻击，不影响大局。可他千算万算，没算到对方竟然能找来专门克制南歌的文具。南歌失声，他们就等于失去了唯一的进攻技能，而现在荆棘又限制了他俩的行动，这还怎么打？

虽然占了绝对上风，但清一色还是很小心谨慎，毕竟荆棘只是束缚住了对手的脚，可没限制他们的手。

“我只拿颈环，不伤人，”他一边向两人靠近，一边诱哄，“放轻松……”

郑落竹眯起眼：“你手里的巨石让这话毫无说服力。”

“知足吧。”清一色掂掂手里的石头，“要不是跟踪你们，知道昏过去也能摘颈环，我现在手里拿的就是狗头铡了。”

郑落竹：“……”

清一色话太多了，多得让人很容易忽略他的能力——南歌依旧失声，说明“‹幻›寂静岭”仍在生效；自己和南歌依然被“荆棘丛生”缠着，说明文具树也没解除；一个能同时操控一次性文具和文具树的人，还能分出第三份精力和他打嘴炮，这种精神力的高度凝聚和持久续航，就不是一般战士。

“咣——”原本奔着敲昏郑落竹去的石头，砸到了凭空出现的铁板上。

只见一块一人多高方方正正的铁板，将郑落竹和南歌挡了个严严实实。

清一色这一下本就没敢使太大劲，怕一不小心把人砸死了，所以砸到铁板上，也只是震得手掌轻微一麻。他立刻绕到另一个方向，毕竟铁板只能挡一面，他还有三面可攻击。结果铁板也在郑落竹的操控下迅速换了方向。

一块铁板在攻击时没多大杀伤力，但要被用来负隅顽抗，就难缠了。想破解，只有两个方法，一是四面八方同时攻击的文具树，二是电锯。但清一色都没有。

抬头发现江户川还远远看着，清一色更心烦气躁：“你要看到什么时候？过来帮忙啊！”

四面八方攻击的文具树没有，两人配合前后夹击总行吧？

江户川其实不想参战，他又不要郑落竹或者南歌的颈环，这时候利益最大化的方案就是趁着两人被牵制光速跑路。但他不能，答应了清一色要联手，一秒钟都不能先跑。

人生在世最重要的是什么？

道义和真相！

眼看江户川带着石头过来支援，清一色连忙布置战术：“先敲男的！”

江户川：“我知道。”

南歌已经失声，再没杀伤力，麻烦的就是郑落竹和他的铁板，所以先敲晕他，就等于清除了一切障碍和后患。

江户川的脚步越来越快，到后面已经跑起来了，那架势分明是要给郑落竹飞身一拍。

清一色也举起了手里的石头，他就不信郑落竹还能防住两面。

前有清一色，后有江户川，铁板却只有一块！

“咣——”

“咣——”

前后两块石头同时砸下，前后左右四块铁板却更早升起。

撞击的余音和密不透风的一圈铁板，让郑落竹的声音显得有点儿遥远，但情绪饱满：“不好意思，哥什么都缺，就不缺铁板。”

清一色、江户川：“……”这到底是什么文具树套系，铁板全家桶吗？！

郑落竹心里美滋滋。短时间内看，赢是没啥希望了，但也未必输，大家耗着呗，看谁的体力先支撑不住文具树。水世界训练场里的动感单车划船机，他可不是白练的。

正想着，身旁的南歌忽然猛砸一侧铁板，咣咣咣的。郑落竹吓了一跳，还没闹明白怎么回事，就听见人摔到铁板外地上的一声“咚”，伴随着疼得倒吸冷气的声音。他立即明白过来，刚刚有人爬上了铁板，企图“翻墙”。

集中注意力，郑落竹准备再提升铁板高度，却见南歌拼命作口型。他努力辨认，是两个短句——“撤铁板。揍清一色。”

每个句子他都懂，组合起来却让人费解。铁板撤了，或许能让外面的两个人猝不及防，但顶多抢先机打到清一色一下，就算能把清一色打蒙，江户川可看着呢，哪儿能眼睁睁让你打第二下……还是说，南歌要对付江户川？

郑落竹没等来南歌的解释，只等来南姐的眼刀，于是当即立正——听你的，撤！

深吸一口气，他不着痕迹地缩减“铁板一圈”的范围，让铁板内的空间越来越窄。表面上看，范围的缩减像是体力不支，实则是为了让外面的人更靠近一些，以便他能在脚下不动的情况下一拳到肉。

感觉差不多了，他朝南歌看了一眼。后者轻轻点头。

郑落竹果断切断文具树，“铁板一圈”霎时消失。他正面对清一色，在铁板消失的同时，看见了对方诧异的脸。

我管你什么心情！郑落竹猛地揪住对方的衣领，抬手照着清一色的脸就是一记重拳。

这一拳绝对结结实实，清一色连疼都没喊出来，就“唔”了一声，要不是被郑落竹薅着，人就偏出去了。

郑落竹没时间欣赏自己的攻击成果，一拳过后，又举起第二拳。

江户川没挨拳头，这时已经回过神，但来不及捡被他扔到地上的石头了，索性也一拳朝着郑落竹的后脑揍过去。

“啪。”挥到半路的手臂被拦截。

江户川皱眉，看着死死抱住自己胳膊的南歌，在打与不打间犹豫了一秒，即有了决定。毕竟这时候心软，就是对清一色的不负责啊。

可就这一秒，足够南歌深吸一口气了。

江户川想暴力甩掉人的动作僵在半路。什么情况？要尖叫了？不是失声了吗？那种能把人天灵盖掀开的尖叫他绝对不想体验第二次啊！

“啊啊啊啊啊——”

很好，她尖叫了。

江户川只觉得浑身一震，头皮发麻，什么战斗什么颈环都不要了，就想捂住双耳……

哎？江户川忽然觉得哪里不对。头皮发麻好像正在退去，也没有出现上一次的脑袋嗡嗡、耳膜疼痛、昏眩恶心，而且尖叫声听起来还有微妙的空旷感……

还没等他真的捂住耳朵，抱着他胳膊的女人就突然松开了，以难以想象的迅捷速度捡起被他丢在地上的石头，回身照着清一色的脑袋就是一下。

清一色本来在江户川准备从后面偷袭郑落竹的时候已经醒过神了，并成功挡住了郑落竹的第二拳，正准备扯掉郑落竹抓着他衣领的手，进一步脱身，就被突如其来的恐怖尖叫震住了——一来，南歌的尖叫真的给他留下了阴影；二来，他明明还能感觉到“‹幻›寂静岭”在起效，南歌怎么可能尖叫出声？

心理阴影加震惊，让清一色反应迟钝了，结果就是被漂亮姐姐一石头拍晕。

一切只发生在瞬间。有血从清一色额角淌下来，他身体一软，“扑通”倒地。

他的晕厥带来一系列连锁反应——他的颈环开始闪光震动，文具树“荆棘丛生”失效，一次性文具“‹幻›寂静岭”也失效。

南歌缓缓转头，看江户川。

江户川想哭。这么近的距离，他跑也跑不掉，打也打不过，颈环是必定要丢了，唯一还能挣扎一下的，就剩“死法”了：“姐，你尖叫吧，别拍我，我怕疼。”

南歌是个很好说话的人。丢掉染了血的石头，她这一次都不用酝酿，被消音了十几分钟，足够她来一次毁天灭地的“曼德拉的尖叫”了。

“啊——”

江户川只觉得世界刹那变色，天地重回混沌，万物湮灭，唯尖叫亘古长存。

凄厉的尖叫声里，江户川的颈环开始闪烁震动，比第一次听见“曼德拉的尖叫”时强烈许多。

“咔哒”，黑色颈环在碰触下轻松弹开。

南歌迅速将颈环收入囊中，那边的郑落竹也早扯下了清一色的颈环——清一色视南歌为目标，除非他放弃，否则一定会再找回来，拿他的颈环，就等于手里多了个防御筹码。

该拿的都拿到了，“曼德拉的尖叫Ⅱ”随之而停。江户川压不住胃里翻滚，飞速跑到墙根儿，扶墙吐得一塌糊涂。

郑落竹也有点儿头晕恶心，但没这么严重，不过心里仍惴惴的：“姐，我现在有点儿不敢想象‘曼德拉的尖叫Ⅲ’了……”

南歌走到躺在地上的清一色身边，蹲下来："放心吧，到那时候，我应该能彻底给无差别攻击的Bug（漏洞）打上补丁了。"

郑落竹没懂："什么意思？"

南歌抱住清一色的脑袋，来回查看伤口："我刚刚好像摸索出'定向攻击'的门道了。"

定向攻击？郑落竹琢磨琢磨，有点儿懂了。难怪刚刚的尖叫，江户川反应那么强烈，他却觉得杀伤力并不如第一次，还奇怪颈环怎么就痛快弹开了。原来是南歌用"定向攻击"避开，或者说至少有一部分的杀伤力避开了他。

"竹子，我好像砸得太用力了，他血止不住。"南歌放下清一色的脑袋，语带担忧。

"不能吧……"郑落竹真心不觉得南歌能有多大劲儿，不过还是蹲下仔细看清一色的脑袋，得，一个醒目的豁口，直接开瓢了。

这场考验从一开始，设定的规则就是恶意满满。想抢颈环，你就得打到对方失去意识——这还是那些窥破了摘颈环方法的，没窥破的很可能就直接杀人。但怎么才能让人失去意识，这个下手的度其实很难把握，轻了没用，重了就像现在这样，双手染血，并受到良心的巨大谴责。

南歌："怎么办？"

郑落竹："别问我啊，拿出你拍人的气势。"

南歌："直接拍死一劳永逸？"

郑落竹："你敢拍我就敢埋。"

南歌："……"

郑落竹："……"

南歌："我是好人。"

郑落竹："我也是！"

南歌："……用那个？"

郑落竹："用吧，队长给咱们了，处置权就是咱们的。"

南歌："有点儿心疼。"

郑落竹："我更心疼，那都是我老板的钱，四舍五入就是我的潜在奖金啊！"

4

倒计时01:45:08。

清一色幽幽醒转，睁开眼坐起来，第一个看见的是自己帅气拉风的红色篮球鞋，第二个看见的才是守在旁边的闯关者：“小江？”

江户川：“……”在晕菜中还能帮他把名字本土化，也是费心了。

“赶紧看看脑袋还疼吗，不疼我就撤了。”他陪到现在，也算仁至义尽了。

清一色这才想起来自己怎么晕的，瞬间清醒，抬手摸了脑袋一圈，能摸到被血凝成绺状的头发，却怎么也没找到伤口，不过凭借残留的疼痛感，还是找到了被拍的大概位置，就在头顶偏右侧的地方，轻轻一按，还是微微地疼，像是外表愈合了，内里还需要时间才能完全康复。

“什么情况？”他问江户川。很显然，等着他苏醒的临时队友应是知情者。

“情况就是他俩良心未泯，看你半死不活的，就用了治愈幻具。”说实话，这个是江户川绝对没想到的。用石头拍人时尽量控制力道，在这种杀人都不用负责的关卡里已经算有良心了，但要让他用珍稀幻具救一个心心念念抢自己颈环的人，扪心自问，会犹豫。郑落竹和南歌用的时候，目测也是心在滴血，但态度上没迟疑，敲定了就用，用完就闪人，干脆利落。

“他俩给我治的伤？”清一色觉得这事听着跟天方夜谭似的。

可是江户川说得有鼻子有眼，连幻具名都一清二楚：“‘‹幻›快速愈合’，我听那话音，像是他们组长分给他俩防身的，结果便宜你小子了……哦不对，也不能说便宜。”

清一色：“什么意思？”

江户川：“他们让我转告你，这个文具是他们老板十一万收的，现在原价给你，保证没有中间商赚差价，下次见面，记得还钱。”

清一色：“……”

“行了，都是要进终极恐惧的人了，欠点儿钱算什么。”江户川替他想得开，反正虱子多了不愁，“我就是有一件事越想越奇怪，她第二次尖叫是怎么办到的？”

美女一共尖叫三次：第一次是清一色还藏在石屋里的时候，没问题；第三次是清一色晕厥所有文具失效，也没问题；但这第二次，明明清一色还意识清醒，操控着“‹幻›寂静岭”，她却还是用出其不意的尖叫扭转了战局。

输不丢人，至少要知道怎么输的。

“难道是你那时候体力不支，‘寂静岭’提前失效了？”江户川试着分析。

不料清一色果断摇头：“绝对没有。”

江户川：“你确定？”

清一色：“我以麻将之神的名义起誓。”

江户川：“……”他尊重每个人的信仰。

柯南道尔借福尔摩斯的口说过，排除掉一切不可能，那么剩下的再离奇荒诞，也是真相。

明明被消音，却还发出尖叫；明明很刺耳，却几乎没造成什么杀伤——他没耳鸣，没昏眩，连唯一的头皮发麻也很快消失，现在回头再想想，所谓的头皮发麻，更像是他对于尖叫的潜在恐惧造成了应激反应。也就是说，第二次尖叫唯一的作用，是分散了他们的注意力。南歌就是抓住这一空隙，成功袭击清一色。

“她骗了我们。”江户川沉声道。

清一色一脸错愕：“骗？”

江户川：“所谓的第二次尖叫，根本不是真正的文具树在起效。”

清一色：“可她确实尖叫出声了。”

“不，她没有。”江户川斩钉截铁，“她只是通过对口型，造成了她尖叫的假象。”

清一色听迷糊了：“那她到底是怎么发出的声音？”

江户川推了一下鼻梁，仿佛那里有一副空气眼镜，他目光炯炯，声音铿锵有力：“真相只有一个，她使用了超高难度的发声技巧——腹语！”

同一时间，早已跑远的两人——

郑落竹：“录音？！”

南歌：“嗯，训练室里录的。我的武器就是声音，那万一发不出声音怎么办？我一直担心这个，索性录一段，以备不时之需。”

郑落竹：“你也太有忧患意识了吧？”

南歌：“我是一个缺乏安全感的女人。”

郑落竹：“……不要突然扮柔弱。”

南歌：“但也多亏了这个。”

郑落竹：“啊？这是什么玩意儿？”

南歌：“迷你款超大功率音乐播放机，兼具录音功能，俗称健步走伴侣。”

郑落竹：“……”

南歌：“音乐一响，整个公园都能听见你的节奏。”

郑落竹：“酒店购物区还卖这个？”

南歌：“‘物品’购买页第1243页第5行第6款。”

郑落竹：“……你到底在购物区逛了多久？！”

神庙就在前方，金色的庙宇在夕阳似的光线里肃穆宁静，熠熠生辉。只要把江户川的颈环一交，南歌这边就算是完成考验了。

“慢着，”极速赶路的南歌忽然停下来，“如果我交了颈环，直接进神庙了，还怎么回过头来帮你？”

“你别考虑我，”郑落竹不假思索道，“咱们现在的原则，就是能通过一个算一个。”

南歌觉得不行：“没了我，你拿那一堆铁板抢谁去？”

郑落竹：“我知道你关心我，但这个表达方式，能不能温柔婉转点儿……”

“我觉得她说得有道理。”上方传来凉凉的搭话声。

郑落竹和南歌同时一惊，迅速抬头。就在他们旁边的屋顶上，一个穿着白衬衫的男人懒洋洋地坐着，晃动的食指上勾着个颈环，玩玩具似的一圈圈地转。

男人身材修长，白衬衫上面的扣子没系，露出一点儿胸膛，隐约可见漂亮的肌肉线条，简单的白衬衫在他身上有种自然随意的性感。

但郑落竹没办法心平气和地去审美。他觉得自己用前半生倒霉攒下的人品，都在这次相遇里爆发了。

凤眼，眼尾邪气上挑，眼底一颗泪痣……踏破铁鞋无觅处，一枝红杏出墙来，这就是他的目标啊！

“别害怕，我不打算对你俩做什么，”男人又晃了两圈食指上的黑色颈环，“我的已经到手了。”

认出男人的不只郑落竹，还有南歌。VIP组内是共享过目标照片的，她想认不出来都难，此刻只能尽量让自己的神情和声音显得自然，又不失戒备：“既然到手，为什么不去神庙？”

男人打个哈欠，停下晃动的食指，“啪”地将颈环握在手心：“赢得太快，无聊，就在这里躺会儿。”说着他忽然停住，像是刚看清南歌的模样，低头凑近屋檐之下，诚恳道，“姑娘，交换个微信？”

“抱歉，”南歌说，“我还在用翻盖手机。”

男人沉默两秒，说：“这是我听过的最用心的拒绝。”

南歌：“……”

趁两人说话的间隙，郑落竹飞速思考着，怎么能神不知鬼不觉地把颈环夺过来。

太难了。就像南歌说的，他只有一堆铁板，可操作空间太受限。总不能一铁板拍过去吧，就算能，那么大的受力面积，早把压力分散了，根本不可能拍晕……等等，或许可以试着缩小面积，增加厚度，把“铁板一块”变成“一块板砖”？

突然打通的思路，让郑落竹整张脸都亮了。

站在屋下，高度不够，自然是拍不到屋顶上的人的，但如果离得够近，他完全可以把“拍砖”改成“丢砖”，照样砸得对方七荤八素。所以当务之急是快点儿观察屋顶的情况，以便挑选最好的投掷时机。

思及此，他迅速抬头，出乎意料地对上一张似笑非笑的脸——男人就那么直勾勾看着他，不知道看了多久了。

南歌的视线在他俩之间来回，隐隐觉出不妙。

“这么巧吗……”男人轻轻吐出四个字，不像在和郑落竹沟通，更像自言自语。

他知道了！

郑落竹不知道对方是怎么看出来的，也许是直觉惊人，也许是自己没掩饰好，总之他可以确认自己露馅了。

再没时间瞻前顾后，他召唤出“铁板一块”，拼命加强操控，让它在短短几秒内就缩成一块钢铁板砖。然后他握紧铁砖，猛地朝屋顶上的人一掷！仓促之下不太可能一击即中，但郑落竹需要的只是屋顶上的人狼狈闪躲，留给他爬房的时间。

石砖“咻”地飞过去。男人果然往一旁闪，不过不怎么狼狈，反而很敏捷。

郑落竹看也不看，手脚并用往房上爬，就怕对方跑了，同时还不忘喊南歌助阵：“曼德拉——”

南歌早准备好了，尖叫声几乎和郑落竹的“曼德拉”三个字同时发出：“啊——”

然后……

没有然后。

南歌的记忆停留在尖叫那里，等回过神，同“曼德拉的尖叫Ⅱ”建立的操控联系早断了。她像一个迷路的闯关者，茫然站在屋檐底下，不知此地何地，不知今夕何夕。

而郑落竹的记忆断点比她延后一些，他至少记得男人和他说的最后一句话——“白组，白路斜。”下一秒他的视野清晰，看见的就是茫然的南歌、茫然的自己，以及空荡的屋顶。那个叫作白路斜的男人拿走了他的颈环、南歌的颈环、清一色的颈环和江户川的颈环，然后妖怪一样凭空消失。

抢那么多颈环你是要去摆摊套圈吗？！

“竹子，”南歌轻轻出声，还带着一点儿恍惚，“他的文具树……应该是精神攻击，很可能和意识或者记忆有关。”

郑落竹胸闷，憋半天，憋出一个几不可闻的“嗯”。能一连攻击南歌和他两个人，基本可以判定不是一次性文具，而是文具树了。除非白路斜有两个一模一样的精神攻击幻具，还要舍得为了几个完全没价值的颈环而使用。

但郑落竹是真不愿意承认对方用的文具树。因为这玩意儿根本无解，既不像南歌的尖叫那样有声，也不像其他攻击性文具树那样有形，想防都不知道从哪里下手，就算今后遇见再多次，还是只有被动挨打的份儿。

“你还记得他往哪个方向去吗？”南歌问。

郑落竹一愣：“你想去追？”

南歌：“废话，他拿着我们的颈环啊。”

郑落竹：“……”

南歌：“你那是什么表情？”

“惭愧。”郑落竹实话实说，“我刚才已经放弃了，压根儿没想过还要抢回来。”

南歌懂他：“他的文具树确实棘手，但我不信有无懈可击的文具树，只要想找，一定有克制的办法。”她的字典里就没有认命、服输这种词。

郑落竹听得脸更热了，越发怀疑自己：“咱们VIP，老板有武力，组长有脑力，你有韧性，我……好像什么都没有。”

“谁说的！”南歌斩钉截铁打断他，“你萌啊。”

郑落竹：“……”为什么感觉更扎心了？

倒计时01:33:29。

郑落竹连颈环怎么被摘的都毫无印象，更别说白路斜往哪边去。简单商量之后，他和南歌直奔神庙入口。反正他俩现在一个颈环都没有，光脚的不怕穿鞋的，就到闯关者最密集的神庙入口堵人，堵着了就再打一场，堵不着他俩也认。

本以为不会有多少人像他俩这样大咧咧就往入口走，毕竟越到最后关头，越有功亏一篑的危险，即便是抢到了目标颈环，也应该悄悄地溜着边潜入神庙，低调交差。不承想神庙入口前分散着十几二十个闯关者，那叫一个热闹。

可惜，放眼望去没有白衬衫。

这十几二十个闯关者中，有一半在激烈战斗，有一半在看热闹。

战斗者往往一对一，也有个别的是二对一，规模都不超过三个人。这些人多半都戴着颈环，看起来应该是抢了颈环的过来交差，却被视自己为目标的闯关者守株待兔。

围观者则无一例外脖颈空空。他们三五成群，有的坐在庙口，有的坐在旁边树下，边看边评头论足，还挺快乐。他们是最先看见郑落竹和南歌的，十多双眼睛先看两人的脖子，待看清空空如也，立刻放射出“欢迎加入我们这个温暖大家庭”的炽热目光。

坐庙口的几个人干脆直接伸手招呼：“过来啊，这边坐。”

南歌：“……”

郑落竹无力吐槽……不，他忍不了，必须吐槽：“你们自己颈环都没了，还有工夫看人家打呢？”

坐庙口正当中的壮汉撩一把自己的板寸：“颈环随它去，我自拂清风。”

郑落竹翻个白眼："别往自己脸上贴金了，就是无能为力，强行佛系呗。"

壮汉："你怎么废话那么多！"

郑落竹："我……"

"竹子，你看那边。"南歌碰了一下郑落竹的胳膊，打断他和围观者的斗嘴。

郑落竹还以为白路斜现身了，立刻顺着南歌的视线去看，只见离庙口有点儿距离的一座高耸石门底下，三个人正打得难解难分——一个健硕魁梧，穿着黑色背心，露出的胳膊像是花臂，但太远了看不清文的什么；一个胖得敦实，小平头，五官没什么特色，贵在认识，正是丛越，还乡团的越胖子；除了他俩之外，参战的还一个通体雪白的……骷髅架子？！

"什么鬼！"郑落竹看得头皮发麻，声音不受控制地轻微变调。都成骨头架子了还奋战在PK第一线会不会有点儿太执着？！

又强迫自己观战了几秒，郑落竹不太确定地道："骷髅和黑背心是一伙的？"看来看去，好像都是骷髅架子和黑背心在联手打越胖子，不过骷髅架子的攻击速度有点儿慢，应该是越胖子把减速文具树用它身上了，自己则主要和黑背心打，并利用纠缠中的走位和晃动来尽量躲避骷髅架子的攻击。

"应该是文具。"南歌也看得有点儿瘆得慌，毕竟骷髅架子自带视觉冲击Buff（增益效果）。

"越胖子有点儿落下风啊。"郑落竹莫名替那家伙操心起来，"这么下去，他颈环被摘是迟早的事儿。"

南歌想起她陪唐凛去找丛越逼问范佩阳和郑落竹的下落时越胖子可怜巴巴的样儿，又想起临进关卡前对方还特意上门提醒他们小心祁桦，心里蓦地一软："要不要过去帮忙？"

郑落竹早这么想了，就是没好意思说，听这话立刻脚下一转："走！"

5

丛越真心觉得自己运气不错，在神庙附近蹲点了一个多小时，不仅安然无恙，没撞上视自己为目标的人，反倒真把自己的目标等来了——一个步步高升的组员，手臂上文着骷髅新娘，带着夺来的目标颈环，准备进神庙交差。

步步高升这个"进组必须文花臂"的审美倾向，丛越不评价，但这么明显的特征，确实在"认人"上提供了很大便利。

只是他没想到，对方的文具树竟然是"白骨战士"。肉体杀伤力先不提，精神上的摧毁力是致命性的好吗？！眼睁睁看着一个骷髅架子凭空出现，手舞足蹈地朝自己扑过来，谁扛得住？他还以为是对方的文身成精了，以至于一开始简直节节败退！

幸好，他凭借坚强的意志，还是把人缠住了，没让对方找到机会进神庙。

就这么鏖战着鏖战着，对那副骷髅架子也适应了，再看久一点儿，他甚至觉得有一丝诡异的萌。

不过悲催的是，精神防御上来了，战斗力下去了，从越能清晰感觉到体力的流逝和双拳难敌四手的狼狈。

就在他以为胜利无望时，两个俊男靓女“从天而降”。

郑落竹：“放开那个胖子！”

从越：“……”

正气凛然的呵斥让骷髅新娘的动作一顿，精力的分散同时影响了对“白骨战士”的操控，原本要攻击从越的白骨架子也不动了。

郑落竹用手臂擎着一块铁板，跟拿着盾牌似的，脚下生风地往战斗中心冲。

骷髅新娘下意识和从越分开，往旁边闪，躲避来意不明的“人形炮弹”。

这一闪正中郑落竹下怀。他本也不是真要攻击，而是要掩护，于是顺利冲到从越旁边，铁板在两人身前一挡，阵形初成：“想抢他颈环，先过我这一关！”

骷髅新娘、从越：“……”

南歌绕过僵住不动的白骨架子，从另一侧贴近郑落竹：“那个，好像是从越要抢别人颈环。”

最怕空气突然安静……

郑落竹看看无奈的南歌，又看看默默点头的从越，再看看一动不动的白骨架子，最后看向一脸冤屈的骷髅新娘：“你赶紧给我把颈环交出来！”

骷髅新娘：“……”

胜利在望，怎么就半路杀出两个程咬金？骷髅新娘又费解，又气闷：“你们三打一，就不感到羞耻吗？！”

郑落竹：“你刚才还二打一呢！”

骷髅新娘：“我那是文具树！”

郑落竹：“我这是给自己报仇！”

骷髅新娘：“我都不认识你！”

郑落竹：“我可记得你，在深海恐惧里就是你装鬼吓我！”

深海恐惧里，他被亡灵拖着快要阵亡了，抬眼就看见一个骷髅新娘，要不是他心理素质好，这会儿已经葬身海底了。

骷髅新娘莫名其妙，从上到下又从下到上地仔仔细细看了郑落竹半天，终于把人认出来了：“你是那个拿铁板拍我的神经病？！”

深海恐惧里，他好端端朝光亮游着，一块铁板不由分说就呼过来，要不是他身强体壮，这会儿已经葬身海底了。

初次相遇的孰是孰非，郑落竹也不和他掰扯了，就好奇一件事：“你当时不是朝着那个假亮光游吗，怎么还能来到环形城？”难道那个不是假亮光，而是环形城第二个入口？

不是什么了不得的问题，可骷髅新娘的神色却变得微妙。

南歌悄悄凑到郑落竹耳边，说：“好像有难以启齿的内情。”

郑落竹不以为然：“一个深海里找出口，有什么难以启齿的……”

“我跟踪你了。”骷髅新娘心一横，敢做敢当，“你当时一听见奇怪的叫声，就拼命往声源方向游，我一想，觉得事情并不简单，就偷偷跟着你了。”

南歌：“……”奇怪的叫声？她怎么感觉膝盖中了一箭？

郑落竹愕然：“你一直跟着我？那后面崔战带着我们加速游的时候，你怎么跟？”

聊这个，骷髅新娘就一脸骄傲了：“我的骨头背我游。”

郑落竹瞄一眼旁边一动不动的白骨，持铁板护着丛越和南歌又后退一点儿，尽量不去脑补一个骨头架子背着一个壮汉在水里遨游的画面。太美，太刺激，他不行。

持续的交谈，让骷髅新娘产生了“或许可以跑掉”的错觉，趁郑落竹细思极恐之际，他转身撒丫子就跑。神庙就在前方，再多给他几秒就……

身体突然锈住，铁汉骷髅新娘的速度一下子减慢 50%，从狂奔变成了快走，还是在他极力提高速度的情况下。骷髅新娘知道，这是中了丛越的文具树“慢慢来”。但他不能停，停了就是三打一，他根本没胜算！

“啊——”

尖叫像海啸一样袭来，骷髅新娘根本没防备，直接蒙了，快走中的步伐瞬间停住，整个人像被雷劈中了一样——“慢慢来”只腐蚀了他的身体，这鬼哭神号一样的惨叫直接摧毁了他的灵魂。

巨大的精神力冲击让他的颈环闪烁震颤，也让他再难维持文具树，原本一动不动、但至少还存在的白骨架子一瞬消失。

南歌能感觉到，这一次她的“定向攻击”精准度又有了新的提高，而且她发现越定向，尖叫的辐射范围越窄，尖叫的杀伤力好像就越强，就像郑落竹的铁板，面积越小，厚度越大。

郑落竹不清楚“曼德拉的尖叫”的变化，他只知道要帮丛越夺颈环，所以在尖叫声起的同时，就收起铁板一个箭步冲了出去，趁骷髅新娘被尖叫折磨得浑身僵硬，奋力将之扑倒，迅速摘了颈环，丢给后跟上来的丛越：“赶紧进神庙！”

直到这一刻，从越才真相信二人是想帮他，一时感激得不知道该说什么，可时间又不容他多想，最后千言万语汇成干巴巴的两个字："谢了……"

从越飞速跑进神庙，看背影就像个弹弹球骨碌进去了。

南歌这才收了"曼德拉的尖叫 II"。

世界清静了。

骷髅新娘暴走了。

他一把将郑落竹掀起，反扑过去就是一顿铁拳："我和你们拼了！"

郑落竹理解他痛失颈环的心情，所以擎着铁板抵挡，只守不攻，在"咣咣咣"的砸铁板噪音里，扯着嗓子苦口婆心："人生总是有很多无奈，你就当还人情了。"

骷髅新娘怒急攻心，大脑已经一片空白了："我欠你个狗屁情！"

郑落竹不干了："你刚刚说的，你是跟踪我才找到深海恐惧的真正出口，你想翻脸不认账？！"

骷髅新娘的铁拳僵在半空，终于恢复一丝理智，可低头感受一下空空的脖颈，依然愤懑得意难平："这人情也太贵了！"

郑落竹收了铁板，一把握住他的铁拳，情真意切："别怕，我和南歌也进终极恐惧，到时候我俩罩你。"

骷髅新娘："……"他并没有得到安慰！

那边聚在神庙前的围观者们拧着脖子欣赏了全盘战斗，这会儿见尘埃落定了，立刻振臂召唤："大家都是没颈环的人，就别互相伤害啦，来，这里还有位置——"

骷髅新娘甩掉郑落竹的手，想让白骨战士过去给那边一人一骨头棒子。

还没来得及动，远处旋风般奔来两个人，边奔边吼："你们两个给我站在那里不许动——"

郑落竹、南歌、骷髅新娘一起抬头，就见一个穿着红色篮球鞋、跑起来像踩了风火轮的小青年和一个文着花臂、但因为跑太快也看不清文的什么的小青年，正齐头并进往这里百米冲刺。

骷髅新娘看看南歌和郑落竹，提醒："他们喊的是'你们两个'。"

郑落竹抬手摸下巴，陷入深深思索："是啊，我们这里有三个人，'你们两个'指的是哪两个呢？"

骷髅新娘："……你俩是一伙的，你说呢？！"

转瞬，清一色和江户川已经冲到三人面前，清一色二话不说先上"荆棘丛生"。地面立刻冒出一大片荆棘，将三人的脚牢牢缠在地面上。

骷髅新娘无语："你缠我干什么？！"

江户川也同时出声："你缠他干什么？！"

骷髅新娘吼正常，江户川这个仗义执言就很令人费解……不，等等，费解个屁，两人同款大花臂简直不要太扎眼。

"你俩都是步步高升的？"稳妥起见，清一色还是问了一嘴。

骷髅新娘和江户川整齐划一地亮出自己布满文身的肱二头肌："你说呢？"

OK，答案很明显了。

不过这并不能让清一色撤掉骷髅新娘脚下的荆棘："定向攻击太麻烦了，谁让你非站他俩中间。"

骷髅新娘无语："那是我愿意在这里的吗，是他俩抢我颈环！"

南歌的目标是江户川这点很清楚，所以清一色和江户川一下子就把目光锁定到郑落竹身上："你的目标是他？"

郑落竹条件反射："不是。"

江户川、清一色义愤填膺："不是你还抢人家？"

郑落竹在心里把前因后果捋了一遍，准备先打个腹稿再和二人解释，就这样酝酿了十几秒，放弃："和你俩有关系吗，问那么多！"

江户川、清一色："……"竟然还耐心等着这货酝酿，他俩活该被抢。

南歌原本只想做个安静的姑娘，毕竟一路和江户川、清一色、骷髅新娘打过来，她的嗓子损耗严重，中间还遇见个白路斜，那种输都不知道怎么输的无力沮丧至今未散，所以再遇见清一色和江户川，她想着交给竹子去应付就行了，反正只是一句话的事儿。但现实是，这帮男人半天说不到点儿上，她真想一人送一棵曼德拉。

无声叹口气，她温柔呼唤："清一色，小江。"

清一色看过来："啥？"

江户川："……"自己这大中华风的昵称到底怎么传开的？

"打可以，车轮战我们也不怕，"南歌说，"但在动手之前，你俩能不能仔细找找，颈环在哪儿？"

清一色和江户川眨眨眼，不约而同先看她脖子，看完她之后又看郑落竹，看完郑落竹后捎带又看了骷髅新娘。

"你们颈环呢？"两人终于意识到了形势严峻。

南歌摊手："被抢了。"

江户川和清一色没感觉到"你也有今天"的快乐，只感觉到"池鱼"的不安："我俩的呢？"

郑落竹："也被抢了。"

江户川："被谁抢了？"

郑落竹："白组，白路斜。"

江户川："他的目标是谁？"

郑落竹："不知道。"

江户川："不知道？"

郑落竹："我的目标是他，他的目标不清楚，我们相遇的时候，他已经拿到了目标颈环。"

清一色怎么听都觉得这逻辑很有问题："那他抢你俩的颈环有什么意义？行，就算你想抢他，结仇了，他打击报复，拿走你的就行了啊，拿完你的又拿南歌的，拿完南歌的还拿我和小江的，再加上他自己的和抢来的目标的，一共六个颈环，他要干吗，摆摊儿套圈吗？！"

郑落竹："……"这吐槽怎么莫名熟悉？

"总之，现在的情况就是这样，"南歌说，"颈环全在白路斜手里，你俩找我们已经没用了。"

"白路斜长什么样？"清一色喘着粗气问。

"现在在哪儿呢？"江户川补充重点。

"在哪里不知道，我俩也想找呢，至于长相……"郑落竹点击手臂，把目标照片调出来给他俩看，"喏，就长这样。"

清一色："哟，漂亮。"

江户川："我去，好丑。"

南歌、郑落竹："……"

这俩人到现在还没散伙也是不易。

6

毫无预警地，神庙后方上空升起一枚信号弹。"咻——"七色烟雾在空中旋转跳跃，划出一道弹簧彩虹。

神庙前的所有人，无论是围观者还是战斗者，都抬头看那诡异烟雾，一张张脸上全是警惕和疑惑。

唯有清一色在看清烟雾的一瞬间，掩不住的担忧和揪心，脱口而出："大四喜！"说完他就蹿了出去，直奔信号弹的方向，速度快得像一道闪电，顷刻就消失在了神庙后方。

一阵风吹过，空气安静。

留在原地的南歌、郑落竹、江户川、骷髅新娘面面相觑，四脸茫然。

骷髅新娘："他……刚刚喊的什么？"

南歌："好像是大四喜。"

郑落竹："清一色，大四喜……"

南歌："情侣号吧。"

江户川："也不一定，要是还有十三幺，可能就是三角关系。"

南歌："八成都是莲花的人。"

郑落竹："莲花？"

南歌："他们组不是叫'莲花'吗？"

郑落竹："……"他潜意识里为什么一直记得是"麻将"？

江户川不关心清一色和弹簧彩虹弹到底有什么关系，他在意的是……你说跑就跑我怎么办啊，说好要做彼此的柯南和平次呢？！

"哎，我这脑子，"郑落竹一拍脑袋，"怎么把最重要的事儿忘了！"

南歌不解地问："什么事？"

郑落竹心如刀割："清一色欠我们十一万啊，我刚才就应该第一时间要账。"

"哦，没关系，"南歌不慌不忙地看向江户川，"这不还有一个没跑嘛。"

江户川艰难咽了下口水："'〈幻〉快速愈合'是你们给他用的，和我有什么关系？"

郑落竹："你俩不是暂时结盟了吗，你替他写个担保借条……"

江户川："散了！在他抛弃我的那一秒，我俩就散伙了！"

郑落竹、南歌："……"谈钱果然伤感情啊。

倒计时 01:16:00。

清一色在神庙后面的巷子里狂奔，一路仰着头，紧盯空中的信号弹痕迹，生怕方向出现偏差。

莲花这次闯 2/10 的有不少人，但和他关系最铁的就是大四喜。尽管不知道关卡内容是什么，可是为了安全起见，闯关之前，他俩还是在购物区买了一些不同颜色的微型信号弹，以便在关卡内不小心分散的情况下，彼此间还能进行信息沟通。其中绿色信号弹代表安全，你忙你的；黄色信号弹代表过来，咱俩会合；红色信号弹代表危险，注意安全；七彩信号弹代表你再不过来就等着给我收尸吧！

大四喜的文具树是"我是你的幸运星"，效果是帮别人增强文具树效果，堪称当代活雷锋。但反过来，如果他单枪匹马，那这个文具树就是"无敌 Buff 乘以零"，再无敌也是零。

饶是如此，清一色从头到尾也没担心过他。因为这位队友人如其文具树，根本是幸运星本星，属锦鲤的。两人在地下城时就认识了，一起进的莲花，一起闯的1/10，清一色亲眼看着自家伙伴是怎么凭借自身幸运次次逢凶化吉的。所以他坚定地认为，能让大四喜烦恼的人和事，在这天地间根本不存在。

可现在大四喜放了求救信号，他怎么能不火急火燎！

天幕之上，七彩信号弹的最后一丝烟雾也随风消散。好在清一色终于找到了自家队友——一口石井旁边，穿着明黄色卫衣的大四喜正撑着井沿踉跄着站起，远远看着跟小黄鸭在那儿扑腾似的。

抬眼看见清一色，大四喜皱成一团的脸才稍稍舒展，但依然委屈巴巴的："我就知道你肯定过来……"

清一色跑过来先把人从头到脚检查一遍，除了脸上带着轻微擦伤，身体其他地方都没见到明显伤口，但颈环没了："谁干的？"

"不认识。"大四喜擦一下脸上的血珠，指肚碰到伤口，疼得他嘶地倒吸一口气，"但是再见到，我肯定能认出来。"

"你不去追，上哪儿能再见到，你还真以为你锦鲤转世啊？！"清一色急了，拉着大四喜就跑。

大四喜吓一跳："哎？去哪儿？"

清一色："神庙，不管抢你颈环的是谁，他都得去那里交差。在神庙前面截住他，是你唯一的机会。"

自己的颈环丢就丢了，大不了进"终极恐惧"，杀出一条血路。可大四喜跟个软包子似的，能杀谁？进神庙见个得摩斯，至少是和其他通过"人心恐惧"的闯关者一起面对，进了"终极恐惧"，万一他们再被分开，大四喜真的会被虐到渣都不剩。

这世上哪儿有什么真的锦鲤，一次运气好，两次运气好，十次运气好，但运气总有用完的一天。如果大四喜真是无敌幸运星，颈环就根本不会丢。

眼见着大四喜也跟着跑起来，清一色才松开手，然后不管不顾地以最快速度往神庙冲。

冲到神庙前，他发现南歌、郑落竹、江户川、骷髅新娘已经融入了围观者。前三者坐在神庙的罗马柱底下看看天，吹吹风，顺带"安检"每一个进神庙交差的闯关者，不放过任何一个可能捉到自己仇人的机会。骷髅新娘则四仰八叉摊在另外一根柱子底下，抢他颈环的胖子已经进神庙了，他现在属于放弃人生状态。

谁也没想到，清一色会折返。

"你怎么又回来了？"江户川主动发问，俨然忘了自己十分钟前刚单方面宣布和对方散伙。

清一色抬手往身后一指："帮他回来堵抢颈环的家伙。"

郑落竹、南歌、江户川一起看他身后，眼神从疑惑慢慢变得有点儿微妙。连骷髅新娘都爬起来了，静静看了他一会儿，说："小红鞋，你身后没人啊……"

清一色愣住，立即回头，身后空空荡荡，只有不知哪儿来的冷风。

"咻——"又一个信号弹划破长空，同样的方位，但这次换了黄色，表示会合。

清一色本来以为是自己跑太快，大四喜没跟上，但眼下看这信号弹的位置，大四喜根本就没挪地方。但问题是大四喜明明跟着他跑过来了，就在快到神庙的时候他回头看，对方还跟着，怎么可能现在又回到原地了？

一头雾水的清一色已经完全蒙了，现在唯一能给他解答的只有——

"大四喜……"呢喃着队友的名字，他咬牙调转方向，再次往神庙后面跑。

天空中的黄色烟雾还在，清一色已经没了踪影。

南歌、郑落竹、江户川、骷髅新娘："……"

信号弹，大四喜，往神庙后方跑——怎么感觉清一色陷入了某种循环人生？

几分钟后，清一色回到石井旁，但这一次没人。

队友的失踪让他着急，巨大的疑惑更是加重了心焦，他直接对着周围大喊："大四喜——"与其说是呼唤，更像一种宣泄。

不承想竟然得来了回应："井……里……"

微弱但绝对熟悉的声音让清一色浑身一震，立刻扶住井沿俯身往下看。井很深，只能看见一片黑洞洞。

"大四喜——"他又朝下面喊了一声。

"在……"底下幽幽飘上来声音。

清一色伸手摸石井内壁，又湿又滑，靠自己根本爬不上来，他下去也不过是送人头："你等着，我去找绳子。"

又一个折返跑，清一色没找到绳子，找到了"铁棍"。

"摸到了吗？"郑落竹站在井边，将"铁板一块"操控成一条横截面三厘米左右的方形长棍，伸到井里，一边下探，一边询问。

井下："还……没有……"

郑落竹："现在呢？"

井下："没……有……啊，我摸到了……"

郑落竹："好，你抓住了，我们把你拉上来！"

清一色、南歌、郑落竹三人一起抓住铁棍，用力往上拉。铁棍越来越长，也越来越细。

井下飘来疑惑：“你们拽了吗……我没有动啊……”

清一色、南歌：“……”

郑落竹：“呃，金属有延展性。”

清一色：“那你就加固一下啊，一直拉丝怎么救人！”

郑落竹：“我已经在加固了啊，但是太细了，加固效果不达标啊！”

井下的人好像恢复了一些精神，声音也更清晰：“你们别吵了，让我试试……”

郑落竹刚想问“试什么”，就觉得一股力量沿着棍状的“铁板一块”传递到了自己掌心，温热、有力，就像某种能量注入。

“你继续加固。”井下传来提醒。

郑落竹立刻集中精神，重新将“铁板一块”的稳固性提到他操控得住的最大值，然后联合南歌、清一色再次往后拉。

很奇怪，之前同样的操控，“铁方棍”在他们的拉扯下不断变细延长，可这次却没有，他们能清楚感觉到一个人的重量，正随着他们的拖拽一点点往上提！

漫长的两分钟后，大四喜终于在井口冒头。三人一鼓作气，将之拉出了石井。

郑落竹和南歌总算见到了这个“传说中”的莲花组员——大四喜的明黄色卫衣已经成了泥黄色，满头满脸也都是井里淤泥。

郑落竹对于“铁棍加固”的原因无比好奇。他可以肯定那时候自己对“铁板一块”的操控增强了，但不知道是对方用了辅助加强型的一次性文具，还是对方的文具树就是这一类。可别人刚虎口脱险，他也不好刨根问底。

大四喜一上来就找清一色，这样才能有切实的安全感：“幸亏井水干得差不多了，”他呼吸不稳，一脸劫后余生，“不然你就见不到我了。”

现在见到了，清一色也依然揪心：“你怎么跑井里去了？”

“祁桦把我丢进来的。”大四喜抹一把脸上的泥，没抹掉多少，倒把自己抹得跟小花猫似的，“我摔晕了，刚刚才醒，立刻又给你发信号弹。”

“祁桦？”清一色皱眉，“还乡团水世界的组长？”

郑落竹和南歌互相看一眼。从越提醒他们要小心祁桦，但一路过来，他们都没撞见这位组长，没想到在这里有了间接交集。

“他为什么要这么做？”清一色还是没懂。

大四喜喘口气，才说：“我是他的目标，他把我打得晕晕乎乎的，趁机抢了我的颈环，然后就给我推井里了，应该是想杀人灭口吧。”

“等等，你是他的目标？”清一色越听越怪，“你不是说不知道谁抢了你的颈环吗？”

大四喜茫然看他：“我一直困在井里，什么时候和你说过话？”

“你在说什么？”清一色也开始觉得瘆得慌了，“你发了七彩信号弹，然后我就过来了，你和我说你颈环被抢了，我就带着你去神庙堵人……”

“行了，我知道了。”大四喜叹息着打断他，“信号弹是我发的，但我发完没多久，就被祁桦推下井了。”

“被祁桦推下井了？”清一色觉得自己像复读机，每一个事实都忍不住反问一遍，“可我跑过来看见的是你啊！”

“这就是祁桦杀我灭口的原因。”明明刚死里逃生，大四喜的情绪反而比清一色平静，“他不想让人知道，他的文具树是‘画皮’。”

清一色、南歌、郑落竹：“……”为什么感觉遇见骷髅新娘和他的“白骨战士”之后，关卡内的画风就开始变得诡异了？

大四喜：“其实就是变身，能变成任何人的外貌，连声音都一样。”

清一色：“那你直接说变身不就得了，制造什么恐怖气氛！”

“他的文具树就叫‘画皮’，他自己说的。”大四喜才不背这个制造恐怖气氛的锅，“他能接近我也是因为变成了你的样子，不过后来被我识破了。”

南歌忙问：“怎么识破的？”

大四喜解释：“他虽然能从外貌到声音都变成另外一个人，但性格还有说话习惯是骗不了人的，哪怕他伪装得再像。我一开始只觉得有点儿怪，又说不上哪里不对劲，后来我和他聊只有清一色知道的事情，他一直搪塞敷衍，我就知道有问题了。”

“识破有什么用，”清一色恨铁不成钢，“你不还是被人投井了！”

大四喜鼓起腮帮子，不吱声了。

清一色也不再伤口撒盐，自顾自捋顺整个过程：“所以……你发了信号弹，又和他纠缠了一会儿，然后我跑过来，那时候他可能刚把你推下去，还没来得及跑，就变成你的样子骗我，再趁我跑在前面的时候偷偷溜走？”

大四喜不清楚祁桦骗清一色的具体过程，但听来听去，大概就是这样没跑了。

郑落竹和南歌没插嘴莲花的内部交谈，心却随着交谈的内容而起伏。

祁桦能在最后时刻将自己的文具树告诉大四喜，意味着什么？意味着他再也不怕这个人把自己的文具树透露出去，因为他笃定对方活不了。他是真的对大四喜下了杀手。

大四喜没死，只能说他运气好。如果井里水深，或者井底没有淤泥让他缓冲，溺毙或者坠亡，他必定二选一。

抢到了颈环，却还要杀人，就因为想保密自己的文具树？

和这样的人一比，“白骨战士”倒真显得坦坦荡荡了。

不过话说回来——

“清一色，”郑落竹小心谨慎地问，“你确定我们面前这个就是真的大四喜吗？”

“当然，”清一色早甄别过了，“刚才帮你提升文具树的能力，这事儿就只有大四喜能办到。”

郑落竹了然，看来“辅助加强别人的文具树”就是大四喜的文具树了，真是小天使。

“你要是还不放心……”清一色见郑落竹不说话，以为他不信，立刻开启第二套甄别习题，“大四喜！”

突然被点名，大四喜吓一激灵：“啊？什么？”

清一色：“你为什么叫大四喜？不许迟疑！不许思考！”

大四喜：“因为我喜欢四喜丸子！”

清一色：“因为你喜欢四喜丸子！”

除了主语，整齐划一。

清一色甩给郑落竹一个骄傲的小眼神：“看见了吧，百分百保真。”

郑落竹：“……”用不用这么拼？

“算了，人没事儿就行。”清一色也想开了，耽搁这些时间，估摸着祁桦早就伪装成路人进神庙交差了，他只能宽慰队友，“正好我也进‘终极恐惧’，咱俩还能做个伴。”

大四喜这才看见伙伴空荡的脖颈：“你的颈环也丢了？”

清一色眯起眼，缓缓看向抢夺自己颈环的罪魁祸首。

郑落竹插兜看天。

南歌低头夹起一绺头发，看发尾有没有干枯分叉。

最终，四人一同回了神庙。

曾经的恩怨都是过往云烟，反正现在他们四个都丢了颈环，不久的将来估计要携手闯“终极恐惧”，苦命人就别为难苦命人了。

神庙门前，步步高升的两位花臂组员江户川和骷髅新娘背靠背坐得跟 kappa 的 Logo 似的，正在百无聊赖耗时间，见三人归来，后面还跟了个第四者，就知道救人成功了，多出这位像在泥里打了个滚的大黄鸭，定然是神秘的大四喜。

“到底怎么回事？”他们一边好奇地打量大四喜，一边问归来的三人，“不是说跟着跑吗，怎么又掉井里了？”

“先别管这个，”清一色没工夫解释，急吼吼地问，“在我们离开之后，有几个人进神庙了，都长什么样？”

他带着“伪装成大四喜的祁桦”一路跑回神庙，扭头人不见了，然后他就看见第二次信号弹，又折回石井。那么祁桦有机会潜入神庙的时间段，必然是他见到黄色信号弹之后。但回来的路上，他问过南歌和郑落竹，从他第二次见到信号弹跑回石井，到他再折返回神庙搬救兵下井救人，其间没人进入神庙交差，那么祁桦潜入神庙的时间，就还要往后推，也就是他带着郑落竹和南歌跑回石井救人之后。这期间谁进过神庙，就只有还留在庙口的江户川和骷髅新娘知道了。

清一色想试着从这些进庙的人里去辨认究竟有没有祁桦，虽然知道对方还在外面晃荡的机会渺茫，但万一呢……

“没人。”骷髅新娘的回答打断了他的思绪。

清一色诧异抬头：“你说什么？”

骷髅新娘不知道清一色问问题的目的，但他可以拿江户川的脑袋担保：“没人进神庙，不信你可以问小江。”

江户川：“……”从骷髅新娘得知他有了“小江”这个新昵称后，江户川就知道回天乏术了。他从神探江户川变成了本土推理选手小江。

话说到这份儿上了，清一色决定相信，毕竟骷髅新娘没必要骗他……慢着，现在和他说话这个真是骷髅新娘吗？

骷髅新娘只觉得眼前一暗，等看清，清一色的脸已经怼到自己面前了：“我头上的伤怎么好的？”

这没头没脑的谁能反应过来，骷髅新娘愣愣地发出一声“啊”。

“祁桦！”清一色一把推开江户川，胳膊一横，勒住骷髅新娘的脖子，眼看就要来个铁臂锁喉。

骷髅新娘虽然壮，但也受不了这么爆裂的突然袭击啊，求生欲瞬间上线：“他俩、他俩给你用的‘快速愈合’！”

清一色霍地把人推回给江户川：“是他。”

骷髅新娘靠在江户川怀里茫然四顾，他是谁，他在哪里，刚刚到底发生了什么？

身份没问题，供词没问题，那这个结果就有问题了——已经抢到目标颈环的祁桦，为什么不来神庙交差？

想不通的不止清一色。郑落竹看一眼手臂上的倒计时，正好还剩一小时，猜测道：“是不是觉得还有时间，就去帮还乡团的其他人了？”

清一色不太相信：“先不说那家伙有没有这份兄弟情，就算有，他不怕夜长梦多吗，万一在这一小时里，到手的颈环又飞了呢？”

“他能变身。”南歌提醒，“不管在什么情况下，只要周围的人不知道他的文具树，他很容易想到办法脱身，想进神庙交差就更容易了。”

“也对，”郑落竹忽然有点儿羡慕了，“变路人，变熟人，搞不好还能变花草树木什么的，想溜太简单。”

清一色无语：“他是‘画皮’，又不是‘拟态’，你见过哪个女鬼变大树的……”

“竹子。”一直安静的南歌忽然出声。

“嗯？”郑落竹转头，发现她一脸凝重，“怎么了？”

南歌问：“你还记得进关卡之前，从越提醒过我们什么吗？”

郑落竹当然记得。越胖子告诉他们，还乡团这次是祁桦带队，而这个祁组长又是特别记仇和不择手段的人，一对一他们让还乡团丢了脸，闯关的时候祁桦绝对会针对他们……

郑落竹猛然一震：“难道他不来神庙，是为了……”

为了对付 VIP？

后半句他咽下去了，一是不愿意暴露太多自家和还乡团的私仇，二是怕周围有还乡团的耳目。

“我不敢肯定，”南歌说，“但我觉得有这个可能。”

祁桦对于“画皮”的自负，让他不急着来神庙，不怕颈环攥在手里夜长梦多，那么想报一对一的仇，想让 VIP 知道他的厉害，“人心恐惧”的大混战局面就是再好不过的机会了。

郑落竹的心沉下来：“组长和老板有危险。”说着和南歌对视一眼，目光交会，无须多言。

“喂喂，你们去哪里啊？”

清一色、大四喜、江户川和骷髅新娘没一个听懂他俩语焉不详的对话，本想等两人聊完了再问，不想两个人毫无预警地同时转身，飞速离开，跟家里火上房了似的。四人面面相觑，莫名其妙。

郑落竹和南歌朝着原本唐凛盯梢何律的方向而去。他们是在那里离队的，但愿唐凛和范佩阳还在那片区域。

7

倒计时 00:58:06，远离神庙的环形城边缘，一座坍塌的石屋。

唐凛藏在斜对面的石屋二层，从窗后目睹了何律第二十次帮铁血营组员战斗的全过程。

是的，在此之前，何律已经这样做过十九回。

他跟踪了何律一小时二十分钟，几乎跟遍了大半个环形城。从最初的竹子、南歌脱队，到二十分钟前范佩阳捕捉到莱昂的踪影，心不甘情不愿地离开，唐凛生生跟踪到就剩自己一个人，依然没对何律出手。

除了因为何律身边一直有铁血营组员外，也是因为何律根本没找自己的目标，完全是在帮自家组员完成任务。组员少也行，关键是铁血营人数众多，看着何律一腔赤诚无怨无悔那样儿，唐凛都不忍心偷袭了。

幸好，铁血营组员也没有全依赖自家组长，早早的便有一部分脱离大部队独自行动了，眼前何律帮忙夺到颈环的这第二十位组员是跟在他身边的最后一位，被其催着去神庙之后，何律终成孤家寡人。

唐凛拿着早握在手里的小石子，往斜对面的废墟那边一扔。“啪嗒！”石子正好撞击在何律身旁的断壁上。

何律抬头望过来。

唐凛趴在窗口，向他打招呼：“何组长。”

何律穿着一件迷彩单衣，前胸和后背都被汗水湿透了，看见唐凛有一刹的意外，但这并没有撼动他一直以来的沉稳。

“你在这里是……”他没随意猜测，反而客气地直接问唐凛。

“等你。”对方不打太极，唐凛也不兜圈子，“我的目标是你。”

这个答案不让何律意外，但唐凛在等他这个情况，让何律有点儿摸不着头脑：“等我？你知道我会来这里？”

唐凛：“……我一直在跟踪你。”

就这直线思考的脑回路，能统领铁血营那么多人，估计全靠爱的奉献。

何律恍然大悟，随后肯定地点点头：“你的跟踪技术很高明，我们那么多人都没发现。”

唐凛努力让自己屏蔽掉这些糖衣炮弹：“你说的话再动听，我也得抢你。”

“我是你的目标，你抢我天经地义。”何律从废墟上跳下来，抬头招呼他，“你也下来吧，咱俩找个开阔的地方打。”

唐凛：“……”这么融洽的战前交流氛围，真的让人很烦恼。

“放心，我不会趁你下来的时候跑掉的。”何律见唐凛不动，以为他有顾忌，诚恳道，“你明明可以偷袭我，却故意扔石子让我发现你，就是想和我公平地一对一，我懂。你给我公平，我还你坦荡。”

唐凛：“……”

何律的背后有光，是那种能洗涤一切人间阴暗的光芒，唐凛发誓，他看见了。

转身下楼，走出石屋，唐凛来到何律面前站定，先伸出一根指头："一、有些事情你懂了就行，可以放在心里，不用说出来。"再伸出一根指头，"二、从现在开始，收起你的正能量，专心战斗。"

何律后撤一步，和唐凛拉开少许距离，然后微微摇头，沉着而笃定地说："这战斗打不起来。"

唐凛蹙眉，静静看了他片刻，忽然抬手，作势就要朝他挥拳。拳头刚抬起，他便感觉到一股巨大的阻力，那力量像一只无形的手，牢牢擒住了他的拳头。可这阻力的根源却来自他的大脑，是他自己的大脑在不断地发出"停下""不要攻击""你不可以攻击"的信号！

测试完毕。唐凛停止脑内的攻击意图，手臂赫然轻松。他放下拳头，对情况再明白不过了："你启动了'墨守成规'，如果我没猜错，设置的规矩还是你对战提尔时的'禁止攻击'。"

为人磊落，不等于傻白甜，在他靠近的同时，何律已经做好了防御。

"是'禁止攻击'，"何律说，"但不是'墨守成规'，是'墨守成规 II'。"

"哦？"唐凛倒真挺好奇，"比原来有哪些提升？"

以何律的性格，既然主动告诉他是升级版，那就是没打算隐瞒。果然，何律和盘托出："范围从半径两米扩展到半径四米，定的规矩不需要公布，能定的规矩种类和范畴边界还在摸索，但同样的规矩，制约效果肯定比一级更强。"

唐凛听懂了，何律是在用这种方式告诉他——你没有胜算。

"如果我没记错，"唐凛开始向后退，"'墨守成规'定的规矩，你也要遵守。"

地铁车厢里和提尔的交手，几乎把他们所有人的一级文具树摊开到了明面上。所以他们这十三个一起从地下城上来的人，恐怕是最了解彼此的文具树的。

"的确，我要遵守。"何律看着身体一点点后退、斗志却没半分消减的对手，直白道，"想抢颈环的是你，你攻，我守，我本来也不需要攻击。"

"你就那么肯定'禁止攻击'万无一失？"唐凛终于在距离何律五米左右的地方停下，比"墨守成规 II"的半径还多了一米。

"看来不用换到开阔场地了。"何律一看唐凛的架势，就知道对方准备就地开战了，调息，凝神，他坦然地直视唐凛，"开始吧。"

先礼后兵，该说的都说了，对手依然要战，他何律奉陪。

唐凛眼底闪过一抹光，极快，极亮，"狼影幢幢"随之启动。

"墨守成规 II"是不是真的像何律说的那样无敌，打过了才知道！

铺天盖地的黑色狼影飞速席卷而来，就像一团急速流动的迷雾，一下子将何律吞没。这些狼影紧贴着何律围绕、流动，早在半径四米之内，虽没杀伤力，但对何律的视线和行动带来的干扰，也等同于某种攻击了，却没有受到“墨守成规 II”的丝毫限制。

因为操控它们的人，真正带着攻击念头的人，是唐凛，他站在半径四米之外。

在 1/10 的地铁上，提尔就用一对一的实战告诉他们，“墨守成规”的最大弱点，即是远程攻击无效，想防远程只能“改规矩”。当时提尔退出“墨守成规”的范围半径，改用短剑投掷，何律立刻将规矩改成“所有武器缴械”，由此防住了飞来的短剑，却失去了“禁止攻击”这一终极保护，因此被趁机欺到面前的提尔一拳打飞。

唐凛很感谢提尔给他做了破解何律文具树的正确示范。

高速包围着何律的密集狼影，在唐凛依然保持操控的情况下突然消失。

不是唐凛撤的。那就只能是何律改了可以清除狼影、扫净视线的规矩。

唐凛等的就是这一刻——发动“狼影独行”！一头新的狼影从天而降，比先前的那些都强壮，都凶狠，甚至单凭影子轮廓就能看见狼爪的锋利。更重要的是，它能攻击。

何律猝不及防，被一把扑倒。狼影前爪狠狠按在他的肩膀上，后爪用力踩着他的肚子，低头就往他的脖颈撕咬！

唐凛小心操控着狼影攻击的尺度，知道这一咬作势凶猛，实则收敛，恐吓意味远大于真正伤人。毕竟他没想把何律怎么样，只是要对方知道，不可能单凭一个“墨守成规”保住自己的颈环……

何律：“哎，哎，行了……别舔了，知道你乖……”

狼影是收敛了，收敛到直接改咬为舔，趴在何律身上拱得那叫一个欢。

唐凛：“……”

这是什么萌宠时刻？！

第二章

选 择 题 XUAN ZE TI

1

狼影的反常只冲击到了唐凛一霎，他立刻回过神，重新给“狼影独行”下达攻击指令。

指令过去了，狼影在何律肚皮上打了个滚。一人一狼，其乐融融。

这种局面的形成只有一个解释，就是当何律更改规矩消除了“狼影幢幢”后，见到“狼影独行”攻击过来，又紧接着改了第二次规矩。

唐凛自认已经让两个文具无缝接档了，“狼影独行”就像当初提尔欺身过去的那一拳。可当时的何律毫无还手之力，现在的何律却可以在瞬时反应里再改规矩。新规矩可能是“狼影变忠犬”，可能是“小动物都爱我”，但无所谓，何律不再是地下城的何律了。

唐凛同样不再是地下城的唐凛。他脚下猛然一动，径直朝何律冲过去。他倒要看看，只能定一个规矩的何律，是用规矩防他，还是防狼影——想用一个“禁止攻击”防住他们两个是不可能的，因为狼影不是人，是文具树，文具树本身没有主观意识，就像提尔当时扔过去的短剑一样，何律不可能让短剑“禁止攻击”，于是只能改成“缴械”。

这是一个何律必须二选一的抉择。但只要他做出选择，“墨守成规”就破了——继续给狼影定规矩，唐凛会揍他，改成给唐凛定规矩，一直接收攻击信号的狼影会瞬间清醒，然后用攻击的本能咬他。

何律抬起头，看着唐凛冲进自己的文具树范围半径，没做任何反应。

唐凛却停下了，停在半路，距离何律两米之遥。攻击性从他的眼中退去，取而代之的是惊讶、疑惑和诧异。

自己被“禁止攻击”了！唐凛能清楚感觉到，从他踏入半径四米内，他脑中的攻击意图就开始被一种强大的力量打压，抑制。可如果何律换个新规矩来限制自己，狼影怎么还能这么乖？就算接收不到自己新的攻击信号，至少也能凭借那点儿攻击信号的惯性余韵先咬他两口吧？

“你到底定了什么规矩？”唐凛不想问，因为一问，就先在气势上输了大半，但不问又不甘心，因为他真的想不通。

何律一边摸着狼影的头，一边大方相告：“禁止攻击。”

“不可能。”唐凛直觉对方在说谎，“你的‘禁止攻击’不是只对主观意图有效？”

何律的脸色终于有了变化，但不是被识破的尴尬，而是对于唐凛敏锐洞察力的意外：“的确，‘禁止攻击’只对主观上的攻击意图有效，如果你的文具树不是‘狼影’，而是‘枪林弹雨’或者‘天上下刀子’一类，这个规矩就防不住。”

唐凛不觉得“狼影”和何律说的那些攻击性文具有什么区别。感情上，他把对那个舍命保护自己的小夜游怪的感情寄托在了“狼影”身上；但理智上，他知道“狼影”只是文具树，听自己的命令行事，和那个会对自己主动撒欢、摇尾巴，对范佩阳则爱答不理的小家伙，有着本质上的不同。

思及此，唐凛缓缓摇头，坚持认为何律没说实话：“‘狼影独行’不可能有主动的攻击意图。”

话音刚落，何律还没给反应，原本拿脑袋有一搭没一搭拱着他手掌的狼影忽然趴到地上，蜷成一团，低下头，将脑袋埋进两条前腿里。单看影子轮廓，都能感觉到它的低落心情。

何律万年沉稳的脸上蓦地松动，流露出一点儿心疼，他看唐凛一眼，带着明显责备：“你对你的文具树很缺乏了解。”

让何律这么一说，唐凛也有点儿心虚，再看狼影，好像真的不是单纯听指令行动的傀儡，那小动作、小反应、小姿态，几乎和记忆中的夜游怪完全重合……

“过来。”不经意地，唐凛在心里轻轻唤了一声。

原本在何律脚边的狼影动了动，稍稍抬起一点儿头，仿佛带着不情不愿。

唐凛蹲下来，这次直接出声：“小狼，过来。”

脑中和文具树建立的联系忽然传来震动，像是一贯的单向联系有了对向反馈。狼影唰地起身，欢蹦乱跳就扑过来了。唐凛没蹲住，直接被扑倒，脸被狼影一顿舔，痒得要命。

“好了好了……”唐凛笑着抱紧它，心里涌动着热流。那个救他一命的小狼没走，也不是化成什么无意识的能量进入他的身体，而是根本全须全尾留下来了。

文具树没有自主意识，狼影有。因为它从来就不是文具树。

“你到底是怎么得到它的？”何律看着空荡荡的手掌，那上面还残留着狼影的触感，再看看现在对着唐凛撒欢的狼影，莫名有点儿失落。

“这个就说来话长了。”唐凛起身，一边惬意撸着狼，一边回忆相识的点滴，“那天是夜游怪出来攻击的日子，我当时在地下井……”

不对啊！唐凛及时打住。现在好像不是炫耀宠物的时候。

唐凛收了“狼影独行”，起身站直，把注意力重新调回“战斗频道”。随着小狼消失，操控文具树带来的体力和精神力的消耗也缓和下来。

人的体力和精神力都是有限的，没谁能一直操控着文具树，唐凛如此，何律也是如此。

“我突破不了‘墨守成规’，”唐凛大方承认，“但我会一直跟着你。”他抬手看一眼倒计时，“距离这场考验结束还有四十五分钟，如果你的文具树能持续不间断地保护你四十五分钟，我认输。”

何律缓缓站起，不用刻意，腰背自然笔直，他似乎天生有一种挺拔的气质：“我做不到将文具树持续操控那么久，就像你也做不到四十五分钟持续攻击。”

唐凛沉默下来。他知道，何律抓住了这一持久战策略的漏洞。

果然，何律不在意地笑笑，朗声道：“你可以跟着我，可以随时攻击，而我只需要在你攻击的时候启动‘墨守成规’就行。你放狼影攻击，我用规矩防守；你收了狼影，我收了规矩。本质上，我们两个的体力和精神力消耗是同步的，如果耗到最后，我支撑不住了，你还能攻击，那就是你赢。”

“但我赢不了。”唐凛走上前去，最终停在何律面前，“这种短平快的间断攻击，根本不可能在四十五分钟内耗光任何一方的体力。”结果就是他俩都还有体力和精神力的储存，但没时间了，依旧没拿到颈环的他失败。

“先别这么快下结论。”面对唐凛的判断，何律反而持保留意见，“这段时间里，我为了通过考验，也要去搜寻自己的目标，如果我运气好，目标还没进神庙，那么当我找到目标时，你就可以和他联手对付我，他的文具树或许会成为你制胜的关键。”

唐凛：“……”如果不是何律脖子上的黑色颈环太扎眼，他真的会认为是“小抄纸”弹出来一个 NPC（non-player character，非玩家角色）给他做战前辅导。

“你到底有没有弄清楚，”唐凛缓了语气，像一个劝恶徒回头是岸的老僧，“我要抢你，你可以摆正自己的位置吗？”

何律不介意：“你要抢我和你大概率会失败的客观事实并不冲突，即使我提出你小概率获胜的可能性，依然不能扭转胜负概率。”

唐凛几乎湮灭成渣的斗志，终于在余烬里死灰复燃："你早这么说话多好。"

坦白里带着自信，自信里透着必胜，必胜就定然激发对手意志，越是不可能，越要挑战不可能，这才是一对一的精髓。要靠那个还不知道漂泊在哪里的"何律的目标"给胜利机会？不。唐凛从来都是自己的机会自己造。

面对面的近距离，唐凛以根本来不及启动文具树的速度，一拳揍向何律的腹部——出拳之前，他已经暗自用"攻击意念"测试过，"禁止攻击"已经被解除了。他的拳头没范佩阳那么有力，但他的一招一式可都是跟着范佩阳在拳馆练的，治不了堪比专业选手的范佩阳，但打一个非专业的何律还是……

"啪！"如风的拳头竟被何律一个格挡给挡住了。

唐凛一怔，出拳的右手顺势下压，反格住何律的手，左手紧接着朝何律的脸颊招呼过去。何律一个后仰，稳稳当当地闪开，侧身就是一个高扫腿。唐凛猛地闪开，要不是躲得快，这一腿直接就能扫到他的腰眼。

对方竟然也是练过的，而且身手不在范佩阳之下，甚至基本功更扎实！

唐凛气喘吁吁地紧盯着一米开外的何律，再不敢贸然出手。

是他疏忽了。在地铁的最后一节车厢里，何律同提尔对战时也近身过过几招，当时看着毫无威胁，甚至没有什么章法，现在想来，不是何律弱，是提尔太强，完全将他压制住了。

"放弃吧，"何律不想和唐凛纠缠太久，毕竟他还要去找自己的目标，"无论是文具树PK还是近身肉搏，你都拿我没办法。"

唐凛无话反驳。自己刚刚那一波攻击，何律在挡下第一拳之后可以立即启动文具树禁止攻击，但他没有，反而坚持近身战，用最直接的方式告诉他，"你换再多门路也是徒劳"。

战局无解。唐凛感觉自己走进了一条死胡同，前方就是南墙，他不想回头，拼命地撞，每次都觉得自己有机会撞破了，等揉着撞疼的头仔细一看，连丝裂缝都没有。

"墨守成规"定的"禁止攻击"，能探知到一切主观的攻击意图，然后将之压制得死死的。想破解，理论上唯一可行的方法，就是攻击者从自己的心里抹去"攻击意图"，同时行为上还去攻击。但这怎么可能？人的行为是大脑操控的，行为都攻击了，大脑里怎么可能没有"攻击信号"？这个方法就是一个悖论。

不，或许……可行。

唐凛忽然抬起眼，看向一直在等他做放弃决定的何律，胸有成竹地说："我知道怎么破你的'禁止攻击'了。"

何律不信，认定他在故布疑阵："除非你像提尔一样，自身能力远远高于我，高到可以削弱'墨守成规'的效果。"

唐凛笑着后退，重新和何律拉开超过四米的距离："我不是提尔，我就是和你一样的、只拥有二级文具树的普通人，但我找到破掉你规矩的方法了。"语毕，他集中精神，再次启动"狼影幢幢"。

何律的视野一下子混沌，目之所及都是飞速而过的狼影。但他心里无惧。这是他第二次被"狼影幢幢"包围了，他知道这些狼影只能干扰，根本做不到攻击。唐凛唯一的攻击机会，就是在他为了驱散狼影改变规矩的那一刻，发动"狼影独行"进行攻击。

上次唐凛用这招的时候，他将规矩迅速改回"禁止攻击"，防住了。这次他更加从容，根本无视"狼影幢幢"，也不费力改规矩驱散这些无意义的黑影，自始至终坚持着"禁止攻击"，不管唐凛何时放出"狼影独行"，那只狼都只能像先前那样和他撒娇。说实话，他还挺想再摸……

"咣——"混沌中，一个"重物"狠狠撞到了他的右肩。何律猝不及防，踉跄一步。

"重物"迅速离开。何律不可置信地摸着肩膀，刚刚那个撞过来的触感，分明是毛茸茸的。

"咣——"又一下，这次是撞他的后背，力道比先前更狠。

"咣——"第三下，这次是前胸。何律反应飞快，用双臂禁锢住"重物"，拿脸一蹭，分明就是狼的皮毛，他刚刚撸了好几分钟，绝对不会错！

可是没道理啊，他明明还操控着"禁止攻击"，狼影怎么就开始攻击他了呢？

身体和心理的双重冲击让何律有一瞬的小心酸，小恍惚。狼影趁机挣脱他的怀抱，咻地跑走。然后就是耳边一阵杂乱声响，像是狼影在乱窜，带起"咻咻咻"的空气风。

"砰！"思绪纷乱间，狼影第四次扑到他的后背上，这次的冲击力比先前的都大，何律直接向前扑倒。他反应极快地伸出双手撑住地面，避免了脸着地的悲剧，同时果断将"禁止攻击"的规矩改成"禁止视线干扰"——他倒要看看，究竟是怎么一回事。

新规起效，"狼影幢幢"一瞬间消失。何律的视野重新清明，只看见一头狼影神经病似的在他身边乱窜，毫无规律，毫无章法，分分钟就要再撞上自己的节奏。

何律蓦地明白过来，唐凛……

"啪！"

刚被何组长在心里 Cue（提示，信号，给某人暗示）到的唐凛早站在了何律身后，手持一块废墟里捡来的铁板，在"禁止攻击"解除的一瞬间，结结实实拍到了何律的后脑勺上。

何组长被安排得明明白白——眼睛一翻，整个世界与我无关。

倒计时 00:20:44。

何律在淡淡的昏眩中苏醒，视野昏暗，后脑发疼。他挣扎着坐起来，身上盖着的草席随之滑落。他四下环顾，这是一个狭窄的密闭空间，也就能放下一张草席、一个人。

何律摸摸脖子，果然，颈环没了。

他想站起来，刚站一半，就“咚”地撞到了头顶。他忍着疼好不容易摸索到小门，推开弯腰钻到外面，这才发现自己身处一栋石屋的二楼，从窗户往下看，废墟在斜对面。

何律这才反应过来，他现在站的窗口应该就是唐凛刚刚趴窗台和他打招呼的那个。显然是担心昏迷的他被人撞见，届时任人宰割容易遭遇不测，唐凛不仅把他搬到了二楼，还塞进了储物间，末了又盖上一张草席。

也是尽心费力了。何律苦笑。

站在唐凛站过的窗口，看着下面人去楼空的战场，他终于能静下来，分析这场战斗的失败。其实在被拍晕的前一刻，他就识破唐凛的套路了，可惜，还是有点儿晚。

他的“禁止攻击”根本没失效，无论是干扰他视线的“狼影幢幢”，还是不断撞击他的“狼影独行”，执行的都不是攻击指令——“狼影幢幢”不用讲，它本就不是攻击；而“狼影独行”，如果何律没猜错，唐凛给的指令是“在‘狼影幢幢’的范围内最大限度乱窜”。

乱窜不是攻击，不会被“禁止攻击”限制，同时又必然会撞到他这个处于“狼影幢幢”中心的人，让他误以为一次又一次的冲撞是主动攻击，由此让他产生了动摇和怀疑。这不仅使得他最后撤销了“禁止攻击”的规矩，更让他分神去思索狼影为什么可以攻击，从而降低了反应速度，给了唐凛拍晕他的机会。

其实自始至终，真正的攻击，只有唐凛最后拿铁板拍的那一下。

如今回过头来再想，其实唐凛的战术不精细，但凡他在被狼影冲撞的时候深入思考一下，都有想明白的可能。但最终，他还是错过了这些机会。

为什么？因为唐凛在动手前的那句“我找到破掉你规矩的方法了”。

这句战前宣言，才是最强的心理暗示。

他现在当然知道，唐凛根本没找到方法，只是抓住了他“禁止攻击”的根源性触发点，就是“攻击意念”，由此让狼影的意念从“攻击”变成“自己横冲直撞快乐地玩耍”，规避了限制，却成功造出了攻击假象。

找到他规矩触发的根源点；不着痕迹地布置心理暗示；长时间同时操控两种文具树，利用混乱造成攻击假象；预测到他会为了弄清情况，将“禁止攻击”改成“驱散‘狼影幢幢’”，从而提前手握铁板站在他身后……以上每一条，单拎出来都不难，但要全部做到且做到环环相扣，最终“拍板”成功，就是本事。

抬手摸摸后脑勺肿起的大包，何律不无羡慕地叹了口气。

有些人模样清新俊逸，头脑聪明冷静，套路层出不穷，执行准确果断，还有狼。

2

一个多小时前，倒计时 01:27:00，环形城某十字路口。

草莓甜甜圈仅剩的三位——关岚、莱昂、探花——停在路口踌躇。

路有三条，三个方向，组长关岚决定将选择权交给队友："往前，往左，还是往右？"

探花抱臂思索片刻："往右吧。"

莱昂从口袋里掏出一枚空弹壳，往空中一抛，弹壳清脆落地，弹头一面偏向左边。男人上前一步捡起弹壳，吹吹灰尘放回口袋："我建议左边。"

"好的，"关岚果断昂首，"向前。"

探花、莱昂："……"组员的感情就是用来伤害的？！

做了决定，关岚第一个往前走，边走还边碎碎念："莱昂，你确定还要找下去吗？这都过去一半时间了，你的目标八成早进神庙了……"

探花也帮腔："可说呢，我要是你，现在就找个地方睡一觉，还节省体力，醒了直接和我们进'终极恐惧'。"

莱昂没说话，如往日一样沉默，仿佛外界的一切风雨、险阻，都不能动摇他既定的道路。这个男人就像磐石，永远屹立在肃杀的寒风中。即便同是草莓甜甜圈的伙伴，关岚和探花也不能完全看透他，自然也无从得知，他俩替"磐石"脑补太多了。

走在他俩后面的莱昂根本没考虑目标的事，他在垂着眼睛看前面两人的脑瓜顶，并发现探花有一个发旋，关岚有两个发旋。莱昂随即想起了不知哪里听来的俗语，说"一个旋的人愣，两个旋的人横"，细细一品，果然俗语都是智慧。

就在这样和谐的同行氛围里，莱昂和关岚忽然停住脚步，同时向左转头，只见一个拳头大的石块凌空飞来，像个小炮弹一样直直砸向他们。关岚一把按住探花的脑袋，带着他向前匍匐倒地。莱昂则原地不动，只上半身向后仰。

石块从他们中间穿梭而过，在离莱昂两米远的空中停下，忽然调转方向，再度朝莱昂而来——操控它的人目标很明确了，就是莱昂。

莱昂这次不再闪躲，直接抬手瞄准飞来的石块，嘴里轻轻吐出气音："砰。"

"咻——砰！"袭到半路的石块被"中级狙击者"的"空气箭"射穿中心,碎成无数小石块，在飞扬的尘土粉末里噼里啪啦落地。

"你这个招呼打得很别致。"莱昂看向后方巷口走出的男人，明明是调侃，语调却毫无起伏。

“不想跟踪了，”范佩阳掸掸衣服上的土，说，“鬼鬼祟祟的太麻烦，你们又一直发现不了，我只好主动出来了。”

“这就是灯下黑，”莱昂说，“我们太专注于寻找，反而忽视了周围。”

两个同样高大冷峻的男人，隔着几米远的距离，你一句，我一句，声音冷漠，聊得倒挺火热，有来有往的，谁也不让谁的话掉到地上。

探花从地上爬起来，凑到早一步起身的关岚旁边，小声道：“组长，你有没有觉得莱昂一遇见范佩阳，就莫名话多？”

关岚想了想：“可能在这个孤独的世界上，遇见一个同类不容易。”

探花：“……”

那边两个“孤独”的男人还在寒暄，其实也可以叫战前预热——

“我没想到你会来找我。”莱昂集中精神，加深对于“中级狙击者”的操控，但引而不发。

“你应该想到，”范佩阳眼底渐沉，“只要你没进神庙，就时刻存在风险。”

“最后一个问题，”莱昂定定地看着他，“你怎么知道是我的？”

范佩阳自动理解成“你怎么知道我在这里”，很自然地道：“盯梢别人的时候，你们正好路过，说来我运气还不错。”

“这话应该我说。”莱昂难得露出微笑，“我是最讨厌找东西的，结果不用我找，你自己来了，很好。”

范佩阳脱掉外套，露出适合剧烈运动的有型单衣，摩拳擦掌地给这个愉快的交流画下句号：“那就开始吧。”

莱昂脱掉黑色针织衫，露出内里的黑色短T，身形和范佩阳一样，线条漂亮、有力。

探花：“……”一言不合就脱衣服是什么战斗习惯，宽肩窄腰有胸有腹肌了不起啊？！

“等一下！”关岚走过来，先捡起地上的黑色针织衫，扔给探花拿着，再回过头来，看看左边的莱昂，又看看右边的范佩阳。

范佩阳不介意：“你们两个、三个都可以一起上。”

草莓甜甜圈帮草莓甜甜圈，天经地义。

关岚摇头：“我不是要帮他对付你，甜甜圈除了探花，其余都是自负盈亏……”

探花：“……”他老老实实躲这么远，存在感都快为零了，也能膝盖中一箭。

“但在你和莱昂一对一之前，”关岚话锋一转，“有个问题我觉得还是要弄明白。”

范佩阳淡淡看他：“讲。”

就这态度，绝对值一颗黄泉路糖果，但为了自家组员，关岚忍了：“你怎么知道莱昂的目标是你？”

范佩阳怔了怔，眼底闪过一丝讶异："他的目标是我？"

莱昂、探花："……"

"你不知道？"关岚莫名其妙，"那你为什么跟踪我们？"

范佩阳："我的目标是他。"

关岚、探花、莱昂："……"

风吹过十字路口，四个人都需要静静。

七十多名闯关者，你的目标是我，我的目标恰好也是你，这概率有多小？反正经历过"我竟然成了队友的目标"的探花严重怀疑，草莓甜甜圈存在某种"小概率事件必然发生"的神秘土壤。更不可思议的是，莱昂和范佩阳"寒暄"半天，还聊得挺顺畅，谁都没觉出不对，要不是关岚跳出来一针见血窥破真相，两人就要稀里糊涂开打了。这令人窒息的社交水平……

"你俩还是'沉默是金'吧。"探花真心建议。

鉴于刚被打过脸，范总和莱杀手都保持了默契的深沉。

关岚观望一下，感觉两位闯关者想恢复先前那种"战斗一触即发"的气氛，还需要一段时间调整，便趁着空当多问一句："你们 VIP 的其他人战况如何？"他没别的意思，纯属好奇。

不料范佩阳摇头："还不清楚。"郑落竹、南歌去追花臂柯南，唐凛还在盯梢何律，打没打、战斗结果如何，他一概不知。

关岚有些意外："我还以为你至少会帮完唐凛再去找自己的目标。"

听见唐凛的名字，范佩阳瞬间将聊天专注度从 1% 调到 200%："为什么？"

"因为你看着就很放不下他啊。"关岚的语调微微上扬，显而易见的调侃，"他和提尔打的时候，你的表情像要吃人。"

范佩阳微微皱眉，有些怀疑地陷入回忆，他向来对情绪管理很自信，真的表现得那么明显吗？

如果这时候郑落竹在，就会提醒自家老板："很明显，明显到人家唐总打完，还得给你用个治愈性幻具。"

关岚万万没想到一个随意调侃，对方还挺认真，更觉得有趣了，故意道："你和唐凛究竟什么关系？ A. 普通伙伴；B. 你想和他兄弟情深；C. 他想和你兄弟情深。"

范佩阳耐心听完了所有选项，静静看关岚："我想选 C，但正确答案是 A。"

关岚："……"他只是开个玩笑，真的不用这么严肃配合，真的。

"他跳过了 B。"不知何时凑过来的探花，在莱昂身后小声提醒。

莱昂："人们总是下意识逃避真相。"

探花："我也觉得。"

范佩阳没注意探花和莱昂的嘀咕，甚至也没在意面前关岚的反应，因为在给出关岚答案的一刹那，他的潜意识里忽然有种熟悉感，好像很久之前也被人问过这个问题。

问这话的是谁他忘了，只记得应该是在一个酒会上，因为至今回想起来，仿佛还能听见酒杯碰撞的嘈杂。

他不记得提问的人，却清楚记得自己当时的回答——合伙人。

记得更清楚的是他说出答案之后，唐凛走过来，和那个面目模糊的提问者寒暄地笑。

那天应该是他和唐凛就"是否要把私人关系带入工作场合"进行的第一次吵架，事实上不能算吵架，顶多算不太愉快的商议。范佩阳觉得没必要用自己的私生活给闲人增加茶余饭后的谈资，尤其他和唐凛还同公司，把私人关系带入到工作中很可能增加不必要的麻烦。他不怕解决麻烦，但更喜欢提前杜绝麻烦。唐凛却觉得两个人共同经营公司，私交逐渐加深是再自然不过的事，况且像他们这样的人，工作和生活本就不可能真的彻底分开，何必自己为难自己。

具体争论的过程，范佩阳记不清了，只记得结果是他把唐凛说服了。从那之后，他们在公司依然是公事公办的合伙人，甚至两个人独处时唐凛都会偶尔口误，惯性地流露出"两人是普通朋友"的表达。

范佩阳对此倒无所谓。他清楚自己和唐凛的关系，表述又不会改变既定事实，况且他有时候还能看出唐凛是故意那么说给他听的，类似一种变相抗议，表达对他做法的不满。如果他开口纠正，估计就要再把"朋友关系"的议题重新讨论，所以他每次都装听不懂，也就不了了之了。

省时，高效，这是范佩阳一贯的行事风格。

如今想来，人果然不能贪心。

那时候的他，既享受和唐凛的稳定关系，又希望唐凛能心甘情愿认同并执行"对外只是合伙人"，不要翻来覆去试探自己的态度，寻找推翻或者重新探讨的机会。现在后者实现了，前者消失了。唐凛满足了他的愿望，不管对内对外都再没有一点儿为难，死心踏地拿他当合伙人。范佩阳却想和遇见的每一个人说，他和唐凛不是这样。

不远处，三个草莓甜甜圈组员站在一起，他们距离范佩阳不远，或好奇，或疑惑，或面无表情地看着范佩阳脸上的情绪变化——

探花："他好像有点儿难过。"

莱昂："嗯。"

探花：“是不是被刚才的选择题勾起什么不开心的了？”

莱昂：“嗯。”

探花：“和唐凛有关吧。”

莱昂：“嗯。”

探花：“组长，我觉得你这样有点儿不光彩，怎么能用别人的隐私发动精神攻击呢？”

关岚：“……”他只是调侃了一下，范佩阳自己在脑内查资料、找数据地搞毕业论文，谁能拦得住啊！

3

倒计时 01:22:00，环形城某十字路口。

一个回忆完毕、随时可以开战的范佩阳，一个早等着扣动扳机的莱昂，以及两个爬到较为安全的屋顶上，居高临下观战的草莓甜甜圈组员。

遥远的不知名处的战斗声飘到这个十字路口，转个圈，散了，似乎也忌惮这里山雨欲来的压迫感。

探花对战斗实在没什么心得，便问关岚：“你觉得谁会赢？”

“单纯论文具树 PK，”关岚毫不犹豫，“莱昂。”

探花虚心求教：“怎么讲？”

关岚趴在屋顶，两只小手托着下巴，头顶翘起几根头发，随风摇：“‘狙击者’和‘懒人的福音’都是远程攻击文具树，这种文具树就看三个方面：一，杀伤力；二，攻击速度和灵活度；三，弹药库储备。”

“杀伤力上肯定是莱昂高，”这一点探花还是看得明白的，“莱昂是空气箭，范佩阳好像一直在用罐头、石头一类的重物。”

“对，”关岚点头，“至于攻击速度和灵活度，再快的隔空移物也比不上射击速度。”

“弹药库储备更不用说了，”探花举一反三，“莱昂的空气箭是文具树自带，范佩阳好像每次都要随身携带罐头什么的……”

文具树的三点 PK，“懒人的福音”全线溃败，探花忽然有点儿同情那个穿大衣、很有品位的 VIP 了。不过话说回来——

“组长，你刚刚说单纯论文具树 PK，什么意思？”探花没懂，“一对一 PK 不就是文具树 PK 吗？”

关岚转头看向自家组员，没说话，先幽幽叹口气。

探花:“……组长，你是不是想说，幸亏你的文具树不是战斗型，不然给你个方天画戟，你也能用成挖耳勺？”

“意思对，但不用加那么花哨的比喻。”关岚把目光重新放到战场上，范佩阳的身形已经有动的趋势了，只是暂时还无法判断他是想攻还是想守，“一对一 PK，文具树的属性只是最基本的，弱的文具树用好了也会无敌，真正决定胜负的是人。一个人对自己的文具树的了解、对对手文具树的了解，还有对战局的判断和控制力，才是制胜关键。”

探花听得云里雾里，战斗这门学科太高深玄妙了，他还是问点儿简单的吧：“那把这些因素都算上，你觉得他俩赢面怎么开？”

关岚：“六五开，莱昂六，范佩阳五。”

探花：“为什么加起来是十一……”

“因为莱昂多出的一分胜算，是我们这些场外观众给的。”关岚说着一跃坐起，朝自家组员挥挥手，“莱昂，你不用顾忌，放开了用‘狙击’，只要给他留口气，我都能用幻具给他救回活蹦乱跳——”

莱昂远远看过来，发出灵魂提问：“那口气要是没留住呢？”

关岚歪头：“那我就省了一个幻具呗。”

探花：“……”组长是狠人。

既然自己是莱昂多出的一分胜算的二分之一，探花也学着关岚，给伙伴摇旗呐喊:“莱昂，他那个‘福音’就是隔空扔扔罐头，不足为惧，你肯定赢——”

“咻——”一柄匕首从范佩阳扔在地上的外套里飞出，如离弦的箭，直奔莱昂。

莱昂的“中级狙击者”早蓄势待发，只见他不闪不躲，在听见匕首破风的第一声抬手就是一击。“当！”空气箭在匕首马上就要抵达莱昂面前时精准击中刀身，雪亮匕首被打偏出去，“当啷”落地。

莱昂和范佩阳的目光同时投向落地的匕首。

屋顶上的探花悄悄趴下，头埋进手臂，只露两只小眼睛观望战局。

——“莱昂，他那个‘福音’就是隔空扔扔罐头，不足为惧，你肯定赢。”

这话是谁说的？探花表示，他不太清楚。

“看来他的二级文具树可以隔空移动利器攻击了……”关岚沉吟着，突然问探花，“莱昂现在数据多少？”

“啊？啊，数据啊，我想想。”探花赶忙回过神，在脑内检索，因为“‹防›我看透你了”在地下城里比较容易获得，他们储备了许多，所以会定期使用来监测每个人的等级水平，最近一次检测在两天前，他清楚记得莱昂是，“智力 A，体力 S，攻击力 S，防御力 A，综合危险等级是A+。攻击力的提升是因为拥有了‘中级狙击者’这个二级文具树，体力的提升是他自己进行了魔鬼训练。”

“看看范佩阳的。”关岚紧接着道。

“好。”这个文具探花用得熟练，都不用抬手臂，直接在脑内点开“文具盒”，使用“‹防›我看透你了”，目标锁定范佩阳。很快，一系列数据在探花的眼前浮现——智力A，体力S，攻击力S，防御力A，综合危险等级A+。

探花用力眨眨眼，怀疑自己是不是哪里操作失误，把莱昂的数据复制粘贴过来了。

“怎么样？”关岚看不见数据，只能问“‹防›我看透你了”的操控者。

探花神情微妙地看向自家组长：“ASSA，他的数据和莱昂一模一样。”

关岚：“……”一样的远程攻击型文具树，一样的危险等级，还一样地成了彼此的目标，这是什么前世今生的宿命？！

“我记得在1/10地铁里的时候，他的数据是A、S、A+、A……”探花分析，“两个数据比较的话，他在水世界这段时间，只是把攻击力从A+提升到了S，其他没变化嘛，而且攻击力的提升多半也不是靠他自身的努力，是靠新升级的二级文具树吧……”

数据是最有说服力的，探花原本还高看范佩阳一眼，觉得按综合危险等级看，这也是个高手，可基础再好，不思进取也迟早被人超过。

“基础数据在同一起跑线，莱昂的文具树各方面都比他有优势，自身努力还超过他，”探花怎么看都觉得，“这场莱昂稳赢。”

看过范佩阳的等级数据后，关岚的心也落定了，不过他比探花谨慎得多：“赢是要赢的，至于是不是稳赢……”

“咻咻——”

战场上，莱昂用了二连击。有了关岚的治愈幻具托底，他一点儿没跟范佩阳客气，两发空气箭都奔着范佩阳的膝盖去，要的就是废掉范佩阳的活动能力。

空气箭的优势不仅在于速度，还在于它的无影无形，范佩阳只能通过莱昂的动作，来判断攻击时机。事实上，空气箭的速度也不容他有一秒的迟疑，在莱昂抬手的一瞬间，他已经一个闪身侧到一旁。如果等莱昂抬起手，他再闪躲腾移都没用，人毕竟快不过“射击”。

空气箭从他脸侧疾驰而过，他看不见，却感受得到锋利的气流。就在他心里绷着的弦稍松的一霎，又听见有划破空气的声音而来。可他能确定，莱昂绝对没有再抬手。

是三连击！

范佩阳瞬间判断出来，莱昂的“中级狙击者”可以三连击，他刚刚射过来的所谓“二连击”实则是“三连击”，只是他在射击时故意顿开了第二支箭和第三支箭的间隔。这一顿，甚至足以让他微调第三击的方向。

范佩阳猜对了。莱昂这波三连击，真正要用的就是最后一箭，前面二连击不过是逼范佩阳闪躲——他射的是膝盖，范佩阳想躲，只有往左闪和往右闪两个选择，莱昂就赌这50%的概率，左边。

他赌中了。谁都看不见的空气箭，他看得一清二楚，凌厉的空气流凝聚成一支羽箭的形状，直冲范佩阳的腿部而去，按照范佩阳现在站的位置，箭必然会射中他的右腿。

一个三连击解决战斗，比莱昂预想得快了些。

“当——”空气箭像是遇到了什么阻挡，在距离范佩阳腿前十厘米左右的地方骤停，同时撞击出刺耳声响，箭形气流随之消散。

莱昂眼底极快地闪过一抹凌厉：“你用了防具？”

“‘‹防›金钟罩’，地下城买的，”范佩阳沉沉舒口气，“幸好闯1/10没用完。”

莱昂：“你同时操控防具和文具树，体力恐怕不够用。”

范佩阳：“没办法，对着你的‘中级狙击者’，总要穿件防弹衣。不过我体力S，不用担心。”

“巧了，”莱昂微微抬眉，“我现在的体力也是S，陪你耗得起。”

范佩阳眯起眼，这是第一次，有人对他的体力发起了挑战。

“不过，”莱昂忽然转了话锋，“我想这场一对一不会真的打成消耗战，因为据我所知，‘‹防›金钟罩’的时效只有五分钟。”

范佩阳点头：“所以——”话没说完，他脚下猛然启动。

所以要速战速决？所以要五分钟内结束战斗？莱昂帮范佩阳补了好几种后续，并做足应战准备，就等着和他短兵相接。不想对方一个箭步，却不是朝向自己，而是冲进了十字路口旁的一条小巷。莱昂愣了好几秒，才接受“对手好像要跑路”的现实。

这边慢了几拍的莱昂紧跟着追进巷子，那边屋顶上的探花还在呆怔中。

“什么情况？”范总落跑的背影太高大了，气场和举动形成的违和感实在让探花恍惚，“他不是要抢莱昂的颈环吗，突然跑掉什么鬼？终于发现打不过莱昂的‘中级狙击者’了？”

“不是逃跑，”关岚一双长睫毛的大眼睛早看透了真相，“范佩阳是要换战场。”

探花：“换战场？”

关岚：“‘‹防›金钟罩’只要一消失，他就是个活靶子，要是还在十字路口这样的宽敞地，不出十分钟，他就得让莱昂打成筛子。想周旋，他就需要掩体……”

“他想和莱昂打巷战？”探花有点儿摸出来门道了，“但是他凭什么肯定，莱昂就会跟进巷子，陪他转移战场？”

关岚：“因为莱昂也想要抢他的颈环。”

探花："可他事先并不知道啊。"

"所以，巷战绝对不是他一开始的战术，"关岚紧紧盯住两人消失的巷口，"但在得知莱昂的目标也是他之后，就换了对自己更有利的战术。"

"这么短的时间换新战术？"探花可以想象，范佩阳原本的战术一定是充分考虑过莱昂的文具树后才做的计划，如此轻易推翻，然后换个新的仓促执行？

"你想想他怎么揍的提尔。"关岚脸上的笑意收敛，"他缺失的社交能力，应该都补到战斗天赋上了，这场一对一，莱昂恐怕不会赢得太轻松。"

密集的石屋建筑构成了交错狭窄的巷道，两个纯攻击型选手，在不断的跑位和不断的交火中，将巷道打得尘土飞扬。

"咻——咻——砰——咣！"

"枪林弹雨"声笼罩在巷道上空，偶尔有其他闯关者误入，立刻知道此地不宜久留，扭头就撤。

关岚和探花当然没撤，不光不撤，为了寻得最佳观战视角，还得一直跟着战场转移，刚换到一个屋顶，还没趴稳，又得继续到下一个屋顶，体力消耗不比底下打架的那两人少，堪称史上最执着观众了。

不过战斗进行到现在，已经过去五分钟了，底下二位一直没有面对面过，全程隔空交火，距离最近的时候也至少隔了一间石屋。

不是莱昂的问题，是范佩阳的问题——莱昂全程都在主动寻求缩短两个人之间的距离，可范佩阳一直在躲。

"砰——"又一次空气箭射到巷子转角，转角后的人敏捷缩回去，空气箭擦着石壁而过，在石壁转角留下一道缺口。

一丝不耐划过莱昂的眉宇，从对战开始就沉默着的男人终于忍不住和藏在转角后的人喊话："我知道你想借巷子的掩护来应对我的狙击，但是你一直这样和我周旋，得不偿失。"

转角之后，范佩阳额上出了一层薄汗，一半是跑的，一半是操控文具消耗的。他正酝酿着再次转移阵地，不料就听见了莱昂的喊话。范佩阳有些意外，他以为莱昂是能动手绝不多说一个字的人，故而也很好奇对方接下来的内容："怎么讲？"

莱昂还真是没有在对战中和对手交流的习惯，实在是倒计时一点点流逝，范佩阳又不正面应战，让他有轻微的不悦："你一直在转移阵地，根本不正面和我打，消耗的不只是我的时间和体力，也是你自己的时间和体力。别忘了，你要做的不是保住自己的颈环，你还要抢我的颈环。"

"多谢提醒。"范佩阳的语气听起来还挺真诚，"不过如果我是你，我会把更多的注意力放在自己的战术执行上，而不是对手的。”

明显的挑衅让莱昂极快地眯了一下眼："你的战术执行，就是在无意义的拖延战里消耗掉只有五分钟时效的宝贵防具？”

范佩阳给自己套的"‹防›金钟罩"，除了最开始挡住了一次莱昂的攻击，后续完全没发挥任何作用,因为范佩阳一直在跑,莱昂一直在追,接下来的五分钟根本没有正经交过手。

"宝贵防具？”范佩阳不太认可这个评价，"三万而已，谈不上浪费。”

莱昂额角跳了一下。

刚跳到临近屋顶的关岚和探花："……"

"组长，"探花小心翼翼地出声，"我现在既想下去帮莱昂揍人，又想下去问范佩阳他们 VIP 还缺人不，而且后一个念头好像有点儿超过前一个，你说我这样是不是太对不起甜甜圈了？”

满怀愧疚的提问没得到组长的回答，因为组长在朝范佩阳喊话："你们 VIP 还缺人吗，会下毒的那种？”

探花："……"

本以为专注战斗的范佩阳根本不会理会场外提问，没承想他还很认真地回复了："缺不缺人，要唐凛说了才算。"

关岚打趣："他是你们 VIP 的 HR（Human Resource，人力资源，人事）？”

范佩阳："他是我们 VIP 的组长。"

"你们定组长了？”关岚意外，更意外定了唐凛，"我还以为你们最终会靠武力值来定，没想到是靠智力值。"

范佩阳："……"他是被夸了还是被骂了？

范总这边陷入思索，莱昂那边则回眸一瞥，目光直视关岚，眉头微微收紧。关岚瞬间抿紧嘴唇，沿唇线做了个"拉拉链"的手势，表示"嗯，懂，场外消音，关弹幕"。

排除场外干扰，莱昂忽然悄无声息地靠近转角，在距离转角一米左右的时候忽然一个箭步蹿上去，转身就往转角后狙击。

"咻——"

巷子里没人，空气箭射空。

莱昂一怔，忽然觉得脑后有风，他猛地向右偏，锋利匕首贴着他的左臂划过，留下一道血痕。莱昂的瞬时反应不是疼，而是思考，或者说在做出躲避动作的那个刹那，他就开始思考了。这么短的时间，范佩阳不可能有机会神不知鬼不觉地绕到他身后，同样也不可能真的跑出这条长长的巷子，唯一的可能，就是他要么藏在两边的某间石屋里，要么——

莱昂倏地抬头看两边屋顶，反应之快，几乎是在被匕首划破手臂的同时。

范佩阳就在右边屋顶上，和他只是一个屋上屋下的垂直距离，像是没来得及逃走，又像是压根儿没打算走。

两个人的视线撞到一起。莱昂抬手，根本没有瞄准这个步骤，举起来就是三连击。

范佩阳一跃向前匍匐，闪躲得极快。可空气箭更快，几乎是擦着他的后背过去的，且三连击都在同一位置——第一支箭划破了单衣，第二支箭划破皮肉，第三支箭则加深了这道伤口。

对战至今，这是两个人距离最近的一次，也由此证明了莱昂对战局的判断——只要他能拉近和范佩阳的距离，“中级狙击者”比较“懒人的福音Ⅱ”多出的那些优势就会显现出来。

那么，现在的问题就剩一个——一直跑动着不愿意和他正面交锋的范佩阳，为什么偏偏要在这里停下来？他完全可以趁着和自己或者和关岚说话的间隙，继续跑远拖延时间。

盘旋在心头的疑问没有影响莱昂的攻击速度，在几秒的间歇后，他再次抬手，根本不给屋顶上的范佩阳再起身的时间。然而这次他的手刚抬起来，手腕就被飞来的石块“啪”地打中，还不是之前那样拳头大的小石头，而是结结实实一块石砖，目测至少七八斤重！

屋顶上的关岚和探花皆是一惊，他们先前以为范佩阳只能操控罐头，后来知道他的二级文具树已经可以操控匕首，现在又发现他连操控的重量都有了极大的突破。

范佩阳根本没有一下子拿出他的二级文具树，而是循序渐进一点点释放。敢在这样的战斗中这么玩，不仅需要心理稳定，更需要极度的自信。

莱昂整个手被砸得偏了出去，同时射击出去的空气箭随着一起偏到十万八千里，手腕更是先木后麻再剧痛，以肉眼可见的速度红肿起来。

范佩阳起身，从屋顶上跳回巷子里，站在离莱昂七八米远的地方平静看着他，就像在看一个“友好切磋”的对手。

“咻——”一道极细微的划破空气的声音传来，莱昂刚觉出不对，那声音就停了。他像被什么定在那里，一动不动。

屋顶上的探花一头雾水，可关岚看见了，一根细针正停在莱昂右眼前，再进一点儿，就能刺破莱昂的眼球。

巷子里静下来，静到连观战的探花轻微不安地动了一下，衣服和屋顶的摩擦声都显得极响。

终于，莱昂开口，打破死寂：“你的针好快，我想不管换哪个闯关者在这里，都躲不过。”他声音坦然，如果不是看这个场面，而是单听声音，谁也不会想到他正处于“生死关头”。

“对于别人，我通常会在这个时候进行情况说明，用作威胁。”范佩阳慢条斯理地陈述，

“但对你，我想应该可以省略这个步骤。”说着，他象征性地朝莱昂伸出手，理所当然地要，“颈环。”

“你想让我主动摘？”莱昂像听见了什么有趣的话。

“我不觉得你还有其他选择。”范佩阳的目光淡淡扫过屋顶上的关岚，又落回莱昂身上，“让人暂时失去意识的蛋糕，你们组长应该有。”

“别急着帮我安排后路，”对于近在毫厘的锋利细针，莱昂视若无睹，只看范佩阳，“先回答我两个问题。”

范佩阳微微颔首：“说。”

莱昂：“第一个问题，你刚刚操控重石块打我的手腕，为什么不直接打我的头？”

范佩阳：“你已经狙击了，打头很可能来不及改变你的狙击方向，那么最可能出现的结果，就是我中箭你昏迷，然后我带着重伤去摘你的颈环。”

莱昂理解不了他的逻辑：“害怕受伤，所以连胜利都不要了？”

范佩阳也理解不了他的逻辑：“如果可以姿态优雅地获胜，为什么要让自己受伤？”

莱昂、关岚、探花：“……”

范总 Win（赢，胜利）。

“第二个问题，”其实这才是莱昂最想知道的，“为什么不在一开始就用针？”能一秒决定的战局，为什么要拖延到现在？

范佩阳静默片刻，道：“你把颈环给我，我再回答你这个问题。”

莱昂淡淡挑眉。

围观的探花一脸蒙，小声问自家组长：“都这局面了，什么时候回答有区别吗？”

“当然有，”关岚盯着巷内，“因为莱昂不会乖乖交颈环，这场战斗也还远远没结束。”

莱昂不打算交颈环？难道还有什么绝妙的反击招数？探花一下子绷紧神经，随着自家组长看巷道之内。

同一时间，莱昂拒绝了范佩阳：“那就当我没问。我不会给你颈环，想要，自己过来拿。”

范佩阳定定地看他，周身散发出危险的压迫感。可那根针依然停在莱昂眼睛前，一动不动。

“你是一个好的战斗者，但不是一个好的杀人者。”莱昂笑了，一字一句道，“你之所以不愿在一开始用这招，是因为你知道自己做不到最后下杀手，而且僵持得越久，你的底线越容易暴露。”

“也许我会例外一次。”范佩阳说。

“可以。”莱昂欢迎，“你要么让针扎进来，颈环就是你的；要么就像现在这样，和我徒劳僵持，僵持到最后，我们一起进‘终极恐惧’。”

对峙半晌，范佩阳几不可闻地一叹，像抱怨，又像吐槽：“不怕死的人最麻烦。”

莱昂赌赢了。拿针扎别人眼球这件事，范总还没做好心理建设，上次靠气势吓唬了越胖子，这次同样的招数却在莱昂这里折戟沉沙。这说明什么？果然还是从越识大体，有前途。

不论是对战中的莱昂还是观战中的关岚和探花，都默认眼前的战局之于范佩阳，正处于一个进退两难的尴尬状态——进，他下不去手；退，他先前所做的一切都会付诸东流。

通常人在这样的节点上，无论是为了面子还是为了想后路，都会选择再僵持一段时间，有的人甚至会一直僵持下去，就像莱昂先前说的，对峙到最后，大家一起进“终极恐惧”。这样的平局对于一个看起来已经不太可能取胜的战斗来说，也不算太坏的结果。但范佩阳一分钟多余的僵持都没给，就在说完“不怕死的人最麻烦”后，他毫无预警地抬眼，悬在莱昂眼前的钢针骤然向下俯冲，深深刺入莱昂的小臂。

莱昂根本没预料到这变故，突如其来的刺痛让他倒吸一口气。

这不单是一根针，更是对手的态度——第一，战斗还没完；第二，谁说我不敢扎你?

莱昂咬牙把针拔出来，扔到空中一个瞄准射击。“啪！”细如发丝的针被空气箭钉着嵌进石壁，嵌得极深，别说再被隔空操控，就是想拿工具把它撬下来，也得费一番工夫。也就是说，这根针对于范佩阳来说，算是废了。

莱昂抬起头。相隔数米的范佩阳，半个身子已隐进他身旁石屋的门内。这种以石屋为掩体的架势，看似偏防守，实则恰恰是积极应战的姿态。

不想输，也不要平局，范佩阳就是想赢——莱昂从对手的站位中，清晰读出了这条讯息。

就在他认清范佩阳的态度的同时，又一个石块凌空飞来，“咻——”莱昂的精神力在这一霎前所未有地高度集中，几乎不用看，只凭借声音的方向便抬手一射。“砰——”石块被击中正中心，立刻在空中四分五裂，成为数个碎石片，零散落下。

“我说过的，拖延战对你不利。”莱昂望着远处只露出半个轮廓的对手，一层层剥开这场战局的残酷真相，“你最大的弱点是不敢下杀手，而你的文具树的最大弱点，是不能自行生产‘弹药’。从现在开始，我会用‘狙击’毁掉你所有的弹药，毁到你只能就地取材。不过——”他看看脚下，又环顾四周，“这里好像也没有多少石块能供你取，至于这些石屋，以你现在的文具树，恐怕还不能直接凿壁拆墙。”

范佩阳听得很认真，还越听越投入，石门后仅露出的半张脸上原本没什么表情，等莱昂说完，好像多了一丝生动：“我喜欢你的新战术，那就试试看。”

语毕，一块比之前都大都重的石头从同一个方向飞过来，直奔莱昂的脑袋。

“砰——”莱昂射击，石头碎。

再一块。

“砰——”莱昂再射击，石头再碎。

再连着来两块。

“砰——砰——”

范佩阳操控下的飞石速度越来越快，力道越来越猛，莱昂的空气箭也越来越犀利。一块又一块石头在空中炸开，从起初炸成碎石块，到最后直接被射穿炸裂成碎片，在空中留下一簇又一簇的灰色粉尘。

上方全景视角的关岚和探花：“……”你俩玩奥运会飞碟射击呢？！

对战形式让人迷惑，源源不断的“弹药”更让人迷惑。探花想不通：“范佩阳哪儿来那么多石块？”关键这一个石块接一个石块的攻击，用的还不是地上随便就能一脚踢飞的那种碎石，而是有一定个头和重量的石块，看着还真挺像哪里的石屋被砸塌了的墙。

关岚起身，面向石块纷纷飞来的方向张望，目光很快停在某一点，脸色渐渐凝重。

探花见他神情不对，也跟着起身眺望。然后他发现，不用眺望，因为关岚看的就是近处，就和他们这里隔了一条街——好好的一条巷子，不知道被哪些闯关者们的激烈战斗波及了，如今成了一条废墟巷，两侧石屋无一幸免，不是坍塌大半，就是彻底成了废墟，断壁残垣，碎石满地，简直是范佩阳天然的“弹药库”。就废墟里那些碎石，莱昂把胳膊累折了也打不完。

但范佩阳是怎么发现那里可以利用的?

“他刚才爬到屋顶上的时候看见的？”探花指的是范佩阳偷袭莱昂得逞，但同时背部受伤的时候，“运气也太好了吧？”如果他没发现这片废墟，估计这会儿已经“弹尽粮绝”了。

“这可不是运气好。”关岚定定地看着那片废墟，在巷内接连不断的石块碎裂声里问探花，“你还记得莱昂刚才问而他没有答的第二个问题吗？”

第二个问题？探花紧急检索记忆……“第二个问题，为什么不在一开始就用针？”

他眼睛一亮，再看那片废墟，忽然觉得细思极恐：“难道……”

关岚知道自家组员想明白了：“嗯，这片坍塌的石屋就是答案。”

“不行，你还得让我再捋捋，”探花需要冷静，“意思是范佩阳没有在一开始就用针，是因为他预料到了莱昂根本不会被吓住，并由此推断出他会因为并不敢真正下手，而让战斗错失速战速决的机会，只能进入持久战。那么他想打赢或者至少说在这场持久战里有打赢的资本，就需要源源不断的弹药，所以他在最开始只跑不打，跑到这里才第一次和莱昂面对面，因为他原本就是为了把战场引到这里？！”

关岚：“没错。”

“不可能。”从头捋到尾，反而让探花更加不信，“范佩阳怎么知道这里有废墟？而且他怎么就能断定莱昂肯定不会被针吓退？这需要考虑的点也太多了吧？”

“他怎么知道这里有废墟？”关岚歪头，“你别忘了，在跟踪我们之前，他有一个多小时的时间在环形城里转悠。我如果是不能自行生产弹药的攻击型文具树，也会提前踩点弹药储备，然后竭尽所能把战场拉到有利于我的地方。”

探花：“那莱昂不怕死呢？他怎么就能确定？”

关岚：“范佩阳不需要确定，他只需要评估出‘存在这种可能’，就可以在‘立刻用针’和‘到了弹药库附近再用针’之中，选择后者这个更稳妥的方案。”

探花听得头疼：“组长，你真觉得范佩阳想得到这么多吗？提前注意能当作弹药库的废墟，知道自己也是目标后临时改战术，考虑到钢针可能不奏效所以先留一手不用……这么打仗会秃头吧？！”

“你或许觉得难，”关岚说，“但对于洋葱型战斗者，这是本能。”

“洋葱型？”探花发现自家组长总有奇妙的新知识点。

关岚视线转回巷道，目光落在石门后若隐若现的修长轮廓上：“就是剥了一层战术，还有一层战术，永远留着后手，永远不会让自己真正陷入绝境。”

“……怎么听着这么玄幻，”探花半信半疑，“再多层的洋葱也有剥完的时候吧？”

“嗯，剥完的时候，就是他穷途末路的时候，”关岚说，“看莱昂有没有这个本事了。”

巷子里的“飞碟射击”还在继续，探花看见莱昂的后背湿透了，黑T贴在他身上，勾勒出肩胛骨的轮廓。他又去看范佩阳，只有一个轮廓，看不切实，但像他这样主动攻击，持续操控着石块飞来，体力只会比被动应战的莱昂消耗得更多。

关岚说要看莱昂有没有本事剥完范佩阳的全部战术，可探花总觉得，这已经是范佩阳的全部战术了。表面看是撤了针，换了石块，可战局换汤不换药，还是“僵持”，如果他还有其他战术，何必继续耗在这里？

4

倒计时01:07:00。

距离“人心恐惧”的考验结束还有一个多小时，可范佩阳和莱昂的体力已在极速消耗中濒临警戒线。最明显的体现，就是凌空飞来的石块速度肉眼可见地减慢，而莱昂的出手精准度和杀伤力也比最初偏差了不少，虽然还是能每次击中，但并非能次次击中红心，也不再摧枯拉朽地将石块粉碎，而是裂成两半居多。

这场战斗的结局走向似乎已经呼之欲出了——一方体力先耗尽，一方体力还剩一丝，于是后者赢；或者双方体力同时耗尽，于是肉搏，勇者胜。

是后者还是勇者？半分钟后，已经屏息观战多时的关岚和探花终于等来了答案。

凌空飞来的新石块在被莱昂击碎之前停在半空，然后直线落下，“咣”地掉在了莱昂右手边的石屋顶上，又顺着屋檐骨碌碌滚下来，“咣当”落地。莱昂没敢在第一时间放松，又等了近十秒，再没等来新的石块，终于确认范佩阳的文具树操控中断了。

这样的中断有两种可能：一、范佩阳的体力真的消耗光了，不足以再支撑文具树；二、范佩阳假装体力耗光，实际有其他的阴谋。

莱昂飞快思索着这两种可能，并倾向第一种。因为他自己的体力和精神力也所剩无几了。在这样的战斗里，攻击者消耗的总量一定是大于防守者的，也就是说，哪怕范佩阳的S级体力高于他的S级，高出的那部分也都补到多出的攻击消耗里了。

心里的各种念头没影响莱昂的反应，在确认“懒人的福音”中断后，他立刻抬手冲着石门后就是“咻咻”两连击。门后的影子一下子缩了回去，空气箭带出的气流在门前划过。下一秒，范佩阳猛然蹿出，翻身上房，那叫一个敏捷，怎么看都是准备从房顶跑。

然而他动作再快也快不过“狙击”，莱昂这次瞄准的是他的小腿。

“咻——”

半个身子已经翻到房顶，就差腿还没收上来的范佩阳，在空气箭刺入皮肉的声音里，身体猛然一僵，右小腿上明显出现了一个小的血窟窿，就像中箭又拔掉了之后露出的伤口，汩汩冒血。但在下个瞬间，他依然把腿收了上去，就像没感觉到疼似的，上房就跑。

空气箭是气流杀伤，造成的伤害和真的弩箭没有区别，甚至因为没有真实的箭在伤口那里堵着，中了空气箭之后，伤口的流血情况会更严重。莱昂是打算用这一箭直接终结范佩阳的行动力的，这跟没事人似的继续上房是什么钢铁身躯？！

从莱昂的角度，看不到范佩阳上了屋顶之后怎么跑的，但从同在屋顶的关岚和探花的角度，却看得清清楚楚——范佩阳的速度根本没因为小腿受伤而有丝毫减慢，如果不是一路留下的血迹，还有他少了一丝潇洒多了一丝倔强的背影，根本不会想到这人已经受伤。

莱昂也翻身上房，看都不看这边的队友，直接朝范佩阳追过去。

探花激动地起身：“是不是要分胜负了？”

关岚：“文具树都操控不来了，你说呢？”

探花：“那我们现在？”

关岚：“追啊。”

就这样，四个人在环形城的屋顶上展开了追逐战。

范佩阳这次的逃跑路线再没什么章法，就是哪个屋顶方便跳便跳到哪个屋顶，一路狂奔就是了。

眼看着那片废墟离自己越来越远，关岚对自家组员道：“看来他是真的没体力了。”

“肯定的，”探花说，“他要是还有体力操控文具树，怎么可能放弃‘弹药库’。”

“不过——”关岚转了话锋，“再这么追下去，莱昂的精神力和体力估计也要耗尽。”

“那就甩开膀子肉搏呗，”探花说到这个来劲了，“莱昂的身手你又不是不知道，这个见鬼的关卡世界如果不用文具树，就让人赤手空拳硬干，莱昂那实力就是一拳超人！”

关岚：“……”他怎么没发现自己组内还有一个莱昂的隐藏迷弟？

倒计时 01:02:00，追逐战结束。

因为莱昂射中了范佩阳的另一条腿。

高大的男人一个踉跄，险些单膝跪在屋顶上，但最终还是把身形稳住了。他的胸膛剧烈起伏，呼吸急促得厉害，头发和衣服都是湿的，汗水顺着他的脸颊流到下颚，又滴落在石头的屋顶。

莱昂停在他身后，距离三米，气喘吁吁，黑 T 恤已经全部贴在身上，并不比他轻松。

“认输吧。”他说。

范佩阳极缓慢地转过身，每动一下，小腿上钻心的疼都要更加剧烈。可他的脸上，除了紧锁眉头，再无其他表情，声音也依旧沉稳：“想要颈环，自己过来拿。”

这场景仿佛是不久前范佩阳用针威胁莱昂的重现，只是角色对调了。现在是莱昂朝他举着手瞄准：“我不需要过去，再多补几箭，你就会因为流血过多而休克。”

“可以，”范佩阳欣然接受，“补吧。”

莱昂：“……”

范佩阳脱掉上衣，“嘶拉”扯成两段，慢条斯理地蹲下来，分别绑在左右腿的伤口上，绑紧，止血。绑好后，他又缓缓起身，从头到尾没受到来自莱昂的任何阻止。

“你知道你最大的问题是什么吗？”范佩阳微妙地看了莱昂一眼，“就是你和我的弱点一样。”

莱昂几不可见地轻皱一下眉。

“你一直只射击我的腿，因为你也没办法下杀手，”范佩阳说，“所以你赢不了。”

莱昂微微摇头：“你漏掉一件事，”他回头看一眼正朝这边赶过来的关岚、探花，“我们带着治愈幻具，你休克，我拿颈环，然后你被幻具治愈，我告别心理负担。”

这话近乎把范佩阳逼到了死胡同。可万万没料到范佩阳点了头：“你敢下手这种情况我也考虑过，毕竟我不能要求每个人都有我这么高的思想境界……”

探花跟着自家组长赶过来，正好听见他俩对话的最后一回合。莱昂已经把残酷事实摆得很清楚了，可范佩阳话里话外明显要有转折，难道真像自家组长说的，范佩阳还有后手？还能再剥掉一层洋葱？

“所以？”莱昂也在等着范佩阳的后话。

“所以，”范佩阳没兜圈子，直截了当告诉对方，“我要等你的体力和精神力都耗光，才真正和你面对面。”

莱昂紧紧盯着他：“现在是你耗光了，我还有。”

范佩阳似笑非笑，目光锐利如刀：“如果你有，为什么你的手在抖？”

莱昂心里一惊，第一次去看自己瞄准范佩阳的指尖，是真的在轻微颤抖。

“长时间射击，追逐，再射击，再追逐，你的体力消耗远比你所以为的要大得多。”范佩阳说，“我一开始就是体力 S，我太清楚刚到 S 级的体力是怎样的储备量了，以我的消耗来推断你的消耗，我敢说，你现在的体力百分百已经见底。”

“是见底了，”莱昂面色不动，用另一只手握住狙击手腕，颤抖一点点稳定、消失，“但是再给补一箭，足够。”

“我说了，”范佩阳的语调微微上扬，胜券在握般地挑衅，“你可以试试。”

莱昂集中最后一点儿精神力，瞄准范佩阳的胸膛，避开心脏，气流凝聚指尖。

“咻——咻——”

同时响起两道划破空气的声音，可莱昂确定第二个声音才是自己的空气箭！

还没等他细想，就见两块护心镜大小的石板有如神助般飞来，直接拼在一起，挡在了范佩阳的胸膛前。空气箭“砰”地射在其中一个石板上。杀伤力早不如最初的它只在石板上留下一个小坑。

莱昂眼里闪过不可置信：“你怎么可能还有体力……”

范佩阳云淡风轻地说：“你的体力 S，是体力只能到 S，而我的体力 S，是最高等级只有 S。”话音未落，悬在他胸前的两块石板骤然调转方向，直接朝莱昂的脑袋拍过去。

不远处的探花瞪大眼睛，都到这个时候了，范佩阳竟然还能把石板操控出这种攻击速度？！震惊的同时，他更担心莱昂，这要拍上去，晕菜是肯定的。

莱昂躲不开，也根本再发不出空气箭，索性双手护住头，生生用手臂扛下了石板的撞击。两下撞击叠在一起，“咣”一声闷响，听得关岚和探花都心惊肉跳。下一秒，碎石板落地。仍旧保持着双手护头姿势的莱昂突然浑身一震，护着头的一只手不知为什么放下来去摸脖子上的颈环。就在他放下手的一瞬间，一块新的石块不失时机飞过来，转朝他露出破绽的脑袋飞速一击。莱昂晃了又晃，瘦削身影终是倒下。

他的昏眩和昏迷看似因为最后一击，追其本源，却是来自体力和精神力的巨大透支。

范佩阳同样身心俱疲，但他还是撑着最后一分力，忍住腿上的剧痛，缓步来到莱昂面前，弯腰，轻巧扯下对方已闪烁震动的颈环。

这厢范佩阳颈环到手，原地坐下，调整呼吸。回血回蓝是不可能了，等下还能站起来就不错，这会儿主要是缓解些许体力和精神上的疲惫。

那厢关岚、探花第一时间奔到莱昂身边，先去看他的脖子，因为范佩阳的最后一击能成功，就是因为好端端护着脑袋的莱昂突然伸手去摸脖子——果然，莱昂的脖子上扎着一根针，不深，不是要致命或者攻击的架势，只是想让被扎者疼。

莫名其妙疼一下就拿手去摸，是人的本能，范佩阳计算好的。

“你怎么这么多阴谋诡计！”探花看着关岚把针拔掉，心疼自家队友。

“兵不厌诈。”对于探花的指责，端坐得跟得道高僧似的范总一点儿不愧疚。

关岚开始查看莱昂的整体身体情况，以便选择最适合的治愈性幻具。

探花则在骂完一句后稍稍冷静下来了，然后觉出不对：“等等，你既然还有体力，之前跑什么？你要不跑，腿上也不会挨两箭。”

范佩阳只想清清静静恢复点儿体力，被探花吵得脑袋疼，索性和盘托出，用战术买他闭嘴：“我是有体力，可莱昂剩得不多了，如果他先察觉自己体力不够，一定会改变打法，这就是个变数。而在我的战术里，变数是最要避免的。”

探花就看不上他这霸气侧漏的样儿：“你有什么战术啊，别故弄玄虚。”

范佩阳：“让他耗尽体力和精神力，就是我的战术。而战术执行的关键，是要让他相信，我的体力和精神力耗尽在他之前。”

“为什么？”探花没懂，既然范佩阳有绝对高于莱昂的体力硬实力，为什么还要这么迂回，直接硬刚不就行了？

范佩阳半睁眼，瞥探花一下：“因为莱昂没你这么傻，他但凡意识到自己的体力耗不过我，就会立刻改变战术。我刚说过了，他的改变会影响我的原计划。”

傻就傻吧，探花现在就想知道真相：“所以你提前跑，腿上还挨两箭……”

范佩阳：“提前跑，是让他怀疑我体力耗尽；腿上挨空气箭，是把‘怀疑’变成‘确认’。”

探花：“你用不用这么豁得出去，腿不疼吗？！”

范佩阳：“还好，一切为营造真实感服务。”

探花：“你也可以靠演技啊！”

范佩阳：“麻烦。”

这是什么魔鬼战斗逻辑？探花单是听范佩阳讲这些就心累，可想而知真正被这些战术套上的莱昂有多让人心疼：“你所做的一切，都在给莱昂编织一个幻觉，就是他要赢了。”

范佩阳："人在看见胜利曙光的时候，也是防御意识最弱的时候。"

探花不死心："假如，我是说假如，莱昂识破了你的诡计呢？"

范佩阳："那就换新战术。"

探花："什么新战术？"

范佩阳重新闭上眼，继续凝神调息："这就说不准了，要依据当时的情况而定。我的体力剩多少、莱昂的体力剩多少、时间剩多少、彼此的受伤情况、周围什么地形、你们当下的观战情绪，以及最后出手帮莱昂攻击我的概率有多少，都在新战术的考量之内。"

"行，我就当你能考虑到这么多，"探花还就不信了，"你能确保新战术一定成功吗？"

"当然存在暂时失败的可能，"范佩阳说，"所以我很大概率会将战场带到神庙附近，必要的时候，引入其他不明真相的闯关者搅局，乱中再找新战术。"

探花："……"

他算是看明白了，范佩阳战斗的终场哨声就一种，范总 Win。没 Win，你就得继续和我打，打到天长地久，打到海枯石烂。

洋葱型战斗者？这分明是千层酥！

5

随着治愈幻具的光芒笼罩下来，莱昂手臂上的划伤迅速愈合，同时人也渐渐苏醒。

关岚点击手臂退出"文具盒"，抬头，发现范佩阳已经起身。

范佩阳的外套在战斗前就脱掉了，内里单衣又撕下来包扎了腿伤，所以此刻穿着一条长裤打赤膊，线条漂亮的肌肉和精壮的腰身一览无余。

关岚看了几秒，再低头戳两下自己软趴趴的胸膛，生气。不过作为草莓甜甜圈的一组之长，他还是暂时收起对高大威猛的怨念，喊住了范佩阳："喂，你这就走了？"

并不算轻的腿伤还是给范佩阳造成了一些困扰，他正考虑要不要进一步处置，就听见了关岚的声音。

"还有事？"他回头，视线扫到刚苏醒的莱昂，懂了，"需要工伤费？开个价吧。"

关岚："……"这种开口闭口都是钱，偏偏还特有气场，一点儿不让人觉得庸俗，甚至打着赤膊也能把空气穿出西装感的奇男子，到底是哪个星球的生物？！

"我想说的是——"关岚一个字一个字咬得清晰，努力压下满心槽点，以便让笑容显得更灿烂真诚，"你要不要来甜甜圈？"

范佩阳微微偏头，对这个突然的邀约有些意外。

关岚没有口若悬河地游说，只有一针见血的直接："你值得更强力的团队和伙伴。"

范佩阳摇头，连一丝犹豫都没有："我不喜欢被人领导。"

关岚蹙眉："我再确认一下，VIP的组长是唐凛？"

范佩阳："没错。"

关岚："你刚说你不喜欢被领导！"

范佩阳："哦，唐凛例外。"

关岚："……"

刚把伙伴扶起来的探花一下子捂住莱昂的耳朵——狗粮不利于伤口恢复。

硬实力不行，关岚就只能换砝码了，他垂眼看看范佩阳的腿，缠着伤口的单衣已隐约渗出一点儿红："为什么不用幻具？"

范佩阳的视线随他往下，落在自己简易包扎的伤口上，沉默没作答。

"不是挥金如土吗，连几个治愈性幻具都没买到？还是……"关岚戏谑地抬眼，"都给唐凛了？"

范佩阳迎着他的调侃，不仅没躲，盯着关岚的目光反而越来越有深意。

关岚刚舒展的眉头又渐渐蹙起，总有一种不太好的预感。

"不需要太珍稀的，随便一个能初步治疗伤口的幻具就行，"范佩阳大大方方提要求，"开个价吧。"

前后没两分钟，关岚被要求开两次价了："你的人生里除了钱，就不能谈点儿别的？"

范佩阳虚心请教："比如？"

关岚："比如你加入甜甜圈，我就帮你治伤，不单治这次，以后你受伤，我们都会尽可能让你及时得到治疗。"

范佩阳敛下眸子，拇指轻轻摩挲下唇，似在认真思索。

关岚小脸一亮，这是动摇了？

范佩阳放下手，抬眼："我还是喜欢单纯的金钱关系。"

关岚："……"那你刚刚想那么久！

不知是看出了关岚的潜台词，还是为以后铺路，范佩阳难得解释说明："我在想，你敢打这样的包票，手里的幻具一定只多不少，下次如果我收不到满意的幻具，可以来找你聊聊。"

得，话都说到这份儿上了，再死乞白赖发送入伙邀请就没劲了。

"甜甜圈不是商店，甜甜圈也不缺钱。"既然没可能成为自家组员，关岚也就公事公办了，"想要幻具，自己去找。"

“不缺钱……”范总从来都不会只有一个方案，“那我拿文具和你换。”

关岚乐了，想也不想就摇头：“你身上连个治愈幻具都没有，我不觉得还能有什么珍稀文具值得我一换。”

范佩阳气定神闲：“特殊文具也不值得？”

关岚一愣。

探花和莱昂早已起身，听了半天两人对话了，一直没太当回事，此刻也颇为意外。特殊文具可比幻具稀缺得多，不仅效果强大，更是可遇不可求。

范佩阳没那么多时间等着草莓甜甜圈们消化信息，直截了当地说：“一个‘‹特›我是VIP’换你两个治愈幻具，你不亏。”

“我是 VIP？”探花太过惊讶，情不自禁出声。

范佩阳记得草莓甜甜圈当时是先进的地铁口，后来他们进去了也只告诉对方用的是“‹特›我是 VIP”，但并没有讲这个文具的具体效果，比如会有一束追光，会形成水晶一样的封闭走廊等等。思及此，他开口道：“这个文具在使用后会……”

“不用过多讲解，”探花打断他，神情复杂，“我们虽然比你们早进了地铁口，但通过你们四个戴着墨镜进来的登场造型，也大概能脑补出你们是怎么在外面走红毯拉仇恨的。”

范佩阳立刻收声，落得清闲。

“也就是说，”关岚不可思议地望着他，“你当时手里有五个‘‹特›我是 VIP’？”

范佩阳点头：“嗯。”

关岚：“谁给你的？”

范佩阳：“地下城收的。”

关岚：“上面下来的闯关者？”

范佩阳：“如果地下城里绝对不可能获得这个文具的话，应该是。”

关岚：“多少钱一个？”

范佩阳：“三十万。”

关岚：“……”

莱昂、探花：“……”一个三十万，五个一百五十万，组长你为什么要问？！

“叮——”

交易成功的提示音响起，“‹特›我是 VIP”落入关岚的“文具盒”。

与之相对，范佩阳收获了“‹幻›妙手回春”和“‹幻›大病初愈”。他解开绑腿的单衣，将后者用到了自己身上。伤口迅速止血、愈合，但疼痛感依然残留大半，十分准确地维持着“初愈”的状态。不过这种单纯的疼痛，范佩阳就无所谓了，他迈步走到屋顶边缘，利落一跳，稳稳在巷子里着陆，小腿的疼痛感恒定维持在一个水平，没有因此加剧。

“范佩阳，”关岚趴到屋檐上，他和探花、莱昂的“人心恐惧”考验至此结束，现在无事一身轻，便有了优哉游哉聊天的心情，“你拿一个特殊文具换两个幻具，不觉得可惜吗？幻具常有，特殊文具可不是。”

“没什么可惜的。”范佩阳弯下腰，捏起被血浸透而粘在腿上的裤管轻轻抖了两下，松手，裤管又贴到了腿上，他皱眉盯了两秒，索性放弃，直起身，“文具是好文具，但只剩一个就鸡肋了。我能进入的闯关口，就一定可以带唐凛进去，如果我们都进不去，我也不可能放唐凛一个人用文具进去独闯。”

关岚举起小手：“容我提醒一下，你们 VIP 好像还有一个竹子和一个南歌。”

范佩阳：“同理可推。”

关岚：“……”

在意的人就是“唐凛这样唐凛那样”，其他人就是“同理可推”，这差别待遇真实得让人流泪。

屋顶上的三个人吹着小风，惬意目送范佩阳走远。而范总行走如风，一点儿看不出“大病初愈”的样儿，即使打着赤膊，背影依旧给人一种别样的不羁和潇洒。

“唉，”探花不无羡慕地叹口气，转过脸幽幽看自家队友，“我什么时候能练出来这身材啊……”

莱昂正在脑中复盘和范佩阳的对战经过，以便吸取经验教训，见队友看过来，只得暂时中断，给队友一个礼节性的回应：“欢迎加入。”

探花愣住：“什么？”

莱昂虽专注复盘战斗，但没漏掉队友的话：“不是想要锻炼吗，欢迎加入我每天的‘腹肌撕裂者’训练。”

“不、不用了，”队友每天地狱式训练的身影咻咻咻地在探花脑海闪过，他艰难地咽了一下口水，“你加油就行，我还是这么凑合活着吧。”

为免莱昂再发邀请，探花赶忙去找关岚转移话题，却见自家组长正警惕地四下望。他心里一紧：“怎么了？”

关岚眉头皱起：“总感觉有人在监视我们。”

“啊？”探花立刻把目光投射到下面的街巷搜寻。

莱昂也警觉起身。

“别找了，”关岚又品了一会儿，那种芒刺在背的感觉已经消失了，“应该是跑了。”

“肯定是看出来我们发现了，”探花撇撇嘴，“就是不知道什么人，按理说咱仨的颈环都没了，不应该再有人盯我们啊。”

“未必是盯我们，”关岚回忆了一下，“在莱昂和范佩阳战斗的时候，我就有两次感觉不对，估计那时候他已经在周围了，说不定还一路跟着我们转移战场呢。”

“这么执着？为谁，范佩阳？”探花说服不了自己，“范佩阳是莱昂的目标啊。”

“那就不知道了，”关岚耸一下肩膀，“也许是我神经过敏。”

真有人盯梢也好，神经过敏也罢，反正和现在的他们也没什么关系了。

探花重新松弛下来，更在意另外一件事：“组长，你是真想拉范佩阳进甜甜圈？”

关岚安静半晌，心里的可惜和失望第一次浮现在脸上：“嗯，真想。”

这不是自家组长第一次拉人，在地下城遇见不错的闯关者，关岚也同样发出过邀请，但通常就是说一嘴，爱加入加入，不爱加入拉倒，像对着范佩阳这样又讲道理又拿幻具诱惑的，从前绝对没有过，更别说被拒绝之后那溢于言表的失望。

探花还真没见过谁能让关岚在意成这样：“组长，你是不是有点儿高看他了？对，他是战胜了莱昂，但也是因为他和莱昂正好都是远程攻击型文具树，所以最后才拼到了体力。如果他遇见的是你，根本轮不到拼体力，分分钟就中毒倒地嘴唇发紫了。”

关岚摇头：“不是看现在，”他望着范佩阳消失的方向，前所未有的严肃，“探花，范佩阳现在的武力值还远远没到他的极限，未来……等到他的文具树彻底发威的时候，再结合他的战斗天赋，才是真正的恐怖。”

同一时间，环形城某处死胡同。

一个一米九的壮汉背靠死胡同墙壁，盯着悬在眼前的钢针，欲哭无泪：“大哥，你要钱，我给你钱，要文具，我给你文具，你扒我衣服算怎么回事儿啊……”

赤裸上身的范总优雅吐出倒计时：“三、二……”

“我脱，我脱！”壮汉哭丧着脸脱掉版型利落的夹克，一边脱，一边字字泣血地叮嘱，“这是进关卡之前我在购物区新买的，你对它好点儿……”

6

倒计时00:37:00，环形城某隐蔽小巷。

唐凛在狭窄的巷子里抬头，总算能远远看见神庙的一点点庙尖了。

他跟何律战斗的地方在环形城边缘，简直是整个环形城和神庙直线距离最远的几个点之一，于是拿到颈环后，他全部的精力和时间都放在“避开其他闯关者并尽快抵达神庙”上。

过程大致顺利，就是“尽快”没做到。

现在仍有不少闯关者散落在环形城里，基本都是自己的颈环仍在，但还没拿到目标的颈环，于是只能在环形城里搜寻。而截至目前，唐凛依然不知道自己究竟是谁的目标，这就意味着每一个遇见的闯关者，“小抄纸”里翻出的目标照片都可能是他。这种情况下赶路，顾忌就多了，远远听见人声，他都要重新绕路，一番折腾下来，终于顺利抵达这条小巷。

远处神庙露出的一点儿庙尖，总算让唐凛的漫漫路途望见一丝曙光，他抬手看一下倒计时，时间还算充足，就是不知道范佩阳、竹子、南歌怎么样了。

老话讲，说曹操，曹操到。唐凛不知道原来在心里想也不行，因为他刚一惦记范佩阳，就听见对方熟悉的声音从身后传来——

“唐凛。”

匆匆赶路的脚步骤然停住，唐凛回身，看见范佩阳从巷子那头走来。他上身打着赤膊，只穿一条长裤，小腿处还有破洞，像是被利器穿透过。

“你受伤了？”唐凛快步迎过去，走近后第一时间低头看范佩阳的腿，裤管的破洞周围已经被血迹浸透了一片，看得他直蹙眉，“甜甜圈还是其他人？”

范佩阳和他分开，是去跟踪莱昂、探花、关岚的，现在人回来了，上衣失踪，下衣狼狈，还带着伤，草莓甜甜圈的三个人怎么想都是第一嫌疑人，但毕竟还有个视范佩阳为目标的闯关者在环形城里漂着呢，所以也不能完全排除第三方。

“莱昂的‘中级狙击者’。”范佩阳直接点名，但也不忘替对方说一句，“他们没三个一起上，我和莱昂一对一。”

唐凛挑眉，能主动提这话茬，看来是——

“赢了？”

范佩阳从裤子口袋里勾出一条颈环。

唐凛点头，视线重新落回到他的腿上：“你把裤脚推上去，我看看伤口。”

“没事，已经愈合了，”范佩阳实话实说，“我拿‘‹特›我是 VIP’换了关岚两个治愈幻具。”

“换？”以物易物可从来不是范佩阳的首选，唐凛一过脑子就明白了，“你想直接买，甜甜圈不卖是吧？”

范佩阳轻耸一下肩膀，算默认，然后问：“你这边怎么样？”

唐凛抬手一指自己的脖子。

范佩阳仔细去看，这才发现对方戴着两个颈环，因为堆叠在一起，所以不明显。

“拿到就好，”他沉声道，“我们抓紧时间去神庙。”

环形城的光线一直维持在一个明亮度尚可，但又好像很快就要步入昏暗的微妙状态里，类似现实世界的黄昏，只是色调没有夕阳那么浓烈。唐凛和范佩阳在窄巷中疾行，不知是不是唐凛走得太快，范佩阳几次三番落到后面。每回身边一空，唐凛就要停下来回头，不客气地催上两句，似乎非要并肩而行才能显出 VIP 的团结和默契。

就这么走走、等一下、再走走、再等一下的赶路中，唐凛忽然想起什么，冷不丁问范佩阳："你怎么会从这边过来？"

范佩阳脚下一顿，微微挑眉，像是没听清，又像是没听懂。

"你不是跟踪甜甜圈去了那边吗，"唐凛问得更具体，"怎么又从这边过来了？"

一个在神庙后方，一个在神庙前方，如果把环形城以神庙为中线分成上下两个半圆，等于范佩阳去了北半球，最后却是在南半球出现喊住了他，这路线就神奇了。

"我和莱昂打的巷战，"范佩阳解释道，"如果不是莱昂体力不支，我们的战场应该能在整个环形城流动一遍。"

"也就是关岚没动手，"唐凛随口调侃，"他要是帮莱昂，估计你早被毒翻了。"

范佩阳不否认，但坦然："运气也是实力的一部分。"

唐凛似有若无地瞥他一眼，像是不经意，又像意味深长。

范佩阳捕捉到了："怎么？"

唐凛摇头，视线再度落到他染血的裤腿上："为什么两条腿上都有伤，还都是差不多的位置？以你的习惯，被狙中第一次，第二次一定会有防范，就算再被打中，也不该是相似的地方。"

"我故意的，"范佩阳说，"两次都是，为了让莱昂信我体力耗尽。"

"故意的？"唐凛眉头深深皱起，本能的担心让他的声音克制不住地微微提高，"你就没想过可能失血过多休克？没想过万一关岚不同意和你换文具？你这种效率优先不顾风险的……"

话说一半，戛然而止。不是突然遇见了什么外力，就是唐凛忽然打住了。

老老实实听训的范佩阳被这急刹车闪了一下，转过头看他："嗯？"

"你这么光着，不冷吗？"唐凛忽然换了个风马牛不相及的问题。

范佩阳低头看自己的腹肌一眼，很认真地强调："还有一条裤子。"

唐凛的好奇心完全没得到满足："莱昂不是远距离狙击吗，你俩打巷战，大部分时间都不会有肢体接触吧，怎么就把衣服打没了？"

"外套是战前脱的，不然影响身手灵活性，"范佩阳说，"单衣是后来扯开绑伤口止血了。"

"这个解释就比较合理了，"唐凛点点头，"打架之前先把外套脱了，是你的优良传统。"

这话也听不太出是赞许还是揶揄，范佩阳聪明地保持沉默。

"不过我几乎避开了所有闯关者可能出现的路，才选中这么一条小巷，这样都能被你遇见……”唐凛轻笑着摇头，仿佛是觉得不可思议。

“缘分吧。”范佩阳低声呢喃，不像回答唐凛，更像自言自语。

但唐凛还是听见了，听得清清楚楚。他赶路的脚步毫无预警地停住，侧头看范佩阳，眉心微皱，流转的目光意味不明。

范佩阳也停下来，没用任何铺垫，直接提了战斗前的那段插曲：“刚才关岚问我和你是什么关系。他给了几个选项：A. 普通伙伴；B. 你想和他兄弟情深；C. 他想和你兄弟情深。”

唐凛敛着眸子，似乎在下意识躲着范佩阳的视线。

范佩阳等了一会儿，没等来唐凛询问，只得自己接：“我说我想选 C，但正确答案是 A。”

唐凛的头更低了，范佩阳看不见他的神情，只能看见后颈，在黑色颈环的衬托下，皮肤显得越发白皙。

范佩阳轻轻抬手，目光温柔，看起来就像情不自禁想去抚摸。

唯一和整个场景画风不太符的是，他手间无声无息多了一把闪着寒光的短刀——温柔的手朝唐凛后颈落下，速度一瞬间变凌厉！

“咻——”

凌空飞过来一道黑影，范佩阳还没看清是什么，整个人就被黑影扑倒，“咣”一声重重摔在地上。他顾不得疼，倒地的瞬间本能地拿短刀乱捅，扑着他的黑影一下子散成黑雾。

范佩阳不可置信地脱口而出：“真是夜游怪？”

这话听起来就像他知道唐凛会用什么文具树，但真等亲身体验了，依然觉得不可思议。

唐凛后撤一步，同倒地的男人拉开些许距离，而后长长舒口气，真情实感道：“谢天谢地，你终于动手了。”

范佩阳——不，或许应该叫祁桦更合适——利落地从地上起身，仍是范佩阳的样子，但眼底的光从唯我独尊的霸气慢慢变成城府极深的阴险。

“你早就发现了？”他一边问着，一边飞快回忆赶路的细节。他数次故意落到唐凛后面，可对方每次都会第一时间发现，并回头等他，不是他不想下手，是唐凛根本没给他机会，难道说那个时候已经……

“你的破绽太多了。”唐凛脸上仍挂着调侃，声音却已经慢慢冷下来，“如果我都说出来，怕打击你对自己文具树的信心。”他和假范佩阳赶路这么长时间，如果是一次性文具，早应该失效了，可眼前的人依然顶着范佩阳的脸，那就只能是文具树了。

“我倒真挺想听听。”祁桦抱起双臂，一副洗耳恭听的架势。

唐凛目不转睛地看着面前依然保持着范佩阳模样的不明身份者，依然没在外貌上找到任何破绽，以至于他偶尔还会晃一下神，产生正在看着范佩阳的错觉。就像刚刚赶路，明明知道是冒牌货，可说着说着，他就不知不觉地把对方当成范佩阳去关心，去担忧，甚至真情实感地生气……这种控制不住的下意识，才是最恐怖的。

好在每次唐凛刚陷进去，就能被眼前这位“范总”拙劣的演技拉回温暖的阳光里。

都有哪些破绽？既然对方这么勤学好问，唐凛也不吝啬在线教学：“衣服、说话、眼神，没一个对的，下次你如果再想伪装成谁，最好提前做一下人物小传和性格分析。”

衣服？说话？眼神？后两个暂且不提，第一个祁桦就不信：“范佩阳和莱昂战斗的时候，我全程都在，如果他不是这个样子，你觉得我会特意搞这么个打赤膊的造型？”他冷笑着哼一声，“你或许从某个我不清楚的细节识破了我的伪装，但也不用装上帝视角。”

“我相信战斗的时候范佩阳是这个样子，”唐凛点头，微笑，“但我也相信，你肯定没跟到他离开。”

祁桦的眼神闪了一下。

唐凛笃定道：“如果你跟到他离开，不出五分钟，就会发现他一定刻意去找有闯关者的地方，然后挑一个身高体形相仿、审美品位不超过容忍底线的，打劫。”

“打劫衣服？”祁桦皱眉，怀疑唐凛在玩儿他，一个闯关者抢到颈环了，不去神庙交差，特意冒险拦截其他闯关者，还一不要钱二不要命，就为一身衣服，这是正常人的逻辑？

“这就是我说的，你没做性格分析。”唐凛真诚地替他遗憾，“如果做了，你就会清楚，在范佩阳的世界里，效率是第一，体面是第二。其实他应该更想回到战斗开始的地方找自己的外套，但那样太浪费时间，所以为了迁就效率，只好就近打劫。”

视线僵持良久，祁桦皮笑肉不笑：“反正范佩阳不在，你怎么说都行。”

“不是我怎么说，是你怎么说。”唐凛继续，“穿得不体面，是你第一个错误。没有惜字如金，是你的第二个错误……我说‘也就是关岚没动手，他要是帮莱昂，估计你早就被毒翻了’，你说‘运气也是实力的一部分’，这回答我都替你尴尬……”

祁桦的脸都僵了，但还嘴硬：“据我观察，你的这位伙伴就是这么装相。”

“装相不等于油腻，而且没实力才叫装，有实力叫……”唐凛思索好半晌，斟酌出四个字，“客观陈述。”

祁桦努力忽略掉对方已经偏到太平洋的心眼，凭意志坚持着求知欲：“好，那你说，我该怎么‘客观陈述’？”

唐凛模仿范佩阳的口气，针对“如果关岚帮莱昂，你早就被毒翻了”这种挑衅言论给出官方标准答案：“我倒希望他能出手，一场能摸清两个对手底细的战斗，比单纯的抢颈环，回报率高多了。”

祁桦：“……”他现在好像能理解唐凛之前说的“想打人”了，而且他还想跟着打是怎么回事？！

“还有那道关岚出的选择题。”唐凛的声音忽然有些许缓和，眼里划过一丝说不清道不明的情绪，“这个我应该感谢你，因为换成范佩阳，他一定绝口不提。”

衣服、说话、眼神，破绽三兄弟现在就剩下眼神了。

祁桦：“眼神有什么问题？”

唐凛：“眼神不对。”

祁桦：“……”

唐凛：“……”

祁桦：“这就完了？”

唐凛也想一条条给他列出来，但组织了半天语言还是失败了：“反正不是你这样的。”

祁桦轻嘲地扯了扯嘴角：“看来我的含情脉脉还不够。”

“你太低估自己了。你不是不够，是含情脉脉得过分了。”唐凛神情自然，自然里还有着真诚的苦恼，“你知道为什么一开始我非要和你并肩走，不给你下手的机会，后来却要主动给你制造机会吗？”

祁桦愣住，他的思路一直被唐凛带着走，根本没时间去想，现在被反问才意识到，对啊，唐凛前后的举动分明矛盾。

不等祁桦问，唐凛自己答了：“之前不给你机会，是希望能避免和你动手，想着也许到了神庙你就放弃了，但是……你后面实在有点儿过了。”

唐凛现在想来还觉得心累，又是“缘分吧”，又是“含情脉脉”，又是“关岚给我出了一道选择题”——

“你的戏太多。你知不知道这样会让和你对戏的搭档很辛苦？”

祁桦：“……”

还乡团水世界组长祁桦，用“画皮”闯过了地下城，行走了水世界，伪装闯关者无数，不是第一次被人识破，却是第一次被人打着脸说——“你的伪装漏洞百出，破绽满布。”

第三章

终极恐惧 ZHONG JI KONG JU

1

“咻——”

熟悉的黑影再度蹿来，祁桦一激灵，刚想动手，却发现黑影没扑自己，而是落在了唐凛脚边，坐姿威风，两个尖尖的耳朵时不时动一下，顽皮又乖巧。

祁桦第一次看清黑影的轮廓，是狼。

唐凛蹲下，一边温柔地摸着狼影的头和后背，帮它顺毛，就像战前的鼓励，一边和呆怔中的不明闯关者说：“动手之前，我再告诉你最后一件事。”

祁桦知道情势不妙，该立即撤，却又耐不住好奇，脚依然在原地扎根。

唐凛又蹭了蹭狼影的头，这才缓缓起身：“我先前说的那些错误，哪怕你一个都没犯，我也知道你不是范佩阳。”

不可能！祁桦心里直接冒出这三个字。他一共也没和唐凛同行多久，说的话都要被他逐字逐句分析完了，做的事也已经被他一件一件掰扯清了，还能有什么？

“你拿一个特殊文具换了关岚两个治愈幻具，”唐凛忽然发问，毫无预警地把对面的人重新带入范佩阳的角色，“你治腿伤用一个，剩下那个呢？”

祁桦猝不及防，愣在那儿好半天，才顺着唐凛的语境回答：“在我的‘文具盒’里。”

这波回复在祁桦看来没任何毛病，甚至唐凛这个问题在他看来都毫无意义。

可是唐凛摇头，摇得很嫌弃：“错。如果是真的范佩阳，会在见到我的第一时间把剩下的治愈幻具给我，强制性赠予，愿不愿意都必须接着。”

整个环形城的光线突然暗下来，就像终于走过了黄昏的最后临界点，一霎，天就黑了。

与此同时，得摩斯的声音在所有尚未进入神庙的闯关者心里响起：“距离‘人心恐惧’考验结束只剩二十分钟，还没抢到颈环的，要抓紧了哟。”

他心血来潮地模拟了猫头鹰机械音的语气，却只有一成相似。因为作为客观提示音的猫头鹰机械音，再恶意，再戏谑，也只是一个传声工具，你听不到它背后有任何“人格”。可得摩斯有，那种高高在上的优越感几乎要从声音里面突破出来，扇到你脸上了。

毫无预兆的天黑和心内提示，让唐凛有瞬间的分神。

这变故对于一直忌惮着狼影、算计着退路的祁桦，简直是天赐良机——得摩斯话音刚落，“哟”的尾音还在每个人心底盘旋之际，仍顶着范佩阳皮囊的男人一个箭步从唐凛身旁蹿过，仗着范总那两条大长腿，猎豹一样直奔神庙。

唐凛紧跟着转身，全力去追。原本在他脚边的狼影则一跃而起，“咻”地在空中划出一道黑线，直逼不明闯关者后背。

先前装傻的时候，唐凛想的是多一事不如少一事，大家平平顺顺到神庙。但已经亮牌了，他就不能无功而返，至少他要知道对方是谁，为什么要杀他，为颈环还是其他原因。如果就这么不明不白地放过对方，日后绝对是隐患。

昏暗的窄巷里，扑向逃跑者后背的狼影凌厉而凶狠。可逃跑者反应极敏锐，就在狼影的利爪马上要抓到他肩膀的刹那，他的右臂猛然向后横向一划，握着的匕首在晦暗的窄巷里划出一道寒光，正中狼影的腹部。

全力攻击状态下的狼影很难一下子从实体变回黑雾，唐凛只听见“嗷呜”一声惨叫，狼影瞬间消散。他立刻集中精神去感应，狼影受伤的程度通过彼此建立的联系清晰地反馈回来——伤势中等，可以继续攻击，但攻击力基本威胁不到对手。

唐凛不知道别人的文具树是怎么样的，但至少在他这里，狼影更像一个寄居在他文具树里的独立生物——有情绪，不高兴了要安抚，会受伤，想痊愈就要时间和精神力去修复。

眼下，再使用“狼影独行”意义不大，可如果单纯用速度去追击，唐凛根本追不上，顶多是保持和对方之间的距离不变。前方窄巷已经到头了，出了窄巷就是交叉口，到时候路更多，更麻烦。

唐凛当机立断，在脑中点开“文具盒”，在范佩阳赠予的为数不多的防具里选择对前方的不明身份者使用“‹防›慢跑鞋”！

祁桦只差两步就要跑出窄巷，几乎已看见无数条康庄大道朝自己招手，可就在这最后关头，脚下忽然一沉，就像突如其来被绑上了重石，奔跑的速度霎时从 32 倍速变成 0.5

倍速，身体在巨大的惯性作用下猛地向前一晃，要不是“脚下沉重”，他就要亲吻大地了。

唐凛喜欢这个防具，很喜欢。

他趁机缩短彼此的距离，八米变六米，六米变三米，眼看就要追上。祁桦忽然极快地皱了下眉，然后上一秒还沉重的步伐恢复了轻盈，带着他一下子冲出窄巷。

对方也用了文具。唐凛不清楚到底使用的是什么，但一定是可以和“‹防›慢跑鞋”作用抵消的类型。他跟着冲出去，追到交叉路口，眼看着前面的人跑进左前方的又一条小巷，而那条小巷的尽头，就是神庙了！

这么追下去根本是徒劳。

唐凛正懊恼，忽然听见前方传来一道熟悉的声音，带着些许疑惑：“组长？”

他把视线从斜前方挪到正前方的不远处，竟然见郑落竹和南歌优哉游哉地从那条巷子里出来。唐凛来不及和两个队友寒暄了，直接指着斜前方的背影发指令：“帮我去巷子那头堵人！”

两人转头一看，一个打着赤膊的人正在隔壁巷子里狂奔。

“堵老板？”郑落竹脱口而出。

南歌惊了：“这你也能认出来？”

“不是范佩阳。”唐凛来不及解释太多，只能言简意赅，“他的文具树可以变身。”

变身？郑落竹和南歌对视一眼，那不就是害过大四喜的“画皮”吗？！

见唐凛已经追过去了，郑落竹和南歌也没时间讨论，同时向后转，跑回刚刚走出来的巷子。

他们这条巷子和唐凛追进去的那条巷子彼此相邻，都能到神庙前，但他们这条是直路，隔壁那条是斜路，所以他们绝对来得及跑到那头堵住祁桦。

光线忽然又暗了几度，完全是夜色了。南歌和郑落竹一前一后跑在巷子里，几乎看不清彼此的身影。

唐凛这边追得也是模模糊糊，因为被前面的人落下太远，起初他还能看见一个背影，后来就是一团黑影，再后来就什么轮廓都看不见了。

一口气跑到巷子尽头，唐凛撞进了自家队友怀里。

“组长？”郑落竹和南歌一起把人接住，两脸诧异。

他们早就到了，像俩门神似的堵在巷口，等了十几秒终于等来一黑影，还以为把祁桦堵着了，怎么也没想到是唐凛。

等等，这人真是唐凛吗？

一丝寒意爬上南歌心头。她突然反手握住唐凛的腕子：“我在地下城和你说的第一句话是什么？”

“这谁记得住啊！”郑落竹理解南歌的警惕，但问的问题也得靠谱一点儿吧？

唐凛：“如果你也想听一场尖叫音乐会，就继续往前。”

南歌松手：“答对。”

郑落竹：“……”

“我和你说的第一句话是什么？”唐凛直视南歌，从被怀疑者变成怀疑者。

南歌：“帮个忙。”

唐凛犀利的目光缓和下来：“答对。”

然后他转向郑落竹。

郑落竹直接投降：“不用问我，我只是一个平凡的普通人，不管是你和我说的第一句，还是我和你说的第一句，”他敲两下脑袋，“在这儿都一片空白。”

唐凛没接茬，也没提问，只说了一句谎话：“竹子，你想找的人就在水世界。”

郑落竹没言语，站在那儿静静看着唐凛，脸上、眼里都没透出明显情绪，像是淡定，又像是过于震惊下的茫然。

这种截然相反的解读，让这个姿态变得多功能，至少大部分的突发情况都可以先这样应付几秒。但在真正的郑落竹身上，不会出现这几秒。

唐凛清楚。

南歌也清楚。

“啊——”不用队长给指令，南歌自发给眼前这个“竹子”送上“曼德拉的尖叫II”。

定向攻击的效果，就是唐凛双手捂耳微微皱眉，而同样本能捂住耳朵的“竹子”，神情却越来越痛苦，身形轮廓在尖叫中一点点扭曲、变形，就像真的在脱去“画皮”那样惊悚。

南歌看得头皮发麻，尖叫越发真情实感。

唐凛知道，南歌的攻击正在一点点瓦解对方的精神力，伪装者的真面目马上就要露出来了。

不料这时对方的颈环忽然闪了一下——精神力的削弱不只影响了文具树，还会影响颈环！

漆黑的夜色里，颈环的闪烁格外醒目。唐凛和南歌注意到了，祁桦也注意到了。在他的计划里，伪装失败已经是最糟糕的结果，从来没有“失去颈环”这一项。神庙就在二十几米远的前方，他绝对不能这时候功亏一篑。

只能浪费一个攻击性文具了！

巨大的火光在南歌和唐凛的头顶上方炸开。两人的视野瞬间被强光刺得发白，什么都看不见，唯一能感觉到的就是阵阵灼热在逼近。唐凛本能地将南歌撞出去，自己也随着惯性扑倒在地。

一大团火焰落到他俩身后的地上，火苗“呼啦啦”蹿起很高。许久之后，火焰才渐渐熄灭，地上被焚烧出一大块焦黑，不少原本就在神庙前晃荡的人围在不远处看热闹，罪魁祸首却早就趁乱没了踪影。

“没事吧？”唐凛起身，过去拉南歌。

“没事。”南歌有些不甘心，“就是没想到他在‘曼德拉的尖叫’里还能使用文具。”

明明颈环已经颤动了，说明对方的精神力已在尖叫中变得不稳定，这种情况下还能坚持分出精神力来使用一次性文具，完全是南歌没料到的。

“没有足够自傲的本事，他也不敢在第一次伪装失败之后，紧接着伪装第二次。”唐凛转身看向先前南歌和郑落竹过来的那条直巷，“不过当务之急是赶紧找到竹子。”

先前的巷道追逐，祁桦唯一能攻击到郑落竹的办法，就是借着夜色的掩护爬上旁边石屋的屋顶，让后面被拉开一段距离的唐凛以为人还在前面，直接追过去，同时自己爬过屋顶，跳进隔壁直巷里，悄悄落在南歌和郑落竹身后，伺机偷袭。所以郑落竹一定还在直巷里！

唐凛毫不犹豫地带着南歌扎进夜色下的小巷，很快就在巷子中段发现了陷入深度昏迷的郑落竹。他就仰面躺在路中间，身上没外伤，但嘴唇发紫，气息微弱，浑身冰冷僵硬得厉害，手贴在胸口都几乎感觉不到心跳了。在那个刹那，唐凛和南歌也吓得差点儿停了心跳。

‹幻›元气满满，使用。

看着治愈幻具淡金色的光芒笼罩住自家队友，唐凛有种劫后余生的庆幸。

幸好祁桦还想伪装，所以不敢真和郑落竹动手，弄出太大动静，再加上必须在短时间内追上南歌，最可能的操作就是甩一个低调的、有把握的攻击文具给他，然后管也不管，直接跃过他追上南歌，神不知鬼不觉地完成调包。

2

倒计时 00:10:39。

郑落竹做了个梦，梦见自己中了亿万大奖。梦中的他不相信，对着堆成山的钞票怀疑人生，于是啪啪拍自己的脸，然后就醒了，醒来是在神庙前的空地，身边是伸手仿佛要来搀扶自己的组长和南歌。

环形城已经彻底深夜了，没有月亮，只有神庙口的烛火，给庙前空地带来一点微光。

“怎么了？”他抓住唐凛的手借力坐起，不知道是不是错觉，脸颊好像的确有点儿疼。

郑落竹的茫然印证了唐凛的判断："你被祁桦偷袭了。"

在唤醒队友的过程中，唐凛已经从南歌那里听来了他们这一路和柯南、骷髅新娘、清一色、大四喜、祁桦、白路斜的爱恨情仇，包括祁桦怎么把大四喜扔井里、白路斜怎么吃饱了撑的恨不能抢个"九连环"，人物精彩纷呈，剧情跌宕起伏。

"对，祁桦！"郑落竹把前面的事都想起来了，"他人呢？"

"早趁乱溜进神庙了。"唐凛抬手臂看一眼，又抬头往远处张望，倒计时还剩十分钟，相比祁桦，他更在意还没出现的范佩阳。

不料郑落竹追问："你们看着他进神庙的吗？"

南歌说："那倒没有。"

郑落竹立刻严肃起来："你忘了大四喜说的了，为了保住文具树的秘密，祁桦会杀掉知道他文具树的人。"

"不会，"唐凛摇头，"按照南歌说的，他并不知道大四喜没死，既然大四喜死了，'画皮等于祁桦'这条信息就不存在，在我们这里，只会确定有一个闯关者的文具树能力是变身，但这个闯关者是谁没人知道，那他就是安全的。"

郑落竹："……"组长就是组长，逻辑清晰，推论合理。

"但我还是对他不放心。"郑落竹有一颗倔强的警惕心。

"不放心什么？"熟悉的嗓音连同脚步声由远及近。

三人一起抬头，是范佩阳。

利落的夹克，随性的牛仔裤，潮牌运动鞋，如果忘掉四人分开前他的那一套行头，这就是一个标准的机场街拍Style，活力，洋气，并依然保留着一丝本人气质中的优雅和体面。

但郑落竹忘不掉，所以他现在就有点儿迷茫——老板or画皮，这是个问题。

同样感到迷惑的还有南歌。如果真是范佩阳，抢个颈环还顺便换了衣服是什么行为逻辑？如果是祁桦，先前变身范总是打赤膊，现在变身范总又走潮流风，就不能老老实实穿个长款大衣吗？！

无视两个队友一言难尽的目光，夹克款范总站定后先看唐凛的脖子，待看清叠套着两个颈环，神情稍定，这才去看郑落竹和南歌——两位伙伴，两脖空空。

范佩阳刚平展的眉宇又微微蹙起："被抢了？"

南歌是VIP的组员，能评判她的只有组长，所以范佩阳这话是问郑落竹的，淡淡的语气下是纯天然的压迫感。

以"组员+员工"的双重身份处于VIP食物链底端的郑落竹瞬间羞愧——愧对伙伴，愧对组长，愧对老板，愧对工资。但这种和范佩阳熟悉而亲切的互动又让他莫名安心，隐隐觉得眼前这位，八成、大概、应该……就是真的了。

“技不如人。”输就是输了，虽然丢脸，郑落竹还是大方承认，“抢我和南歌颈环的是一个人，白组的白路斜，他的文具树很厉害，应该是可以让人精神恍惚那种，总之到最后，我们都不知道颈环是怎么被抢走的。”

郑落竹不知道南歌已经在他昏迷的时候把这些给唐凛讲过了，所以说完还特意看向唐凛：“等下你们进了神庙，如果还要和闯关者打，一定小心这个人。”

叮嘱组长，不叮嘱老板，主要是怕表错情。

人与人之间的信任已经让“画皮”毁成了渣渣，眼前这个范总再亲切自然，再威严俊美，依然无法消除郑落竹心里最后一丝扑朔迷离。

“原来的衣服呢？”一直安静着的唐凛忽然发问。

郑落竹和南歌立刻聚到一起，坐等“谜底揭晓”。他俩没有火眼金睛，但唐凛可有着那么多和范佩阳的共同过去，随便拿个问题一测，真假立现。

“破了。”范佩阳答得简明扼要。

唐凛：“这一身又是抢谁的？”

范佩阳：“那要看你问衣服、裤子，还是鞋。”

南歌、郑落竹：“……”难怪拖到现在才来神庙，这到底是连环打劫了多少人？！

唐凛神情未动，甚至连语气都没起伏，紧接着就问：“你抢莱昂颈环的时候受伤了吗？”

南歌、郑落竹一愣，下意识去看范佩阳，从头到脚体体面面，连发型都不大乱，哪里看出来的受伤？

范佩阳也意外，沉默两秒，还是选择说了实话：“腿中了空气箭，所以用剩下的最后一个‘‹特›我是 VIP’换了关岚两个治愈幻具，用掉一个，还剩一个。”说到这里，范佩阳也就顺势抬起手臂，点开“文具盒”选择赠予，省得等下给的时候还要再费口舌。

赠予对象锁定，范佩阳想让唐凛选“接受”，不料刚抬起头，还没开口，已经听见“叮”一声——唐凛主动自觉地接受了。

范佩阳挑眉，对这突如其来的乖巧有点儿不适应。唐凛对于幻具一直都有很明显的抵触，无论是他冒险去找幻具、送幻具，还是一股脑往唐凛身上用幻具，从来没得到过这么配合的反应。

“幻具我收了，”唐凛自然看他，“以后你给的所有幻具我都照单全收……”

这么听话？范佩阳半信半疑。

唐凛：“但我有个条件。”

范佩阳舒口气，这就合理了：“说来听听。”

唐凛："以后再想骗对手上当，用戏精附体、道具配合、环境烘托、群演助力……用什么都行，别用苦肉计。"

范佩阳心下愕然。他的确故意受伤骗莱昂相信他体力不支，但唐凛怎么知道的？对战的时候，唐凛正好路过看见了？还是他满环形城找新外套的时候，唐凛遇上了草莓甜甜圈，关岚他们讲的？

唐凛一看范佩阳的反应，就知道自己猜得没错，祁桦是偷看了范佩阳的战斗全程，然后才拐到自己这边行骗的，一对一、受伤、消耗战、选择题、特殊文具换幻具，都是事实。

但这些现在没时间和范佩阳解释，唐凛只想要一个承诺，一个能确保范佩阳在任何时候都不要拿自己的生命冒险的承诺。他朝范佩阳伸手，谈商务合作似的："条件就是这个，同不同意？"

范佩阳心情复杂。他能感觉到唐凛的关心，这固然让人高兴，但这个条件其实就是"老话题"，在他擅自去海底洞穴收幻具涉险的时候，两个人就因为"值不值得拿生命冒险"这件事争吵过，当时各执一词，谁也没能说服谁。他以为唐凛已经默认了这种分歧，放弃"改造"他了，显然，他低估了自家组长的执着。

以前的唐凛有这样强硬地坚持过什么吗？范佩阳没印象。两个人别说吵架，连争论都不多，偶尔发生，结果也多半是不了了之，或者唐凛被他说服。

从过往思绪里抽离，范佩阳伸出手，没握唐凛的手，只是和他简单击了个掌，"啪"。

心不甘情不愿的态度全在这敷衍的一"啪"里了，但范佩阳还是给了唐凛想要的："同意。"

他想用简单粗暴的苦肉计，省时高效。可他更想拿无数治愈幻具把唐凛围起来，就算没一个能找回记忆，至少把唐凛护得严严实实。

协议达成，双方满意。但围观的郑落竹和南歌已经跟不上剧情了。鉴定呢？甄别呢？过往秘密测试题呢？怎么感觉自家组长上来就默认了眼前这个范佩阳是真的，然后直接进入"走心环节"了？

"组长！"郑落竹必须发声了，"你是不是……有点儿草率？"

走心可以，先盖防伪章啊！

"放心，"唐凛知道他担心什么，笃定道，"就是你老板。"

郑落竹半张着嘴："怎么看出来的？"因为给了文具？可给文具之前，唐凛也没有一点儿要测试的意思啊！

唐凛："确认过眼神。"

郑落竹、南歌："……"这么玄幻的吗？！

范佩阳越听越一头雾水，总觉得自己好像错过了很多事情。

唐凛笑笑，不再多言。

他之前打祁桦脸的时候，组织半天语言也没形容出来对方的眼神究竟哪里出了破绽，可等见到真的范佩阳，他就清楚了——范佩阳看着他的时候，不管何时何地，不管当下什么情绪，目光的底色里永远带着冲动和克制，完全矛盾的两者在他的眼神里打架，谁也打不赢谁，最后就杂糅成一种苦涩。他越不动声色，他的眼神就越让人心疼。

唐凛有时候会想，如果范佩阳不说话，不做那些独断专行、气死人的事，只拿这个眼神静静看他，看他个一年半载，他很可能就要心软，就要脑袋一热主动拉着范佩阳去找失落的过去。

"还剩四分钟，你最好快点儿决定要不要进神庙。"范佩阳的催促打断了唐凛想象的美好画面。

没有如果，范总就不可能把主动权交到别人手上！岁月静好与他无缘，他只适合力挽狂澜。

"不进了。"唐凛早就有了主意，"我们和竹子、南歌一起进'终极恐惧'。"

范佩阳无所谓："我没意见。"

郑落竹、南歌："我们有意见！"

时间飞速流逝，南歌也顾不上委婉了，直来直去道："你们抢到了颈环，就应该去神庙。我和竹子丢颈环的时候，已经做好了去'终极恐惧'的心理准备，没必要再搭上你们俩。"

唐凛摇头："不全是担心你们。南歌，你客观想一下，四个人集中在一起的战斗力肯定要比兵分两路强，我们去一个地方，成功率是定向叠加的。"

南歌想过了，就是因为想过，才知道唐凛根本是在拿话绕她："你就是担心我们，什么成功率根本站不住脚。没人知道两边都是什么形式，如果'终极恐惧'是每个人单线闯呢？那我们不管两个人过去还是四个人过去，都没区别。"

唐凛："……"组员不好糊弄了，心累。

"而且以后的关卡肯定还会有分开的情况，"郑落竹接话，难得的认真，"我们不能每次都让你和老板照顾。"正经的说完了，他又恢复嬉皮笑脸，"其实我们特别想知道得摩斯到底是个什么样的家伙，还有神庙里究竟是什么情况。组长，你就和老板过去替我俩看看呗。"

范佩阳："倒计时还有两分钟。"

唐凛："……"

没一个省心的。

倒计时 00:01:00。

唐凛和范佩阳站在神庙入口，再往前一步，就是关卡终点。

郑落竹和南歌站在台阶之下，目送挥手："3/10 见。"

唐凛看了他们良久，郑重点头："3/10 见。"

范佩阳能清晰感觉到唐凛那颗放不下的心，为了多少消除一点儿对方的担忧，他决定向郑落竹和南歌分享一些战术秘籍："不用管'终极恐惧'里会有什么，只要记住一点，对抗恐惧的最有效方法，就是先把自己变成那个最恐怖的存在。"

郑落竹、南歌："……"

让自己成为比"终极恐惧"还恐怖的"终极至尊恐惧"，这作战思路真是……霸气得让人窒息。两个涉世未深的小伙伴站在台阶下仰望范佩阳，对这个人的真实身份再没怀疑。

倒计时 00:00:30。

范佩阳和唐凛踏入神庙，刚一进入，他们身上的所有颈环便一起消失。

与此同时，新的提示也"叮"一声到来。

小抄纸："恭喜通过第二场考验，请穿过列柱大厅，进入神殿。"

同一时间，庙外等着最后倒计时的南歌和郑落竹又想起了那个未解的"眼神之谜"。

南歌："确认过眼神……竹子，你有没有感觉，这个回答有点儿像……"

郑落竹："不能吧，组长都把和老板的那一段忘了。"

南歌："说不定祁桦的伪装把咱们组长刺激到了。"

郑落竹："你的意思是，老板还是那个老板，但靠祁桦衬托，一下子魅力四射了？"

南歌："很有可能。"

郑落竹："老板要知道这件事，神庙里再遇见祁桦，说不定能放他一马。"

南歌："……"

郑落竹："嗯？怎么不说话了？"

南歌："我忽然想到一件事情。"

郑落竹："什么？"

南歌："我俩没颈环，没对象，还被喂了一把狗粮。"

郑落竹："……姐，我本来没什么感觉，直到听到你的残酷总结。"

00:00:00，倒计时结束。

唐凛和范佩阳正好走到列柱大厅，已经能看到尽头的神殿和神殿里隐隐约约的闯关者的身影。

郑落竹和南歌，或者说所有还晃荡在环形城里的失败者，则同时感到天旋地转，意识在令人眩晕的紫光和极速的失重感里渐渐远离。

3

神庙，露天庭院。

茂盛的植物在夜色里铺成一片暗影，偶有风吹过，摇曳浮动，像黑暗中的鬼魅。一个穿着黑斗篷的金发男人悠然自得地躺在草木中，双手枕头，望着半空中的投屏。

很快，投屏里出现一张英俊的脸，眉心微皱，看起来心情没有人美丽。

“有事？”提尔向来不喜烦琐的寒暄，对别人可能还要伪装客气一下，对得摩斯不用，因为这家伙根本不会揣摩别人的心情，你对他客气，他就会真的产生“自己很受欢迎”的可怕错觉。

“没事就不能找你了？”得摩斯一边说着一边操控投屏，将可视角度拉远，直到投屏中映出提尔的全身，一看对方坐在摇椅上拿着书，瞬间了然，“哦，又打扰你看书了。”

这个“又”很有灵魂，灵魂得提尔都懒得再多说。他瞥一眼投屏上方的时间，不悦变成疑惑：“你现在不是应该在神庙吗？”

得摩斯一脸理所当然：“我在啊。”

提尔更奇怪了：“闯关者呢？”

得摩斯：“距离他们有幸见到我，还有七分钟。”

提尔：“……”

也就是说，还有七分钟，闯关者就应该见到2/10的守关人了，而这位守关人，躺在草地里闲来无事，突发奇想打断他的午夜阅读时光，准备聊上一聊。

提尔理解不了这个脑回路，就像他理解不了得摩斯冒着违反规则的风险，乐此不疲地溜到1/10地下城闯关口去提前检测闯关者的质量。

“你猜猜这次有多少人进入神庙？”得摩斯突然问。

按照以往的经验，能通过两场考验成功进入神庙见到得摩斯的闯关者数量在四十到六十之间浮动，但是提尔想了一下不久前自己刚守过的1/10——到他面前的只有十三人——便酌情在均值上减了一些：“三十？”

得摩斯摇头：“截至目前，二十二人。”

从露天庭院是看得见列柱大厅的，有多少闯关者走过，得摩斯数着呢，毕竟都是要陪自己玩的。

“这么少？”提尔把书合上，有点儿在意了。

得摩斯轻叹口气："你果然不知道。"

提尔正色起来："发生什么了？"

在守1/10的时候他就觉得奇怪，以往都是需要把来到最后一节车厢的闯关者左挑右选，数量砍到允许通关的最高限二十人，可上一次到他面前的人都不够二十人。他以为只是一次偶然，原来不是？

"鸮把试炼区的难度提高了，"得摩斯随意地道，"我正考虑着要不要配合它，把我的考核标准也提高。"

这解释让提尔感到十分意外。他在试炼区待了这么久，鸮一直稳定运行。这个多年前就已经成熟的系统，早不需要人为干预了，它就这样无改变、无波动地运转着，平稳得近乎惯性，就像个临近暮年的老人。

"真是鸮把难度提高了？"提尔只守关卡终点，并不清楚闯关者在通关过程中的遭遇，因此对此依旧将信将疑，"你哪儿得到的消息？"

"上头那帮家伙呗。"得摩斯不吝啬分享信息，"说是培育区有一关的鸮玉被闯关者无意中发现，破坏了，所以鸮的自我保护系统启动，把培育区和试炼区的难度同步提高了。"

培育区，就是地下城之前的关卡。

试炼区，就是地下城之后的关卡，含地下城。

和试炼区不同，培育区关卡运行的全部能量都来自鸮玉，鸮玉被毁，对于鸮系统绝对是高危险等级的事故了。难怪……

提尔："现在呢，培育区怎么样了？"虽然那边没有自己人，可毕竟是闯关者的源头，源头要出了问题，试炼区必然受影响。

"鸮玉被毁的那关封闭了一天，现在早修复了。"得摩斯丝毫不在意。

提尔却有点儿担心："确定是无意中破坏的？说不定他们知道鸮玉是培育区的能量源，为了逃离故意……"

"你太高估这帮虫子的智商了。"得摩斯不屑地打断他，"别说他们根本想不到，就是想到了也没用，鸮玉是可以共享能量修复的，除非他们在同一晚把培育区的十三块鸮玉一起挖出来毁掉。"

也对。培育区的十三个关卡，鸮玉藏的地方都是随机的，只有鸮系统清楚，找一块都费劲，更别说同时寻找十三块。而且这个寻找的前提，还得是每一关都有闯关者愿意去做这件事。这一个个条件叠加下来，基本没可能成功。

甩掉可笑的危机感，提尔忽然瞥见得摩斯下颚上的伤。伤口已经愈合成一道浅浅发白的痕迹，但因为得摩斯的皮肤更白，仔细看便还是看得出。

这勾起了提尔对罪魁祸首的想念："霍栩闯到哪里了？"

突然被提起的姓名让得摩斯的脸色一下子变得难看："你故意的？"

"问问而已，"提尔一脸纯良，"毕竟是能让你受伤的闯关者，不多见。"

提尔很少去记闯关者的姓名，但霍栩是个例外。那是一个太特别的少年，年纪在所有闯关者里几乎是最小的，力量却是最强的，至少是提尔考核过的闯关者里最有潜力的。而除了力量，少年的孤僻和倔强也给他留下了深刻印象——那一场通关人数二十人，十九个都有组织或伙伴，只有他单枪匹马，并且从头到尾没和其他人说过一句话。

不过潜力再大，提尔也没想到霍栩的成长速度那么快，刚到 2/10 升了二级文具树，竟然就可以伤到得摩斯了。哪怕得摩斯再轻敌，这结果也非比寻常。至于少年那一头和得摩斯如出一辙的金发，则给这段"交锋"平添了更有趣的色彩。

这事儿传遍了整个试炼区。他没问得摩斯的战后感，但通过得摩斯坚持不治疗，让伤口自行缓慢恢复，就可以窥见对方的"刻骨铭心"了。

"还在 3/10 通关集结区呢，"得摩斯扯扯嘴角，"两次 4/10 开启都没进。"

提尔莞尔："你还盯得挺紧。"

得摩斯眯起眼："我把你揍破相，你也会经常惦记我。"

"行了，"提尔看看时间，距离他们谈话正好过去八分钟，"你现在已经迟到一分钟了。"

"还不是你东拉西扯。"得摩斯优哉游哉地起身，没有一点儿紧迫感，甩锅甩得理直气壮。

提尔看着投屏里那一把浅金色的头发，觉得有点儿晃眼，果断结束："断了。"

正准备结束通话，他忽然听到得摩斯自言自语："不知道能不能碰见那家伙。"

提尔停住，好奇心上线："哪个？"

得摩斯耸一下肩膀："就是我和你说过的，上次在你那边的闯关口看见一个很有意思的家伙，找人用尖叫破了我的'斯芬克斯之谜'。"

提尔不太记得这回事。事实上，他觉得上次 100% 通关的十三个家伙都挺有意思。但这话不能讲，他的 100% 通关率已经顶替得摩斯被打伤，成为试炼区茶余饭后的新八卦了，他现在最应该做的就是沉默，装傻。

"断了。"突兀的结束语再次上线，提尔毫不犹豫结束通话。

得摩斯伫立在神庙的夜风里想，提尔朋友少，一点儿不冤。

同一时间，神殿之内。

算上最后进入的唐凛和范佩阳，一共二十四个闯关者，此时面面相觑，完全不知道什么情况。

“小抄纸”让他们走过列柱大厅进神殿，他们进了，然而神殿空空如也，连个鬼影都没有。

“Boss（在游戏中，指难度较大，在剧情关键时刻出现的角色）旷工了？”一个穿着白衬衫的漂亮男人靠坐在神殿角落的柱子底下，随意地调侃，眼角眉梢都是邪气。

这是全场唯一穿白衬衫的，好认到唐凛都不用再去回忆队友的具体描述——白组，白路斜，抢了郑落竹、南歌、江户川、清一色颈环的男人，加上他自己的和目标的，六环在手，富可敌国。

“我要是你，就闭嘴。”一个还乡团的组员接茬，带着不怀好意的揶揄，“得摩斯可是能和我们隔空对话的，当心被他听见。”

还乡团共有祁桦、丛越等六人进入神殿，唐凛和范佩阳只认得丛越——虽然被祁桦用“画皮”耍了半天，但祁桦本人的样子是从来没露过的。

越胖子见他俩进神殿，先是惊喜的安心，然后就低下了圆咕隆咚的脑袋，要么盯脚尖，要么玩衣角，要么假装点击手臂查看，就是不敢和他们的视线对上，宽阔的身板里里外外透出大写的两个字——心虚。

显然丛越是清楚祁桦在环形城里的打算的，但毕竟他还是还乡团的人，不能站在VIP这边，指认自家组长。但不指认呢，他又怕祁桦不死心，再找机会暗算。这一来一去，就纠结了，纠结得唐凛都有点儿心疼他，恨不能用意念传送信息——我们该弄清的都弄清了，真的不用无间道。

除了丛越，还乡团剩下的五个人中，有四个时不时瞟第五个人一眼，而那个站在最旁边最不起眼的第五个人，自始至终只看全场。

领导都是自带光环的，有些气质不是你想藏，想藏就能藏。唐凛几乎是第一眼就锁定了那个人——一张平凡得几乎毫无记忆点的脸，扔人海里可以自动隐形的那种，但眼里的冷酷和狡诈掩在深处，还是露出一丝。

唐凛想，祁桦肯定不知道自己会被认出，因为在他的认知里，大四喜已经死在井里了，那“还乡团组长祁桦 = 画皮”这个信息就不存在，因此后面他用“画皮”的脸遇见的任何人，都只知道闯关者里存在一个“画皮”，但此人真正的身份是空白。所以他现在才坦然地站在那里，大大方方地看全场。

唐凛是暗地里打量的，他先锁定识别出祁桦，然后才把视线投向整个神殿大厅。不算他和范佩阳，这里一共二十二人，再除掉还乡团六人，还剩十六人——草莓甜甜圈三人，和尚、五五分、全麦；孔明灯三人，但没有周云徽；铁血营四人，但没有何律，这一点唐凛负全责；十社四人，包括抽烟、好战但是个好青年的崔战组长；白组一人，白路斜；步步高升一人，一个文着下山虎花臂的秀气青年，本人气质和文身气质毫不兼容。

唐凛的视线刚环绕完一圈，就看见一个黑色身影正穿过列柱大厅，由远及近。其他人也发现了，原本的嘈杂一下子消失，就像暴风雨来临前的宁静。

一个通体黑斗篷的男人进入大厅，脚步未停，一直朝着神殿的正前方而去。孔明灯恰好挡在他的行进路线上，于是黑斗篷走到孔明灯三人面前停住，微微歪头，不言语，只静静看着他们。

对峙几秒，三人不情不愿地向旁边闪开。

黑斗篷满意地继续向前，直至来到神殿中唯一的神像前才转过身来，翻下帽子，露出一头耀眼的浅金色发丝。

众人皆是一愣，不只是因为他的发色，也不只是因为他俊美得带些贵族气的脸，而是他和他身后的神像几乎是一个模子刻出来的。

"欢迎来到得摩斯的神殿。"男人微微一笑，深邃的五官衬着冷白色的皮肤，仿佛传说中不老不死的血族。

二十四个闯关者无一出声。骇人的寂静里，是本能的恐惧。

得摩斯的声音贯穿了"深海恐惧""人心恐惧"两场考验，几乎和恐惧的阴影捆绑在了一起。如今本尊出现，不仅没消除恐惧，反而让这阴影更浓重。

"别紧张，"罪魁祸首倒是云淡风轻，竟还宽慰起了他们，"一连通过两场考验，已经能充分证明你们的战斗力，到我这里，就不需要打打杀杀了……"

"那你想考核什么？"崔战还是耐不住急性子，直截了当地问。

得摩斯不喜欢被打断，但对即将到来的"考验"的愉悦期待还是提高了他的容忍度："与其说是考核，不如说是聊天，"他望向在场的每一个人，"聊聊你们心底最大的恐惧，聊好了，通关；聊不好，再见。"

孔明灯的一个兄弟插话进来："怎么算聊好还是没聊好？"

得摩斯理所当然地道："看我心情。"

全场："……"

"我要是你们，现在就应该庆祝。"得摩斯说，"见我只是聊聊终极恐惧，要是进了'终极恐惧'，那就是深度体验了。"

草莓甜甜圈的和尚问："深度体验？"

"你怕什么，什么就会出现。"

和尚愣了一瞬，大脑不受控制地翻出无数童年阴影："……喊。"

解释完"终极恐惧"，得摩斯还不忘给自己正名："我早说过，见我比进'终极恐惧'幸福多了。"

二十四个闯关者无人接茬，心里“呵呵”，无非是倒霉和更倒霉的区别。

“好的，开场白结束。”得摩斯抬头看半空，仿佛那里有一块只他自己看得见的操控屏。

下一刻，他眉心微动。神殿顶壁上忽然射下一大束紫光，将下面的所有闯关者笼罩在光内，也将整个神殿染成了淡紫色。众人先是吓了一跳，但很快发现，置身其中并没有太特别的感觉，好像只是头顶上多了一盏紫色探照灯。

数秒过后，紫光退去，神殿恢复原本的昏黄光线。然后所有人听见了得摩斯的声音：“现在看你们的手臂，有特殊印记的去我左手边，没有的去右手边。”

“什么特殊印记？”有人迅速抬臂查看，没看出个四五六，便有些不满地咕哝，“好歹给点儿具体描述啊。”

唐凛也抬起了自己的胳膊，却赫然发现原本的猫头鹰图案旁边多出了一个淡紫色的图案，隐隐闪着荧光，就像去一些夜店，进门时会被盖在手臂上的那种夜光印记。印记约一元硬币大小，盾牌形状，一柄巨剑横于其上，透着刚烈的战斗气息。

这就是所谓的特殊印记？

那得摩斯的确不用多做解释，因为有的人抬手臂看一眼自然懂。

唐凛放下手臂，想看范佩阳的情况，不料一抬眼，发现对方早查看完了，这会儿正盯着他的胳膊呢。

“和你一样。”不等唐凛问，范佩阳直接给了结果。

唐凛不清楚印记代表什么含义，但不管代表什么，都意味着他将和范佩阳面临同样的局面，说不定还可以联手面对，所以他稍稍定心：“我们站同一边。”

“嗯。”范佩阳同他一起往得摩斯的左手边走，“如果等下要求有同样印记的人相互厮杀，你什么都不用想，直接动手。”

唐凛：“……”

难怪不管他怎么苦练，都追不上范佩阳的综合危险等级。真正的差距不是体力，不是攻击力，而是这种“时刻把自己置身炼狱”的高阶战斗意识。

随着闯关者的走动，二十四人渐渐形成两个阵营，分列左右，一起面向得摩斯。站左边的是拥有特殊印记者，一共六人——唐凛、范佩阳、草莓甜甜圈的和尚、十社的崔战、白组的白路斜、还乡团的祁桦。剩下十八人则聚在右边。显然，拥有特殊印记的是少数。

得摩斯没让大家疑惑太久，在全部闯关者站定后便公布谜底：“每一关的守关者，都会在他比较看好的闯关者身上留下独属于自己的徽章。”

“所以？”崔战晃了晃手臂，“这把破剑是……”

“提尔。”得摩斯欣然应答，似乎对于“破剑”一词颇为认同。

唐凛对这个答案早有准备。他们身处 2/10，唯一闯过的关卡只有 1/10，和他们交锋过的守关者也只有提尔。而且提尔是北欧神话中的战争与正义之神，是勇气的象征，用巨剑徽章，很契合他的定位。

只不过唐凛没想到，提尔会给他和范佩阳盖章。毕竟他俩和提尔的对战过程都算不上愉快，尤其是范佩阳。

“我可不是巨剑。”一直低调沉默的祁桦忍不住出声。

唐凛、范佩阳、崔战、和尚闻声同时看过去，发现祁桦手臂上的徽章图案是一只靴子。

“知道你不是，”得摩斯一眼就识别出了他的徽章图案，“给你盖章的是维达。”

祁桦不言语了，维达的确是他闯 1/10 遇见的守关者。

唐凛微微蹙眉，飞速分析、处理着新得到的信息。

维达，北欧神话中的森林之神，特点就是穿一只靴子，所以他以靴子为徽章，和提尔以巨剑为徽章是一个道理。而 1/10 守关者的名字都取自北欧神话，可能是为了对应 1/10 的关卡主题，也可能还有其他含义。

但这都不是重点，真正让唐凛在意的，是这些守关者究竟是怎样的存在。他们就像在执行某种“轮流值班”制度，在不同批次的关卡开放日进入关底，迎接闯关者。是提前设置好出场顺序的 NPC，还是因为某种不明的原因或者驱动力而为关卡工作的人？

一记轻佻的口哨声，忽然从得摩斯漂亮的嘴唇里逸出。

唐凛抬头，发现对方正看着白路斜。和他们或者祁桦的都不同，白路斜手臂上的徽章，是一个美丽的长发女人的侧脸。

“希芙可不轻易给人盖章，”得摩斯盯着白路斜眼下的那颗泪痣，仿佛认出了什么，微妙的神情像极了围观八卦的好事分子，“你就是把希芙惹生气那个……”他努力回忆了一下希芙的用词，“……渣男？”

二十三双闯关者的眼睛，唰地集中到了白路斜身上。

希芙是谁不清楚，但听起来应该就是白路斜闯 1/10 时遇见的守关者，只是闯关者对战守关者，能得到的评价无非就是“我觉得你行，通过”或者“我觉得你不行，死开”这么两类，“渣男”是什么新型考核结果？

“割断她一截头发而已，”白路斜淡淡耸肩，一脸无辜地回望众闯关者，“渣吗？”

草莓甜甜圈的和尚摸摸自己的光头，严谨道：“这要看头发对对方的意义。”

无徽章阵营的清秀下山虎弱弱问了一句：“希芙到底是谁啊……”

“北欧神话里，土地和收获女神。”唐凛给他解答，“传说中她拥有一头金色长发，闪耀的色泽比金子还美丽，所以希芙很为自己的头发自豪。”

所有闯关者："……"

渣男！

"这个氛围就对了，聊天嘛。"得摩斯优哉游哉地从神像处走下来，"虽然你们现在只有一个徽章，但后续你们可能会有两个、三个……而其他关卡的守关者看到徽章，就知道你都曾被谁认可过，对于被多个守关者盖章的人，我们往往会重点考察，毕竟——"他的语调微微上挑，带着源自骨子里的优越和轻蔑，"有潜力的才值得悉心培养。"

又是"培养论"！众人沉默下来，此刻才清醒意识到，所谓的守关人徽章，与其说是认可，不如说是物化，就像屠宰场会给生猪盖章，以便让食用者一目了然哪些是优质猪肉，哪些吃得更放心。

这种令人难以忍受的蔑视感不只存在于徽章，也不只存在于守关人身上，它充斥在这个关卡世界的每一处设置、每一条规则——屈辱，诡异，如影随形，难以挣脱。

"先从你们这边开始吧。"得摩斯在两方阵营中间停住，转向没有徽章的那边，视线淡淡扫过聚在一起的十八个人，末了停在距他最近的一个男人身上。

那是还乡团的一个组员，人高马大，平头方脸，和丛越挨着站，离得摩斯一步之遥。得摩斯转过来，正好和他面对面。视线相对，方脸瞬间绷紧神经，站姿都随之僵硬。

"你最大的恐惧该不会是我吧？"得摩斯嗤笑，渐渐看进方脸的眼底深处，"那我可会失望的……"

方脸似乎想说话，可张了几次嘴也没说出来，然后就在得摩斯的凝视下渐渐失神。

莫名的寒意爬上了围观众人的脊背。这是什么能力？催眠？摄魂？

"哦——"

方脸在得摩斯故意拖长的尾音里回神，目光也逐渐清醒。

得摩斯微笑，用所有人都听得见的声音道："原来你现在最害怕的，是被人知道你杀了巩凡铭。"

方脸一下子成了白脸，面无血色。

另外三个还乡团的组员一齐错愕出声："你说什么？！"

旁边的丛越则不可置信地质问方脸："你不是说老巩是被抢他颈环的人杀的吗？！"

简单两句，在场的人就都听明白了。能让丛越直接喊"老巩"，显然是同伴，也就是还乡团的人。而这个人已经在"人心恐惧"的考验中死了。方脸说他是被抢颈环的人杀的，而现在得摩斯说杀人的是方脸。

方脸和得摩斯之间，注定有一个人在撒谎。

"我怎么可能杀老巩！"方脸终于找回自己的声音，一副不容被辱的气势，"他是在故意挑拨离间！”

喷完不信任自己的丛越，他又怒不可遏地痛斥得摩斯：“老巩是我的兄弟，你说我杀他？哈！你就是编谎话也编个靠谱点儿的！”

“老巩——”

众人头顶上忽然炸开一声真情实感的带着嘈杂的环境音的呼唤。

所有闯关者诧异抬头，只见一个大型投屏浮在半空，画面里赫然是“人心恐惧”考验中的环形城。投屏的回放中，那个刚说完“老巩是我的兄弟”的方脸男人，一脸担忧地冲到受伤的伙伴身边：“谁伤的你？”

受重伤的伙伴已经没力气说太多话了，只能气若游丝地吐出几个支离破碎的字：“幻具……治疗……”显然是在向同伴寻求治愈性幻具。

投屏中的方脸也听懂了，因为他回应的是：“放心，我一定救你！”

但他的动作却是另外一个走向。他捞起了对方的胳膊，然后同时点开了自己和对方的“文具盒”，在伙伴拼命求助的目光里，将对方仅剩的文具悉数转移到自己囊中。

每一个文具落入，都会有“叮”的提示音。重伤伙伴眼里的希望、求生欲、惊愕、挣扎，所有的光都在这一声声的“叮”里慢慢湮灭，直至成为灰烬。

画面的远处，出现另外两个还乡团的组员，其中一个就是现在正惊愕的还乡团三组员之一。方脸先发现了他们，再低头看看奄奄一息的老巩，像是在评估老巩的最后一口气能不能支撑到那两人走近。评估的结果，就是他从靴筒里抽出匕首，由后背一刀捅进老巩的心脏。

两个还乡团组员终于发现这里还有同伴，迅速跑过来。而方脸早收好刀，换上了一副悲痛欲绝的表情。

投屏画面停在了这里。

那时还没搞清楚情况的还乡团组员之一此刻已经再明白不过，他几乎是一把抓住方脸的衣领，愤怒得声音都开始颤：“你还是人吗？！”

“我没有！”方脸死不承认，声音比对方还高，“他们这些NPC想搞出个假视频，还不是易如反掌！”

丛越乘其不备，一把抓住方脸的胳膊，点开“文具盒”，扭着他的小臂强迫性地把里面的东西亮出来：“那这些文具怎么说？你原来连一行文具格都不满，现在多出这些，也是得摩斯给你塞进来栽赃你的？！”

到了此时，其实已经很清楚了，所有闯关者都看得出来方脸在强撑。

从越和还乡团的三个组员既震惊又悲愤，已经恨不得手刃他给老巩报仇了。

祁桦倒是淡定，自始至终站在徽章阵营，隔岸观火，好像内讧的是别人家，和他这个还乡团组长毫无瓜葛。

“你去死吧！”方脸突然恼羞成怒，一把甩开扯着自己的还乡团兄弟和抓着自己胳膊的丛越，俯身撞向得摩斯。

除了还乡团的几个，周围的闯关者一下子散开，以免被误伤。

方脸的恼羞成怒，其实就是情绪崩溃——内心最想隐藏的秘密被人挖出来了，恐惧、难堪、狼狈杂糅成不堪重负的压力，向罪魁祸首爆发。

人在这种情况下，是绝对失控的。他只想发泄情绪，只想冲破困境，根本不会去衡量局面，比如他和得摩斯的实力究竟相差多远。

退到安全距离的围观者们，几乎可以预见接下来的打脸现场。

方脸撞空了。因为得摩斯“咻”的一下后退好远，速度快得让人根本看不清他是怎么做到的。

可方脸也不慢。早在撞人的同时，他已经启动文具树，霎时无数薄如蝉翼、边缘锋利的树叶铺天盖地朝得摩斯袭来，就像一张绿色的刀片网！他已经红了眼，双手握拳，肌肉绷紧，显然对这次的攻击倾注了全部的精神力。

树叶是从四面八方来的，得摩斯没有地方可躲，唯一能做的似乎只有防御。可他一动不动，就静静透过斑驳的绿叶看着方脸，像第一次窥探对方的内心恐惧时一样，直直看进方脸眼底。

凌厉的绿叶一瞬间停住。方脸也僵在那儿，像突然被雷劈中，瞪大的眼睛外凸。

几秒后，夺命绿叶消失，方脸向后“扑通”倒地——仰面朝天，满脸惊恐，死不瞑目。

整个神殿静得骇人。方脸的死让所有闯关者的大脑出现短暂的空白。他们想的是打脸，是得摩斯单方面的教训、碾压，却从没想过人就这样无声无息地死了。更恐怖的是，他们连得摩斯做了什么都不知道。

金发的守关者终于脱掉了斗篷，一身优雅的黑色晚礼服在神殿昏黄的光线里，显得高贵、漂亮。他从容走到方脸的尸体旁，嫌弃地拿脚踢了两下，然后抬起头，用随意的带着些许抱怨的语气打破死寂：“聊得不开心，下一个。”

4

“滴答——滴答——”

郑落竹在规律的水滴声中苏醒，最先看到的是一个生了锈的水龙头，应该拧紧了，可仍不断有水从龙头滴落，每一滴都正好砸在水槽里。那里堆满了用过的碗碟杯盘，残留其上的油渍脏污已经发霉，阵阵异味从下水口返上来，令人作呕。

这是一间老旧的厨房，而他蜷缩在厨房潮湿的角落，双手抱着屈起的膝盖，半张脸都埋在膝盖里，只露出眼睛，几只蟑螂从他面前大摇大摆地爬过，视他如无物。

这是一个很不舒服的姿势，腿和脖子都酸得难受。郑落竹不知道自己为什么会是这个姿势，也不知道这里究竟是什么地方，这让他有些茫然和烦躁。

可他没有改变姿势，就这样转着眼珠偷偷地四下打量。厨房墙上的瓷砖在长年的烟熏火燎下已看不出本来颜色，且大多爬满了裂纹，有几块的边角干脆就碎掉了，露出下面发黑的水泥。灶台上经年累月的油污有厚厚一层，上面还隐约可见已经风干的异物，像是炒菜做饭时溅到灶台上的食物残渣，又像是某种昆虫的尸体。灶台上方的老式抽油烟机更是彻底被暗黄色的油垢覆盖糊满，油烟吸滤网的每一道缝隙都被堵得严严实实，让人怀疑它是否还能启动运转。厨房没有窗，只有一个低瓦数的灯泡，亮着微弱的光——肮脏，昏暗，破旧，压抑。

“叮——”

清脆而明亮的提示音，在这样的环境里特别突兀。

郑落竹一个激灵，立刻抬手臂查看。这一动似乎破除了某种“封印”，屈起的膝盖也随之向两边放下，改为更随意舒服的盘腿坐。

小抄纸：“欢迎来到终极恐惧。”

提示很短，只有一行字，可就在郑落竹一眼扫完时又收到第二条。

“叮——”

小抄纸：“已重新佩戴恐惧颈环。”

恐惧颈环？郑落竹心里刚生出疑惑，脖颈间就倏地一紧，已被箍住。他上手去摸，坚硬而冰冷。这触感他再熟悉不过。可这玩意儿不是上一场考验的工具吗？他要不是颈环被抢，也不会沦落到这里，现在又把颈环还给他，什么意思？

“叮——”

小抄纸：“恐惧颈环会将佩戴者的恐惧感量化成‘恐惧值’，实时显示。恐惧值随着恐惧情绪在 0 到 100 间波动，当数值达到 100，超过恐惧颈环的最大负载，恐惧颈环即会产生电流，致佩戴者心脏停搏，瞬间死亡。”

“叮——”

小抄纸：“友情提示，请务必时刻注意情绪控制。”

郑落竹：“……”真担心闯关者的命，你就别给戴这破玩意儿啊！戴完了来一句友情提示，友情你个蛋！

等了几秒，确定再没新信息，郑落竹走出厨房，望进客厅，没比厨房大多少，是个暗厅——厨房与客厅仅隔了一扇透明的铝合金拉门，门是打开的，两个门扇叠在一起，其中一个已经掉出滑道，有些歪斜地卡在那里。

终极恐惧，恐惧颈环，恐惧值，心脏停搏……郑落竹在脑中将这些关键词串联起来，大概猜得出这一场考验的方式了，无非就是弄出一些恐怖的东西，让你怕得要死，怕到恐惧值突破最高限，死亡。简单粗暴的规则，想通过也很简单，就是看谁能扛住恐怖冲击，将自身的恐惧压制在安全范围内。

所以，得摩斯到底给他准备了什么“惊悚大餐”？

郑落竹想着想着，视线不经意停在旁边铝合金拉门的玻璃上，玻璃很脏，但还是可以借着灯泡昏暗的光照出人影。他先在玻璃上看见了自己脖子间的颈环——和“人心恐惧”时的颈环基本一样，唯一的区别是颈环正中间有一个小的显示屏，上面的数字随着心跳一下下闪，20、21、22、19、20……是他的实时恐惧值。

郑落竹有点儿诧异，他现在根本还什么都没遇见，恐惧值不是应该为零吗？还是说，这个肮脏昏暗的陌生环境，已经让他潜意识里有了忐忑和不安？

等一下！郑落竹忽然全身僵硬。玻璃上的影子是谁？！

瘦小，稚嫩，穿着一件破破烂烂的卡通背心，露出的胳膊皮包骨，相比之下，头就显得大了，看脑袋像七八岁，看身体像五六岁，营养跟不上发育，呈现出一种不协调的怪异。但这个怪物应该不可怕，因为他身上交错布满了红色的血痕、紫色的瘀痕，以及各种扇、掐、拧留下的手印，是一个总被欺负的怪物。

是他自己。

“注意，注意，恐惧值超过 60！”

耳内突然响起急促的警报。郑落竹呼吸一滞，立刻回过神。假的，都是假的，就是为了吓唬他而已。他在心里不断念叨，同时强迫自己的目光从玻璃门上移开，移到客厅里，看过了时的彩电，看落满灰尘的风扇，看因为冷冻层的门关不严已经化了一地水的冰箱……

“哗啦。”门外传来钥匙串的声音。

郑落竹再次全身僵硬。

“注意，注意，恐惧值超过 70！”

钥匙插入门锁，“咔哒”，防盗门被打开。一个高大的黑影走进玄关，“啪”地按下电灯开关。整个客厅都亮了，白色的灯管一下子把厨房灯泡的暗淡昏黄压制到了角落。

黑影不再是黑影，就是一个普通的女人——苗条的身材，时髦的波浪卷，一张五官姣好却怎么也遮不住憔悴的脸。

可郑落竹觉得她高大极了，要很费劲地仰起头，才能看见她的脸。

“你怎么又弄得脏兮兮的？”女人嫌恶地看他一眼，径自走到冰箱前，无视融化发臭的冷冻层，打开恒温保鲜层，拿出两瓶冰镇啤酒，一边往回走，一边问，“你爸呢？”

死了，早几百年前就死了。

郑落竹心里明明再清楚不过，一开口，却是讷讷的童音：“不知道……”清亮里带着些许奶气和显而易见的畏缩、恐惧。

郑落竹一下子在这声音里想起了那些遥远的、可怕的记忆。不，不是记忆，是梦魇。

布满油污的厨房，狭小阴暗的客厅，永远在淌水的冰箱冷冻格……这里不是什么奇怪的陌生地方，是小小的郑落竹的家。

“危险，危险，恐惧值超过80！恐惧值超过80——”

耳内的声音急促叫嚣，尖而锐利。郑落竹心跳得厉害，他知道这样下去不行，恐惧值超过一百他就会死。可他控制不住，恐惧就像个套在他头上的塑料袋，他越大口呼吸，就越要窒息。

“滚开！”拿着啤酒的女人重重踢了他一脚，像踢垃圾一样将他踢开，而后走到靠墙的一张方桌旁坐下，用扔在桌上的瓶起子打开啤酒，咕咚咚先给自己倒了一杯。

只是踹一脚，比郑落竹预想的恐怖要轻松多了。

耳内的恐惧值提醒回落到六十。

女人倒啤酒倒得太猛，白色的啤酒沫溢出廉价的玻璃杯口，流得满桌都是。她低头凑过去想要先嘬两口，防盗门忽然被人“咣当咣当”砸得极响。

女人的脸一下子黑下来，骂骂咧咧地走过去开门：“你怎么不死在外面？！”

门开了，一个双眼布满红血丝的男人走进来，无视地上的拖鞋，大咧咧进了客厅：“老子一天天累死累活为了谁，还不是为了这个家！”

女人冷笑着跟进来：“为这个家？我看你要不是把兜里的钱全输光了，根本想不起来还有这个家。”

被戳到痛处，男人一下子来了火：“今天点子太背！”

女人原本只是随口骂，没想到还真说中了，当下尖叫起来：“你不是说过你不赌了吗？！”

“你懂个屁，我今天本来能翻本的，就怪老李非在我赢得正顺的时候给我打电话……”

“你总有理由！我就问你，这么多年你赢过吗，哪回不是赢小钱输大钱？我都说过多少次了，你就是没有赌命……”

“啪！”男人一巴掌打断女人的话，也打断了屋内的争吵。

女人红了眼，愤恨的目光像要杀人，可终究还是没有扑过去。

男人无动于衷地绕过她，准备回屋。

郑落竹缩在墙角，把自己尽可能缩成一小团，因为缩得太用力，刚刚被踹到的地方疼得厉害，可他顾不上疼了，只想把自己缩小到谁也看不见。

但男人还是看见他了。

四目相对，郑落竹浑身冰凉。他爸妈已经死了，是的，已经死很久了，久到他已经快忘了他们的样子。可为什么眼前的两个人如此的逼真？他们就像从地底下冒出的恶鬼，披着名为“爸爸”“妈妈”的皮囊，借尸还魂。

“你个死崽子，连‘爸’都不会叫一声，啊？”男人怒气冲冲地走过来，一把将他从墙角拽出，单手拎到暖气片旁边，拿晾在暖气片上的鞋带将他的双手捆到暖气管子上，“一天不收拾你都不行！”绑好后男人喘口气，舒坦了，晃晃悠悠去厕所开闸放水。

郑落竹疼得厉害，手腕疼，胳膊疼，浑身都疼。可这种惩罚太熟悉，以至于他反而没那么害怕了，顶多就是贴着暖气片睡一宿，姿势难受点儿，手腕麻木点儿，等到明天一早，大人还是要来给他解开的，因为他要去上学，不去的话，老师会来问家长。

厕所传来马桶冲水的声音。随后男人迷迷瞪瞪走出来，打着哈欠，看也不看客厅一眼，直接回屋睡觉。

随着卧室门“砰”地关上，客厅恢复寂静，静得只剩女人隐隐的抽泣声。

女人？突如其来的寒意让郑落竹打了个摆子，他忘了客厅里还有一个人。

抽泣声随着脚步声渐行渐远，没一会儿又由远及近。郑落竹不敢抬头，直到头顶上笼下来一片阴影。

“为什么要惹你爸爸生气？”又轻又温柔的声音，却仿佛来自地狱。

郑落竹怯生生抬起头，逆着光，看不清她的脸，却看得清她手中的金属衣架——她刚刚走远又回来，原来是去阳台取衣架。

“为什么要惹你爸爸生气？！”她又问了一遍，语气骤然激烈，手里的衣架也狠狠抽下来。

郑落竹咬紧牙关，一声不吭，却止不住眼泪啪嗒啪嗒往下掉。

“我和你说话呢，你这是什么态度！”女人抽得越来越凶，越来越狠，根本不挑下手的地方，就是劈头盖脸地抽。

郑落竹用力低着头，将脑袋紧紧靠在被拴着的手臂上，全身绷紧去承受。衣架抽在他的头上、肩膀上、胳膊上、后背上……太疼了，疼得他想死。

“危险，危险，恐惧值超过 80！ 恐惧值超过 80——”

他害怕。

他没和任何人说过，他真的害怕，他怕到听见父母咳嗽一声都控制不住地发抖。

“危险，危险，恐惧值超过 90！ 恐惧值超过 90——”

没有恶鬼借尸还魂，这就是他的父母，一对生了他却根本不把他当人的父母。

“终极警告，终极警告，恐惧值超过 95！ 恐惧值超过 95——”

死吧。死了就解脱了！

“最后一次警告，恐惧值已达 99！ 恐惧值——”

“啊啊啊——”

刺耳的尖叫声以排山倒海之势盖过耳内的警告，同时也打断了郑落竹积蓄到临界点的恐惧。

不是他不害怕了，只是原本倾注到恐惧里的注意力被彪悍的尖叫分了神。

是“曼德拉的尖叫 II”！

除了操控文具树的南歌，没人比郑落竹更熟悉这曼妙的音浪。

关卡，伙伴，地下城，水世界……无数记忆潮水般涌来，一下子将那个被梦魇勾回来的小小郑落竹拍扁在沙滩上。

他长大了。他早就不是那个毫无还手之力的孩子了。

被鞋带捆着的细小手腕以肉眼可见的速度变粗，变强壮，连同视野中的那个女人也逐渐变得不再高大，竟然显出了矮小瘦弱。

郑落竹深吸一口气，“啊”地大吼一声，生生将鞋带从暖气管上扯断，然后一个鲤鱼打挺跳起来。

“曼德拉的尖叫”还在继续，声音是从防盗门外传进来的。

郑落竹再不看女人一眼，冲过去打开防盗门，毫不犹豫一脚跨出。

脚落到门外的一刹那，身后的一切都消失了，没有客厅，没有厨房，没有老旧的电器和发了疯的女人，只有一间简单的轮船客房，里面是一张写字桌、一张木床，床头挂着一个游泳圈，床边圆形的窗口外，是深邃幽暗的海底。

海底？郑落竹彻底走出房间，发现自己置身于一条长长的走廊，走廊上一扇门挨着一扇门，和他身后刚刚关上的这扇门一样，看起来都是轮船的客房。

各种声音从各扇门里传出来，尖叫，惨叫，哀号，破口……大骂？

顾不上分析这些花式恐惧反应，郑落竹只专注去寻找“曼德拉的尖叫”。

“啊——啊——”

很好，不用寻找，只要南歌叫，女王皇冠就是她的。

郑落竹以百米冲刺的速度一连跑过十几扇门，终于在传出尖叫的门前停下，“啪啪啪”开始砸门：“南歌——南歌——”

砸了大概十分钟，其间他什么招都用了，拿肩膀撞，拿脚踹，拿匕首撬，大门纹丝不动。直到最后，他嗓子都喊沙哑了，门才终于从里面打开。南歌气喘吁吁地跑出来，脸色惨白，头发全被汗水打湿了，有几绺贴在脸颊上。

郑落竹拿手给她胡撸一把脸，关切地问：“你没事吧？”

这一下胡撸得实在，南歌的鼻梁差点儿被他抹平，但看在队友神兵天降的份儿上，她原谅了：“差一点儿到一百，幸亏你砸门……”

郑落竹：“我也是差一点儿到一百，幸亏你尖叫！”

南歌一愣：“你听见我尖叫了？”

“必须啊，要不我怎么知道你在这扇门后面。”郑落竹觉得南歌对自身威力的认识还有待提高，“我估计半条船的人都能听见。”

“船？”南歌刚从恐怖阴影里逃生，还没来得及看周围，听郑落竹这么一说才注意到，走廊另一边墙上全是一个个圆窗，窗外一片幽蓝，偶尔有鱼类的黑影游过。

“我想应该和水世界的酒店一样，是建在海底的船。”郑落竹根据经验推理。

南歌想了想：“也可能是沉在海底的船，就是那种遇上暴风雨，轮船倾覆，带着船上的所有人葬身海底，然后多少年后，有探险家过来找船上的宝藏，频频遇见怪事，因为这艘沉船已经成了幽灵船……”

“姐，”郑落竹抚额，“你要是没体验够‘终极恐惧’，我再给你送回屋里？”

南歌白他一眼：“再恐怖的事，说出来就不恐怖了，懂不懂？”理直气壮，振振有词，可终究还是没继续玩笑下去。

郑落竹这才注意到，她脖间的颈环实时恐惧值显示为“40”。她还在害怕，门内遭遇带给她的“惊魂”仍然未定，所以她才故意说这些壮胆。

犹豫片刻，郑落竹还是问了：“你在房间里看见了什么？”怕南歌不想说，他连忙又补一句，“我就问问，你不用非得回答。”

“地下城。”南歌轻轻吐出三个字。

郑落竹茫然：“地下城怎么了？”

南歌叹口气，对他翻了一分钟内第二个大白眼：“地下城，我瘫痪在床上一动不能动的那段日子……”

郑落竹恍然，忽然觉得自己挨的白眼一点儿不冤。

南歌却没藏着掖着，既然说，就都说了：“那时候特无助，尤其在我朋友出去找食物的时候，门外有脚步声响起，我都会特别害怕，怕有人突然闯进来……”

然后呢？郑落竹忽然有点儿不敢往下想了。

南歌说着说着却生气起来，颈环的恐惧值则断崖式下降到十：“我在地下城瘫痪那么多年，小心翼翼，一次都没有被人闯空门，在刚才那个破屋里，它竟然敢让男人闯进来，还是一群！”

郑落竹：“一、一群？”

南歌：“对啊，你说我能不害怕吗？恐惧值直接飙到九十！然后我就开始尖叫，一尖叫恐惧值就不升了，所有男人连同整个屋子都开始晃，越晃我叫得越有动力，再然后你就砸门了。”

郑落竹：“……”

“叫啊，就是叫破喉咙也不会有人来救你的”——这句话到南歌这里，要改写了。

“你呢？”南歌可不白聊自己的，“你遇见了什么？”

郑落竹也是三个字：“我爸妈。”

南歌沉默，不再问了。因为没什么可说的，竹子的父母当年是怎么对他的，她听一遍就够了，再听第二遍，她的恐惧值可以负载，愤怒值不行。

“所以这就是‘终极恐惧’？”郑落竹主动换话题，“每一个闯关者都要进入一个房间，体验私人订制的恐怖之旅？”

南歌望着眼前的一扇扇门，沉吟着摇头：“如果只是这样，为什么我们现在还没收到通过‘终极恐惧’的提示？”

“也对。”

郑落竹附和着点头，刚要进一步思索，两米开外的一扇门忽然“砰”地开了。一个人从里面冲出来，根本没减速，结结实实撞到走廊的圆窗上，“咚”一声，也没看清是撞了脑袋还是撞了身体，反正整个人被反作用力弹回来，“扑通”摔坐到了地上。

船舱走廊的灯光太暗，暗得看不清地上人的脸，但那身白绿相间的校服款运动装太让人记忆深刻了。

是孔明灯地下城组长，周云徽。

郑落竹和南歌对视一眼，没敢贸然出声，可很快就发现不对劲，周云徽坐那儿一动不动，失了魂似的。

两人蹑手蹑脚靠近，近到足够看清对方的脸——嘴半张，眼惊慌，神情茫然而恐惧，哪儿还有半点儿平日里的潇洒。更要命的是，他虽出了那扇代表恐惧的门，颈环上的恐惧值可一点儿没降，反而还在极速地往上升，80—83—88！

这还得了，郑落竹连忙大声喊他："周云徽——"

没用，男人还是纹丝不动。与之相对，他眼睛深处的惊慌越来越浓，俨然完全沉浸在了自己的恐怖世界里。

88—90—94！

"周云徽！"郑落竹要急死了，抓住他的肩膀用力摇，"你给我醒一醒！"

94—96—98！

"你松手！"南歌忽然扯开郑落竹，上去照着周云徽的脸就是一顿盘古开天地式大耳光。"啪啪啪啪啪啪啪——"左右开弓，气势如虹。

郑落竹艰难地咽了咽口水，不自觉摸上自己的脸蛋，一下下揉。

但周云徽颈环上的恐惧值，是实实在在落下去了，90—85—70—60……

"我去！"头已经被扇成拨浪鼓的孔明灯组长终于恢复神志，一把抓住南歌纤细的手腕，怒不可遏，"你抽我干什么？！"

抽人也是力气活，南歌气喘吁吁："救你。"

周云徽："扇耳光救我？"这不天方夜谭吗？

"耳光不能救你，但愤怒能。"南歌说，"愤怒是抵御恐惧的最佳手段。"

"你别不信，"郑落竹必须说句公道话，"刚才你恐惧值都到九十八了，要不是南歌，你现在早见阎王了！"

"我信。"周云徽悻悻把手松开，大脑彻底清醒，尽量不去想刚刚经历过的致命恐怖，努力将思绪拉到交谈的话题上，"愤怒能克恐惧，我信。我以前被朋友拉着进鬼屋，一个巨恐怖的鬼一直跟着我，吓得我头皮都要炸了，我一怒，就给他踹飞了。"

南歌："……"

郑落竹："然后你就不害怕了？"

周云徽："完全不怕了，后来我在鬼屋里来来回回逛了一个多小时。"

郑落竹："也不用这么嘚瑟吧？"

周云徽："跟在那个鬼后面道歉，一直道歉到对方原谅我。"

5

神殿。

继还乡团的方脸后，得摩斯又分别和一名铁血营组员、一名孔明灯组员进行了"聊天"。

过程并不愉快，两人都被恐惧勾起了激烈的情绪波动，但有方脸的前车之鉴，没人再敢不自量力地向得摩斯动手。

可即便是这样，得摩斯依然以“聊得不开心”为由，剥夺了他们的生命。过程和对待方脸时一样——凝视闯关者数秒，闯关者即惊惧倒地，气绝身亡。

没人知道得摩斯究竟用了什么手段，是像“斯芬克斯之谜”那样在闯关者心里响起只有本人听得见的恶魔声音，还是用特殊能力对闯关者发起了看不见的攻击？也没人知道得摩斯的“开心”标准到底是什么。

越未知，越恐惧。

更让人毛骨悚然的是，截至目前，和得摩斯“聊天”的死亡率是100%。

谁都没明说，但“聊天等于死亡”这条等式通过三条活生生的性命，潜移默化地植入了每一个闯关者的脑海。以至于当得摩斯挑中十社的一名兄弟做第四个“聊天”对象时，才走到对方面前，后者就浑身绷紧，腿肚子转筋，仔细看，还有不易察觉的轻微发抖——这是面对恐惧，尤其是关乎性命的恐惧时，最真实的反应。

可得摩斯显然并不喜欢。他毫无预警地抬起手，黑色晚礼服的袖口在被选中的十社组员面前划过，在其眼中留下一道带着冷风的暗色残像。

十社组员猛地后退一大步，瞬间和得摩斯拉开了近一米的距离。

“你这是做什么？”得摩斯困惑，举起的手极其自然地去摸了摸自己的金发，好像本来要做的就是这个。

十社组员又狼狈又尴尬：“我、我以为你要攻击我……”

得摩斯不说话了。神殿昏黄的光线映在他脸上，光线色泽很暖，他却是冷的。

神殿也是冷的。

十社组员吞了口唾沫，主动问：“你……不是要看我心里最大的恐惧吗？”迟早都要面对，他宁可少点儿等待的煎熬。

其他闯关者都明白这种心理，甚至希望得摩斯痛快点儿，既然选中就赶紧开聊，别这么折磨人。

不承想得摩斯直接摇了头：“不聊了，你成功让我对你失去了所有兴趣。”

守关者满足了闯关者们“给个痛快”的期望，痛快得甚至跳过了“聊天”环节，直奔“死亡凝视”。

视线相接的瞬间，十社组员就怔在那里了。

其他人还没反应过来，崔战却已经冲出徽章阵营，在文具树“健步如飞”的加速下，炮弹一样冲得摩斯而去：“你给我住手——”他是十社的地下城组长，也是十社这次闯关的带队人，让他眼睁睁看着一个兄弟在面前被杀，除非先踩过他的尸体！

“咣——”

“扑通。”

第一声，是崔战狠狠撞到了得摩斯身上。

第二声，是十社组员倒地。

崔战没撞倒得摩斯，仅仅是以身体顶着他后退了几米。十社的组员，还是死了。

“啊——”崔战控制不住地咆哮，目眦欲裂，突然用双臂紧紧抱住得摩斯，脚下一蹬，带着对方以一个足以撞得粉身碎骨的速度，朝神殿的一根柱子冲了过去。并且他不是用跑的，更像在冰上滑行，比“健步如飞”更快……是他的二级文具树！

这阵势，这速度，根本是打算拖着得摩斯同归于尽。

一切发生得太突然，围观众人别说做什么，甚至连想什么的时间都没有，只一眨眼，那抱成一团的身影便重重撞到了神殿柱子上，就是白路斜之前靠坐过的那一根。

“砰——”撞击巨响震得整个神殿微微颤动。柱子的撞击处碎石四溅，尘土飞扬，霎时将两个身影吞没。

接下来的数十秒，闯关者们什么都看不清，只能听见有激烈的打斗声从尘埃灰雾中传出，间或夹着崔战的咒骂。

顶多不到一分钟，打斗声渐渐弱下，直至消失。一道修长身影从灰雾中缓缓走出，晚礼服多了几道褶，浅金色发丝有点儿乱，但总体还算优雅，神情也并无愠怒，甚至还显露出些许愉悦和清爽。

尘埃落定，所有人都看清了得摩斯身后趴在柱子底下的崔战。他脸朝地趴着，身上灰突突的，还依稀带着脚印，生死不明。

就在这时，得摩斯忽然向后转身，又返回崔战身旁，拿脚尖踢了踢他的肩膀：“别装死。我临时改变主意了，先和你这个有徽章的聊聊。”

人没死？闯关者们面面相觑。先前好好聊天却纷纷丧命，这都直接动手了，反而被放一马？

他们当然也不希望崔战死，但得摩斯的行为根本没有逻辑，这就让人崩溃了。

崔战仍俯趴在那里，一动不动。

得摩斯皱眉，加重力道又踹了他几下：“来，让我们愉快地聊天吧。”欢快的尾音在神殿里绕了又绕，慢慢消散。

崔战终于动了。他用了十几秒才艰难地把身体翻过来，从俯趴变仰躺，然后朝着上方居高临下的得摩斯说：“聊个屁。”

得摩斯："……"

其他闯关者："……"

神殿陷入一种微妙的安静。

闯关者们无法通过背影，去揣测得摩斯此刻的神情。但很快，他们就听见了得摩斯对着崔战的一声轻叹："你到现在还没被人打死，真是奇迹。"

然后是崔组长很有节奏的回应："我也经常为自己的魅力而烦恼，所以你最好现在就弄死我，不然等我缓过来了，就弄死你。"

得摩斯嘲笑道："别喊打喊杀，你先站起来一个我看看。"

崔战没声了。显然，他受的伤让他根本没办法在短时间内站起来。

局势一面倒。每个人心里都清楚，崔战之所以还能和得摩斯放狠话，是因为得摩斯想要和他聊——在巨大的实力差面前，从来没有平等。

"让我来看看你最害怕的事情……"得摩斯在崔战身旁蹲下来，语调轻扬，兴致勃勃，坦然地将整个后背留给那边的十九个闯关者。

十九个人一起上，能不能打败得摩斯？唐凛第一时间起了念头，但在环顾一圈后，又不得不偃旗息鼓——至少一大半的人，已经放弃了主动攻击这条路。

得摩斯留出那么大的空当，他们视而不见，注意力都放在他和崔战的交谈上，竭尽全力去捕捉、分析每一句话，试图从这个唯一还没死的人身上寻到通关密钥。和他对上眼神的只有六个人——草莓甜甜圈的和尚、全麦、五五分，白组的白路斜，还乡团的越胖子，以及步步高升的下山虎。其中越胖子和下山虎还是无意中和他对上视线的，前者偷偷用眼神和他打了个招呼，后者腼腆一笑，完全出自礼貌。

所以，真正的好战分子就前面四位。

哦对，还有范佩阳。在唐凛开始寻找潜在合作者的第一秒，他就用坚定的目光表示——如果你需要，我就去动手，别找其他人，低效又麻烦。

唐凛都没敢多看他第二眼，怕对方会错意，一个"懒人的福音"直接开火。

"啧，"神殿那头，窥探了崔战半天的得摩斯终于出声，却是满满的失望，"我还以为你会给我点儿有趣的东西呢……怕被永远困在这里，来不及给父母养老送终？"他毫无顾忌地抖落着闯关者心底的隐秘，还要嗤之以鼻，"乏味至极。"

闯关者们神情各异，目光复杂。

"乏味吗？"崔战笑，不小心牵动了身上的伤，又猛咳了一阵，才哑着嗓子道，"你要是没爹没妈没人养没人教，我原谅你……你要是有父母，那我真替他们伤心，养这么多年养了一头白眼儿狼。"

得摩斯的眸子里掠过一抹危险的光：“……”

崔战偏就爱火上浇油：“怎么不出声了？哦，原来你不是石头缝里蹦出来的啊……”

得摩斯眯起眼：“我不只能看见你最大的恐惧，只要我想，我可以看见你心里的所有恐惧。”

崔战努力搬过来一条胳膊塞到自己脑袋底下，勉强拗了个还算潇洒的躺姿：“换话题了啊？可以啊，来吧，随便看，我但凡哆嗦一下，立刻跟你姓。”

围观众人：“……”得摩战，真的不太好听。

“嘁，不聊了，没劲。”得摩斯起身，利落地向后转，抬眼看向剩余闯关者，“下一个。”

众人不约而同眨巴下眼睛。崔战这就算……通过了？如果不是盖了“安全章”，真的没法解释他在作死边缘疯狂试探一顿后还能全身而退的状况。

关键人家对此还不太满意：“哎，你别走啊！怎么的，怕再聊一会儿我就能站起来了，到时候杀你个措手不及？”

别的不说，崔组长对战斗的执着和对必胜的信心，S级。

不过守关者显然烦了，英俊的眉头皱起，回身就往他脑袋上踢了一脚。

崔战晕厥，聒噪戛然而止。

得摩斯心满意足地回过身来，视线和脚步一起给了徽章阵营：“既然开了头，那就继续在你们这边聊吧。”

徽章阵营还剩五个人——唐凛、范佩阳、祁桦、白路斜、和尚。

得摩斯先走到了祁桦面前，后者神情警戒，但没有太明显的胆怯和紧张。

打量片刻，他又移到了白路斜面前。白路斜微微挑眉，勾着嘴角给了他一个邪气的笑。

得摩斯抿紧嘴唇，不太受用，果断转移到唐凛和范佩阳面前——唐凛神情平静，范佩阳神情更平静。得摩斯抬手摸摸下巴，感觉自己在看两个结了冰的湖面，没什么有趣的，还冷。

末了，他停在和尚面前。

这个面对面，比和尚的心里预期提前了不少，所以他虽然期待对战，却还没能完全克服恐惧。矛盾的心情驱使着他抬手摸了摸自己光溜溜的脑袋。

这个动作完全是潜意识的，他本人并没有自觉，但另外一边阵营的全麦和五五分对自家伙伴再清楚不过，一看这动作，就知道和尚心里不安定了。

得摩斯原本还在选择困难中，但被和尚的动作引导之后，视野里就只剩下对方的光头了。在光线昏暗的神殿里，这一颗是最明亮的存在。

“就你了。”

和尚表情绷住了，心态没绷住。

真刀真枪地干，彼此实力再悬殊，也可以拼上性命一搏，但像毒蛇一样，往你心底钻，还要把钻到的东西抖搂出来，这种公开处刑太可怕了。更可怕的是，和尚自己都不知道，得摩斯会从他的心底挖出来什么。

每个人心里都有阴暗面。

“别躲，”敏锐捕捉到和尚眼里的退缩，得摩斯靠得更近，近到可以看见对方瞳孔中的自己，“我来找找，那个让你最惶惶不安的恐惧……”

和尚头皮发麻，咬紧牙关才扛住了没动。

时间缓慢流逝，神殿里越来越静。每个人都在屏息等待，又一个深埋心底的秘密被残忍剖开。

这就是 2/10，想通过，就要让守关者剥皮拆骨。

只是这一次，时间好像久了点儿。

得摩斯依然站在那里，同和尚保持着过于近的距离，鼻对鼻，眼对眼，只是脸上的神情，从最初的探究渐渐变成茫然，转而又有些迷惑，最后化成一言难尽。

对视太漫长，漫长得和尚都有点儿熬不下去了，想着伸头是一刀，缩头也是一刀，他索性豁出去直接问了：“那个，我最深的恐惧……你看没看出来啊，到底是什么？”

得摩斯看出来了，就是因为看出来了，才不想说话。但守关者也是有工作流程的，任性可以，底线的流程必须走，所以他还是要给这位闯关者一个答复：“单身，一辈子谈不上恋爱，找不到真正的爱情，无法遇见那个愿意和你古堡定情、教堂宣誓、悬崖蹦极结婚的人。”

和尚目瞪口呆：“……啊。”

众闯关者：“……”

你的恐惧会不会太具体了？！

6

幽暗狭长的船舱走廊仿佛没有尽头。

一扇又一扇的圆窗，用积了厚厚灰尘的玻璃勉强透出一些船外的深海。

一间又一间的客房，用腐朽斑驳的木门隔住了里面全部的恐惧。

但隔不住声音。

“啊——”

“救命——”

“滚开啊啊啊——”

“嗷嗷嗷嗷——”

撕心裂肺的惨叫和哀号充斥整条走廊，有些甚至带上了哭腔，这刺痛了最先出来的郑落竹、南歌、周云徽三人的神经。

这种鬼哭狼嚎大集合里根本分不清都是谁的声音，但不管认识不认识，都是一起进来的闯关者，让他们就这样听着什么都不做，首先良心上就过不去。

三人一对视，就知道默契有了。

郑落竹：“反正也不知道接下来要干吗，先救人再说！”

南歌：“我尖叫，你们砸门，能救多少算多少。”

周云徽：“走着——”

话音落下，郑落竹和周云徽同时转身，没耽误半点儿时间，第一脚就直接二合一地送给了距离最近的一扇客房门。

“当——”他俩这一踹用尽全力，然而客舱门纹丝未动，只是脱落了一些本就斑驳开裂的木板表层。

不过随着这一踹，“曼德拉的尖叫 II”也再度响起，轻而易举打破了走廊凄凄惨惨的氛围：“啊——啊——啊——”

曼德拉一尖叫，犹如鬼王降临，霎时将所有鬼哭狼嚎压制，走廊俨然成了自家主场。

正打算踹第二脚的周云徽被这魔音灌耳刺激得头发丝儿都要竖起来了，大声吼：“你别搞无差别群攻啊！”

南歌正叫着呢，哪儿有工夫搭理他。

“你别影响人家操控文具树！”郑落竹替自家伙伴鸣不平，“她现在就是‘定向攻击’，已经绕开我俩了。”

周云徽：“绕开我俩？那为什么我还能听见？！”

郑落竹：“攻击杀伤绕开我俩了，你现在听见的就是一个美丽女人的普通尖叫。”

周云徽：“我已经头晕耳鸣了这哪里普通！”

“闭嘴——”南歌的尖叫骤然飙高，“砸门——”

两个青年唰地分开，一个往右，一个往左，分头砸门，连喊带踹。

“当当当——”

“咚咚咚——”

“里面的人醒一醒啊——”

郑落竹一连轰了五扇门，一个没轰开，心急如焚，喊出的声音都嘶哑了：“里面的人听着，你看见的都是假的，都是关卡给的幻觉，你赶紧出来，出来就什么都不怕了！”

“砰——”第五扇门被从里面撞开，一个人冲出来，直接怼进郑落竹怀里。

人跑出来，身后的门就重重关上了。

郑落竹下意识把人抱住，低头一看，浓眉大眼小青年穿着一双红色篮球鞋：“十一万？！”

怀里人满头大汗，抬起虚弱的脸，恐惧颈环上的数值是“92”，视线里根本没焦距。

郑落竹急得“啪啪”拍他脸：“十一万！十一万！”

每拍一下，恐惧值就下降一点儿，终于在不知道第几下时，小青年无力地抓住他的手：“你打够没……”

郑落竹松口气：“醒了就好。”

小青年的目光渐渐清澈，他没好气地道：“谁……叫十一万？”

“我知道，你叫清一色，莲花的嘛。”郑落竹对这位兄弟可记得清清楚楚，“你脑袋上的伤是我们拿‘‹幻›快速愈合’治的，一个‘快速愈合’十一万，你欠我们的，江户川作证。”

“欠你们的？我脑袋就是你们拿砖头拍的！”

“你要不抢南歌，我们也不会拍你。”

“……你有能耐就把江户川找出来！”

涉及金钱纠纷，第三方证人很重要。

但鬼知道江户川现在在哪扇门后面。

“砰——”周云徽那边也有一扇门弹开了。

郑落竹和清一色听见声音，不约而同去看。

单是个模糊身影，郑落竹还没看清，就听清一色激动喊道：“大四喜——”

那边一瞬清醒，喜出望外：“清一色！”

然后郑落竹就被人一把推开，眼睁睁看着清一色像只老母鸡似的扑棱棱奔向自家伙伴。

“砰——”

“砰——”

许是南歌的尖叫终于由量的积累形成了质的飞跃，那边清一色才跑到半路，这边又有两扇门被从里面撞开。

一个很近，就在清一色房间的隔壁，所以里面冲出来的人等于直接到了郑落竹面前。不用看五官，一条骷髅新娘的花臂就勾起了郑落竹全部的记忆——组织，步步高升；文具树，“白骨战士”；恩怨，他和南歌帮着越胖子抢了对方的颈环。

一个很远，几乎在走廊尽头，从郑落竹这里只能看见一个颀长瘦削的身形轮廓，其余都藏在晦暗的阴影里。

不同于前面几个，骷髅新娘一冲出来就已经是神志清明状态，虽然颈环显示恐惧值为“75”，脸上也残留着惊恐余韵，但还是第一眼就认出了郑落竹：“你们搞的尖叫？”

郑落竹点头：“嗯哼。”

骷髅新娘的脸色有点儿微妙，别扭半天，还是咕哝道：“谢了。”

郑落竹豪气地一拍他的肩膀：“抢你颈环的时候我就说过，进了‘终极恐惧’我们罩你！”

骷髅新娘想打人：“你要不帮着那个胖子抢我，我也不会进到这里！”

“咻——”一道疾风从对话的两张脸中间穿过。

郑落竹和骷髅新娘瞬间僵硬，谁都不敢再动一分。

疾风掠过贴着走廊一侧站的南歌，险险擦过正好侧身的清一色，转瞬就到了周云徽和大四喜面前。

看不见利器，但杀机扑面。

他俩站的位置根本来不及躲，一刹那两人的恐惧值一齐飙到九十五！

就在这时，两人身旁的一扇门开了，厚重的门板正好替他俩挡住了袭来的疾风。“砰”的一声，疾风一撞而散，斑驳的木门上留下一个深深的箭孔。

推门而出的铁血营地下城组长何律一脸茫然，听见声响，还探头看了一眼门板后的箭孔：“在打架？”

南歌的尖叫因这突如其来的冷箭而中断，走廊一下子静了许多。

周云徽、清一色、大四喜没空给何组长解惑，齐齐转头，看向那边的郑落竹和骷髅新娘：“……什么鬼？！”

要不是何律正好开门，周云徽和大四喜至少有一个就悬了。

郑落竹和骷髅新娘可不背锅，也转头，望向走廊深处那个和骷髅新娘同时出来却依然藏在阴影中的人，击鼓传话：“……什么鬼？！”

“咻咻咻——”

走廊尽头给他们的回答，是新一轮的冷箭三连击。

郑落竹飞快启动文具树，刹那间升起一块铁板，同走廊一样宽，像大坝一样将走廊截断，将他和骷髅新娘还有身后所有闯关者严严实实挡住。

“砰砰砰——”三道冷箭都射在了铁板上，力道之大，直接在铁板上扎出三个凹坑，有一个坑已经隐隐被扎透了，留下一点儿极小的空隙。

空气箭，三连击，就算只能看个模糊轮廓，这身份也再明确不过了。

“莱昂！你疯了——”郑落竹隔着铁板大声喊，希望能唤醒走廊尽头的凶残闯关者。

他相信这个肯定不是莱昂的本意，估计和前面的周云徽、清一色一样，还陷在恐惧里没出来。

然而回答他的依旧是接连不断的空气箭。

“砰——砰砰——砰砰砰——”最后一个三连击直接把铁板穿透了，空气箭带出的疾风贴着骷髅新娘和郑落竹的头皮掠过去。

后面众人见状，立刻求生欲上线，一个接一个咔咔往下蹲。

就何律一秒启动“墨守成规”：“禁止攻击。”

半径四米，安全无虞，空气箭一进入这个文具树范围，顷刻化作温柔空气。

就近的周云徽、清一色、大四喜面面相觑，唰地聚集过来，身体上以何律为中心紧密团结，灵魂上则已经紧紧抱住何组长大腿。

隔了一段距离的“战场前线”，郑落竹盯着铁板上的箭孔，鼻尖已经挂了汗珠。为了严密遮挡，他不能缩小铁板面积，而眼下铁板的厚度、坚固度，已经是这个面积的极限了，如果莱昂还没使全力，那铁板被打成筛子不过是分分钟的事。

印象中的莱昂永远是冷漠寡言、镇定自持的，所以得是多致命的恐怖才能让这位仁兄陷入疯狂的无差别扫射啊！

正焦急，郑落竹忽然感觉到一股力量注入自己的“铁板一块”，而后铁板上的“箭孔”以肉眼可见的速度弥合、修复。

修复过程中又有空气箭射过来，“当”地扎到铁板上，这一次不仅没透，连留下的凹坑都比先前浅了不少。

铁板的坚固度也增加了！

郑落竹惊讶，不等细想，就听见身后传来大四喜的声音：“你俩快点儿过来，这里有安全区！”

安全区，自然是指何律“墨守成规”的范围。

至于给铁板加固……郑落竹恍然，这情景不就和先前环形城里，他用“铁条”帮清一色从井里捞大四喜一样吗，当时“铁条”一直延展拉伸，根本捞不起人，也是被大四喜用文具树加固了之后才救人成功。当时他没来得及问，现在终于找到机会了——

“大四喜，”郑落竹一边顶着铁板，带领骷髅新娘往后撤，一边回头，“你文具树叫什么啊？”能帮别人的文具树效果辅助加成，这么一棵“天使树”，必须有姓名。

“啊？”大四喜猝不及防，愣了下才回答，“我是你的幸运星。”

郑落竹：“好听！”

周云徽、清一色、骷髅新娘：“……”你谄媚得太明显了。

退到半路，郑落竹和南歌碰了个正着，他这才注意到自家队友还站在原地，没退到何律的半径四米里。

“南歌？”郑落竹停下，扛着被空气箭射得砰砰作响的铁板，疑惑看她。

南歌从思索中抬起眼，说：“我想试试。”

郑落竹没听懂：“试什么？”

跟在郑落竹身旁的骷髅新娘更是一头雾水。

南歌没再解释，深吸一口气，忽然发出一声曼德拉的呼唤：“莱昂——”

尖叫再临，生灵涂炭。

走廊里的六个兄弟差点儿没支撑住——美女呼唤的确实是“莱昂”，但营造的效果完全是“你们都给我下地狱吧”……

莱昂的名字，以凄厉尖叫的形式，响彻走廊二十秒。

二十秒后，南歌收声，“中级狙击者”收手。郑落竹的铁板不再“砰砰”挨空气箭，莱昂那边也没了动静。

“喊一下就好了？”郑落竹不可置信地将铁板悄悄放低一截，从后面冒头看走廊尽头，“这么神奇吗……”

不止他，所有人都将目光投了过去。

终于，一个男人走出阴影，沉默地朝着这边而来。他穿了一件黑色短T，身体线条很漂亮。但请原谅郑落竹、骷髅新娘、周云徽、清一色、大四喜、何律这六位壮士缺乏一双审美的眼睛，只记得先前被空气箭支配的恐惧。

幸好，莱昂在距离郑落竹铁板两米开外的地方就停住了。凭借身高优势，他透过已经放低一截的铁板看向南歌：“多谢。”

南歌其实也没把握，直到此时才终于松口气：“不客气。”

听这话音，应该是安全了。郑落竹看一眼莱昂的颈环，恐惧值二十，悬着的心总算放下，收了铁板。

铁板一撤，后面围绕着何律的兄弟们就和莱昂隔空面对面了。

他们必须控诉——

清一色：“你刚才差点儿把我们全灭了！”

周云徽：“你到底在屋里遇见什么了？”

大四喜：“你和南歌姐姐什么关系？”

何律：“……”他该就哪个方向继续提问？

“没有关系。”郑落竹赶紧替自家漂亮小姐姐撇清，“她就是帮莱昂起了个外号。”

大四喜：“什么外号？”

郑落竹："莱昂啊。他之前没外号的，谁起的都不满意，南歌一起，他就要了。"

莱昂："……"

南歌："……"

周云徽、清一色、大四喜："……"

这分明就是有很大关系啊！！！

第四章

无　惧　者 WU JU ZHE

1

“砰！”

一空气箭射到两个相邻的圆窗中间，在船板内侧留下可爱的小洞。

莱昂放下手，重新转过头来，看向众闯关者：“继续救人？”

众伙伴整齐划一咽下口水：“……嗯。”

接下来的二十分钟，先出来的八人形成了一条节奏有序的“救援链”——南歌尖叫十秒，休息，再尖叫，再休息，尽量将精神力和体力科学分配，延长文具树操控的可持续性；其余人则趁南歌休息的时候，仔细去听每一扇门里的动静，重点去砸那些门内有尖叫、喘息或者人为声响的房间，因为有声音意味着里面的闯关者还在和恐惧抗争。

门从外面其实是砸不开的，所以他们的砸，更多是呼唤警醒，尽可能让里面的人意识到，已经有他们这些闯关者在外面了，不要被眼前的恐惧迷惑，打开门才是生路。

如此这般，二十分钟下来，大家成功砸出了九人：三个孔明灯组员，两个铁血营组员，两个十社组员，一个还乡团组员，还有步步高升的佛纹。

铁血营组员出来的每一个，都是第一时间奔到组长何律那里报到，然后即刻投入救援，速度之快，纪律之严谨，不负“铁血营”三个字。

孔明灯的组员则相反，他们出来之后，对于周云徽几乎没多看一眼，既无交流，更谈不上尊重，原地缓和完情绪便随大流地加入救援行动。

其他闯关者诧异，周云徽心态倒很平和。早在环形城，他就被这帮水世界组员们投票免职了，现在大家各走各路，谁也不用对谁负责，挺好。

十社的两人和还乡团的一人，出来的时候都有点儿蒙，一是还在恐惧余波里，二是两队组长都在神庙，他们放眼望去也没找到组织，所以费了不少时间才搞清当下处境，在大部队的感召下一起帮忙砸门。

佛纹是九个人里最后一个冲出来的。随着木门在他身后关上，整条走廊第一次陷入真正的安静。

或许是安静更能让人清醒，佛纹在冲出后的短短数秒里，恐惧值便降到六十以下，视野也慢慢明朗。

第一眼看见的就是灰蒙蒙的圆窗，他靠在那里，脑袋顶着玻璃，还有点儿撞头留下的隐隐的疼。揉着脑袋抬起头，四下环顾，左右都是闯关者，有认识的，有不认识的，全汗流浃背，气喘吁吁，看着像一口气跑了六十层楼。

南歌是这其中最容易被注意到的。不是因为她漂亮，而是她看起来最疲惫，身体已经站不直了，双手扶着膝盖喘息，脸颊的汗水滑到下颚，又落在地上，木质的船板地面已经被打湿了一小块。

尖叫，砸门，这些都是佛纹能冲出恐惧之门的那缕光，现在他知道光来自何处了。

只是对于他的脱险，这些救援伙伴们似乎不太高兴，一个个全凝重着脸。他这才后知后觉地发现，走廊很静，静得有些压抑。不过仔细看，这些“救命恩人”的目光似乎并未放在他身上，而是更多地盯着那一扇扇仿佛永远不会开启的门。

终于，一道熟悉的身影从走廊尽头穿过一个又一个闯关者，来到他面前。

四目相对，骷髅新娘长舒口气：“我就看着像你。”

“像？”佛纹被扎心了。

骷髅新娘也冤：“离那么远，又隔着那么多人，我还砸门砸得眼前全是金星，能认出你已经是奇迹了。”

“我这是死里逃生啊兄弟，你都认出来了还不慌不忙散步？不是应该马上飞奔过来抱着我庆祝转圈圈吗？！”

“你自己摸着良心说，你这个要求是不是有点儿不是人？”

好吧，佛纹决定忽略这些细节，直接凑近自家队友，问此刻最关心的问题：“江户川呢？”他们仨一起进的“终极恐惧”，可眼下的走廊里，根本没小江的身影。

骷髅新娘闻言，脸上刚因为佛纹脱险生出的些许喜悦又转瞬化成凝重，似乎想说什么，可最终只艰难地摇了摇头。

佛纹一颗心坠到冰窖。

旁边离得比较近的清一色走过来轻轻拍了拍佛纹的肩膀。他不认识佛纹，但在环形城里和骷髅新娘、江户川都打过交道，尤其是江户川，为了对付郑落竹和南歌，他们还短暂结盟过。

“不止小江，很多人都在门里没出来。”清一色说。

这话不是宽慰，不是解释，更不是默认江户川没出来合情合理。他只是陈述一个事实，一个所有人再不愿都要接受的残酷事实——闯关，就会死人。它可能是惨烈鏖战后的必然归宿，也可能是欢声笑语中的突如其来。

可是佛纹接受不了：“那就再尖叫再砸门啊，我就是靠着这些支撑出来的。”

“你能出来，是因为当时你的门里还有动静。”清一色扳着他的肩膀，把人转向那一扇扇门，“你现在听，还有声音吗？”

没有声音。

佛纹刚清醒的时候就发现了，在没有尖叫、砸门也停手的走廊里，只剩寂静。他下意识地抬手摸自己的颈环，坚硬，冰凉。

恐惧值超过一百，闯关者就会在颈环的电流里心脏停搏。在一扇扇还没有打开过的门内，有多少闯关者已经超过了警戒值，再没有出来的可能？80%，90%，还是……全部？

佛纹终于明白了，为什么迎接他的是一走廊的凝重。

不是因为他。而是因为他出来的这扇门，是最后一扇有声音的——有声音，证明人还活着，才有从外面唤醒的希望。

他成了这份希望的终结点。

一个，两个，三个……佛纹将走廊里的所有闯关者数过一遍，算上自己，一共十七人。进入“终极恐惧”的闯关者远远不止这个数量，依然有伙伴在门内，恐怕也不止步步高升的人。

“要不，再试试？”刚脱险的佛纹没经历过先前的漫长救援，总还不死心，“万一呢？万一还有人没死，只是发不出声音……”

骷髅新娘打断他：“你说的不是没可能，但我们没时间了，”他将目光投向南歌那边，“她也没体力了。”

佛纹看过去，的确，南歌已经精疲力竭。

但是体力可以依托时间恢复……

“没时间是什么意思？”佛纹想起了骷髅新娘的前半句。

骷髅新娘说：“你看‘小抄纸’。”

佛纹茫然抬臂，还真有一条新提示，估计是在门内的时候就收到了，可他那时候早吓疯了，哪儿会注意。

小抄纸："请在半小时内，抵达轮船顶层宴会厅。"

提示附带倒计时，此刻剩余二十三分四十四秒，看起来时间充足，但对于不清楚船舱结构也不知道途中还会发生什么的闯关者来说，倒计时的每一秒都关乎生存。

救援不可能无止境地延续下去。南歌的体力耗尽，门内的求生欲消失，关卡的倒计时开始，每一个状况都足以让救援中止，而现在三项占全了。

"去宴会厅吧，"有人打破沉默，"再在这里耗下去，谁都别想通关。"

"是啊，走吧。"

"我们能做的都做了。"

"这鬼地方……"

一声声附和里，有不甘，也有无奈——放弃很难，但没有其他选择。

船舱楼梯在走廊的中部，闯关者们渐渐动起来，离得近的已经抬腿上去了。

郑落竹借手臂给南歌一些支撑，带着人缓慢地往楼梯口移动："还能坚持吗？"压低的声音里全是担心，"不行我就给你用'快乐一刻飘浮术'，让你省点儿力气，反正组长给了就是让咱们用的。"

进入"终极恐惧"之前，郑落竹和南歌把在清一色身上用掉"〈幻〉快速愈合"的事情向唐凛坦白了，不承想组长一句批评没有，反倒又把两个防具给了他们——〈防〉快乐一刻飘浮术，〈防〉走近科学。

组长的原话是："'终极恐惧'肯定是地狱难度，给你俩一人一个文具防身。还有，请看着我，不要看他。"

最后一个要求就强人所难了。文具是范佩阳弄来给唐凛的，他俩拿了，不看范佩阳一眼，心里没底啊。

结果六目相对，范佩阳反倒云淡风轻："给你俩就拿着，他有我。"

当时郑落竹和南歌就一个心情——可给你牛坏了！

"不用，"南歌想也不想就拒绝了郑落竹的提议，一次性文具用完就没了，必须用在刀刃上，"我现在操控文具树有点儿难，但爬个楼梯还是可……"

话还没说完，远离楼梯的走廊末端又"砰砰"一连弹开两扇门！

已经汇聚到楼梯这边的大部队猛地刹住脚步，纷纷回望。

在已经放弃的情况下，这两扇门就像天上掉下来的惊喜，每个还有伙伴困在门内的闯关者，都希望能看见自家队友。

相隔不远的两扇门内同时冲出来两个身影，一高一矮，一健硕一娇小，一柯南群像大花臂，一白净软萌小正太——步步高升，江户川；草莓甜甜圈，关岚。

骷髅新娘和佛纹激动得都破了音："小江——"

莱昂没喊，直接干净利落地穿过人群，快步走向关岚。

他这边还没走到，那边冲出来的两个人先看见了彼此。关岚基本清醒，眨了一下挂着汗珠的睫毛，给江户川以友善微笑。而江户川直勾勾地看着对方，眼眸深处却是涣散的，下个瞬间猛地扑向关岚。

关岚皱眉，敏捷后退，动作又快又轻盈。江户川扑了个空，表情忽然变得狰狞，想要再追击，霍地一转身，就被蛋糕"啪"地糊了一脸绿——不是脸绿，是蛋糕绿。

关岚甩甩残留着草绿色奶油的手，颈环上的恐惧值已经从出来时的二十直线降到三。

事实上，在被江户川突然袭击的时候，他的恐惧值也依然在降，很明显门外所有的突发状况，都没让这位草莓甜甜圈组长有一丝一毫的紧张。

江户川终于恢复神志，一连吐出好几口奶油："呸呸呸——"他狼狈地抹了把脸，勉强睁开被糊住的眼，"什么玩意儿？"

"蛋糕。"关岚真心为对方能脱离梦魇而高兴。

"抹茶蛋糕？"江户川把沾满绿色蛋糕渣的手放到鼻子底下闻一闻，又立刻嫌恶地放下，"你家抹茶这个味？"

"谁跟你说绿色就是抹茶了，"关岚大眼睛弯下来，可爱又纯良，"这是风油精口味。"

江户川："……"

远处围观的闯关者们："……"

他们现在知道江户川怎么醒的了。

"你别找碴了，"骷髅新娘、佛纹走过来迎接队友，兼教育，"你一出来就发疯似的，人家没给你鹤顶红口味就不错了。"

"我……攻击人了？"江户川还有点儿恍惚。

"狂性大发。"骷髅新娘给自家队友定性，"你到底在里面遇见什么了？"

"暴风雪山庄连环杀人事件。"江户川一回忆，颈环的恐惧值又有小幅回升。

佛纹看不懂了："你怕这个？这不是你最喜欢的密室杀人、本格推理吗？"

骷髅新娘猛点头："你还说要是给你个密室杀人现场，你一秒钟就能看透凶手的手法。"

江户川仰头轻轻呼出一口气，才重新看向自家队友，语重心长："看透手法的前提是要仔细检查尸体。"

骷髅新娘："你在屋里遇见死状恐怖的尸体了？"

江户川摇头："恐怖的不是死状，是你检查的时候，尸体突然跳起来，然后就开始啃你的脸。"

骷髅新娘、佛纹："……"

远处闯关者："……"

你平时真的只是侦探迷吗？！

说话间，莱昂已到关岚身边。

关岚和自家组员说的第一句话是："只有你？"

偏巧这时候花臂们的交流已经结束了，走廊忽然有一刹的安静，静到众人不只听得清关岚说的话，还能听清那声音里的……一丝紧张。

突然发狂的江户川都没让他紧张。

莱昂静默片刻，点了一下头。

关岚的眉宇倏地蹙紧，转头，目光静静扫过每一扇门。

"南歌没体力了。"莱昂相信关岚知道，他在门内听见的尖叫来自这位 VIP 的熟人，"关卡也给倒计时了。"

关岚一怔，低头查看"小抄纸"，看完再抬头望那些汇聚在楼梯口的闯关者，对于当前的情势状况基本明了了。

"我们都有队友没出来，不止你甜甜圈一家，"楼梯口有人见关岚迟迟不动，心急出声，"赶紧过来吧。"

旁边的花臂三人组已经擦身而过，往楼梯那边去了。

莱昂没动，在等关岚。

关岚也没纠结太久，直接迈步往前。

大部队又开始往楼梯上走。郑落竹和南歌的速度有些慢，没一会儿就被后过来的佛纹、骷髅新娘、江户川追上了，而关岚和莱昂的速度更快，明明后动，却几乎是和步步高升三人组一起到的。

七人一打照面，关岚就抓住了南歌的胳膊。

南歌一愣。郑落竹一愣。莱昂更是一愣。

花臂们默默躲开，三角关系什么的，最危险了。

不承想，关岚接下来的话根本和八卦不沾边。他用罕见的低姿态，恳切地请求南歌："能不能再用一次'曼德拉的尖叫'？不管结果如何，甜甜圈都欠你们 VIP 一个人情，你们可以随时来拿。"

南歌从没见过这样的关岚，一时不知该怎么回应。

关岚轻轻深呼吸，望着南歌的眼睛，一字一句地道："我答应带他闯出'终极恐惧'的。"

他是谁，花臂们不清楚，南歌和郑落竹却知道，因为范佩阳说过，他和莱昂一对一的时候，观战的关岚和探花就已经没颈环了。而现在只有莱昂，不见探花。

"行。"南歌痛快答应。

关岚的眼睛一霎明亮。

郑落竹的神情瞬间变为担忧："你确定？"

帮他们当然可以，但要是因为帮人自己直接垮掉……

"放心，"南歌对自己的体力有数，"刚才缓了缓，再来五秒问题不大。"

她转向关岚，又明确了一遍："最多五秒，如果……我真就没办法了。"

关岚松开南歌的胳膊，郑重点头："谢谢。"

"不用，"南歌说，"这次不算你们欠人情，算我们 VIP 还人情。"

见关岚目露疑惑，南歌飞快解释："我们二队抢颈环的时候，你没让他一对三，而是一对一，这个我们 VIP 也记着呢。"

关岚不懂就问："什么二队？"

南歌："二队长，范佩阳，范总。虽然他坚持大家都是平等队友，但以他的实力，我单方面认可他当二队长了。"

关岚茫然看郑落竹："你不是喊他老板吗？"

郑落竹点头："对啊，他是我老板，是南歌二队长，不冲突。"

关岚："然后你们组长是唐凛？"

郑落竹、南歌："嗯。"

关岚："范佩阳想追唐凛？"

郑落竹、南歌："……等一下！"

组织秘密怎么泄露出去的？！

关岚："环形城里，我让范佩阳选一个他和唐凛的关系，A. 普通伙伴；B. 你想和他兄弟情深；C. 他想和你兄弟情深。他说他想选 C，但实际情况是 A。"

郑落竹、南歌："……"

当事人自己放风，那就随他狂野吧。

没人注意到，花臂三人组还在旁边看热闹呢。其实他们自己也忘了，因为全部精力都用在 VIP 错综复杂的关系群上——组长唐凛，组员范佩阳，范佩阳待唐凛有点儿不同，同时还是组员郑落竹的老板，而南歌不认这个老板，只认范佩阳是二队长，然后郑落竹管南歌叫姐……你们一共才四个人，要不要搞这么多关系组群啊？！

“啊——”

猝不及防的尖叫，扫平了走廊一切杂音。

一秒，两秒，三秒，四秒，五秒，尖叫准时收住。

不是南歌停的，是文具树切断了同她的联系。

走廊鸦雀无声。

闯关者们基本都上去了，就剩三个看热闹的花臂。关岚和莱昂紧紧盯住走廊的每一扇门，专注得仿佛已经屏蔽周遭的一切。

时间毫不留情地往前走，距离南歌尖叫停止，已经过去了近二十秒。

所有门里，都是死寂。

关岚忽然爆发：“探花，你就是个大——学——渣——”

“砰！”

某扇门被从里面重重撞了一下，没开，但那一声闷响却足以让人精神振奋。

关岚再接再厉：“我不复习，考的分数都比——你——高——”

“砰！”七八米外，一扇门弹开。探花在惯性的作用下，“啪”地呈大字形扑到圆窗上，还扯着脖子喊：“有能耐拿张卷子咱们单挑——”

关岚一口气跑过去，二话不说捧出个超级大的马卡龙粉蓝色蛋糕，碾压式糊脸。

恐惧值还在八十五的探花“咣当”倒地，捂着满脸蛋糕“啊啊啊啊”地惨叫。

佛纹、骷髅新娘、江户川：“……”

这是千辛万苦救出来的自家队友啊，要不要这么狠？！

“咦？”探花的惨叫突然转成疑惑，只见他慢腾腾地坐起来，拿手刮了一下脸上的蛋糕，放嘴里舔一舔，“好甜。”

“至尊醇享冰激凌蛋糕，别人我都舍不得给。”关岚解除文具树，拉起自家队友。

脸上冰冷清甜的蛋糕一下子消失，探花还有点儿舍不得：“我没吃多少呢。”

“那你刚才叫那么惨。”关岚瞥他，一脸毫不掩饰的嫌弃，底下却藏着庆幸和安心。

探花委屈：“冷啊，我还以为自己掉冰窟窿里了。”

关岚：“冷才能清醒。”

“也是。”探花长长呼出一口气，带着劫后余生的感恩，不经意看见那边的郑落竹、南歌和花臂三人组，有一瞬茫然。

“他们帮忙救的你。”关岚说。

花臂三人组连忙坦诚举手：“我们可没帮上忙。”

关岚：“留下来就算，哪怕是看热闹。”

佛纹、骷髅新娘、江户川："……"也不用这么直白。

时间所剩不多，八人迅速奔赴楼梯，一边往上走，一边听探花的门内遭遇。

不听不行，他硬讲："知道我遇见了什么吗？我跟你们说，绝对不会有比这更恐怖的事了……一睁眼，我就在高考考场，数学、语文、英语、文综、理综所有试卷都摊在我面前，我一道题不会，一道题不会做啊！疯了，我当时离去世就差那么一点儿……"

倒计时 00:04:39，八人走到楼梯尽头，死胡同。

出口被封得死死的，先到的十二个人正在那里想方设法地撬门，但没用。

"就剩四分钟了！"有人挤不到前面，插不上手，只能焦急地催。

前面真正出力的更气急败坏："你行你来，这比客舱的门还结实！"

探花站在人群最末，仰头望着上方楼梯黑压压的脑袋和一丝光都透不进来的木板，忽然道："有没有可能……这条路就不对？"

站他身前的郑落竹一下子警觉，回头问："怎么讲？"

探花："如果这是一个泰坦尼克号那种大型游轮，那我们刚才走过的楼梯高度，绝对到不了顶层，顶多到中层甲板。"

郑落竹就等着这个呢："我刚才上来的时候好像看见一扇暗门……"

探花一震。

前面撬门和焦灼等待的闯关者也唰地一齐猛回头。

"那你不早说？！"

郑落竹心塞："我闯关的时候脑子的作用就是零，所有需要解谜的环节都和我没瓜葛，谁知道这回能瞎猫碰上死耗子啊！"

众闯关者："……"

自我认知这么卑微，他们都不知道该从哪儿怼了。

"还愣着干什么，"郑落竹这回可来气势了，"跟着我跑啊！"

"噔噔噔"，一群闯关者跟着郑落竹，以最快速度往回狂奔，终于在倒计时还剩两分钟的时候找到暗门，一鼓作气撞开，继续没命地往上跑，跑得灵魂都要旋转跳跃我闭着眼了。

倒计时最后十秒，众人终于冲进宴会厅，那呼哧带喘的架势跟一群土匪似的。

"叮——"

小抄纸："欢迎来到宴会厅。"

新提示毫无有用信息。没人知道接下来还将面临什么，他们只知道那么多人进入"终极恐惧"，现在却只剩下二十人：VIP，郑落竹、南歌；草莓甜甜圈，关岚、莱昂、探花；

步步高升，佛纹、骷髅新娘、江户川；莲花，清一色、大四喜；孔明灯，周云徽、三个组员；铁血营，何律、两个组员；十社，两个组员；还乡团，一个组员。

2

神殿。

又一个还乡团的组员死了。和先前那几个一样，死不瞑目，睁着眼睛，被紫光托起，飘浮着上升，最终消失在神殿顶壁中。

这是在得摩斯因为看着和尚碍眼，于是看着整个徽章阵营都碍眼之后，转回非徽章阵营选择的第一个。结果和前面死的那四个一样，无聊透顶。

“难怪你们得不到守关者徽章，”得摩斯看着剩下的十三个无徽章者，失望之情溢于言表，“换成我守1/10，都不会让你们通过。”

十三人安静如鸡，谁也不会没眼色地选择这时候冒头。

嫌弃归嫌弃，一想到先前那个“悬崖蹦极结婚”，得摩斯就觉得再无聊也可以忍了：“下一个……”他在非徽章阵营前踱步了两个来回，最终停在下山虎面前，“胳膊挺好看的，就你了。”

下山虎颤巍巍地抬起那张清秀白净的脸，扁着嘴的表情像要哭：“你要不再考虑考虑？”非徽章阵营死亡率百分百啊，他的归宿根本没悬念……

“不考虑了，”得摩斯果断拒绝，“我就和你聊。”

“别，我、我坦白，”下山虎唰地竖起花臂，标准的课堂举小手姿势，“我的颈环不是我自己抢的，是目标给我的！”

得摩斯歪头：“给你的？”

“嗯嗯，草莓甜甜圈的关岚。”下山虎猛地看向同阵营的全麦和五五分，“不信你问他俩，”说完怕证人不够分量，又转头望徽章阵营里的和尚，“或者问他！”

得摩斯本来还挺想了解的，随着下山虎的目光落到最后那个反光的脑袋上，刚好转的情绪再度笼上阴云，不问了，他直接跳到结果：“所以呢，你和我坦白这些有什么意义？”

“意义就是我没资格和你聊天啊，我就不配待在神庙。”下山虎情真意切，“你送我进‘终极恐惧’吧。”

众闯关者：“……”

中途转学这想法，绝了。

太过有创意的提案，让得摩斯也恍惚了一下，甚至还被对方的思路牵着走了几秒，下意识开始考虑这种以捡漏方式进入关底，其实自身根本没半点儿实力的废物，或许真的应该由守关者修正偏差，一脚踢到“终极恐惧”去。

直到下山虎眨巴着一双期待的大眼睛问他“怎么样”，得摩斯差点儿滑到沟里的思绪，才终于被拉回正轨。

修正偏差值？抱歉，这可不是守关者的工作。况且这种废物，也根本不值得他浪费力气多踢一脚。

“你到了‘终极恐惧’，只会死得更快。”

下山虎生怕错过这唯一的活命机会：“不试试怎么知道呢，你至少把我弄过去看看！”

得摩斯微微歪头，抬起手指揉揉眉心，眼里闪过一丝厌烦：“据理力争是好品质，但放在废物身上，就是不自量力了。”他放下手，声音渐渐沉下来，阴云密布般令人压抑，“低贱，孱弱，在关卡里没有任何竞争力，还摆不清自己的位置……你身上真是集齐了所有我最讨厌的东西。”

下山虎的嘴唇颤动两下，想辩解，但在得摩斯冰冷的注视下，最终什么都没说出来。

某种意义上讲，得摩斯说的是事实。他的确是弱，小身板在那里摆着呢，再练也练不成组织里那些花臂壮汉，然后文具树也就那么回事儿，主防御，攻击力战五渣，能平安闯关到这里，一路尽靠着抱大腿——抱组织，抱队友，抱运气，偶尔灵光乍现抱抱小聪明——才算是勉强没让自己一无是处。

被鄙视侮辱不是最难堪的。最难堪的是，你都没底气反驳。

众人将下山虎的情绪变化看在眼里。先前他虽然也怕得要哭，却还带着自己的精气神，敢于和得摩斯提“转学”这种神奇要求。可现在，他已经彻底被得摩斯压制了。得摩斯甚至都还没动手，没去窥探他心底更难堪的恐惧，仅仅是掀开一个显而易见的事实，契机还是下山虎自己给的，他就在心理上全方位溃败了。

同为闯关者，他们不希望再看见任何一个人被紫光包围。可下山虎此时此刻的不战而降，又让他们怒其不争。

神殿里昏黄的光线，不知何时照射角度有了微妙的偏移。廊柱、神像、守关者、闯关者，所有的影子被拉长。

下山虎正好站在得摩斯的影子里，清秀的脸被蒙上一层晦暗，瑟缩的眼神想去寻找光，却只能看见守关者漆黑的晚礼服。

“没什么可聊的了，”得摩斯摇摇头，“你弱到让我连你的恐惧都懒得看了。”想尽早收工的意图毫不掩饰。

下山虎的表情瞬间变为绝望。

得摩斯不为所动，目光收敛，凝聚，直视下山虎的眼睛。

又要死一个了。

众闯关者对这情景太熟悉，却还是无法适应，每一条轻易被剥夺的生命，都是一遍遍讽刺的提醒——他们在守关者面前，就是蝼蚁！

“啊啊啊啊啊——”

突如其来的鬼哭狼嚎，旱地惊雷般在神殿里炸开，吓得所有人一激灵，尤其是离得最近的非徽章阵营众人，心跳差点儿骤停。

只见下山虎举起双手严严实实捂住自己的脸，用撕心裂肺的惨叫表达自己的坚定立场：“我不想死啊啊啊！我绝对不要看你的眼睛！”

众闯关者：“……”

被凝视就会死亡，那我不与你对视就好了，这波物理防御简直不要太科学！

得摩斯守关这么多年，第一次感觉到自己被侮辱了。并且因为侮辱得太简单粗暴，他甚至没守住自己一贯的气定神闲，直接伸手，想把下山虎那两条碍眼的胳膊扯下来。

下山虎失去视觉，触觉却更加敏锐，刚被得摩斯的手碰到，立刻甩开，慌不择路地冲出非徽章阵营，捂着脸噔噔噔就往前跑，也不管方向，不管会不会撞墙，反正就是边跑边继续替自己申诉：“我还小，还有成长空间！你要现在杀了我，就是扼杀一棵幼苗，一个希望，一个初升的太阳！反正我绝对不要死在这里啊啊啊——”

“扑通！”看不见路的下山虎恰巧跑到神殿尽头的某根柱子附近，被躺在柱子底下仍晕厥着的崔战绊了个正着。秀气青年摔了个七荤八素，幸好有崔组长垫着，没受太大的伤。但他同时也发现，前方就是墙，无处再逃了，所以只能爬起来，硬着头皮转过身，从微微散开的指缝里看全场。

闯关者们：“……”

他们要向下山虎道歉。被得摩斯的气势完全碾压？没反抗意识了？怒其不争？这突破天际的求生欲快把整个神庙炸飞了好吗？！

谁都有求生欲，但在根本无法抗衡的绝对实力差面前，不是每个人都能让求生欲狠狠压过恐惧的。压不过就是“认命”，压过了，才是现在这样连惨叫都听起来斗志昂扬。

可惜，得摩斯不吃这一套：“别垂死挣扎了，”他一步一步走向下山虎，神情和步履都恢复从容，“你的结果已经注定了，为什么不能像前面那些人一样，乖一点儿，坦然一点儿，安安静静地接受？”

下山虎：“我——不——接——受！”

如果不看他捂着眼睛的动作，这一声绝对是铿锵有力的。

得摩斯笑，像在看一只可怜的虫子：“你真以为只要挡住眼睛，我就杀不掉你吗？”

下山虎身体一僵。

得摩斯还在向他靠近：“我只是想让你走得舒服一点儿，你非不要，那只好换另一种痛苦的方法了。”

下山虎一点点放下了捂着脸的手，眼神有些茫然，有些乱。他不想相信得摩斯的话。可直觉告诉他，那是真的。

得摩斯来到下山虎面前。

下山虎不受控制地向后退。

得摩斯继续往前，直到下山虎的后背贴上墙角才停住，他靠着身旁的柱子，离下山虎只有一步之遥。

“该说的都说了，该折腾的也都折腾了，”得摩斯好整以暇地看着下山虎，“我现在心情还不算太坏，再给你最后五秒。”

下山虎没出声。他抿紧薄薄的嘴唇，就那样安静着，一直到时间耗尽。

得摩斯挑眉，他本以为对方还要说些废话，不过这样也好，想通了大家都省事。收敛心神，一丝锐利的光从他眼眸深处划过，下一秒，他忽然抬手，以快得几乎看不清的速度扼向下山虎的咽喉。

众人呼吸一滞。如果得摩斯的实力和1/10的守关者差不多，甚至更强，那这一记狠手下去，下山虎那脆弱的脖子绝对就要折了。

这就是得摩斯说的痛苦的死法，他甚至不屑用能力！

得摩斯的手已经扣上下山虎的脖颈，只差最后收拢，致命一扼。可就在这时，得摩斯忽然一个向左转，连带着刚罩上下山虎喉咙的手也甩下来，然后整个人“啪”地抱在了神殿柱子上，抱得紧密，贴得严实。

一个穿着晚礼服的美男子全身心地去拥抱一根神殿廊柱，这个画面太美，众闯关者有点儿不敢看。但那一颗颗按捺不住的好奇心，又牵引着他们把得摩斯此刻的美好身姿从头到脚，从脚到头，再从头到脚……循环往复看了个够。

得摩斯脸色铁青，用力将自己从柱子上扯下来——真的是扯，看起来就好像他不是在拥抱柱子，而是被人粘到柱子上似的。

下山虎早趁机跑到八百米远了，藏在另外一根柱子后面，偷偷冒头看他。

得摩斯解开礼服唯一的一颗扣子，再不解开，他怕呼吸不畅：“你对我用文具树？”

“不是攻击型！”下山虎赶紧为自己的行为解释，“就是把你和正在接触的东西粘在一起，名字叫‘如胶似漆’。”他努力扯出一个假笑，“听名字是不是还挺可爱的？”

得摩斯："……"

众闯关者了然。刚刚得摩斯就靠在柱子旁边，他想掐死下山虎的时候，身体虽然站直了，左肩和柱子还是有轻微的接触，所以下山虎一用文具树，他就以左肩为轴，利落向左转，全身心粘柱子上了。

"我还没解除文具树呢，"下山虎后知后觉，"你就能自己下来，你们守关者果然都很强！"

得摩斯定定地看了他半晌，转身，视线投向非徽章阵营："下一个。"

非徽章阵营众人猝不及防，一个孔明灯组员脱口而出："为什么？"

谁也不会想到，打破非徽章阵营死亡率100%魔咒的，竟然是下山虎！

下山虎更错愕："我过了？！"

得摩斯没搭理下山虎，只朝那个质疑的组员挑起眉毛："没有为什么，我心情好。"

非徽章阵营："……"被文具树攻击一下就心情好了，你是抖M吗？！

徽章阵营的几个闯关者，考虑问题的角度则更宏观，下山虎通过的原因绝对不单是使用了文具树，而是求生欲爆棚、捂眼睛卖萌、文具树偷袭、夸对方能力，套路一条龙。

"那个胖子，"得摩斯迅速从非徽章阵营挑出下一个聊天者，"出列。"

所有人的目光唰地集中到从越身上。

从越还在左顾右盼。

旁边一个铁血营兄弟拍拍他的肩膀："别找了，就是你。"

从越拒绝接受这个现实。

"往好处想，"另外一个十社组员低声开口，既是宽慰他，也是说服自己，"咱们这边已经通过一个了，说不定后面得摩斯一直保持心情不错，一路开绿灯呢。"

从越知道他们都是好心，但正以飞快速度紧绷起的神经，让他无暇再去回应这些。

得摩斯已经过来了，越走越近。

从越集中精神力，在脑内点开"文具盒"，毫不犹豫点掉一个一次性文具"‹防›一盆冷水透心凉"！

得摩斯才走到半路，步履正惬意，头顶上方突然出现一个盛满水的艳粉色塑料盆，随着盆体倾泻，一盆水"哗啦啦"全浇在了他身上，从头到脚，湿身诱惑。

得摩斯怔在原地，头发全贴在脑袋上，优雅不见，漂亮消失，只剩满满的狼狈和一丝"发生了什么"的迷茫。

塑料盆来得突然，走得潇洒，只留下一个空气突然安静的神殿。

"理由？"得摩斯终于找回了声音，视线毫不费力地锁定罪魁祸首，但是太震惊，以至于都没什么情绪了，就是单纯的迷惑，“这样对待我的理由？”

从越一连吞了好几下口水，事情的发展好像和他的设想有点儿出入：“不是只要攻击你……就能通过吗？”

得摩斯努力克制一眼看死他的冲动：“谁告诉你的？”

“不用别人告诉啊，大家都看着呢。崔战和你动手，你宁可打晕他也让他通过。下山虎你本来根本看不上他的，一直把他逼到死路，结果他一用文具树，你就……”从越的理直气壮，在得摩斯越来越阴郁的神情里，渐渐弱成小声的嘀咕，“你就给他通过了……”

得摩斯看向众闯关者。

众闯关者或用点头，或用眼神，整齐划一地表达了态度——是的，你的喜好已经被我们摸清了。

得摩斯：“……”

身上的水滴滴答答落到地上，湿透的衣服又冷又重，得摩斯深吸一口气，又慢慢呼出，脱掉黑色晚礼服，只穿里面的白衬衫，刚要挽起袖子，视线不经意扫到徽章阵营已经懒洋洋坐在地上的白路斜——同款白衬衫。

视线相撞，白路斜友善举手示意：“没关系，我不介意撞衫。”

得摩斯：“……”

这是他守过的最糟心的一夜，没有之一。

3

神殿里的光线似乎又偏移了些，更斜，也更暗了。它们似乎在用这样无声的变化，来表达某种时间流速。

或许，这个闯关的夜晚就要过去了，又或许，依然很漫长。

众闯关者唯一清楚的，只有那些残酷的数字：进入神庙者二十四人，目前死亡五人，通过三人，一人正在“聊天中”，还剩十五人“排队等待”。

得摩斯最终又穿回了那件晚礼服。他不屑于和白路斜撞衫，于是用能力轻而易举解除了文具效果，让衣服从里到外瞬间干透。

大部分闯关者都没看懂，他既然可以自己弄清爽，为什么不在一开始就使用能力抵消文具效果，反而假模假式地脱衣服。而一少部分闯关者看懂了，包括唐凛。

得摩斯很明显是有意识地刻意避免在“剥夺闯关者性命”之外的地方，使用他的能力。唐凛不知道得摩斯的确切想法，但如果让他代入到得摩斯的身份换位思考，他就会得出以下结论——这些闯关者，根本没资格看到我更多的能力。

1/10 时，提尔已经显露了高高在上的优越感和对闯关者生命的漠视。而这些，在得摩斯这里越发恶劣。

“终于可以继续聊天了。”

经历完中场休息，得摩斯的状态有了大幅度回升，虽还达不到刚走进这座神殿时的神采奕奕，但也算怡然平和。他走到丛越面前，难得耐心地和一个闯关者讲道理：“一、你对我的标准恐怕有误解。那个晕倒的通过，不是因为他对我动手，是因为我心情好；那个花臂通过，不是因为用了文具树，也是因为我心情好。二、我不喜欢别人攻击我，心情好的时候可以忍一次、忍两次，但有第三次，我会生气……三、也是最重要的一点，”得摩斯停顿片刻，微笑，“从刚刚那盆冷水到现在，你没蠢到攻击我第二次，很好。”

一滴冷汗从丛越的脸上滑下来，挂在双下巴上，要掉不掉的。他不喜欢得摩斯的眼睛，像毒蛇，看得他后背寒意直蹿。

“所以……你现在是要……看我的恐惧？”他硬着头皮，艰难从嗓子发出声音。守关者都在自己面前站定了，除了这个，丛越也想不出其他环节。

“当然。”得摩斯兴味盎然地望进他的眼睛，“我有预感，你的恐惧会很有趣。”

丛越咬紧牙关，不再言语。

什么样的恐惧才会让得摩斯觉得有趣？悬崖蹦极结婚那种？不，才不是。眼前这个守关者最热衷挖掘的，是会让你最难堪、最狼狈、最容易情绪崩溃的恐惧秘密……

探寻结束，得摩斯的微笑持续扩大，他是真的愉悦：“原来你担心这个啊。你担心被组长知道你吃里爬外，担心他发现是你把他要对 VIP 下黑手的事情向 VIP 通风报信。你怕组里的兄弟骂你叛徒，怕再被反复放进‘30 秒深海体验’，一次次被迫窒息……”

丛越的眼前开始发黑，视野中的一切都在扭曲变形。他不敢看还乡团众人，也看不清得摩斯，世界像忽然混沌了一样，只剩下得摩斯的声音还在耳边，清晰得仿佛来自地狱的呓语——

“如果这些都发生了，你宁愿去死。”

为了隔壁组织去背叛自己的组织，这事儿的性质算恶劣吗？

当然，要从道义上讲，背叛者必须被唾弃。可是不久前，第一个被得摩斯窥破恐惧的还乡团组员方脸贡献了更无耻的行径——杀掉自己重伤的伙伴，将其文具占为己有，再飙演技抱着尸体悲痛欲绝。

有了参照物，丛越这个“通风报信”就显得情节很轻微了。

不过这些都是围观者的想法，既不属于还乡团也不属于 VIP 的他们，当然可以淡定随意，轻松评价。

然而身处其中的人们却做不到。

祁桦算是最冷静的，从头听到尾，竟然连眉头都没皱一下，仿佛他不是还乡团的组长，从越的背叛也好，偷袭 VIP 的事情也好，都与他无关。这优良的心理素质真是让其他闯关者自叹弗如。

非徽章阵营仅剩的两个还乡团组员的反应则有血有肉多了，在得摩斯说到一半的时候，他们就不可置信地望向从越，希望自家兄弟能坚决打断守关者，骂一声“你的故事编得太差了”。可是没有，他们只看见从越哑口无言，只看见他神情越来越僵硬，等到得摩斯说完，他的脸已涨得通红，连肉都在轻微颤抖。

真相很明显了，明显得让两个还乡团组员胸膛剧烈起伏，先前和从越一起痛斥方脸的情景就像一个又一个耳光扇在他们脸上。

“为什么啊……”其中一个组员终于出声，不是愤怒质问，不是割袍断义，那声音里满满的都是不解和受伤。

这一声让从越自恐惧里惊醒。他不敢看两个还乡团组员，只能继续看着得摩斯。

“对不起……”

这一句，给兄弟。

“但我不后悔。”

这一句，给自己。

从越接连深呼吸，听见自己“怦怦”的心跳声在一呼一吸间稍有回稳，忽然发现，其实当你最害怕的事情真正发生了，好像也没那么世界末日，天没塌，人没死，甚至还有一丝终于不用再隐瞒的解脱。

“自从我加入还乡团，我就一直把这里当成我的信仰。还乡团的荣誉就是我的荣誉，还乡团被人看轻了就是我们被人看轻了，所以不管任何人、任何组织，只要敢对我们还乡团不敬，我就要给他颜色看看。直到我遇见 VIP……”这么长时间以来，从越第一次正视自己的心，“我被 VIP 打脸的事儿你们都知道，我被组长惩罚的时候你们也在场。你们可能觉得我会去给 VIP 通风报信，是因为训练场 PK 的时候他们放了我一马，是因为我对组长的惩罚怀恨在心……但如果你让我回答，我会说是，也不是。

“是因为 VIP，但不是我想还他们人情，是他们让我第一次反思，组织在这个世界里的存在意义是什么。是争夺更多的资源？是排除更多的异己？是让每一个闯关者听见你组织的名字都噤若寒蝉？不是的。我相信最先建立组织的人，是想把大家凝聚在一起，想用更团结更强大的力量去闯关。可是一年一年过去，不知从什么时候开始，组织的性质变了，然后我们所有人都跟着一起变了……

“但 VIP 没有。他们放我一马，不是看我有多顺眼，更不是为了策反我，他们手下留情的唯一理由，是他们比所有在这里经营多年的老牌组织都清楚，我们的敌人不是闯关者，是这个杀千刀的鬼地方！”

因为激动，他呼哧呼哧的喘气声，在寂静的神殿里格外清晰。

神殿考核进行到现在，还没人一口气说过这么多话，内容还有些发人深省。不管认同不认同，每一个有组织的闯关者，都或多或少被带动了思考。

有人的地方就有江湖。有人的地方就有社会。而江湖风起云涌，社会错综复杂，人一深陷其中，就容易被带节奏，然后忘了一个最简单的事实——你原本就不需要在这里生活，你要做的仅仅是依靠所有能联合的力量，逃离它。然而每一次各组织或者说闯关者们之间的内斗，都是在消耗潜在的联合力量。

“啪啪啪——”得摩斯鼓掌，打断了众闯关者纷乱起伏的思绪。

“我第一次这么有耐心地听完了一个人的废话。”他的微笑很柔和，眼角眉梢却挂着讥讽，“你说得很动听，情绪也饱满，可惜，出发点就错了……”得摩斯勾着丛越的衣领，将人拉近，“你们在这里最重要的任务，不是闯关，是生存。”他的微笑渐渐收敛，声音缓而低沉，“团结互助也好，自相残杀也好，吃里爬外也好，杀人嫁祸也好，只要能保证自己活下去，就是对的。毕竟……死人没有发言权。”

丛越想争辩，却在下一秒对上得摩斯的眼睛——他没在那双瞳孔里看见自己，他看见了深渊。

自打越胖子被得摩斯挑中，唐凛的注意力就没从他身上挪走过一分一毫，哪怕是“通风报信”的事情被窥破、还乡团众人震惊、丛越剖白内心，他都没放松警惕，就怕得摩斯一个出其不意，便轻轻松松取走丛越的命。而现在，他最担心的事情发生了。

丛越骤然一僵的神情和突然涣散的双眼，就是得摩斯发动袭击的信号。他根本不打算再和丛越“聊聊”，或许早在鼓掌时，他就已经给对方判了死刑。

丛越不是 VIP 的人，但唐凛要救——冲他给他们通风报信，要救；冲他刚刚说的那番话，更要救！

“狼影独行”几乎在丛越僵住的同一时间启动，只见得摩斯斜后方的半空中猛然现出一道黑影，迅疾而凶狠地向得摩斯的后肩扑去。

“咻——”狼影的行动划破了空气。

得摩斯闻声回头，尚未看清，身体已往旁边敏捷闪躲，对危险的本能反应竟比视觉还快。狼影同他擦肩而过，扑到地上，转过身来，挡在丛越前面，朝得摩斯威胁地低吼。

对视中断，从越失焦的眼神慢慢凝聚回来。

得摩斯对此无所谓，甚至看都没看一眼，全部注意力都放在众闯关者身上。他想杀从越随时可以，他现在需要知道的是，谁这么不自量力，上赶着替胖子挡刀。

唐凛想从徽章阵营里走出来，身形刚一动，就被范佩阳狠狠抓住胳膊，抓得太用力，他吃痛地皱了下眉。唐凛转头，就见范佩阳一脸愠怒，看得出他在极力压抑，那双眼睛都要冒火了。

唐凛动手之前根本没征兆，如果范佩阳早点儿察觉，连“狼影独行”都不可能让他放出来!

“啪”的一声，唐凛甩掉了范佩阳的手。

这动静也成功让得摩斯锁定了他。唐凛出列不出列，意义已经不大了。

“你想救他？”得摩斯脸上看不出情绪，声音平静得像秋日无风的湖面。

唐凛摇头：“你应该不认为我有成功营救他的能力，我也不认为，”他停顿一下，“所以换个说法，我不想你杀他。”

得摩斯打量着他的目光渐渐变得意味不明：“明知救不了，还要救？”

唐凛说：“尽人事，听天命。”

话音刚落，立在从越身前的狼影纵身一扑，直奔得摩斯面门。

得摩斯这次没后退，反而等着狼影来到面前，霍地抬手，以手为刀划向狼影腹部。

谁也没见过得摩斯这一招。但如果他的手真能作刀，狼影的下场就是被开膛破肚。

唐凛心弦一紧，立刻想让狼影散成黑雾。可狼影的自主攻击意识极强，硬是不散。

转瞬，得摩斯的指尖已经碰到狼影，眼看就要往下划。凌空突然飞来一个东西，速度快得根本看不清它是什么，就炮弹似的“咣”打在了得摩斯手上。强大如得摩斯，竟被打了个猝不及防，“手刀”一下子就歪出去了。

狼影随着惯性顺利抵达，两个锋利前爪“唰啦”就在他黑色晚礼服的胸前留下两个平行“三道杠”——从晚礼服到衬衣划得透透的，白皙的胸膛在三道杠里若隐若现。

一击得手，狼影咻地散开，狡黠的攻击者知道什么时候要死磕，什么时候不恋战。

这一连串事情发生得太突然，突然到得摩斯都忘了生气，他揉着被撞得发红的手，第一件事就是低头去找“不明飞行物”。

一个铁皮罐头躺在离他脚边不远的地上。

他看清了，闯关者们也就看清了。

然后非徽章阵营里，传出了全麦后知后觉的泣血呼喊：“我的午餐肉——”那是他今晚闯关唯一的精神慰藉，差点儿被“深海恐惧”逼疯的时候他都没舍得吃。

是范佩阳，“懒人的福音”。

唐凛想看自家范总，刚要转头，就被一只大手按住脑袋，强迫他继续看得摩斯：“别分心。”

从越没人拦着，所以想回头就回头了。他望向唐凛和范佩阳的眼神，不是一句“感激”能形容的，而是糅合了更多更深更复杂的情感，这让他的眼眶酸胀得厉害，甚至不受控制地泛红。

得摩斯的视线在三人之间过个来回，就清楚局面了，不悦一点点染进他的眼眸：“不自量力，还很自我感动，这真是我最讨厌的场景了。”说罢，他忽然一晃到了从越面前，并拢的四指像尖刀一样直刺从越脆弱的脖颈。

从越吓了一跳，瞪大双眼根本来不及躲。

“嗷——”狼影毫无预警扑来，不是扑得摩斯，是扑从越。

越胖子轻而易举被扑倒，“咣当”一声摔在地上，惊险躲开了得摩斯的攻击，比他自己去躲要灵活敏捷百倍。

与此同时，又一个利器破风而来。有了前次经验，这次众闯关者都第一时间捕捉到了利器轮廓。

同是草莓甜甜圈一员的五五分，在似曾相识的轮廓里摸向自己的腰间：“啊，我的刀——”

刚失去午餐肉罐头的全麦，心理平衡了。

失物者的控诉没干扰得摩斯的反应，他脚下未动，只上半身稍微向后一挪。根据他对利刃路线的判断，这一躲，完全可以轻巧闪开。然而他才刚向后去，就发现不对——速度不对，他的闪躲动作变慢了！

余光里，那个早就该死的胖子表情郑重专注，浑身的肉绷紧，显然在操控文具树。

减速效果？得摩斯最烦被束手束脚，这胖子连文具树的类型都戳在他最讨厌的点上。

利刃已到跟前，以得摩斯现在的动作速度根本躲不开，所以他也不躲了，而是猛然集中精神，瞬时增强身体操控，直接抬手握住了刀锋。

未参战的闯关者们看呆了，这是空手夺白刃啊！

就在这时，又一道疾风从得摩斯背后袭来，明亮的金属色泽在空中划出一道白线。

众闯关者都快审美疲劳了，范佩阳这是又偷了哪家的刀？

下山虎及时给了大家答案：“啊，我的铁核桃——”

众闯关者：“……为什么你的画风这么奇特？！”

下山虎：“带刀容易误伤自己，太危险！”

众闯关者："铁核桃是不危险，有屁用？！"

下山虎："没事儿在手里盘着练握力啊。"

众闯关者："……"

稳妥易行，朴素健身，还有文化底蕴加持，你赢了。

战斗伊始，不相干的闯关者们就自动自觉让到两旁，而现在，战场中央，双方攻击稍歇，得摩斯站一旁，唐凛、范佩阳、丛越站一旁，彼此对垒，阵营分明。

得摩斯衣服烂了，人却不狼狈，仍气定神闲，连皮肤都还是那样没有血色的白，连番的闪躲并未带给他一丝一毫的疲惫。

对面三人却不然。不论是发动攻击过多的范佩阳、次之的唐凛，还是后半程一直辅助的丛越，都有不同程度的体力消耗。范佩阳表现在呼吸稍稍不稳，唐凛则是鼻尖已挂汗珠，丛越最明显，胸膛随着粗重的喘气声起伏。

得摩斯静静看着对面的三人，忽然觉得这场景似曾相识。哪一次守关来着，他也是想送走一个闯关者，结果另外一个多事的出来保护……

想起来了，得摩斯的嘴角不着痕迹地勾起一个极浅的弧度，霍栩。这是今天晚上他第二次想起那个家伙了，虽然不想承认，但对方的确给他留下了深刻印象。

不过有趣的是，霍栩那一晚的角色，是眼前这个胖子。不是他跳出来保护别人，是自己想杀掉他的时候，有人跳出来保护他。

后续的发展更有趣。那个热心的保护者跳出来之后，他们就形成了和眼前差不多的双方对垒局面，结果霍栩根本没领情。他对那人说的第一句，也是唯一一句话是："滚开，别碍手碍脚。"

那场景美妙极了，美妙到得摩斯现在想起那个热心者的表情，都回味无穷。

唐凛、范佩阳、丛越："……"

其他闯关者："……"

守关者不说话、不攻击，就静静站在那里冥想、放空，脸上挂着诡异笑容，这是什么新型战斗状态?

"不打了。"得摩斯忽然耸耸肩膀，目光重新投到丛越身上，"胖子你运气不错，我现在心情很好，算你过了。"

丛越："……"前一秒他还打算壮烈赴死，后一秒就通关，人生的大起大落太刺激了。

"不过你俩不行，"得摩斯话锋一转，看向唐凛和范佩阳，"你们勾起了我的兴致，就要负责到底。"

“可以。”唐凛敢帮丛越，就做好了最坏的打算，“你喜欢什么花样，说出来。”

“不不，我喜欢传统款，”得摩斯说，“就是聊聊你的恐惧。”

唐凛坦然迎战：“来吧。”

得摩斯摇头：“我要把最想吃的留到最后。”

众闯关者：“……”

战前挑衅、放狠话都行，但……花样、传统、想吃，这是什么魔鬼用词！

说完唐凛，得摩斯又把目光转向范佩阳，仍笑着，眼底却渐渐凉下来：“可口的东西，放一个在最后就好了，所以接下来就是你。”

范佩阳并不意外，但谨慎起见，还是再明确一下：“你要和我聊？”

得摩斯轻轻歪头，随意打量着他：“你们三个和我动手，如果一点儿代价都不付，我是不是也太好说话了？所以，一个通过了，一个留在最后暂时安全，那眼下，我只能找你了。”

“行。”范佩阳对聊天顺序无所谓，“但是聊之前，”他看向唐凛，“我要先和他说几句话。”

他说的“要”，而不是“想”。这一字之差让得摩斯挑眉。或许别人察觉不到，可对于考核过无数闯关者的他来说，感受十分明显——要，是要求；想，是请求。请求甚至恳求过他的闯关者有很多，直接提要求的寥寥无几，且眼前这位毫无刻意，完全真情实感，自然流露。

讨厌他。得摩斯在心底先给这家伙盖了个死刑的黑戳戳。盖完了，他才准备发一下善心，允许对方的要求，结果刚要张嘴，那边已经说上话了——

范佩阳：“刚才那样的事情，绝对不能再有第二次。”

得摩斯：“……”所以和他提要求只是象征性地走个流程吗？！

没人管守关者的心情，大家的注意力都被吸引到了范佩阳和唐凛那里。马上就要“致命性聊天”了，范佩阳还非要和唐凛交代几句，想也知道一定非常重要。不承想范佩阳一开口，竟然是说刚才的事情？救一个越胖子，而且救成了，结果在生死关头又拿出来重新掰扯？围观者都很诧异。

唐凛却只觉得“看吧，该来的总要来”。从他为丛越出手，从他看见范佩阳冒火的怒气值，从他甩开范佩阳冲出去那一刻，他就知道，要被对方秋后算账。唯一意外的是，对方都没等到“秋后”。

“刚才那样的事情，”范佩阳直视唐凛的眼睛，又缓而低沉地重复一遍，“绝对不能再有第二次。”“绝对”两个字语气加重，不容置疑。

唐凛定定地看他：“丛越帮了我们，我们也应该帮他。”

范佩阳说：“应该，但不是你拿自己生命冒险的理由。”

唐凛问："你气我擅自行动？"

范佩阳不语，但态度已经很明确。

可唐凛不甘心，非要把话挑得更明："你怕我死了？"

范佩阳皱眉，他不喜欢这个字，尤其不喜欢这个字从唐凛嘴里说出来，只听一下，心跳都要加速。

唐凛轻轻呼出一口气，像释放了压抑已久的情绪："你现在明白我的心情了吗？"

范佩阳怔住，毫无预警的提问让他一时茫然。

唐凛也没指望他一点就透，上次在气头上，他不想说，也顾不上说，最后只给自己争了个"组长权"，可现在正好遇上契机，他就必须要让范佩阳明白："我擅自行动，你会生气，所以同样的，你擅自行动，我也会生气。你知道一觉醒来发现人没了，只留一张字条，上面写的还是一眼就能识破的拙劣谎话，是什么心情吗？"

范佩阳语塞，他以为私自去海底洞穴群的事情已经过去了，突然被翻出来，还是正正好好将他一军，简直让人防不胜防。

都是擅自行动，他再去说唐凛，的确理亏，但……

"没有但是，没有不过，没有然而。"唐凛把范佩阳想要申辩的念头精准阻击，"你有多担心我，我就有多担心你……"

也许他现在还无法回应，但范佩阳从来都是他生命里最重要的朋友。

范佩阳手心出了汗。听见唐凛说担心他，他竟然在乎到紧张。有那么一瞬间，他以为从前的唐凛回来了，可很快他又意识到不是，从前的唐凛不会把心底想的一股脑丢给他，不会这样释放，坦诚、热烈。

神殿的光线彻底暗下来了，昏黄变成静谧的蓝，偶尔还有淡淡的银色，像晴朗的夜。月光洒下来，照着他们……

等一下！

得摩斯："……"

众闯关者："……"

他们为什么要在这里看这个？！

4

肃穆神殿，晦暗光线，恐惧滋长，大开杀戒。

这是每一次 2/10 关卡开启得摩斯都要面对的场景，他既是亲历者，也是地狱景象的制造者，并以此为乐。

那么谁能来告诉他，今天晚上的这一批闯关者到底有什么毛病？

已经通关的四个人，没一个按正经流程走。而他在晕了崔战、忍了光头、特殊照顾下山虎、网开一面给从越之后，竟然还耐心地站在这里听完了两个闯关者的心里话，什么你生气，我生气，你担心我，我担心你……现在闯关呢，能不能尊重一下环境和气氛，真当自己家卧室呢？！

“范、范总，”从越小心翼翼地捅一下范佩阳，低声提醒，“你要是重点都说差不多了，就别和唐队展开聊了，”他偷偷瞄得摩斯一眼，“那边好像多云转阴了……”

何止转阴，众闯关者纷纷瞥向守关者，分明是阴转雷阵雨并伴有短时大风。

不过得摩斯的心情可以理解，因为他们这些本应和 VIP 同一阵营的，都想拿“‹防›一盆冷水透心凉”劈头盖脸泼过去。当老总了不起？脸好看了不起？大长腿了不起？有男人了不起？呸！

“等你通关。”唐凛先说了这四个字，既是结束交谈，也是传递信任。

范佩阳没说话，只深深看他一眼，点头。

神殿的气氛渐渐沉下来，所有人都看着范佩阳，看他转身，看他面向得摩斯，看他从容开口。

“聊吧，”他语调轻快，就像天气不错打算到湖边跑跑步，“从哪儿开始？”

得摩斯：“……”

众闯关者：“……”

总感觉守关者想直接跳到“不通过，去死”这一末尾环节。

“你怕过什么吗？”得摩斯忽然提问，一边问一边走近范佩阳。

既然聊，范佩阳就没打算敷衍，所以他很认真地想了想，才轻轻摇头：“没有。”

得摩斯乐了，在他身前站定：“我见过太多你这样的人了，能力不错，自视甚高，或许在关卡里算个强者，但强者一旦信心破了，比弱者崩溃得更快。”

范佩阳问：“你认为我会和他们一样？”

得摩斯轻嘲地扯扯嘴角：“不是我认为，是客观事实。远古时候，人类惧怕饥饿，惧怕黑暗，惧怕野兽侵袭；现在，人类有了更多的欲望，相应的也就有了更多恐惧……”他嘲讽的笑意更浓，“而现在，你告诉我你什么都没怕过，这不可笑吗？”

范佩阳不为所动：“每个人对‘怕’的定义不同，你提了问题，我回答了，如果你不信，争论没意义。”

得摩斯盯住他的眼睛：“那我只能自己去看了。”

两人身高相仿，正好平视。范佩阳迎着他的目光，礼貌客气："欢迎。"

众闯关者："……"你俩是生死对抗呢还是客户考察呢？

恐惧弥漫的神殿里，每换一个新人，都可能意味着一场新的杀戮。而到了范佩阳这里，众人围观了今晚最井然有序的一次开场。

不，不只是开场。接下来的几分钟里，"战场"都异常平静，就像飓风的风眼，周围明明都紧张得要命，恨不能屏住呼吸，漩涡中心却风平浪静。

得摩斯在探寻。

范佩阳在被探寻。

安静的对视里，他们无从判断得摩斯有没有捕捉到范佩阳的恐惧，但目测他至少已经看进了后者心底。因为范佩阳原本清明的眼睛蒙上了一层似有若无的恍然，还不至于像前面那些被窥探的人一样彻底神志涣散，但这就是被深入侵袭的痕迹。

唐凛站的地方，是所有人中离他们最近的。

范佩阳的恐惧是什么都无所谓。漫长的等待里，一呼一吸间乱掉的心跳里，唐凛只希望范佩阳通关。

得摩斯走进了一个不见底的深渊。

每个人心底都有一个深渊。深渊，就是恐惧的载体。人们会把自己所有害怕的东西藏进这个深渊里，有的明确，有的模糊，有的被人清醒认知，有的只是潜意识的投射，连本人都不知道。这些恐惧会变成各种丑陋的怪物，堆满这个深渊，终日寻找机会，争先恐后往上爬。

窥探并走入这些深渊，是得摩斯的能力之一。他还没失手过，包括此刻。

范佩阳说他没有害怕的东西，可得摩斯一走进来，就看见了他的深渊。更可笑的是，那深渊的开口面积几乎占据了他 3/4 的心底。

如果把人的心底比作一片绿地，恐惧深渊就像绿地某处被偷走了盖子的井，时刻可能有怪物钻出，时刻可能有人失足跌入。这些井，有的井口大，有的井口小，有的井深，有的井浅，但归根结底都是这片绿地的一个小黑斑，有些过于乐观的，得摩斯要在绿地上来回找好几圈，才能寻到隐秘井口。

可范佩阳的不用。

他的不是井，是陨石砸下来的天坑。

就这还"没怕过什么"？得摩斯沿着深渊壁往下滑，简直希望下一秒就见底，把那个最大的恐惧搬出来，扔范佩阳脸上。

然而滑啊滑，就是不到底，并且得摩斯后知后觉地发现，范佩阳的深渊里没有“小怪”。这些由细碎而杂乱的恐惧形成的“小怪物”理应充满一个人的深渊，并将那个最大的“终极怪物”严密盖在深渊最底下。可范佩阳的深渊跟拿吸尘器清扫过似的，干干净净一个大坑。

得摩斯下意识减缓滑行速度，竟罕见地感到一丝不安定。

有深渊就必定有恐惧，如果范佩阳真的无惧一切，那他心底的深渊也应不复存在，所以就只剩一个解释——那个藏在深渊底下最大的恐惧怪物，吞噬了它能吞噬的一切，包括同类。

得摩斯守关多年，从未遇见过这样的怪物。他的不安定里，竟也隐约逸出一丝兴奋。

“唰啦——”晚礼服的摩擦声里，得摩斯终于滑行到深渊之底。

或许在别人看来，他只是望着被探寻者的眼睛。可在他这里，就是一场真真正正的实地考察。

深渊的底部比他想象的还要暗，像一个终年不见天日的地牢。得摩斯皱眉起身，一边拍衣服上的灰尘，一边四下环顾。渐渐地，他适应了黑暗，终于看清了周遭。

这是一片远比深渊开口小得多的空地，也就神殿那么大，脚下是黑色的泥土，四周是黑色的渊壁，黑色的植被和花朵随处可见，正中央一张黑色办公桌，旁边还立着一座黑色书架，书架上摆满了书，连书脊望过去都是一本挨一本的黑。

得摩斯：“……”这是什么单调压抑的审美？！

不对，得摩斯迅速清醒过来，这是恐惧之渊，比“装修审美”更严重的问题，应该是——恐惧呢？恐惧在哪里？还有为什么会是办公桌？难道那个吃小怪、睡渊底、一朝惊醒绝对能反噬正主的终极恐惧之怪，还要在这里工作吗？！

俊美的守关者一脸茫然地走近那张办公桌。黑色全实木的老板台上，精确到秒的台钟无声地走，几张 A4 纸散在台面，上面是一些看不清的凌乱字迹和奇奇怪怪的手绘表格，一支漂亮的金尖钢笔搭在这些纸上，看起来就像坐在这里写写画画的人刚刚离开。

草稿纸实在无解。得摩斯只得蹙着眉头，踱步到旁边的书架前。书架被塞得满满当当，虽然每一本书的书脊都是黑色，书名却还是有所区别的——《唐凛在关卡中的危险》《唐凛偏低的风险防范意识》《唐凛绝症复发的可能性》《唐凛无意中撩到别人的概率及对方动心后的处理措施》《唐凛……》……

得摩斯从上往下，从第一排看到倒数第二排，就没见到不是“唐凛”开头的书名，看得他都快不认识这两个字了。

这是范佩阳的心底没错吧，摆了满满一书架的唐凛专著是要怎样？！行，知道你俩感情好了，但是能不能分分场合，给恐惧之渊一点儿尊重？！

谢天谢地谢神庙，书架的最后一排，“唐凛”终于消失了。垫底的这一排书籍，看着都像诗歌——《永远遗忘的时光》《一辈子朋友》《让我在你身边》……

得摩斯心口忽然针扎似的疼了一下。他抬手捂住，有点儿蒙，又有些了然。

了然的是两件事——第一，这个书架就是范佩阳的恐惧；第二，范佩阳在意唐凛在意得要死，然后唐凛把他忘了。

蒙的是——他竟然会为一只虫子感到难过！

不，这不是他的问题，是“第二”真的太虐了，太虐了啊！

5

神殿。

对视已经持续很久很久，久到大部分闯关者都在考虑要不要原地坐下了。

和尚：“他们到底在干吗？”

全麦：“你看我，我看你。”

下山虎：“那这么半天了，到底看出点儿什么没？他俩就这么一动不动的，有点儿可怕哎……”

“还有更可怕的呢，”五五分撩一下微卷的头发，“你们仔细看得摩斯的眼睛。”

众人基本都在注意范佩阳，毕竟他是被窥探的一方，经五五分这样提醒，才第一次将目光集中到得摩斯脸上。然后他们发现，得摩斯的眼神也有点儿涣散，而且散得后来居上，看着比范佩阳都恍惚。

下山虎：“……什么情况？”

五五分：“虽然我不想承认，但看起来，他好像被‘反侵袭’了。”

从越双眼一亮，恨不得给偶像举灯牌：“你是说，范总也窥探到了得摩斯的心底？”

“或者是他的恐惧太特别——”早就席地而坐的白路斜慵懒插话，“得摩斯吓到了。”

孔明灯的一个组员嗤之以鼻：“可别贴金了，一个普通闯关者还能把守关者吓到？”

全麦、和尚、五五分，三个经历过地下城战役的草莓甜甜圈组员一齐转头看向这位无知的孔明灯兄弟：“他在 1/10 把守关者提尔打晕了。”

无知的孔明灯兄弟：“……对不起。”

唐凛几乎已经屏蔽掉了周围的声音。从开始到现在，他的目光就没离开过那两个人，注意力更是不敢有一秒的分散。其间甚至有好几次，他都按捺不住想出手了，用狼影也好，直接冲过去也好，总之用外力打断这已经漫长的危险的对视。但每次阻止他的，都是范佩阳眼底那些轻微的闪动——范佩阳还没有完全失神，哪怕被黑暗侵袭，也依然留着一丝光亮在心底。

范总心底有光？

反正得摩斯没遇见，他是摸黑下去，又摸黑上来，好不容易才爬出深坑，并发誓如果没有必要，他绝对不会窥探这人第二回。

“你还真的挺特别。”

随着得摩斯说出这句话，神殿里凝固的空气终于开始流动。

众闯关者长舒口气，说不上是庆幸还是失望——庆幸的是，得摩斯照旧往下走流程，没出现什么不可控的、殃及池鱼的危险局面；失望的是，也没有什么守关者被反侵袭的惊喜。

范佩阳比得摩斯慢了一拍清醒，视野清晰时，就只看见说完话的得摩斯和周围一脸求知欲的闯关者。

“他说你还真的挺特别。”围观者里，有热心群众进行前情提要，不为范佩阳，主要为他们继续吃瓜。

什么叫“特别”？刚才那么漫长的对视发生了什么？

范佩阳倒是很配合，直截了当问得摩斯：“你看见了什么？”

得摩斯说：“你的恐惧。”

范佩阳的眉心轻微一蹙。

得摩斯现在看着他就想安慰地拍拍肩，导致必须要克制心底的“同情滤镜”，才能保持神情冷然：“我说过，人都有恐惧，你也不会例外。”

范佩阳真心好奇了：“那我的特别在哪里？”

得摩斯以为他会因“自己竟然真的有恐惧”而受到打击、感到挫败，结果竟然更在意“特别”？不过无所谓，他本来也是要说的：“每个人的心底都有一个恐惧深渊，大小深浅不一，里面通常塞满了众多恐惧化身的怪物，要穿过这些怪物，深入渊底，才能找到最隐秘最恐惧的那个……”

得摩斯的解释，让闯关者们不约而同竖起耳朵。虽然他们隐约可以想象得摩斯窥探恐惧的过程，但“深渊论”却是第一次被守关者明确提出。

“他的深渊是只有父母的家……”得摩斯先指向晕厥中的崔战，而后依次又点到和尚、下山虎、丛越，“他是孤岛教堂悬崖古堡；他的最无聊，就是死亡恐惧怪；他的场景算有特色，在水世界的购物区……”

范佩阳耐心等着自己的深渊。

众闯关者也好奇死了。

“你这些都不是，”得摩斯摊手摇头，“你是办公区。”

众闯关者：“……”不愧是霸总，有特色。

范佩阳试着脑补一下，想不出来，更觉有趣：“具体呢，都有什么陈设，什么装修风格？”

“一张黑色实木桌，一个台钟，几张演算纸，一支钢笔，还有一个书……”得摩斯突然止住话头。怎么回事？他为什么要跟着一个闯关者的节奏乖巧回答问题？

范佩阳：“书什么？”

得摩斯：“……书架。”

“守关者需要将窥探的恐惧告知闯关者本人。守关者需要将窥探的恐惧告知闯关者本人。”默念两遍工作规范，得摩斯的情绪稍稍平复。

“抱歉，”范佩阳象征性地客气一下，“我可能还是要回到最原点的问题——我的恐惧，在哪里？”

众人在心里疯狂点头，谁要听什么办公区什么破书架，重点是恐惧啊，能把提尔打晕的人，最深的恐惧到底是什么！

“书架上的书。”得摩斯慷慨分享探秘成果，“每一本书都是你的一个恐惧。我遇见过的所有闯关者，恐惧都是乱七八糟堆在深渊里，无组织，无纪律，一有空隙，就踩着其他的恐惧争着抢着往上爬……只有你，”他的语气很微妙，听不出是肯定还是否定，“只有你把所有的恐惧都塞进了书架，整齐到我都看不出哪个是你最害怕的，所以我才说你挺特别。”

范佩阳现在才终于勾勒出一点儿自己的恐惧轮廓：“那是特别好，还是特别不好？”

“特别——”得摩斯故意拖长音，末了一笑，“不好。”

他语调戏谑，像在玩笑。可所有闯关者都清楚，这位守关者根本不屑同他们开玩笑。

范佩阳依旧平静：“怎么个不好法，说来听听。”

得摩斯对眼前闯关者的命运已有决定，故而不介意再多给些临别赠言：“每个人对自己恐惧的认知程度都是不同的，越乱代表他越不清楚，像那个怕单身的光头，甚至都没意识到那是自己最大的恐惧……”

和尚：“……”远离战火线，膝盖也中箭。

得摩斯：“而恐惧这东西，理得越清楚才越恐怖。换句话说，你越知道自己恐惧什么，你的恐惧度反而越会升高。很不幸，你是我遇见过的自我恐惧认知最清醒的闯关者。”

范佩阳沉默下来。

唐凛看着他平静的侧脸，第一次意识到，清醒者最疼。

“就聊到这里吧。”得摩斯缓了语气，罕见地带了一点儿宽厚，“你说你没怕过什么，结果你对自己的恐惧比谁都清楚。你欺骗我，但我不计较，我也不打算把你那么多的恐惧一个个摊开在这神殿里……”

众闯关者 ：“……”

就这么通关了？到底什么恐惧啊，竟然能打动冷血的得摩斯？

得摩斯：“你的恐惧很让人心酸，所以死吧，死了就什么恐惧都没了，也就不难受了。”

范佩阳 ：“……”

唐凛 ：“……”

众闯关者 ：“……”

这是什么魔鬼逻辑？！

“你要杀我？”范佩阳对守关者神奇的脑回路有点儿意外，“确定了？”

他的语气不重，可得摩斯莫名就有一种被质疑的不爽 ：“当然。我是守关者，可没时间和你玩虚张声势的把戏。”

范佩阳不再说话，沉默着看他。

亲眼见证过范总实力的全麦、和尚、五五分 ：“……”

完了，要打了，就是不知道这回谁能胜出。是范佩阳终于体验到守关者的彪悍，还是守关者再次迎接霸道总裁的铁拳？

得摩斯不喜欢范佩阳的眼神，盯得他很不舒服。

讨厌。很讨厌。他在心底咔咔咔地继续盖死亡黑戳，直到把范佩阳盖成一块黑板。这种不知天高地厚的虫子，就不应该和他说太多，一说多，就容易让他生出“我果然是天选之子”的错觉，进而得寸进尺，摆不正自己的位置。按住，碾死，就完了，干脆利落的清净。

一抹暗色倏地蒙上得摩斯的眼睛，他凝聚心神，直视范佩阳的瞳孔，去捕获对方全部的……

“不合格。”范佩阳轻轻摇头，语气很淡，否定态度却坚决。

得摩斯一怔，操控中的能力随即中断。

这感觉就像法场上，你已经往刀身喷了酒，举起胳膊准备砍了，受刑人突然回头说“我觉得你不行”。不只扰乱刽子手的节奏，还影响刽子手的心情！

“你说谁不合格？”得摩斯的声音很轻，像呢喃，却蕴藏着巨大的危险。

“你不合格。”范佩阳的字典里，就没有“委婉”一词，“如果你是我的员工，就你刚刚的表现而言，我会让人事部门给你通报批评。”

得摩斯气得想笑 ：“你是不是脑子坏掉了？我是守关者，这一关卡我说了算。为什么这座神殿里要放我的雕像，因为我——”他沉下声音，一字一句，“就是这里的神。”

范佩阳 ：“你想多了。”

众闯关者：“……”真是一点儿喘息时间不给，无缝怼啊。

“你只是一个守关人，”范佩阳平静陈述，“像你这样的，每一关都有，算下来人数至少十个，如果都是1/10的轮班制度，那总人数还要再乘以三，甚至更多。”

神性，消解。

“说白了，你们就是通关程序的执行者，既然负责执行，那么请时刻谨记‘程序正确’这四个字。”

工作岗位，定性。

“如果守关人带头不遵守程序，不仅难以服众，连关卡本身的权威性都会受到质疑，这会降低闯关者的参与热情。而据我观察，引导更多的闯关者进入关卡，才符合你们‘优中选优’的核心利益。”

精准打击，绝杀。

众闯关者：“……”他们仿佛看见一间会议室，范总正把得摩斯按在谈判桌上摩擦。

然而守关者不愧为守关者，千军万马来袭，也能一瞬抓住重点。得摩斯道：“你在质疑我的‘守关流程’？”

范佩阳皱眉，那神情仿佛在说“这还不够明显吗”：“你的守关流程应该是窥探恐惧，并通过公布恐惧的方式打击闯关者，以其反应来判定是否通关。”

得摩斯有点儿听懂了，绕了这么半天，无非是不想死。他露出嘲讽笑容：“我承认你的反应比大多数闯关者都镇定，但这并不影响我的判断。你，不通过。”

范佩阳怀疑对面是个傻子：“我对你的判定结果不感兴趣，我只需要你补上漏掉的环节。”

得摩斯：“……嗯？”

范佩阳：“公布你看到的所有恐惧，打击我。”

得摩斯：“……”

众闯关者：“……”他们这辈子就没听过这种要求，如果灵魂能实体化，现在保准一个个都拿着小手手捂胸口，太刺激了。

得摩斯也想捂，但为了一个守关者的尊严，他扛住了纹丝不动，除了不受控制上扬的语调：“你现在是要求我当众公布你的每一个恐惧？”

“书架对吧，”范佩阳彬彬有礼，“从上往下，从左往右，每一个，谢谢。”

得摩斯心口疼，随着心跳，一下一下的，但这回不是被虐的，是被气的：“你清醒到可以把每一个恐惧打包整理塞进书架，还需要我再一本本说一遍？”要么范佩阳有自虐倾向，要么就是在耍他，故意拖延时间。

范佩阳平静的脸上终于划过一丝不悦，杂糅着嫌弃和烦躁。他转头看向唐凛："我想直接动手。"

众人瞪大眼睛。闯关者主动掀桌已经是闻所未闻了，更不可思议的是范·霸道总裁·佩阳还会征求别人的意见？就因为刚刚那段"月光下诉衷肠"？就因为唐凛说"你擅自行动，我也会担心"？这教育效果也太立竿见影……不，范佩阳也太好驯服……不，这是真情！

"驳回。"丝毫没察觉周遭气氛的唐凛，言简意赅得像个没感情的杀手。

范总继续申诉："他理解能力太差，沟通效率太低。"

"我懂。"唐凛说着，转向得摩斯。

完全跟不上这见鬼的剧情节奏的守关者，又蒙又茫然又来气："我理解力……"

"不差。"唐凛抬手，贴心安抚，两句话，四个字，就把战场节奏牢牢把控了，剑拔弩张的气氛一瞬平缓。

众闯关者："……"这娴熟的控场技术是怎么回事？

如果这时候有范唐公司的高管过来，就能给他们解惑了。在无数个范总耐心耗尽、濒临暴走的可怕时刻，都是唐总过来和风细雨救他们于水火。

所以，控场，唐总是专业的。

"还没到需要你死我活的时候……"

唐凛私心希望范佩阳和得摩斯的"聊天"可以继续顺利地往下走。动手是最坏打算，继续聊才有峰回路转柳暗花明的可能。

"他想要的很简单。"他看向得摩斯，帮范佩阳提炼总结，"你说看见了他的恐惧，并且认为他对这些恐惧心知肚明，但他坚持自己没害怕过任何东西。解决这一分歧的唯一手段，就是把这些恐惧一个个摊开来。既然是聊天，那就聊透，聊到他清醒明白，或者你纠偏改错。"

得摩斯怀疑自己正在遭遇"拉偏架"："我有什么错可改？"

唐凛微笑，难得的温柔："还没聊，谁知道呢。"

得摩斯："……"

不用怀疑了，就是拉偏架。亏他之前还挺同情这俩人，果然可怜之人必有作死之处。

"行，"得摩斯轻呼一口气，视线锁定范佩阳，"想聊透是吧，那就聊。"

范佩阳目送唐凛回到徽章阵营，先前心里积蓄的那些烦躁都没了，还有点儿鸟语花香，也不知道为什么，反正就鸟语，就花香，再坐下来心平气和聊二十四个小时都行。

得摩斯伸手在他面前晃一晃："别看他了，看我。"

范佩阳终于转过头来："说，第一本。"

得摩斯："……"

众闯关者："……"

你状态切换也太快了！

不过这是好事，众闯关者都想听听范佩阳的书架上到底有什么，得摩斯也想看看他是不是真的还能保持这么自信的气场。

"第一本，"得摩斯故意提高音量，声音大得几乎能传遍整个庙宇，"《唐凛在关卡中的危险》。"

众闯关者错愕，书架不是在范佩阳心底吗，第一本就"唐凛"开头是什么操作？

唐凛安静着，心里划过一阵热流。范佩阳的恐惧里有他，他不意外，意外的是自己被放在第一本。

得摩斯大声说完，便惬意地看着范佩阳，见他不言语，笑意更甚："听完自己的第一个恐惧，做何感想？"

范佩阳抬眼，带着一丝惊讶："原来你真的可以潜入我的心里。"

得摩斯："……前面已经死掉五个、通关四个了，难不成还是我的骗术？！"

范佩阳罕见地流露一丝歉意："我没想到自己心里真的有座书架，很……奇妙。"

得摩斯磨牙："那你应该自我怀疑，而不是怀疑我。"

范佩阳："我从不自我怀疑。"

得摩斯："……"

众闯关者："……"

这聊天风格，太窒息。

"我的确担心唐凛在关卡中遇见危险，"范佩阳忽然主动揽过话题，"时刻都在担心。"这是事实，他从不回避。

得摩斯诧异挑眉："你承认了？"

"我承认这件事在我心里，但它不是恐惧，"范佩阳说，"它只是一个需要我全天候去解决的问题。"

得摩斯被他的天真逗乐了："解决？你怎么解决？"

范佩阳平静认真："在他身边，挡掉所有可能的危险。"

得摩斯的笑真收不住了："凭你？"

范佩阳点头点得极其自然："凭我。抵挡危险无非两种结果——挡掉了，我活，证明我有能力保护他，为什么要恐惧；没挡掉，我死，我都死了，还怎么恐惧？"

好有道理！众人听进去了，就是因为听进去了，才更期待得摩斯接招。

得摩斯：“第二本，《唐凛偏低的风险防范意识》。”

众闯关者：“……”第一本就这么过去了？！

范佩阳倒很欢迎这第二本，他甚至意味深长地看了唐凛一眼，才开始回答：“他没经历过地下城之前的关卡，所以还没完全进入闯关节奏，有时仍会从现实角度出发去考虑关卡内的事情，这些都是他的风险漏洞，我要做的，就是让他意识到这些漏洞。”

唐凛：“……”感觉自己被指名道姓批评了。

得摩斯：“如果他还是意识不到呢？这才是你的恐惧吧？”

范佩阳：“他意识不到的部分，我会帮他补上，恐惧何来？”

得摩斯：“第三本，《唐凛绝症复发的可能性》！”

范佩阳：“我会花钱收购关卡里所有能收来的治愈性文具。”

得摩斯：“钱买到的安心只是一时的。”

范佩阳：“所以我有很多钱。”

得摩斯：“……”

K.O，三连。（K.O，knock out，被击败，出局的意思。）

和尚摸摸自己的光头，单是围观，他就出了一脑袋汗，这 Battle（起始于嘻哈文化，指争斗、较量）太刺激了：“我站范佩阳，我现在相信他真没怕过什么了……”

五五分拿手指卷着一绺头发摆弄，围观得太投入，头发都扯掉好几根：“我站得摩斯，一书架恐惧呢，这才哪儿到哪儿……”

下山虎眨巴眨巴眼睛，一脑门问号：“为什么连着三本都是唐凛？”

从越:“其他奇怪的感情我们先不谈，就说最明显的，唐凛是组长啊，一起闯关到现在，哪个组织的兄弟不是把组长放在心里最重的位置上！”

祁桦：“……”

还乡团兄弟：“……”

其他吃瓜群众：“……”

从越：“呃，你们聊，当我不存在就行。”

世上的事情，再一再二不再三，可到了范佩阳这里，第四本还是唐凛。

“唐凛无意中撩到别人的概率及对方动心后的……处理措施？”得摩斯在深渊里的时候只是粗略浏览，根本没细看，如今玩味着最后四个字，总觉得这是一本杀人越货的书。

范佩阳势如破竹的气场，在这个牵扯到个人感情的“准恐惧”面前停住了。这是他的危机意识。但他的确没想到会排在第四位。

得摩斯其实有一件事没说准。他对于自己的内心很清醒，可一涉及唐凛，这些事情的排序就会乱，除了唐凛的生命安全会雷打不动排在首位之外，其余都在变，有时他会先考虑这个，有时他又会去考虑那个。担心唐凛无意识地招蜂引蝶，在他的预想里，应该是书架中层，并且他判断那个时候得摩斯已经累了，多半会开始跳过一些书籍……算了，现在想这些都没用。

既然来了，就是缘分，范佩阳坦然接受："我计算过，唐凛无意中撩到别人的概率大致在 100%，所以我的处理措施……"

"你给我等一下，"得摩斯必须阻止，"怎么就 100% 了？"

范佩阳皱眉："我刚说完，我计算过。"

得摩斯："计算过程呢？"

范佩阳："不重要，重要的是处理措施。"

得摩斯有点儿冷地拢了拢数道口子的晚礼服："你想怎么处理……"

范佩阳："让他消失。"

得摩斯点点头，众闯关者也点点头，真的一点儿不意外呢。

唐凛听到这里实在忍不住，笑意漫上眼底。他好像突然看见了范佩阳的另一面，什么"偏执""一意孤行""极端追求高效""你们必须听我的"这些谁遇见都想打人的特质统统洗了个干净，只剩下一个十分八卦的家伙。

哦对，这个家伙还莫名信任他这个失忆者的魅力。怎么就 100% 能撩到别人了？唐凛回顾了一下自己的过往，行为很端正啊。

第五本……第十本……第二十本……每一本唐凛都是开头。每一本范总都有对策。

这些书简直串起了一部年度虐心大剧，还是关卡世界实地取景的。但越听到后面，这些能让人尽情吃瓜的感情曲折反而次要了，闯关者们渐渐意识到一个可怕的事实，而这个，得摩斯察觉到得更早——范佩阳是真的没在怕。

他不是把深渊里的所有恐惧打包塞进书架，单纯给它们的存放换了一种形式，而是那些怪物在他的深渊里一出生就已经是书了，安安分分躺在书架里，等待被抽取，被翻阅，被处理。

那个大到占据心底 3/4 的深渊里，没有"恐惧"，只有"事务"。那张老板台，就是范佩阳自己的。而那个办公区，就是他对自己内心的绝对掌控。

这是一个真真正正的无惧者！

"第二十一本？"范总来兴致了，见得摩斯停在那儿，还贴心地 Cue 一下。

得摩斯："……"

他就不该和这个人聊。不聊，杀他一点儿没问题；聊了，还聊得透透的，再杀就违规了。怪谁？怪自己心软？怪范佩阳无惧？

都不是。得摩斯幽幽地瞄向唐凛，这才是万恶之源。从唐凛冲出来将他和范佩阳濒临崩盘的对峙节奏稳住开始，考核的走向就随着唐凛的拉偏架一路偏到不可收拾。

“不聊了。”得摩斯清了清略显沙哑的嗓子，第一次正式给予一个闯关者结果，“我宣布，你，通过。”

范佩阳没说话，满眼意犹未尽。

得摩斯索性转向剩下的人：“再和他聊下去，我会失声，失声了就不能再和你们聊，不能聊呢，我只好判你们全部不通过。”

全体剩余闯关者唰地看向范佩阳，口号洪亮整齐：“范总，请凯旋——”

范佩阳沉吟片刻。这个排面，可以。

范总欣然返回徽章阵营，得摩斯看着看着，还是有点儿不甘。通过是必须给的，但脸可不是，让一个闯关者这么潇洒地通关，他会抑郁的。

“喂，”他喊住范佩阳，“你知道你书架上最底层放着哪几本吗？”

范佩阳脚下一顿，转过身来，直觉得摩斯不怀好意。

最底层……按照日常的习惯，那里会放他最不想看的书，如果深渊书架真是他内心的投射，那最下面的几本……就是他最不想面对的问题。

得摩斯将范佩阳细微的神情变化看在眼里，心情渐渐愉悦。其实那个破书架的最后一层他没看全，就草草扫了前面几本，不过打击不可一世的闯关者，杀伤力足够了。

“《永远遗忘的时光》《一辈子朋友》《让我在你身边》……”得摩斯行刑一般抑扬顿挫地念出一个个书名，末了还颇为感慨地叹了句，“我看到这里的时候都觉得心酸。”

范佩阳沉默下来。

如果一个人的气场可以具象化成铠甲，那么现在，所有人都能看见，覆盖在范佩阳身上的护甲正一块一块剥落，连同他的固若金汤、他的所向披靡。

这才是得摩斯最享受的瞬间，虽然来迟了点儿，但好在舒爽依旧——没有人可以在他面前骄傲！

“范佩阳。”唐凛清澈的声音打破凝滞的空气。

范佩阳转头看他，不明所以。

唐凛笑一下，带了点儿认真，带了点儿调侃：“《永远遗忘的时光》《一辈子朋友》《让我在你身边》？”

范佩阳：“……没必要再念一遍。”

唐凛：“不念，怕你分不清我的态度。”

范佩阳怔住，所有的淡定一下子被击碎了。

唐凛收敛笑意，没了调侃，只剩认真：“你听好了。一、二待定，第三个可以。”

“第二个也要待定？”范佩阳大脑还没思考，声音已经出去了。

唐凛微笑：“再讨价还价，第三个都没了。”

范佩阳：“待定可以。”

众闯关者：“……”先前那个把守关者按在谈判桌上摩擦的范总，可能是幻觉。

唐凛满意点头，抬眼，发现得摩斯还站在那里。四目相对，他友善地朝对方挥了挥手。

得摩斯终于确定了自己的内心感受——他被欺负了，两个人欺负他一个。

6

小抄纸：“欢迎来到宴会厅。”

距离收到这条信息已经过去三分钟，进入宴会厅的二十个幸存闯关者仍站在刚进宴会厅的地方，原地驻足。他们再没收到新的提示，也就没敢继续往里走。

不过对于宴会厅这样宽敞开阔的空间，进了门，就足够看清一切了。

数十张一模一样的餐桌均匀整齐地分布在整个宴会厅，每张餐桌上都铺着漂亮餐布，上面摆着光洁如新的杯盘，盘边摆着刀叉和折得十分讲究的餐巾。镶金边的红色软椅遍布在餐桌周围，每一张餐桌搭配的软椅数量都一样，连摆放的位置和间隔都一致得像精心计算过。头顶是绘着壁画的精致穹顶，环顾四周，是摇曳着火光的墙壁烛台和墙上垂下的红丝绒幔帐。

红和金，是这间宴会厅的主色调。

富丽堂皇，整洁空荡。

“现在……是个什么情况？”十社的一个兄弟问出了所有人的茫然心声。

何律抬手又看了看“小抄纸”：“会不会再等一等，就有新提示了？”

这是常规思路，也是此刻大部分人的想法。

“应该是这样。”

“肯定是这样，不然让我们来宴会厅干什么，难道就是没头苍蝇乱飞？”

“那就再等等？”

“等吧……”

“要不，我们找几把椅子，坐下来等？”探花刚才跟着大部队争分夺秒跑楼梯，跑得腿肚子都要转筋了。

沉默，是其余十九个同伴给他的回答。

冰雪聪明的探花了然而乖巧地点头："站着好，安……"他想说"安全"，可刚说了一个字，宴会厅突然起了风，冰凉，潮湿，带着海水的咸涩味。

众人背后随之传来"砰"一声，宴会厅的门自己关上了！

这一下弄得所有人猝不及防，轻则一个激灵，重则浑身一震，二十个颈环上的恐惧值几乎在同时蹿高。

郑落竹耳内瞬间响起警告——

"危险，危险，恐惧值超过 80！恐惧值超过 80——"

他这还算低的，有不少人直接飙到了九十以上。

整个队伍霎时骚动起来。

郑落竹竭力控制着内心的恐惧，第一时间把南歌护到身后，和大家一样警惕地左右环顾。

突然，站在队伍最外围的一个还乡团组员感觉自己的脚踝被什么东西抓住了。他一低头，就见一个满脑袋鲜血的人趴在地上，抓着他的脚。

像是感觉到他在看，那人蠕动着转过脸朝上看。那都不能称之为一张完整的脸，从眉心到右颊，露出森森的白骨。

"啊啊啊啊——"还乡团组员头皮炸开，惨叫声都变了调。

众人本就高度紧张，被这一嗓子号得心跳差点儿骤停，十九个脑袋唰地转过来，下一秒全看见了地上的那个人——如果还能叫作"人"的话。

恐怖的冲击让他们的大脑有瞬间的空白。

握住还乡团组员脚踝的那只惨白的手却忽然用力一扯。

"扑通——"失去平衡的还乡团组员重重倒地，尖叫戛然而止。

可"那人"却没停，一手抓着还乡团组员的脚踝，一手贴住地面，以一个极诡异的姿势飞快往宴会厅里面爬，速度快到不可置信，眨眼工夫，还乡团组员就被拖行了好几米。

众人这才反应过来。

清一色、莱昂、周云徽三个可以远程攻击的同时出手——

"荆棘丛生"让无数藤蔓从还乡团组员身下的地面生出，在极短的时间内，就将他从头到脚缠绕成了藤蔓木乃伊。有了藤蔓的牵扯，还乡团组员被拖行的速度明显受阻。

"中级狙击者"和"星星之火"则全冲着那个地面爬行的"人"而去。"咻咻"的空气箭先到，发出的却不是刺进血肉的声音，而是钉在地板上的声音。"呼啦呼啦"的小火球更是在众目睽睽之下穿透"他"的身体，在地上砸出纷飞火花。

众人浑身的血都凉了——“他”不是一个实体，而是一个幽魂！

就在闯关者们被新认知冲击得恐惧值狂飙时，“他”却倏地消失了。

郑落竹第一个回过神，一边往还乡团组员那边跑，一边喊：“清一色，收文具树！”

清一色立刻解除“荆棘丛生”，缠绕着还乡团组员的藤蔓一下消失。

郑落竹也正好抵达。他蹲下来想拍还乡团组员的脸，可手刚抬起一半就停住了。

众人这才后知后觉，被拖行之后，这位还乡团组员再没发出过任何声音，惨叫，哀号，哪怕是喊一声救命，都没有。

南歌上前，来到郑落竹身边。而后，大家也纷纷围拢过来。

躺在地上的还乡团组员，脖间颈环的恐惧值——100。他的神情永远停在了死前那一刻，双眼凸出，嘴巴大张，一脸骇然的惊恐。

幽魂没能杀掉他，终结他生命的，是恐惧。

——“恐惧值随着恐惧情绪在 0 到 100 间波动，当数值达到 100，超过恐惧颈环的最大负载，恐惧颈环即会产生电流，致佩戴者心脏停搏，瞬间死亡。”

“小抄纸”说得很清楚，甚至那一间间最终没能开启的客房里，这样的景象可能已经上演不止一次。但对于幸存者们来说，从冲出船舱客房到现在，却是第一次亲眼看见“规则执行”。

如果说先前的恐惧值波动，只带给他们危机感。此刻，他们真真切切感受到了死神冰冷的刀锋。

紫光降下，像一双大手，将尸体缓缓捧起，没入宴会厅的天花板。

幸存者，只剩十九人。

第五章

幽 灵 船 YOU LING CHUAN

1

宴会厅里静得厉害，连呼吸听起来都压抑。

关岚率先打破沉默:“我们进的是‘终极恐惧’，这样的事情后面还多着呢，可能是你，也可能是我。不想死，有防御性文具树的就都用起来……”

“防御有什么用，”已经有人绝望了，“你防得住攻击，还防得住‘害怕’吗？恐惧值到一百，谁都得死！”

关岚看都不看那人一眼，更别提搭理。连刚刚那句提醒他都是义务奉献，提醒完了还要给“克服恐惧指导意见”？你咋不上天？

大部分闯关者已经从先前的死亡阴影中振作起来了，全在低头看自己的文具树，或者翻“文具盒”，寻找防御之道。关岚嘴巴有点儿寂寞，在口袋里摸半天，摸出一颗水果糖，水蜜桃口味的，剥开糖纸丢进嘴里，咂吧两下，像吃了一口汁水饱满的桃子那样清香。

探花和莱昂的文具树，一个是“过目不忘”，一个是“中级狙击者”，都和防御无缘，只能站在旁边守着吃糖的组长，耐心等待下一步部署。结果关组长第一句就是：“我想和尚了。”

探花无情戳破：“你想的是‘琉璃屋’。”

和尚，草莓甜甜圈关岚小分队主力防御侠，初级文具树“遮风挡雨琉璃屋”，二级文具树“刀枪不入琉璃屋”。

不远处的郑落竹启动“铁板一圈”，但没用四块，只用了三块围成“U”形，将他和南歌纳入其中，剩下一个便于观望的开口正好对着草莓甜甜圈众人，自然也将他们的交谈听进耳里——同是防御型文具树，但在1/10时，提尔明显更欣赏那个光头的琉璃屋，这事儿郑落竹可记着呢，现在怎么样，再好看不也是远水解不了近渴。

“你想把他们三个叫过来？”南歌低声问。

郑落竹一愣，怀疑自己的心声被偷听了：“你怎么知道？”

南歌说：“他们三个都不是防御文具树，既然铁板里还有地方，多护一个算一个。”

郑落竹用力点头：“是啊。”

其实不是——

南歌主要是看见了郑落竹那一脸“必须证明我家铁板最好”的不服气。

郑落竹主要是……必须证明我家铁板最好。

说话间，草莓甜甜圈的几个已经看过来了。

正好省了铺垫环节，郑落竹直接招呼：“过来吧，我罩你们。”

关岚挑眉，领情，但很难信任：“就用三块铁板？”

这话郑落竹就不爱听了：“什么叫‘就’，我这是极简硬核工业风！”

关岚、探花、莱昂：“……”槽点满满，还无法反驳。

一分钟后，豆大的汗珠从郑落竹的脑门噼里啪啦往下落，他的铁板防护范围已经从“一小块”变成“一大圈”，操控越来越吃力，里面挤了他、南歌、关岚、探花、莱昂，以及其余十四人。

“你们自己没防御吗？”郑落竹要疯，全员挤过来是什么操作？！

铁板难民1号，何律：“我可以用‘墨守成规’建立安全区，但还没想好要设定什么禁令规矩。”

铁板难民2号，周云徽：“我是火攻，你知道的。”

铁板难民3号，佛纹：“我是‘禅心’，你见过的。”

铁板难民4号，骷髅新娘：“我是‘白骨战士’。”

铁板难民5号，江户川：“我是‘条条大路通罗马’。”

铁板难民6号，清一色：“我是‘荆棘丛生’。”

铁板难民7号，大四喜：“我……”

郑落竹：“没让你们‘报菜名’！”

大四喜：“我是想问你用不用‘幸运星’。”

郑落竹：“加宽，加厚，加坚固，谢谢。”

有了“我是你的幸运星”加持，U形铁板防护圈终于稳定下来，十九个人在三面铁板的防护里多少收获了一些安全感，恐惧值渐渐趋于平稳。

其实闯关者里不是没有防御型文具树，像清一色的“荆棘丛生”、江户川的“条条大路通罗马”，都可以在战斗中起到防御作用，但像郑落竹的“铁板一圈”这么直观、纯粹、实用的，的确独一份。有时候越简单，用起来越顺手。

不过防御是保命第一步，通关才是终极目的。

眼下宴会厅已经出不去了，新提示又迟迟不来，众人仿佛走进了一个死胡同。

“现在怎么办？”

“等着呗。”

“等妖魔鬼怪再来袭击？”

“那你说怎么办？”

“或者我们可以在这个宴会厅里找找线索？”

“万一触发更可怕的东西呢？”

大家七嘴八舌，都有想法，又无法统一。

就在你一言我一语的时候，四周墙壁上的烛火突然闪了一下，是那种火光一齐暗下去又一齐亮回来的闪烁，快得就像只是眨了一下眼。众人瞬间噤声。因为就这一眨眼，整个宴会厅全变了——幔帐被扯下，桌椅翻倒，杯盘狼藉，尸横遍野。

每一张餐桌都坐满了人，每一个人的死状都血腥惨烈，仿佛是一个魔鬼冲进了觥筹交错、衣香鬓影的游轮宴会厅，向正在欢声笑语的宾客展开了大屠杀。

烛火没再暗，相反越来越亮。墙壁上的每一个烛台里的蜡烛都在剧烈燃烧，蹿起的火光映得整个宴会厅恍若白昼。

窒息的寂静里，没人知道时间过去了多久，因为每一秒都漫长如年。

十九人眼前还是那片尸山血海，地狱般的宴会厅没有任何恢复原貌的迹象。郑落竹尽可能把U形铁板收拢，让大家彼此靠得更近些，一来增加安全感，二来也同周遭横死的尸体拉开些许距离。

终于有绷不住的颤巍巍出声：“这到底……什么情况啊……”

南歌在头皮发麻的惊悚感中，强迫自己直视着满室血腥：“门已经关上了，恐怕是要我们在这里找通关线索。”她的体力和精神力还在虚弱区，说话声音不大，但在眼下的一片死寂里，足够每个人听得清楚。

这个推测合情合理，事实上大部分人都是这样想的，但想是一回事，被人说出来又是一回事。清一色就第一个叫了，骤然拔高的声音里都是拒绝：“真要在这里找？！”

"号什么，"郑落竹比他声音还大，大了能壮胆，"又不是第一次见死人！"

周云徽："死人见过，但没了 1/4 脑袋还能扯住你腿的死人谁见过？！"

江户川："我啊！我不是说了我在门里面遇见的就是'暴风雪山庄连环杀人事件'，然后所有死者诈尸旋转跳跃扑着我吗？"

探花："我说你们一定要这样一声更比一声高吗，又不是唱山歌！"

清一色、郑落竹、周云徽、江户川："……"

"不用理这些胆小鬼。"关岚递给自家组员一个棒棒糖，"牛奶味的，安神。"

棒棒糖圆润的包装纸上，画着一只萌萌的小奶牛。

探花："……"

尸体、一惊一乍的闯关者，以及面对尸体和一惊一乍闯关者还可以吃棒棒糖的自家组长哪一个更恐怖，这是个令人深思的问题。

一通鬼吼鬼叫，反而让 U 形铁板里的气氛活络了些，弥漫在众人心头的战栗和惊悚也被稍稍冲淡。

何律是众人里相对冷静自持的，第一个表态："我同意南歌的说法。反正现在也没有别的办法，倒不如大家抓紧时间，一起找出路。"

"找出路我没意见，"骷髅新娘附议，"但能不能就保持现在这个阵型，大家一起找？"

"必须的啊，"佛纹给他一个"这还用你说"的眼神，"人多了阳气才足，阳气一足鬼都怕。"

"你能不能不说那个字！"江户川的颈环上，恐惧值原本已平稳在六十，听见"鬼"字的瞬间又飙升到八十。

"行行行，"佛纹拍拍自家队友的肩膀，"我……"

江户川看着嘴张到一半突然停下的佛纹，用眼神缓缓打出个问号。

佛纹咽了下口水，直愣愣看着他，说："地上，好像，有东西……"

空气突然安静。江户川连同其余十七个闯关者缓缓低头，只见铁板之内，无数血淋淋的断手，塞满了闯关者脚与脚之间的空隙，其中一只正抓着佛纹的脚，蠢蠢欲动。

尖锐的警告音几乎在所有人耳内同时响起——

"危险，危险，恐惧值超过 90！恐惧值超过 90——"

不能再害怕下去，再下去会死。可狂跳的心根本不听你的，几乎要撞破胸腔。

更致命的是——

"咔啦。"铁板上方出现了异样声响。

众人在断手里抬头，只见 U 形铁板三面上沿不知何时趴满了窥视的"人"，他们从外面扒着铁板，黑洞洞的眼眶一双双往下注视。

十九个闯关者一动不动，十九张脸镇定勇敢，十九个提示音疯狂叫嚣。

“终极警告，恐惧值超过 95！恐惧值超过 95——”

耳内提示音只有本人听得到，所以假装平静，就没人知道自己正在当场去世的边缘疯狂试探。

江户川：“怎么办？”

周云徽：“继续原计划。”

清一色：“原、原计划是什么来着？”

何律：“找线索。”

骷髅新娘：“顶着这三墙头的……东西？”

关岚：“它们又没攻击性，就当多几个观众，不过扛铁板的可能要辛苦点儿。”

郑落竹：“我还坚持得住，但在说它们没攻击性之前，要不要先看看佛纹？”

他的提醒让众人重新低头。

握着佛纹的那只断手恰好在此时松开，众目睽睽之下噔噔噔跑到一旁，和附近另外几只“小伙伴”会合。它们簇拥着微微蠕动，在地上蹭出一道道血痕，而佛纹脚踝上，裤口已破，三道指痕形状的伤口刀割一样，皮开肉绽。

佛纹幽幽看向众人，平静纠正：“它们是有杀伤力的。”

众人也回望他：“疼吗？”

佛纹轻轻点头：“疼。”

众人疑惑：“那你怎么不喊？”

佛纹虚弱地道：“太疼，没力气喊了。”

众人：“……”

宴会厅的烛火忽然在这一刻进一步炽烈燃烧，比先前更凶猛，蹿起的火苗几乎要烧到天花板。所有影子在火光里被一下子拉长，闯关者、铁板、全场死尸……形状各异的影子随着烛火摇曳，晃动出一副斑驳诡异的地狱之景。

铁板内的断手和铁板上的“东西”也跟着热闹起来，一个接一个蹿起，抓住就近闯关者的裤腿就噌噌往上爬，速度最快的眼看就要碰到最高的莱昂的肩膀！

十九个人没发出任何声音，因为头皮已炸裂，灵魂要升天。

然而更可怕的还在后面，火光里，全场的尸体开始动了！最先动的是离众人最近的一桌。围绕着餐桌的七具尸体原本或仰面瘫靠椅背，或俯身趴在桌面，此刻全坐了起来，脊背挺直后一同转头，看向 U 形铁板之内。

视线相撞，一个十社组员就在铁板里“扑通”倒下了，恐惧值一百，心脏停搏。

这一声闷响仿佛帮恶灵们打破了束缚，全场尸体都咔咔转动脑袋，缓缓看过来。

U 形铁板内鸦雀无声。U 形铁板外的“众尸”却没那么文静，视线交会的瞬间，它们像受到了某种召唤，面目霍地狰狞，噌一下起身，如潮水般向铁板涌来，有些是跑的，有些干脆就是幽灵一样“咻咻咻”飞的，飞得最迅捷的一个直接贴着铁板上方低空掠过，老鹰抓小鸡似的薅走了一个铁血营组员，“啪”地丢到了对面的墙壁上。组员撞墙之后又沿着墙壁重重摔到地上，只听“咔嚓”一声，腿折成了一个极扭曲的形状。

众闯关者的心态终于崩了。

“啊啊啊啊啊——”

不知哪个先喊的，但确实代表了全部人的情绪。

剩下的十七人撞开铁板，“哗”一下四散而逃。

断手，死尸，幽灵，脏东西……宴会厅彻底变成了群魔乱舞。

何律第一时间冲到受伤的兄弟那里，二话不说使用治愈性幻具，眼见着戳出来的骨头慢慢回去，伤口一点点愈合，才劫后余生地用力握一下兄弟的肩膀。

另外一个铁血营弟兄则站在何律背后，帮他抵挡扑过来的死尸。

在他们旁边不远处，就是宴会厅的大门。周云徽和剩下的三个孔明灯组员，冲出铁板后不约而同跑向了这里。跑到地方他们才发现彼此，但现在不是感慨“原来闹崩了的我们还有这样的默契”的时候，四人交换个眼神，就开始一起用身体撞门。

“咚——咚——咚——”每一下都比前一下更重，但宴会厅的门纹丝不动。

而在他们身后，四个死尸已经追赶过来。

周云徽瞬间凝住心神，启动“星星之火”，在死尸逼近的最后一秒“轰隆”砸下数个熊熊燃烧的火球。火球打在死尸身上，呼啦啦散成无数小火苗，将死尸们的衣服烧着。两个死尸扑倒在地，扭动着发出“嗷嗷”哀号。另两个则令人悚然地飞了起来，带着满身火光像蝙蝠一样在空中逃窜。其中一个慌不择路，“咣”地撞上了对面墙壁，身上的火引燃了垂下来的幔帐。幔帐易燃，呼啦啦的火苗一下子蔓延开来，席卷了大片墙面，烈焰炙人。

郑落竹和南歌就在墙下，突来的大火差点儿燎到他们的半边眉毛。

“终极警告，终极警告，恐惧值超过 95！恐惧值超过 95——”

“周云徽！”郑落竹一边拉着南歌远离燃烧墙面，一边怒喝，“你想吓死我吗？！”

“我哪儿知道它往什么方向飞啊，”那头的孔明灯前组长喊冤，“这是不可抗力！”

郑落竹懒得和他纠缠，一脚踩住一个企图爬过来的断手，一边上下打量南歌：“没事吧？有没有烧伤？”

南歌笑一下：“没事，你拉我跑得快。”

郑落竹意外她这时候还能笑，看一眼颈环，更意外了，她的恐惧值才四十七："你不害怕？"

南歌："本来怕的，结果看你比我还怕，我就不怕了。"

郑落竹："……"

"咻——砰！"

熟悉的空气箭声音从背后传来。郑落竹一惊，回头，只见一个眉心被穿透的死尸倒下，二度死亡。如果没有这一箭，死尸就扑上他了。

两米外，莱昂把手放下。

"谢谢。"郑落竹对他说。

"不客气。"莱昂淡淡道，"打仗别聊天，再聊命就没了。"

郑落竹咽了下口水，看看南歌，再看看随时准备无情狙击的男人……这到底是提醒还是威胁啊？！

宴会厅的另一边，步步高升的佛纹和江户川陷入苦战。他俩一个浑身挂满断手，一个正和两个死尸肉搏，眼看就要被逼入死胡同。

江户川排除万难踹开一个死尸，同时架住另外一个死尸的胳膊，不让它身体往前来，总算得以喘息，连忙转头对佛纹吼："快用'禅心'啊！"

"禅心"，佛纹的文具树，可以有效降低对手的攻击欲。

"我早就用了，根本没效果，它们就不是人，哪儿来的心！"佛纹费力扯掉一只企图爬上他脸的断手，捂着被划伤的下颚倒吸一口冷气，还不忘问队友，"你的'罗马'呢？"

"条条大路通罗马"，江户川的文具树，可以通过改变对手脚下路的方向来阻碍对手攻击，起到一定防御作用。

"你见过哪个幽灵走路的！"江户川绝望，"人家会飞！"

两个被逼入绝境的伙伴对视一眼，仰天齐吼："新娘！"

"别喊了，"遥远天边传来骷髅新娘的回应，"我也自身难保！"说着他又想起什么似的，大声道，"佛纹，快用'禅心'。你的'禅心Ⅱ'不是可以群攻吗？给全场一起用啊！"

"没用，"江户川替佛纹回答，"'禅心'对这些玩意儿不起作用！"

骷髅新娘："谁让你给这些玩意儿用了，是给我们用！'禅心'不是爱与和平吗，多少能降低一点儿恐惧值吧？我这都已经九十八了！"

江户川一怔，抓着死尸恍然大悟。对啊，谁说"禅心"只能给对手用，用在自己身上平复心态，简直是神器啊——有了"禅心"，妈妈再也不用担心我的恐惧值破表。

"佛纹！"江户川深情一唤，满满渴望。

佛纹疯狂摇头，全身心拒绝："我没这么用过啊！"他用"禅心"都是让对手放弃攻击，从来没想过用在自己身上平复恐惧。

"你就是太保守，文具树的功效都是使用者开发出来的，你不探索，怎么开发？！"江户川一咬牙，浑身用力，"砰"地将死尸顶飞。

这一下给了佛纹鼓舞。他忽然一蹦三尺高，用重力加速度咔咔甩掉身上的断手，趁着新的攻击还没来，集中注意力唤醒"禅心 II"，并竭力压制"消除战斗力"这一作用，与之相对，提升"消除恐惧，心态平和"的效果。

在给文具树灌输了足够多的"效果导向"后，佛纹猛然睁眼，文具树效果全开。

世界静下来，一片只有佛纹能看见的佛光渐渐普照整个宴会厅。佛光所到之处，闯关者无不沐浴温暖，恐惧消散，心灵纯净，充满爱与平和。所有人的恐惧值都在佛光普照的刹那断崖式降到十以下。

真的有用！

佛纹大喜，但下一秒就发现不对头——准备糊蛋糕的关岚放下蛋糕，立地成佛；准备一刀捅死尸的郑落竹收了尖刀，回头是岸；掌心又聚起一团火的周云徽"噗噗"两下把火吹灭了；冷峻如磐石的莱昂停止狙击，眉心展开，满眼云卷云舒；何律从立正变稍息；清一色关心起了自己被踩脏的红色篮球鞋；大四喜中断操控"我是你的幸运星"……

恐惧的确没了，但战斗欲也没了。

他的文具树并没有严格执行"非 A 即 B"，而是"又 A 又 B"了！

最有代表性的就是身旁的队友江户川。这位伙伴现在已经躺地上了，举着柯南人物大集合的花臂朝一个个死尸召唤，语调悠扬，神情从容："来吧，攻击我吧，什么妖魔鬼怪，不过是这世间的虚妄，死亡也只是又一次微不足道的轮回……"

禅心 II——

基础效果：消除攻击欲。

进阶效果：消除恐惧。

叠加效果：泰然赴死。

用"禅心"消除恐惧？佛纹想把提这个馊主意的骷髅新娘从九重天的避雷针上，踹到十八层地狱的下水道里！

趁局面还没发展到不可收拾，佛纹果断解除"禅心 II"。

他的动作很快，但解除完放眼一望，脑袋就"嗡"一下……因为全场依然在佛系的余韵里，众闯关者并没有随着文具树效果切断而立刻清醒。

"佛系催眠"这种攻击是有效果惯性的。以恐惧值为例，中了文具树的人，恐惧值可以断崖式直接跳到十以下，但文具树被解除的时候，这些人的恐惧值依然在十以下，他们需要经过“清醒—重新审视当前环境—意识到危险—恐惧值回升—战斗力复苏”这样一个常规过程，才能回到中文具树之前的状态。

这种惯性在以前，是佛纹对自己文具树最自豪的地方。尤其是跑路的时候，他都跑远了，已经无法再对留在原地的对手操控文具树了，可因为“禅心余韵”，对手还会多在原地恍惚几分钟，等回过神，他早远在天边了。今天这是第一次，他发现“惯性”居然是把双刃剑。

“别躺着了,你给我起来！”心急如焚的佛纹够不到别人,只能伸手去拉最近的江户川。

江户川被拉起来了，还老大不乐意，懒洋洋地抱怨：“不要急，我又没说不起来。”

佛纹一脚踹开一个企图扑过来的死尸，揪着江户川的衣领把人拎到跟前，大声喊:“你给我立刻、马上调成三十二倍速！”

江户川这边好歹还有佛纹，其他闯关者就只能靠自己“觉醒”了。

南歌、清一色，还有之前骨折重伤又被何律拿文具治愈的那个铁血营组员是清醒速度最快的——

南歌是因为急于恢复体力和精神力，所以全程注意力都很集中，而注意力越集中，越不容易被精神攻击类的文具树侵蚀，所以在被“禅心”干扰时，她就隐隐觉得哪里不对，脑子虽然被安逸住了，人也放弃抵抗，准备佛系入地狱了，但因为一直有个“想要思考”的念头，当“禅心”被解除时，她的大脑是众闯关者里最先运转的。脑子一转，再结合眼前场景，她整个人瞬间清醒，恐惧值咻地从五飙到六十。

清一色则是本身精神力就强，想当初在环形城和郑落竹、南歌打架时，他就可以游刃有余地同时操控一次性文具“‹幻›寂静岭”和自己的文具树“荆棘丛生”。而精神力强，精神的基础防御就强，哪怕他中“禅心”时没像南歌那样正好处于精神集中的状态，但依然和南歌一样发现了异样，并在文具树解除后迅速清醒。

至于那个铁血营组员，完全是因为刚刚重伤过，剧痛感还残留在精神里，无形中抵御了一部分“禅心”的效果，故而文具树被结束后也清醒得很快。

这三人并不在一处。南歌在幔帐燃烧的墙面附近；清一色在她的斜前方，和大四喜并肩作战；重伤刚愈的铁血营组员在最远的斜对角，同何律、另外一个铁血营组员背靠背，呈防御阵型作战。

但这三人几乎同时清醒。

铁血营组员清醒后的第一件事，就是不由分说地扒开了已经扑到何律身上的死尸，然后铁臂一抡，直接将死尸甩飞。

在空中划了一道黑色弧线的死尸正落在清一色和南歌那边，“咣当”砸到了他俩中间的一张餐桌上。两个更清醒的人闻声都条件反射地望过去。

这一望，四目相对，清一色脸上的愁容和绝望瞬间被甘霖冲刷，欣欣向荣的小草唰地在他眼底发芽：“你也醒了？快，快点儿尖叫，就你的尖叫最有用！”

一语惊醒梦中人。南歌本来打算给郑落竹一巴掌的，但一巴掌只能救他一个，而“曼德拉的尖叫”可以唤醒全场。

“小心背后——”清一色忽然大喊。

南歌猛地转身，敏捷猫下腰奋力向前一冲，迎着扑来的死尸而去，直接将其顶到墙根燃烧的幔帐里。死尸身上“呼啦”一下燃起了火。

清一色看着南歌迅速直起了腰，但火光太烈了，晃得他看不清南歌的后续动作。但也许对方根本就没动。因为下一秒，清一色就听见了自己盼望已久的“天籁”。

“啊——”

这尖叫比在底下船舱走廊时弱了不少，但原汁原味。

“曼德拉的尖叫”，它曾救大家于梦魇，曾惊醒勇气于心田；它是黑暗中凄厉惨叫的那亮光，是迷雾中鬼哭狼嚎的那灯塔。

所有闯关者都听见了这声音。

不需要刺耳，不需要响亮，哪怕遥远而缥缈，也足够让他们瞬间神志清醒，耳聪目明！

“啊啊啊——”

闯关者们相继发出咆哮，不是附和南歌，是和已经扑到自己身上的妖魔鬼怪决一死战。

宴会厅里的佛系气氛终于荡然无存，战斗一瞬回到白热化，有些在“禅心”状态下被死尸趁机伤了的，大部分都能扛住，直接带伤反击，个别扛不住的，也在自己或者同伴的“文具盒”中，找到了止血止疼的幻具应急。

大四喜算是闯关者里最幸运的，“禅心”开始起效的时候没遇到趁火打劫的死尸，“禅心”效果解除后又被先醒来的清一色护住，所以他清醒后还有余暇向美女探讨技术问题：“小姐姐，你的嗓子刚刚不是已经哑到喊不出声音了吗，怎么恢复得这么快？”

大四喜的声音偏清亮，很容易在嘈杂里脱颖而出，所以这个稍稍加大了音量的询问，半个宴会厅都听见了。好些闯关者都看过来，眼里闪着同样的疑问。对啊，明明南歌在底下船舱的时候，为了尽可能多地救门里的人，一遍遍使用“曼德拉的尖叫”，喊到自己体力透支嗓音沙哑，怎么没一会儿工夫又能尖叫了？

南歌没想到都这种情况了，闯关者们还这么“勤学好问”，但这本来也不是什么不可说的秘密，于是她深吸一口气，准备隔空一次性给个群回复。

不料有热心人比她更快。清一色和江户川这两个根本不在一处的男人，在“共同记忆”的感召下，默契地替她回答：“谁说尖叫非用嗓子，人家那是腹语！”

郑落竹刚清醒过来就遭遇这一出，一边按住地上蠢蠢欲动的断手，一边茫然看南歌：“你会腹语？”

“……并不会！”南歌无语，吼不到江户川，只能哑着嗓子吼就近的清一色，“别随便给人增加技能！”

清一色完全不知道自己错哪儿了：“在环形城的时候，我用了‘〈幻〉寂静岭’让你消音，你还是顺利尖叫了，不是腹语是什么？”

南歌将握在手里的翻盖手机举起来：“还能是录音。”

清一色、江户川：“……”

众闯关者：“……”

南歌再晚点儿辟谣，他们就信了，他们太对不起自己的智商。

2

战斗时间在拉长，闯关者们的恐惧平均值却在下降。说白了，越打就越不怕了。尤其是像断手和地面死尸这种，基本就是文具树加肉搏，在减少了恐惧滤镜后，这些东西也就那么回事儿。

最难对付的还是会飞的“幽灵尸”，单单是飞来飞去就已经很难防御了，更要命的是它们还具有幽灵的“可透性”，就是它伤你可以，你打它却永远在“穿透”，不管是武器还是文具树都伤不到它们分毫。

遇见幽灵尸攻击，闯关者只能躲闪或防御，但幽灵尸这种东西怎么躲，怎么防？所以战到现在，几乎每个闯关者都被幽灵尸伤到过。

时间在白热化的战火中悄然流逝。宴会厅里的断手和死尸越来越少，到最后，几乎被闯关者们消灭干净了，满场剩下的都是飞来飞去的幽灵尸。而随着地面上最后一个死尸被清除，幽灵尸们突然大幅度提高了攻击力，短短十几秒连续伤了好几个人，其中一个孔明灯弟兄，如果不是郑落竹及时展开“铁板一块”，现在都紫光献祭了。

但郑落竹的铁板也无法完全防御它们，因为在替那个孔明灯组员挡下一个幽灵尸后，有更多的幽灵尸直接穿透了他的铁板，不是撞破铁板，就是无声无息地穿透了过来！

远处没注意到战斗细节的闯关者还呼吁郑落竹呢：“你不是能增大铁板面积吗，赶紧扩大‘铁板一块’，把咱们头顶都挡住啊！”

郑落竹丢弃铁板，狼狈逃开，才找到空隙回他："你瞪大眼睛看看，它们是幽灵尸！"能挡住幽灵尸的铁板，除非写满了降魔咒！

"大家都到我这里来。"宴会厅里毫无预警地响起了何律的声音，稳定、浑厚，带着扎实的安全感。

众人循声望去，就见何律立于宴会厅正中央，正气凛然，目光坚定："我试着用'墨守成规'设安全区。"

众人："……你不早设！"

散落在宴会厅各处的十七人，倦鸟归巢般扑啦啦往何律那边飞。

何律一边凝神操控文具树，一边还细心解释："之前没用，主要是攻击者种类太多，一条规矩很难全防，现在就剩幽灵尸，那便可以试一试了。"

眨眼，十七个闯关者就以何律为圆心紧紧簇拥在一起。

天花板上，幽灵尸也密密麻麻聚到一起，似乎准备来个集中歼灭。

对决一触即发。

何律气沉丹田，字字铿锵："禁止一切幽灵尸靠近。"

"墨守成规"不同于"铁板一圈"，是看不见摸不着的，按理说这样不容易生成安全感，可何律本身的人格魅力太靠得住了，所以他的话音一落，众人立刻感觉到被一股不明但安心的气场包围。

聚在天花板的幽灵尸群也在这时俯冲下来，发动攻击。

一群闯关者，一群死幽灵。一方守卫，一方冲锋。所有人浑身绷紧，目不转睛，仿佛能看见头上有一层"墨守成规"的电网，就等着尸群靠近，永不超生。

"咚——咚咚——咚——"

幽灵尸靠近了，但没遇见"电网"，而是直接撞在了一个个闯关者的身上。

众闯关者："……"说好的安全感呢？！

"何律——"再度陷入肉搏的闯关者们抓狂了。

同样被幽灵尸扑倒的铁血营组长一个翻身把恶灵压制住，抽空抬头向众人道歉："我之前没用规矩拦截过非物理性攻击，所以才说'试着设安全区'……"

众人："这就是你的试验效果？！"

何律："失败得很彻底，我对不起大家。"

众人："……"态度很好，但这有什么鬼用？！

幽灵尸越战越勇，闯关者节节败退，战局已形成单方面的碾压态势，全军覆没似乎是大家唯一的结局了。

郑落竹在这时抓住了南歌的胳膊。南歌回头，对上伙伴的眼睛，秒懂，用力点头。

郑落竹不再犹豫，抬臂打开“文具盒”，选中组长给的珍贵文具，点击使用。

“咻咻咻——”无数道金光忽然从郑落竹的胳膊里蹿出来，在混战区上方炸开，炸成漫天金花，而金花又渐渐凝成一个个符号，排列组合到一起——

$S=(a+c)h/2$

$am+bm+cm=m(a+b+c)$

$G=mg$

$Ca(OH)_2+CO_2=CaCO_3\downarrow+H_2O$

……

金光太耀眼，照得下方的幽灵尸和闯关者一齐抬头。

幽灵尸什么想法不清楚，但闯关者被这金光闪闪的知识点震住了——

探花：“梯形的……面积？”

周云徽：“提取……公因式？”

江户川：“重力公式？”

大四喜：“石灰水遇二氧化碳变浑浊？”

还没辨认完，组合成型的公式、方程式们就一个个落下来，速度之快犹如利剑。幽灵尸群忽然惊了，哗的一下飞起，仓皇逃窜。一条条公式落在闯关者外围，最终收尾连接，稳稳形成一个“知识圈”，将众人拢在其中。幽灵尸则渐渐聚到离众人最远的天花板一角，嘈杂号叫，却不敢再靠近。

闯关者们再迟钝也看明白了，这是有人用高端的一次性防御文具，把大家从鬼门关拉回来了。

“谁的文具？”好几个人四下看，他们必须找到这个恩人。

郑落竹一指自己和南歌，昂起的小头好不骄傲：“‘‹防›走近科学’，我们 VIP 的！”

对付妖魔鬼怪，得靠知识的力量。

“我就知道是这个！”私底下猜中的探花无比兴奋，但随后又狐疑起来，“这个文具有知识点限制吗，为什么出来的公式、方程式全是初中以下内容？”

郑落竹：“……哪儿有那么多为什么！”

‹防›走近科学——

效果：有效防御幽魂、恶魔、厉鬼、亡灵等封建迷信攻击。

起效机制：基于使用者的知识库构建知识点防御圈。

被困在宴会厅至今，这是闯关者们第一次对幽灵尸进行了有效防御，说不兴奋是假的。

但一次性文具短暂的时效，又让这种“扳回一城”的胜利感转瞬即逝，取而代之的是深深的忧虑。文具救得了大家一时，救不了一世，等下时效到了，他们又该怎么办？这想法几乎在每个人的心头蒙上一层阴影。

可谁也没想到，文具还没失效，宴会厅里的烛火先灭了，一点儿征兆都没有，就那样突然地唰一下，世界陷入全黑暗，只有“‹防›走近科学”那一圈公式，在闪着越来越弱的金光。但这一点儿光连闯关者都照不亮，更别说天花板。

众人抬起头，再看不见幽灵尸，只能看见一片深不见底的黑暗。

“又搞什么啊……”江户川要崩溃了，“就不能好好给个密室，给点儿线索，大家快乐解谜智慧逃生吗？”

“嘘，”佛纹打断他，侧耳听了一会儿，不太确定道，“是我的错觉吗，上面……好像没声了？”

大家立刻安静下来，一起去听。果然，聚在天花板上的幽灵尸之前不断发出混乱、嘈杂的声响，现在却一丁点儿动静都没了，仿佛那里根本没有它们的存在。

“走了？”大四喜满是期待地猜。

清一色立刻嗤之以鼻：“哪儿那么容易。”

“也许就这么容易。”后方的黑暗里传来关岚的声音，“如果之前的门和幽灵尸都是‘终极恐惧’考验中的一环，并且‘冲出船舱门’就算通过第一重考验，那第二重考验的通过标准，很有可能只是‘防住幽灵尸’，而不是‘消灭幽灵尸’。”

“我不是想打断你们的讨论，”郑落竹幽幽叹息着插话，“我就是想提醒各位，‘走近科学’马上到时效了。”

话音刚落，最后一点儿微弱的金光也消失了。

众闯关者：“……”这不叫提醒，叫即时通知！

没光，没声音，幽灵尸状况不明。这样的处境，比真正和幽灵尸战斗的时候还要让人忐忑不安。深陷黑暗的十八个闯关者清楚听见耳内的恐惧值警告，从六十到七十，从七十到八十……

“那个，”骷髅新娘吞咽了一下口水，小心翼翼地问，“咱们现在……是不是一点儿防御都没了？”

郑落竹：“你知道就好，别说出来。”

骷髅新娘害怕得连声音都委屈巴巴的：“对不起……”

周云徽：“现在怎么办？”

探花：“总要先弄点儿光吧……”

“呼啦。”一簇小火苗在周云徽脸前燃起，小火苗紧贴他下巴，将他的一张脸照得晦暗诡谲。

旁边的一个孔明灯组员差点儿没被吓死，嗷一嗓子，恐惧值瞬间飙到九十五：“什么玩意儿？！”

“不是要光吗，”周云徽把小火苗挪开些距离，颇有点儿炫耀之意，“我的二级文具树，‘酒精灯’，战斗能助燃，黑暗能照明。”

众人这才看清他手里端着个化学老师课堂做实验专用的那种酒精灯，精致，小巧，瓶体通透。

旁边的孔明灯组员叹口气，拍拍前组长的肩膀：“可以，但没必要。”说罢，掏出手机“啪”地点亮闪光灯，光芒瞬间盖过酒精灯，“通常说要光，我们都用这个，不费体力和精神力，就费点儿手机电池。”

周云徽：“……”

“啪。啪。啪。”接二连三的闪光灯围绕着周云徽亮起，形成一小片星光海，像给他应援似的。

周云徽坚持举着酒精灯，孤独而倔强。

众多闪光灯聚在一起，往天花板上找，扫了又扫，幽灵尸好像真的不见了。但这并没有让闯关者们安心。宴会厅的门依然紧闭着，周遭的黑暗里随时可能有新的东西冒出来，这种突然的惊吓才是最可怕的。

安静的空气里，每个人的神经都不知不觉绷紧。

郑落竹轻轻深呼吸，稍稍稳住心神，提议道：“咱们研究研究，下一步该怎么办？”

“嗯，”南歌低声附和，尽量不消耗嗓子，“总被动挨打不是办法，我们要主动在这里找线索。”

“找线索可以，但能让我先缓缓吗？”仅剩的一个十社组员声音里带着无奈和苦涩，“我的恐惧值一直在九十五以上下不来，我怕……”

怕一个突然惊吓，原地去世。

这话不用说，大家都懂，不只懂，而且感同身受。

“这样，你跟着我念，”佛纹放平声音，低声呢喃，“观自在菩萨，行深般若波罗蜜多时，照见五蕴皆空，度一切苦厄……”

十社组员：“等、等一下，这是什么？”

佛纹：“《心经》。”

十社组员：“不行，我没慧根，领悟不到……”

探花:“你来这个。道可道,非常道,名可名,非常名。无名天地之始;有名万物之母……”

十社组员：“你这个和他的有区别吗？”

探花：“当然，我这是《道德经》，对付妖魔鬼怪，你就得用道教的东西。”

十社组员：“别玩儿我了，我真不行，我现在恐惧值到九十八了！”

郑落竹:“为所有爱执着的痛,为所有恨执着的伤,我已分不清爱与恨,是否就这样——”

众闯关者：“……为什么要突然唱歌？”

十社组员：“血和眼泪在一起滑落，我的心破碎风化——”

众闯关者：“你又为什么要接歌？！”

郑落竹：“怎么样？还怕吗？”

十社组员：“啊，恐惧值真往下降了！”

郑落竹：“这是我发明的‘分散疗法’，用其他画面填充你的脑海，驱逐恐惧。”

十社组员：“但我现在脑内循环电视剧画面停不下来了。”

众闯关者：“……”

南歌：“这到底是什么？”

众闯关者：“《回家的诱惑》主题曲。”

南歌：“《回家的诱惑》又是什么啊？”

莱昂：“妻子改头换面回来报复劈腿丈夫和小三。”

南歌：“……”离开现实十年，她被时代的潮流抛弃了。

“叮——”

久违的提示音，简直像夏天的风铃一样清新悦耳。

十八人精神一振，再顾不上其他，光速抬手臂查看。

小抄纸：“一艘倾覆的游轮，一船枉死的冤魂，从魔鬼登船的那一刻，这里就注定将成地狱。如今，魔鬼还在船上游荡，无辜的亡灵被迫成为他的奴仆、爪牙……这是‘终极恐惧’的最后考验，而留给你的时间只剩一小时。友情提示，远离水。”

3

沉船，宴会厅，倒计时 00:59:59。

最后考验已经开始，可置身黑暗中的闯关者们连新提示的中心思想都还没吃透。

“是我的理解力有问题吗？”周云徽把酒精灯重新靠近脸庞，将大家的视线聚焦过来，“我怎么感觉提示里说了一堆也没说到重点？”

“绝对不是你的问题。”探花把闪光灯打到自己脸上，接替周云徽做黑暗中最亮的那颗星，“这一大段话里只能提取出三个有效信息：一、这是艘倾覆在海底的沉船；二、这船上有一个魔鬼和无数亡灵；三、考验开始，我们只有一小时。但是任务呢？最后的考验到底是什么任务，一个字都没有。”

“没有我们可以发散思维自己想啊，”江户川翻转手机，照亮自己的美，“其实目前的信息已经很多了，足够我们推理真相……”

骷髅新娘扛不住了：“说话就说话，非得用手机给自己打背光吗？！”在黑暗里看着一张又一张阴森森的脸，并不是什么美好体验。

最终，十八个伙伴只留下江户川的手机补点儿光，其余手机暂时休息，保存电量。

微光混沌的黑暗中，名侦探江户川登场：“游轮、倾覆、魔鬼、亡灵，这是我们从提示里获得的四个关键词，其实通过这四个词，就可以很清楚勾勒出这艘船的真相……这是一艘载满宾客的豪华游轮，在海上快乐航行，宾客们在船舱休息，在甲板吹风，在宴会厅交谈甚欢……”

听众：“去掉细节！”

江户川：“OK。总之，一个魔鬼也上了这艘船，并且在船上大开杀戒，最后所有惨死的宾客都变成了亡灵，而这艘沉到海底的船当然也就成了幽灵船……”

沉在海底的幽灵船？郑落竹默默看向身旁的南歌。

刚从船舱客房里冲出来的时候，南歌就通过圆窗外的深海猜测这是一艘沉在海底的幽灵船，比江户川不知道早了多长时间，但问题是当时根本一条线索都没有。

“嗯？”注意到对方的视线，南歌疑惑挑眉。

郑落竹连忙摇头：“没事。”女人的直觉简直是地表最强战力。

江户川侦探还在继续：“现在的情况是，魔鬼、亡灵都在船上，亡灵又被魔鬼奴役，而我们刚刚遭受的攻击，恰好来自宴会厅里惨死的宾客，也就是那些冤死的亡灵，那就意味着真正想攻击我们的不是这些亡灵，而是背后的魔鬼。如此一来，我们的任务就很明确了——找到魔鬼，消灭魔鬼，解救自己，解放亡灵。”

众人：“……”

江户川：“有问题？”

探花：“逻辑上没问题，但你并不能证明你的推理是唯一答案。”

江户川：“可是……”

清一色：“提示里没有明确说任务，那么这个任务有可能是消灭魔鬼，也有可能只是要求我们在一小时内存活下来，保住性命等待通关。”

江户川："但……"

骷髅新娘："小江，找魔鬼什么的真的要慎重，99% 的恐怖电影里，去鬼屋探险的主角团都在作死的路上一去不返。"

江户川："你成功说服我了。"

探花、清一色、其他闯关者："……"你的认同点太清奇了！

"喂——"远处的黑暗里传来草莓甜甜圈组长懒洋洋的呼唤，"别聊了，过来这边。"

大家循声而望，就见宴会厅正门旁边，一点儿手机屏冷冷的微光正轻轻摇晃，像在照着墙。

郑落竹："……你什么时候溜过去的？"

"就你们废话连篇的时候，"关岚有些不耐烦地嘟起嘴，"赶紧过来，别逼我发糖。"

众闯关者："……"

这威胁真是俏皮里透着细思恐极，诡异里透着萌萌哒。

十几个人呼啦啦转移阵地，离近了，才借着关岚手机屏微弱的光线，看见靠近门框的墙壁上隐隐有红色血迹。关岚没浪费时间，啪地按亮闪光灯。明亮的光束直射到墙壁上，清清楚楚映出六个用血写下的字，歪歪斜斜，鲜血淋漓，无不透着留字者的恐怖与崩溃——救命，船长疯了！！！

血色弥漫视野，悚然的战栗钻进每一个闯关者的毛孔。

关岚倒是镇定如常，连颈环上的恐惧值也只在二十到二十五之间浮动："任务走向无非两个：A. 存活一小时；B. 消灭魔鬼。"他用手机一角轻磕墙上的血字，"这个显然是 B 走向的线索。那么问题来了，我们选 B，你们选 A 还是选 B？"

众闯关者:"你们选 B？"不就关岚一个人刚在这里发现的血字吗，哪儿来的"们"？

关岚瞥探花一眼，又瞥莱昂一眼："我选 B。"

探花撇撇嘴："知道啦，B。"

莱昂无所谓："随你。"

众闯关者："……"真是温馨有爱的集体。

骷髅新娘第一个举花臂："先声明，我不赞同自己上门送死。"

郑落竹："线索肯定不是白给的，我选 B。"

南歌："能消灭魔鬼，自然就能存活，所以 B 包含 A，我选 B。"

周云徽："B 呗。"

孔明灯仨组员："听组长的咯。"

周云徽："哎哟，我官复原职了？"

孔明灯仨组员："闭嘴。"

何律："我选消灭魔鬼。不管这是一个恐怖故事还是一个生存游戏，邪恶都应该被消灭，冤死的人应该得到解脱。"

铁血营两名组员："B！"

清一色："也不用这么正能量……"

大四喜："你不选 B 吗？"

清一色："你想选 B？"

大四喜："嗯。"

清一色："行吧，那就 B。"

十社唯一组员："B。"

佛纹："B。"

江户川："B。"

十八个人，十七个 B。

唯一的 A 选手骷髅新娘："佛纹，小江，你们这样我很尴尬。"

佛纹："没事儿，我们尊重你的选择。"

江户川："你就留在这个黑漆漆的血色宴会厅里，等待我们胜利的消息。"

骷髅新娘："……"

关岚："骷髅，再给你最后……"

骷髅新娘："B。"

关岚："乖。"

——"救命，船长疯了！！！"

其实这条线索的指向性很明确。血字是宾客临死前留下的，意味着在这里大开杀戒的恶魔是船长，根据常规套路，找到船长之后，剧情很可能还有反转，但不管是否反转，"寻找船长"都是他们接下来必须完成的步骤。

但船长在哪儿？如果真是全船神出鬼没地飘，那他们认了，别说一小时，十个小时也得看运气给不给面子。可如果不是呢，那根据正常情况推断，船长要么在驾驶室，要么在船员舱。

驾驶室在宴会厅之下，宾客船舱层之上。而船员舱则在宾客船舱层之下。所以他们一路往下走，就能把两个地方都去到。

现在的问题就是，他们被困在这里了，宴会厅的门根本……

"咔啦——"

众闯关者："……"

门开了。

宴会厅里依旧暗着，外面更暗。

厚重的大门缓缓开到一半，停住，黑暗里有风吹进来，阴森森的凉。

他们一直希望这扇门能再度打开，可等到真开了才恍然，这不是生路的出口，而是新地狱的入口。

"别急，"关岚叫住已经半只脚迈出去的一个铁血营组员，"我们还有十八个人，不能把人数优势浪费了。"

铁血营组员一愣："什么意思？"

关岚正色起来，他很少认真，故而一认真，就显得特别有气场："从这里到驾驶室有很长一段路，到船员舱更远，谁也不能保证路上出现什么意外，所以从现在开始，我们按'4-5-5-4'的方阵行进，攻击型和防御型文具树在外围，其他文具树在里面，最大限度凝聚战力，降低伤亡。"

这个提议很科学，众人一致响应。很快就阵型初成，方阵的四面基本都是攻击搭配防御，然后佛纹、大四喜、南歌、探花这种辅助或者文具树暂时派不上用场的在方阵中心。

倒计时 00:45:00，十八人离开宴会厅。

倒计时 00:38:24，十八人抵达驾驶室，里面空荡一片，没人，也没鬼。

倒计时 00:29:16，十八人摸到船员舱，在走廊尽头寻到了船长的房间。

整个过程耗时三十分钟，沿路没遇见任何袭击。

船长门前，幽微的光从圆窗透进来，却显得走廊更暗。

郑落竹在方阵第一排，伸手就可以拧开门，但犹豫再三，还是回头寻找各位伙伴："你们觉不觉得有点儿太顺利了？"

"别问，"站在背后的佛纹一指自己的颈环，"自己看。"

恐惧值：73。

郑落竹又顺带扫一下其他人的，基本都在七十到八十五之间。忐忑的不止他一个，安慰了。

同在第一排的莱昂把手搭到把手上，沉声道："我开门了。"

郑落竹立刻转回头，全神贯注，以便随时启动文具树。

莱昂握住把手，用力一推。

"吱呀——"

一个再寻常不过的船长房间映入众人眼帘——单人床，一张木桌，一把椅子，墙上挂着航海图，桌子上摆着书、本子、笔、相框、茶杯等杂物，椅子背上搭着船长制服，墙角还有一个简易的洗手池。

“叮——”

提示音突兀响起，吓了众人一跳。但等大家低头查看完信息，又恨不得再跳上一跳。

小抄纸：“恭喜找到船长房间，在房间内停留至倒计时结束即可通关。”

这才是最后考验的任务！

骷髅新娘在心里擦把冷汗。他要是一意孤行留在宴会厅，估计到死都不知道自己其实根本没触发真正的通关任务。

“别在这里站着了，”有人心急出声，“赶紧进……”

突如其来的水声，让催促戛然而止。

房间内，洗手池的水龙头自己开了，汩汩的水正往下流。

莱昂依然搭在门上的手不自觉握紧。

他没进门，所有人都没进门。

尽管进门才能通关，但他们清楚记得上一条“小抄纸”的内容——“友情提示，远离水。”

4

神殿。

得摩斯在被 VIP 两人联手欺负之后，彻底放弃徽章阵营，全情投入非徽章阵营，一口气聊了九个人，才总算让受伤的心愈合。

也正因为有了范佩阳和唐凛做对比，非徽章阵营这些“寻常”恐惧，怎么看怎么可爱顺眼，放从前绝对要被得摩斯归到“无聊”里的，现在聊起来都心情不错，于是九个人里，五个通过、四个再见，对于非徽章阵营来说绝对是极高的比例了。

通过者无不向范佩阳和唐凛投以感激目光。

至此，神殿的二十四人里，十人通过，九人死亡，还剩五人未聊。其中十个通过者分别是：VIP，范佩阳；草莓甜甜圈，和尚；十社，崔战（晕厥中）、一个组员；步步高升，下山虎；还乡团，从越，一个组员；铁血营，两个组员；孔明灯，一个组员。而剩余五个未聊者是：徽章阵营，唐凛（VIP）、白路斜（白组）、祁桦（还乡团）；非徽章阵营，全麦（草莓甜甜圈）、五五分（草莓甜甜圈）。

得摩斯依旧站在非徽章阵营前，显然是准备将“常规”恐惧的愉悦之旅进行到底。但经过这么长时间，阵营里早没什么队形可言，聊过的没聊过的挤在一起，看得他乱糟糟的。

得摩斯可从不委屈自己，当下抬手往非徽章阵营的斜后方一指：“聊完的都给我去那边。”然后又看向同样凌乱聚着的徽章阵营，“你们也一样。”

两方阵营的闯关者们互相看看，没多言语，该出列的出列，该原地留下的留下。对于得摩斯的盛气凌人，他们已经没有最初那样激烈的抵触感了。原因很简单，打不过人家。在这个不讲道理的地方，实力就是话语权，没实力还硬要生气，结果就是可笑的“无能狂怒”。

默默退到后方的十个通关者重新聚成第三阵营，有的站好了就抬起头，有的依然敛着眸子，有人好奇接下来的“恐惧秘密”，也有人对剩下的闯关者投以担心的目光……但在这些不同的性格反应之下，却都酝酿着同样一个念头——他们不会一直被踩在脚下的！二级文具树不够，那就升三级，三级不够，就升四级……总有一天，他们会用自己的实力把尊严夺回来。

当然，也有个别闯关者不喜欢“卧薪尝胆”。比如范总。在唐凛微蹙的眉头里才不情不愿出列的他，于第三阵营站定后，直视得摩斯，一张脸上全是不悦，如果这时候郑落竹在，一定帮自家老板举个“得摩斯，你过来呀”的小牌牌。

得摩斯没注意到后方的视线，全部精力都放在眼前没聊过的人身上。

聊完的一出列，视野就清爽了，他面前就剩两个人，全麦和五五分。

旁边的徽章阵营还剩三个人，不过他暂时不想搭理。

“你们自己定吧，”得摩斯难得给闯关者选择权，“谁先来？”

全麦和五五分面面相觑。

得摩斯的嘴角微微勾起：“忘了说，一不小心就通过十个了，数量有点儿多，所以接下来我会前所未有的不好聊。如果你们之中有人还没做好准备，可千万别心急。”

全麦、五五分：“……”

其他闯关者：“……”

这话根本就是奔着挑事儿去的，突然来个“我要不好聊了”，分明就是想让全麦和五五分互相推对方先出去。

但得摩斯恐怕忘了一件事——

“喂，”已经通关的和尚隔空给了前方守关者一个不屑的嗤笑，“别挑拨了，没用，他俩一个组织的，你事先没做资料搜集吧——”

“你上。”全麦短促有力的声音打断了自家队友的话。

然后是五五分：“凭什么？你上。”

全麦小麦肤色的脸上都是拒绝：“你比我颜值高。”

五五分每一根微卷的头发都在抗议："你比我身体壮。"

全麦："你会聊天。"

五五分："你更开朗。"

和尚："……你俩就不能配合我先装几分钟的热血兄弟情吗？！"

全麦、五五分终于回头，整齐划一看自家队友："你替我俩再聊一次？"

和尚："滚。"

众闯关者："……"不是一家人，不进一家门。

得摩斯："……"

他的确带着挑拨的恶意，但挑拨最大的快乐，是在双方心照不宣，都不想出去送死，可又不能明说，只好迂回着你谦让我、我谦让你的时候，他再跳出来戳破这种虚伪的表演。现在，他的快乐被剥夺了。

两个草莓甜甜圈组员最终用"扔匕首"的方式，决定了出场顺序——匕首落到地上，刀尖指着五五分。

顺带一提，匕首落下来的途中差点儿扎到得摩斯。不过这种小插曲，得摩斯已经不想追究了。从他意识到全麦、五五分和那个绝对一辈子单身的光头同属一个组织之后，他对这两个人的容忍度就非自愿地升高了。

随着得摩斯在五五分面前站定，所有闯关者的目光第一次集中到了这个头发微卷的忧郁青年身上。

五五分不是一个存在感很高的人，尤其和草莓甜甜圈的队友在一起时，更容易被淹没。他既没有关岚的活泼耀眼，也没有莱昂的一击致命，不像和尚那么咋呼，也不像探花那么聪明，连同样低调的全麦都有一身醒目的小麦色皮肤，可五五分什么标志都没有，就连微卷的头发也不是那种很夸张的自然卷，尤其现在头发有些长了，乍看就像普通的半长不短的头发，要仔细看才看得出一些纹理。

可就是这样一个人，当闯关者们真正把视线聚焦过去的时候，才发现全麦刚刚没说谎，五五分还真的"颜值高"，不是那种张扬的、夺目的帅，而是另一种内敛的、越看越有味道的气质。

在地下城的时候，唐凛对这人的印象就两个词——中分，忧郁。现在他才看明白，这种忧郁不是真的来自五五分的性格，而是来自他的五官，他眼眉间自带愁绪，鼻梁又挺立得恰到好处，稍微一皱眉，就显得目光特别深邃，不羁又多情。这是一张摄影师会喜欢的脸。

但得摩斯显然不关心闯关者的皮囊，面对面站定之后，他问的第一句是："你怕什么？"

五五分微微往后退了半步，真情实感地道："我怕你离我太近。"

得摩斯："……"

众人："……"

凝固的空气里，五五分忽然顿悟："啊，你问'恐惧'啊，我想想……"

得摩斯："……"

其他闯关者低头的低头，别眼的别眼，尽量不和守关者对上视线，以免被忧郁的五五分连累。

"说实话，我怕的太多了。"五五分撩起刘海，目光深邃，语气诚恳，"我怕死在这里，怕有家难回，怕喜欢我的人失望透顶，怕讨厌我的人喜大普奔。我还怕胖，可又爱吃……我有时候想，人生啊，就是由无数恐惧组成的，你说是不是？"

得摩斯面无表情："闭嘴，不许动，看着我。"

五五分听话照做，但用挑起的眉毛代替疑问延续。

得摩斯全当没看见，直接望进他的眸子深处。

五五分怔了怔，神情渐渐茫然。

神殿安静了。

这是最近几次交谈里，得摩斯进入"窥探"状态最快的一回。

众闯关者也理解，毕竟我想铺垫两句制造一下战前的恐怖气氛，你却拉着我掏心掏肺谈人生，搁谁都聊不下去。只是不知道这个又文艺又忧郁的五五分，内心最深的恐惧究竟是什么。

得摩斯找到了五五分的深渊。这是一个再寻常不过的恐惧深渊，不大不小，不深不浅，连堆在深渊里的怪物都没什么特别。这样的深渊对得摩斯毫无吸引力，他跳进去，准备一滑到底，直接去找最下面的怪物，结果刚滑下去一点儿，就被一个怪物拦住了。不，都不能说是拦，是急切地想往上爬的怪物直接撞到他身上了。

碰触的一瞬间，得摩斯周遭的环境就焕然一变。他厌烦地皱眉，这些碰到他的"恐惧"会自动展开，不想看都不行。

堆满怪物的深渊消失了，出现在他眼前的是一个巨大的屏幕，一人多高，亮度极强，乍一出现，他还以为遭到了什么光电攻击，纵身向后一跃，瞬间跳离好远。

离远了，他才看清屏幕全貌，是一部手机。虽然体积很惊人，但它的的确确是一部正在不断刷新信息的手机。

一排排文字流水一样在手机屏幕里往上刷——

这人谁啊？

不认识。

七十二线小演员。

哈哈哈哈，xswl，这都到边境线了吧。

我怎么觉得他动过脸呢？

肯定动了。

动完还这么丑。

粉丝都觉得他是忧郁王子呢。[微笑][微笑]

都七十二线了还有粉丝？粉他死跑龙套？粉他糊穿地心？

哈哈哈哈哈哈哈——

……

信息刷得太快，除了最开始一段，后面得摩斯都没看完整，但不管看见哪句，基本都是抹黑、嘲讽、阴阳怪气。有些名词和字母缩写他虽然看不懂，但目测也不是正面意思。

到此，这一恐惧的属性很明显了——负面评价。

这是很多人的深渊里都会出现的恐惧。

担心被讨厌，于是在恐惧里，这些“讨厌”就会一一呈现。不过其他闯关者的恐惧里，都是真人跳出来评价，有亲戚、朋友、上司、同事等等，以“手机”这种方式刷评价的，五五分是第一个。而且他的负面评价数量也比别人多多了，别人顶多几十句，有些少的才几句，他这简直是海量，能刷到地老天荒。

好不容易从负面评价的恐惧里跳出来，回到深渊，得摩斯往下滑得更小心。可那些怪物像是盯准了他，一个个地主动往他身上扑。得摩斯从来没遇见过这么“热情”的深渊，结果就是他被迫浏览的恐惧几乎组成一条完整的事业线——负面评价恐惧、演技着急恐惧、经纪公司解约恐惧（不要你了）、经纪公司不解约恐惧（不放你走）、恋爱曝光恐惧、粉丝转黑恐惧、人气下滑恐惧、容颜老去恐惧、拒绝整容被公司雪藏恐惧……

从最后一个恐惧里跳出来的时候，得摩斯头疼得想杀人。

幸好，到深渊之底了，一个彩色橡皮泥似的怪物盘踞在此，它的身体是一摊，有许多触手，触手可以在地上流动，像彩色的溪流。

得摩斯揉揉眉心，打起精神，一脚踏入溪流。深渊消失，取而代之的是萧瑟的秋风、冷清的街角和孤独前行的五五分。得摩斯眼睛一亮，神情里的黯淡一扫而空。能在深渊里遇到恐惧者本人，这可太少见了！

快步上前追上五五分，得摩斯直接从后面拍他的肩膀。

五五分停住，茫然回头：“你是谁？”

恐惧者很客气，但得摩斯没有客气的习惯，直截了当地问：“你在这里做什么呢？”

他没看出这究竟是什么恐惧，可越看不出，越急于知道。而且在这里，恐惧者不会撒谎。

“他们把我忘了。”静静看了得摩斯良久，五五分叹息道。

得摩斯难得耐心等了半天，却没听懂：“谁？谁把你忘了？”

五五分：“粉丝。”

得摩斯：“……”

五五分的声音越发忧伤：“我过气了。”

得摩斯深吸一口气，冷静提醒：“你只是一个七十二线演员。”

“是啊，曾经我也是有线的，”五五分抬头眺望远方，目光幽幽，“可如今，查无此人。”

得摩斯：“……”

演艺圈，真是一个心理压力巨大的行业。

5

十社组员：“还在看？”

铁血营组员：“应该是。”

孔明灯组员：“多久了？”

十社组员：“三四分钟肯定有了。”

从越：“得摩斯现在这个一言难尽的表情，我怎么感觉似曾相识？”

下山虎：“之前窥探草莓甜甜圈的和尚，他也这样。”

从越：“他们草莓甜甜圈就没个正常人。”

和尚：“你这话我就不爱听了，正不正常你得看和谁比。”

从越：“和谁比你也是奇葩。”

和尚：“和范佩阳比。”

从越：“……”

下山虎：“我收回前言。和尚，你就是个平凡的普通人。”

和尚：“……”这个评价，好像也不是太让人开心。

“喂，”那边席地而躺的白路斜百无聊赖，闲闲地向和尚打听，“你这个队友气质不错，进这里之前干什么的？”

“这个他还真没说过。”和尚摸摸自己光溜溜的脑袋，“进我们甜甜圈就看实力，不看过去。不过我猜他是个画家，嗯，错不了，每到一个新地方，他都要忧郁地欣赏一整天风景，肯定就是找灵感呢。”

“呼。”凝望良久的得摩斯忽然短促吐出一口气，略有些疲惫地抬眼扫向和尚，语重心长地说，“不知道就说不知道，别自己幻想。”

显然，守关者已经窥探完毕。

和尚起了好奇：“你不是看恐惧吗，还看见他职业了？”

得摩斯扯一下嘴角：“七十二线小演员。”

“十八线。”慢一拍清醒的五五分坚决为自己正名。

众闯关者愣住。谁也没想到，五五分竟然是混娱乐圈的。

“你演过什么啊？”

“电视剧还是电影？”

“网大也行啊！”

“说一个听听……”

五五分这辈子收获的目光，就此刻最热情，也不知道该高兴还是该心酸。

“改行吧。”得摩斯忽然说。

五五分没反应过来：“什么？”

得摩斯摇摇头，看着他的目光都带怜悯：“你最大的恐惧，是怕一直被困在这里，没法工作，没法营业，长时间消失在粉丝视线里，最终落得个查无此人。”

五五分怔在那儿，脸上没什么表情，可就是让人觉得悲伤：“为什么要劝我改行？”看起来不意外自己的恐惧，却在意得摩斯的建议。

众闯关者理解他的反应。娱乐圈嘛，最害怕的当然是不红，别说身在其中的五五分，就他们这些八卦群众也能想得到，所以这个恐惧不意外。只不过，已经闯过这么多关了，对“现实生活被扰乱”这件事，绝大多数人愿意不愿意都只能选择接受，五五分却还把它当成最深的恐惧，就有点儿让人心疼。因为这件事的结果已经注定。

“这里是 2/10，后面还有更难闯的关在等着你，说不定哪天你就死了，即便没死，等到彻底离开，你的行业也早就更新换代。”得摩斯浅淡的笑里是深深的恶意，“谁还会记得一个七十二线小演员？”

五五分静静看了他半晌，开口，像宣战，像发誓：“我一定会以最快速度闯过所有关卡。”

“行，”得摩斯面对这近乎挑衅的话语，不仅没生气，反而还顺着往下聊，“也别最快速度了，我当你明天就能出去，我的建议同样不变——改行吧，你根本不适合混娱乐圈。”

五五分嘴唇微动，似乎想反驳，但最终什么都没说出来。

他不说，得摩斯替他说：“你心里的恐惧，99% 都来自你的职业，你害怕负面评价，害怕演技低下，害怕恋爱被曝光，害怕粉丝转黑，害怕人气下滑，害怕衰老脸垮……”一条条数到这里，得摩斯都忍不住乐了，“能把事业做成梦魇，你还真是失败得够彻底。”

五五分抿紧嘴唇，眼里有倔强，有不甘，但更有灰心，有绝望。

得摩斯极快地眯了下眼睛，这种亲手把闯关者赶到死胡同，然后一点点看着他崩溃的快乐，久违了。

其实就算五五分现在还能说出话，也没用。得摩斯从来不听闯关者说什么，能左右他评判的只有闯关者的“恐惧波动”。当恐惧压倒一切，当绝望盖过希望，他就可以给闯关者判死……

“啪嗒。”一滴泪珠从五五分忧郁的眼里滚落出来，砸到地上，几瓣水花。

全场瞬间极静，因为前面那些被判死刑的闯关者，撕心裂肺者有之，鬼哭狼嚎者也有之，但没一个人哭得像五五分这么……漂亮。哀而不伤，神仙落泪，这都不红，天理难容啊！

得摩斯也惊呆了，因为在这滴眼泪之前，五五分的恐惧波动已经完全够“死刑”，可当落下这一滴泪，他感知到的闯关者恐惧值唰地降了三分之二还多，妥妥的“通过”。这是眼泪吗？这是救命仙丹吧！

得摩斯迷乱了，迫切需要了解对方的心路历程：“你在哭什么？”

“我没哭。”五五分抬起头，眼里真的一点儿水汽都没了，目光清朗，如和风明月。

得摩斯不和他废话，视线垂直向下。幸好，地上那滴泪渍还没蒸发。

“哦，你说这个啊。”五五分敛下眸子，望着地面，感慨一叹，“这不是眼泪，是我从前的事业心，现在碎了。”

得摩斯：“……”

众闯关者：“……”

能不能好好说话？能不能？！

“今天之前，我还一直抱着幻想，”五五分深吸一口气，抬头看神殿的天花板，仿佛那里有星空，“我想等关卡都闯完了，再从头去找机会，说不定哪天就捞到福饼，大器晚红……但你刚才说的那些让我明白了，其实我根本就不是这块料。人生最大的悲剧，就是立了一个不切实际的理想，捧了一个不适合自己的饭碗……”

五五分说着，忽然上前一步，这个曾经说着“我怕你离我太近”的忧郁青年一把握住得摩斯的手，目光炯炯，言辞真诚：“谢谢你叫醒了我。”

得摩斯：“……”

众闯关者：“……”

他们同情认清残酷现实从头开启人生的十八线小演员，但更同情满怀杀意最后却成了心灵导师的守关者。

“你……”得摩斯终于出声。

五五分满眼期待：“通关？”

得摩斯：“离开我的视线。”

担心杀意翻涌，违规弄死通关者，得摩斯选择最快速度探入下一个闯关者全麦的恐惧，不为别的，就为散心。

这次很顺利，他一滑到底，直接抓住了最大的怪物。没承想怪物展开，却是一个1/10和2/10混搭的神奇世界——陆地是地下城，交错的暗巷，破旧的房屋，甚至连广场和地铁口都一比一还原；可在这座地下城的外围，却是一片深海世界。用一个简单的比喻，就像是把水世界酒店的内部，换成了地下城的模样。这就是全麦心底最深的恐惧。

可得摩斯把整个地下城走完了也没见到一个人，没找到一条线索。

一座混搭风格的空城算什么恐惧？得摩斯站在空旷的地铁广场东张西望，心里迷茫。

他还没遇见过这种情况。他竟然看不懂一个闯关者的恐惧？哪怕是范佩阳，他在看见深渊书架的时候，也知道书架上的一本本书就是一个个恐惧，虽然后面发生了一些偏差，但至少前期窥探没遇见阻碍。这到底是什么玩意儿？！

众闯关者不知道守关人的心酸历程，只知道他凝望全麦的时间不亚于凝望五五分，而凝望中的神情，似乎比面对五五分时更复杂。

守关者眨了一下眼，窥探结束，他甚至等不及给全麦时间，在对方回过神的第一秒就把最深恐惧抛了过去：“一座建在水世界里的地下城。”

全麦还有点儿蒙，没跟上考核速度：“嗯？什么？”

“你的最深恐惧。”得摩斯才不会说“你给我解释一下”这种蠢话，说了，就等于承认他没看懂，这对于一个骄傲的守关者来说，是尊严的毁灭。

全麦：“最深恐惧？我的？地下城？水世界？”

得摩斯：“一座，建在，水世界里的，地、下、城。”

全麦：“那是什么恐惧？”

得摩斯：“这需要你给我解释！”

尊严，毁灭。

还好全麦厚道，没落井下石，得摩斯让他解释，他就立刻陷入沉思。

得摩斯抬头看神殿天花板，没有星空，又低头看自己的晚礼服，那一道道被狼影撕开的口子仍然很醒目。

这是一个过于漫长的夜晚，他想下班。

“我懂了！”全麦一手握拳，往另一手的掌心捶下，“啪”一声。

得摩斯瞬间收心，直视眼前的闯关者。

全麦没看他，因为还沉浸在破解出答案的喜悦里，自顾自道："地下城没阳光对吧，水世界也没阳光对吧，所以在我的恐惧里，它们融合，表示我担心未来的所有关卡都没有阳光。这绝对是噩梦！"

得摩斯感觉自己听了一个假解释，因为完全没逻辑："没阳光怎么就噩梦了？"

全麦二话不说脱掉上衣，精壮的肌肉和均匀漂亮的小麦肤色，满满都是荷尔蒙："不晒太阳，我还怎么保持这些美黑？"

得摩斯："……"

众闯关者："……"

得摩斯："你和刚才那个十八线一个组织吗？"

全麦："对，草莓甜甜圈。"

得摩斯："随便什么圈，你俩一样。"

全麦："通过？"

众闯关者："离开他的视线！"

被折磨的不单是守关者，围观全程的众人也想把这俩人扔到外太空。不，还得加上一个和尚。你们草莓甜甜圈就不能有个正经恐惧吗？！

但是说到底，其实还是酸。他们拼死拼活才能通关，草莓甜甜圈几个人三言两语就过了。

可他们又说不出什么，因为谁都看得出来，对方通关的真正理由恰恰是没什么恐惧。连恐惧都不正经，自然也就不可能被守关者逼到崩溃。唯一一个情绪波动稍大的五五分也在神仙落泪后秒速放弃事业心，调整得那叫一个快，这种强悍的心理素质，换谁来守关都会给通过。

什么？范佩阳通关得更强势，为什么没被酸？

很简单。你拼一拼也能够到的高度，别人先上去了，你不甘心，这叫酸。你骑着窜天猴也达不到的高度，别人先上去了，那叫"范总，请受小弟一拜"。

至此，非徽章阵营全部"聊"完。目前通关者累计达到十二人，死亡九人，未聊三人，而这三人全在徽章阵营。

随着五五分、全麦进入通关者阵营，神庙里只剩两个阵营——通关者，以及唐凛、祁桦、白路斜。

得摩斯揉着太阳穴，踱步到三人面前，先前那种"好吃的我要留到最后"的兴奋劲儿已经没了，脸上明晃晃挂着"急着收工"四个大字，所以连一些制造紧张气氛的恶言恶语也省略过去，视线在三人之间扫了个来回，末了定在依然没起来的白路斜身上："躺得挺舒服，那就你吧。”

白路斜侧躺着，单手撑头，姿势纹丝不动：“我拒绝。”

得摩斯怀疑自己听错了：“你……什么？”

“拒绝。”白路斜抑扬顿挫，字正腔圆。

得摩斯都不知道该气还是该笑了：“可以，你既然不想聊，那就直接死，多简单的事儿。”

白路斜一个鲤鱼打挺干净利落起身：“谁说我不想聊？我只是不想现在聊。”他挑起一边眉毛，嘴角勾得邪气，“你不是要把最厉害的留到最后吗，”他漫不经心瞥唐凛一眼，“你定了他在最后，先来后到，我不争，但怎么也得给我留个第二顺位吧？”

气焰嚣张的闯关者，重燃了得摩斯的热情。他甚至迫不及待想和这个穿着白衬衫的狂徒交锋了：“我可以满足你的要求，不过你的实力最好配得上你的狂妄。”

“信不过就试试，”白路斜笑得无所谓，“我能在三分钟之内杀光这里所有人。”

众闯关者：“……”他们做错了什么？！

得摩斯没陪着白路斜一起疯，真把神殿清场了，他这一夜白挨累了。

不过鉴于这位闯关者很对他胃口，他还是同意了对方的申请，把他放到了倒数第二位——其实一共三个人，所谓延后，也不过是把他和祁桦互换位置。

祁桦，还乡团水世界的组长。得摩斯没有提前做功课的习惯，所以在进入神殿时并不清楚祁桦的身份，但在窥探完丛越的恐惧之后，这身份他不想知道也知道了——那个担心被骂吃里爬外的胖子的最深的恐惧里，全是这位祁组长的身影。

“把他放后，那就只能把你提前了。”得摩斯来到祁桦面前，假模假式地问，“你该不会也有意见吧？”

祁桦笑一下，看不出太多情绪：“迟早都要聊，顺序不重要。”

得摩斯半眯着眼睛打量他片刻：“你很有定力。”

祁桦的身体细微地绷紧了些，是下意识的防御，但还是声音平和地聊着天：“已经开始窥探我了？”

得摩斯笑着摇头：“我说的是之前。你们还乡团出了一个叛徒，我要杀，两个 VIP 的人跳出来救，从头到尾，你这个组长倒淡定。”

祁桦没躲避他的目光，沉声道：“这里是神殿，是 2/10 的关卡，不是还乡团清理门户的地方。”

得摩斯歪头：“我可以把你刚刚的话理解为对我的尊重吗？”

祁桦没言语，不承认，也不否认。

得摩斯没再追问，似笑非笑地看着他，一直看进他的眼睛。

祁桦瞬间定住，像被看不见的、冰冷的绳索缠绕。

得摩斯这次窥探得很快，一眨眼工夫便抽离出来，神情变得有些微妙。

得摩斯看见他的内心了，祁桦知道，他的恐惧，他的秘密，都藏不住了。

他想逃，可他必须站定，他不想问，可他必须开口："是什么？"

得摩斯看着祁桦硬着头皮的样子，克制不住就想戳破他的伪装，让他难堪些，再难堪些，狼狈些，再狼狈些。这才是考核最原始的快乐滋味。

"主动询问并不能让你看起来更勇敢。事实上，你的恐惧是我今晚窥探到的最可笑的一个……"

祁桦猛地抬头，眼里闪过一抹阴狠，仿佛要将得摩斯杀人灭口。

可得摩斯知道，这位还乡团的组长不敢，他的所有攻击性都留给了比他更弱的人。

众闯关者没捕捉到得摩斯和祁桦之间的暗流。他们只看见祁桦抬头，然后守关者带着嗤笑的声音传遍了整个神殿——

"你最怕的，居然是回到现实。"

祁桦的"恐惧"让神殿里的大部分闯关者都流露出不可思议的神色。"回到现实"几乎是他们的终极梦想，怎么到了祁桦这里，就成了最深的恐惧？

唐凛也没想到，他以为祁桦最害怕的会是"画皮"这个文具树被得摩斯公布出来，毕竟一旦所有人都有了防备，"画皮"的成功率就会大打折扣，而为了保守这个秘密，祁桦甚至不惜杀人。

相比围观者，被揭穿恐惧秘密的当事人却很镇定，至少看起来还维持得住一个大组织分部组长的姿态。他平静地直视得摩斯，语调没太大起伏，所有的情绪都被完美掩饰："我承认，我更喜欢这里。"

可惜得摩斯不看脸，只看心："我喜欢你的态度。既然承认了，那就把害怕回到现实的原因也一并坦白了吧，毕竟就算你不说……"他朝祁桦微微一笑，"我也会帮你讲的。"

祁桦自然垂下的手一刹那握紧，但转瞬又松开，脸上随之扯出干笑："我在现实里就是个彻头彻尾的失败者，而在这里，我有还乡团组长的地位，有文具树的能力，有一呼百应的手下，我当然不想再回到现实。"

得摩斯眼里闪过些许意外，而这意外里又夹着一丝满意："如果每一个人都能像你这样态度良好，那我聊起来可就轻松多了。"

"在你面前，没有任何秘密藏得住。"祁桦的身体稍稍松弛，这是一个适应了聊天节奏的信号，"一旦认清这一点，就知道所有抗拒都是徒劳的。"

唐凛轻微地挑了一下眉。

祁桦很聪明，并且自我调节能力极强。他一开始被揭开恐惧，情绪有明显的波动，可在短短两句交谈之后，他已经完成了“认命—自我解嘲—主动配合得摩斯聊天”这一系列过程。

前面那么多被得摩斯判了死刑的人，基本都是这一转换过程的失败者。即便是通关了的，像下山虎、丛越，其实也没真的成功完成这一态度转换，只不过他们用其他方面的闪光或者机缘进行了综合弥补。

“虽然你的奉承不是很高明，但我喜欢。”得摩斯被阴云笼罩了多时的俊美脸庞终于转晴，“那就让我们长话短聊。你挪用公款，被平日常受你欺压的下属举报，卖了房子还钱给公司，才避免了牢狱之灾。但工作玩完了，也不可能再有其他公司要你，你把所有的压力和不甘都发泄给了老婆孩子，于是老婆和你离婚，孩子也没判给你，最后你潦倒得连个遮风避雨的地方都没有……”

得摩斯像在按流程读一个背景故事，语调抑扬顿挫，却机械得毫无情感。

祁桦的身体重又僵硬起来，很明显内心正遭受新一轮冲击。

“就在你走投无路的时候，被卷进了这里。”得摩斯在此处暂停，温柔的目光像毒蛇的牙，死死咬住祁桦。

这才是得摩斯。你态度好也好，坏也好，配合也好，抵抗也好，他终归要把你剥光，剥得一丝不挂，剥得无所遁形。

祁桦最终顶住了。他什么都没说，什么都没做，只是沉默着自我消化。

眼看着他僵硬的身体有稍稍放松的趋势，得摩斯忽然又加了一剂猛药：“你的文具树很有趣。”

祁桦猛然一震。

得摩斯视若无睹，自顾自继续：“‘画皮’，能随时随地变成任何人的模样，包括声音，用来打探消息或者偷袭再好用不过了。”

祁桦咬紧牙关，似乎想笑，可没笑出来，最终成了一个略有些扭曲的怪异表情：“都被你抖搂出来了，再好用也没用了。”

得摩斯装模作样叹口气：“是啊，‘画皮’最大的优势，就是被欺骗者的无意识。大部分人在面对熟人的时候，都不可能去想‘这个或许是假冒的’，哪怕对方露出了明显破绽，他们也会从对方的遭遇、心情等其他方面去自我解释。这一警觉盲区，就是‘画皮’的生存条件。但如果所有人都知道了有这样一个文具树，可以让使用者伪装成任何人……”

“那它就是层一戳即破的纸。”祁桦打断他，替他说完。

得摩斯没料到祁桦会主动抢过话头，目光变得玩味。

祁桦静默着，任由他看。

得摩斯忽然笑了："像你这样为达目的不择手段，最大限度运用权力和能力的人，本就不该在外面束手束脚。恭喜，你现在找对了地方。"

祁桦第一次彻底松弛下来。他知道，他已经……

"通过。"得摩斯淡淡给了结果。

这并不是一场严格意义上的交锋，因为祁桦把大部分冲击都在内心里自我化解了。但也正因为这样，众闯关者对他的通关并不意外。

两次冲击的自我吸收和转化——一次是不敢回现实的恐惧，一次是"画皮"暴露的恐惧——是他获得通关的决定性因素。神殿中的考核看到现在，再迟钝的闯关者，对于"通关诀窍"也多少捕捉到一些规律。面对恐惧，越容易情绪激动的闯关者越容易被判死刑。而面对得摩斯，越放肆的闯关者反而越容易获得通过。

但情绪不是你想平静就能平静的，放肆怼守关人也不是谁都豁得出去的。

祁桦做不到后者，却很好地完成了前者。

"别急着走，"眼看祁桦要转身去后方的通关者阵营，得摩斯慢悠悠地叫住他，"我还有一句临别赠言呢。"

祁桦回过头来，目光疑惑。

得摩斯微微前倾，凑近他："我认识一个和你拥有一样能力的人，并且全世界都知道他的能力，但他的战斗力可从来不是一戳就破的纸……"

他撤回身体，缓缓抬眼，看向后方所有的通关者："我说这些，是希望你们不要误会。你们能通过，只是因为你们符合通关标准，但千万不要幻想自己有多强。"

因为虫子，就永远只是虫子——得摩斯的眼神里，明明白白写着这句话。

"下一个。"得摩斯耸耸肩，随意地绷紧气氛，又随意地将气氛拉回，轻佻的视线挪到仅剩的唐凛和白路斜身上。

白路斜上前半步，占据了守关人全部视野，毫无顾忌地打了个哈欠："你再慢点儿，我要睡着了。"

得摩斯静静看了他片刻，说："如果你再对我发动文具树，我就不客气了。"

白路斜"呀"了一声，凤眼笑得无辜："被发现啦？"

得摩斯不屑地轻哼："'孟婆汤'，让人三分钟内记忆空白。"

孟婆汤？众闯关者心里一惊，这文具树犯规啊，想要攻击谁，直接让对方失忆，趁其大脑一片空白的时候进行攻击，简直没有失败可能。

唐凛总算知道郑落竹和南歌是怎么丢的颈环了——恍惚状态下被抢，抢完了因为还在

“三分钟内”，被抢的记忆也会被消除，所以他们只记得遇见白路斜，等回过神，颈环没了，白路斜也没了。

影响“记忆”的文具……如果记忆可以被消除，那升到更高级的文具树是否也可以恢复记忆？这是一个很大胆的设想，但未必不可行。

唐凛下意识看范佩阳。果然，范佩阳紧盯着白路斜，眼里闪着的光极亮。

“你的文具树对付闯关者或许无敌，”得摩斯继续道，“但用在我身上，就是找死。”

白路斜一点儿不恼，甚至还有股求知的热情：“那几级文具树用在你身上不是找死？”

得摩斯第一次遇见问这个的闯关者，颇为新鲜，难得好脾气地给了回答：“至少五级以上。”

白路斜却不罢休：“那几级文具树可以把你弄死？”

得摩斯：“……”

众闯关者：“……”

什么叫自己挖坑埋自己，请看得摩斯。

这个群众喜闻乐见的问题，守关者没给予回答，因为在下一秒，得摩斯就无耻地发动“窥探”，白路斜一个恍惚安静下来，自然也无法再追问。

得摩斯进入了一片无边无际的白茫茫——什么都没有，没有天，没有地，没有云，没有风，没有深渊，没有恐惧，也没有任何一种活物的身影，就是一片虚无，无尽空旷，无尽苍白。得摩斯甚至都不能确定，这究竟是不是白路斜的内心。

他伫立其中，一时茫然。一个人，哪怕是一个再没有感情的人，心里至少也会留些过往回忆的片段影像，即便只是客观记录。但这颗心不是。它无爱，无憎，无惧，无怖。它是空的。

“喂，你到底看出什么没有？”遥远的不知名处，传来白路斜不客气的催促。

得摩斯一怔。他还没结束窥探，闯关者竟然先醒了？

迅速将能力抽离，得摩斯的视野重新清晰，对上白路斜那张满是期待的脸。

“我的恐惧是什么？”白路斜漂亮的细长眼眯起，迫不及待地问。

“没有。”得摩斯现在没心情烘托气氛，他比白路斜还想知道原因，“你心里什么都没有。”

白路斜热切的目光迅速降温，毫不掩饰地嫌弃道：“我还以为你多厉害，啧。”

他的失望感太强烈，倒让得摩斯抓住了一丝端倪：“你希望我看出什么？”

白路斜定定地看了他一会儿，勾起嘴角：“你鬼都没看出来，我为什么要回答你？”

得摩斯：“……”

守关者被噎得险些吐血，但血气的翻涌好像也带来了灵光一闪，他眼底掠过精光："你失忆了？"

白路斜笑了："你还不算太差。"

得摩斯："被攻击了？一次性文具？"

一级或者二级文具树可没有这样强大的效果。

白路斜："我要记得这些，就不叫失忆了。"

得摩斯："……"

众闯关者："……"

嗯，逻辑很严谨。

换谁做了这样的攻击，都肯定会趁着文具还在时效内抓紧跑掉，这样等到白路斜清醒过来，就是"我是谁、我在哪儿、我在做什么"锥心三连问。

拥有能让别人失忆的文具树，却最终被别人消除了记忆，也不知该说是讽刺还是宿命。

不过话又说回来，就算失忆，也该有个遭受攻击的时间点。这个很好确定，只要在脑海里找一下记忆的源头就行了。

"你现在能记住的最早的事情是什么？"得摩斯问。

白路斜歪头想一想："地下城，我在一片废墟里悠然苏醒。"

众闯关者："……"就是被打晕过去了吧？

得摩斯却不是真的在意白路斜被攻击的事，他在意的是："所以你记得从地下城到这里的所有事情？"

白路斜莞尔："你是要替希芙讨公道吗？"

希芙，1/10守关者之一，被白路斜割断了一截头发还给他盖了章的女人。

得摩斯没理会对方的调侃，他在兴奋！

白路斜或许不记得到地下城之前的事，可从地下城到水世界，他至少经历了两个关卡，可内心里却依然什么都没有。换句话说，希芙也好，自己也好，其他闯关者也好，甚至这两个关卡里所有出现过的危机和惊险，都没能在这个人心里留下一丝痕迹。哪怕不失忆，这也是一个没心的人。

没有感情，不懂害怕，又乐于战斗，对于上面来说，这是最理想的闯关者。

"不聊了，"得摩斯干脆利落地道，"通过。"

白路斜刚要说话，手臂忽然一热，低头，一枚新的徽章出现在希芙的徽章旁边，图案是一张恐惧的脸。

6

2/10 的第一枚守关者徽章诞生了，在考核接近尾声的时候。

白路斜抬起头，朝得摩斯晃晃手臂上的徽章。

得摩斯微微颔首，等着对方激动、感谢或者嘚瑟。

结果都没有。

一袭白衬衫的白路斜真情实感地将眉头皱成嫌弃的形状：“你的图案好丑。”

得摩斯：“……”

只有唐凛注意到得摩斯被扎了心，因为通关者阵营那边的十几个人都在看范佩阳，区别只在于有些人偷偷地看，有些人光明正大地看。

和尚就是光明正大派的一员。范佩阳想装看不到都难。于是四目相对，范总问询性地挑眉。

和尚犹豫了一下，决定当这个记者代表：“范总，请问你现在什么心情？”

范佩阳一脸莫名其妙：“什么心情？”

和尚给他一个“别装了”的眼神，凑近低声道：“你把得摩斯怼成那样都没得到徽章，白路斜轻轻松松聊两句就到手，你心理能平衡？”

范佩阳沉吟片刻，真心发问：“徽章有什么意义吗？”

和尚理所当然地道：“认可你的实力啊。”

范佩阳更不懂了：“我的实力就摆在那里，为什么需要别人来认可？”

和尚：“……”

通关阵营所有闯关者：“……”

对啊，为什么？他们好像很自然地就把自己摆在了比守关者低一等的位置，于是“获得守关者徽章 = 获得荣誉”就成了潜意识里的默认公式。

可范佩阳不是。他既没狂妄到藐视守关者，也没卑微到仰视守关者，他平视，将守关者当成一个普通的对手……

“还有一点，”范总还没说完，“他找不到能制住我的恐惧，只能给我通关，单就这一场考核而言，我胜，他负。一个失败者，有什么资格给我盖章？”

所有通关者：“……”

他们错了！范总的存在，就是藐视整个世界！

得摩斯总觉得那边的通关者在说自己的坏话，因为时不时就有一些微妙的视线瞥过来，但一来那边声音不大，二来他正和最后一位闯关者交谈，实在不便分心偷听。

被留到最后的闯关者，唐凛。

“知道我为什么把你留在最后吗？”得摩斯站定后的第一句话，不是聊天，是提问。

唐凛原以为这个答案是明摆着的，可被得摩斯这样一问，便觉出了话外之音：“难道不是因为我们为救丛越和你动手，勾起了你的兴致？”

得摩斯摇头：“不全是。”

唐凛看了他几秒，眼底忽然一闪：“地铁口广场？”

地铁口？1/10 的闯关口广场？这个熟悉的地名，将所有人的注意力拉回到了唐凛和得摩斯这里。

得摩斯笑了：“你果然聪明。”

唐凛没笑，但目光了然：“你当时果然就在现场。”

两句没头没脑的对话，祁桦、丛越、下山虎、白路斜不懂，但经历过 1/10 广场上的“斯芬克斯之谜”摧残的众人却懂。

也因为这两句话，他们将前后所有细节都串起来了。

对阵提尔时，提尔曾提到得摩斯，那是他们第一次听见这个名字。提尔当时说的是——“得摩斯说这次有个有趣的家伙，我还以为可以期待一下，怎么到我这里的人数反而比从前都少？”

那时他们不知道得摩斯是谁，更不知道“有趣的家伙”指谁。后来到了这里，知道了“斯芬克斯之谜”就是得摩斯的杰作，但他们依然不能确定，当时的得摩斯有没有在 1/10 闯关口的广场，毕竟两场考验——“深海恐惧”和环形城的“人心恐惧”——得摩斯都可以隔空向他们内心传话。

但是现在，所有细节都连上了。得摩斯就在现场，并且看见唐凛拉着南歌去各大组织破解“斯芬克斯之谜”。

所以，得摩斯口中的“有趣的家伙”，自然就是指被留在最后的唐凛。

“这渊源可够深的。”和尚感慨，也不知道该说早早被盯上的唐凛幸还是不幸。

全麦也顿悟：“难怪一起出手帮那个胖子，一个马上就聊，一个留到最后，”说着他还故意瞥“马上就聊”的范佩阳一眼，“原来感情基础不一样。”

五五分本想接队友的话继续抒发，余光看见范佩阳沉下的脸，到了嘴边的话生生咽了回去。作为一个刚刚失业的十八线小演员，他还是先闭麦吧。

那边两个人聊得越发热络——

“你那时候既然看到了是我在搞破坏，为什么不对我出手？”

“1/10 不属于我的地盘，闹出动静很麻烦。”

“所以你什么都不做，就跑了？”

“不算什么都没做，我记住你了。”

“记住了，然后呢？”

“然后我就想，如果守 2/10 的时候能撞上你就再好不过了。”

这边，范佩阳的脸色越发地黑。

全麦、五五分、和尚，以及大部分眼明心亮的通关者，都看见了一个修罗场般的低压，正在范总周身形成……

“其实你该庆幸，当时破‘斯芬克斯之谜’的是我，”唐凛的声音忽然提高了一些，像是希望全场都能听清，“如果是范佩阳，说不定破完‘斯芬克斯之谜’，直接就把你当场抓出来了。”

范佩阳轻咳一声，低沉地提醒唐凛：“你聊你的，不用特意带我。”

通关阵营众人看着他周身的低压以肉眼可见的速度消散……

你明明就开心死了！

“时间不早了，叙旧就到这里。”得摩斯收敛笑意，正色起来，苍白英俊的脸上，一双眸子渐渐变得危险，“我对你的期待值很高，很高，”他望着唐凛，刻意放缓了语气，一个字一个字地说，像呢喃，更像威胁，“千万别让我失望。”

唐凛静静看着得摩斯，没有回答。

因为他知道自己怕什么。

他怕死亡，很怕，很怕。

所有劫后重生的人都会格外珍惜生命，他也没能免俗。所以他觉得，得摩斯恐怕真的会失望。

第六章

恐惧考核 KONG JU KAO HE

1

得摩斯轻而易举就看进了唐凛的眼睛深处。

这是他见过的最通透的一双眼睛，干净，清澈，直达心底。

但心底就不那么漂亮了，无数似云似雾的白团团在漫山遍野里飘，大的、小的，圆的、椭圆的，蓬蓬松松连成一片。

经历过上一位的白茫茫世界之后，得摩斯现在对任何有白色元素的世界都没好感。幸而唐凛这里还是有山有水有绿树的，绕开一个个白团团，爬上山，低头就能看见山涧峡谷里的深渊。不过距离太远，深渊中的东西看不清，只黑乎乎一团。

会有什么呢？得摩斯在无比期待中纵身一跃，拥抱深渊。

片刻后，他轻松落地，下坠途中没遇到任何阻碍，就这么顺利落在深渊之底。

等一下，怎么回事？正常流程不应该是“深渊里堆满了恐惧怪物，他费尽千辛万苦冲破这些小喽啰，终于寻到最深的恐惧”吗？

但话又说回来，这个空荡荡的深渊莫名给他一种熟悉感……

得摩斯后知后觉地转身，终于看清了渊底的全貌——不是一个恐惧怪物没有，三个黑色小毛球躲在他身后的角落，正瑟瑟发抖。

得摩斯：“……”

把这玩意儿称为“怪物”，他都有点儿不忍心。

不过他终于想起熟悉感的来源了——范佩阳，空荡深渊，渊底一个书架；而唐凛，空荡深渊，渊底三个毛球。

这算什么？CP款深渊？！

“来吧，让我看看你们都是什么。”由于想起了被那两个家伙联手欺负的黑色回忆，得摩斯磨着牙向黑色毛球们走过去。

三个小毛球似乎感知到了某种危险，咻咻咻地跑开，移动之灵活，堪比求生欲爆发的下山虎。

得摩斯：“……”

神殿内，守关者伫立在唐凛面前，神色严峻，目光越发犀利，像染了血的钩子，要将唐凛心底最黑暗的恐惧拖拽出来。

而渊底，守关者气喘吁吁，追毛球追得快要抓狂，终于逮住其中一个。

世界骤然一变，成了病房，单人床，一股挥之不去的消毒药水味。病恹恹的唐凛靠坐在床上，正试图拔掉自己的输液针。

得摩斯认得唐凛那张脸，却无法把眼前的人和那个聪明狡猾的闯关者联系到一起。

“你在干什么？”他故意问。

病床上的唐凛抬起头，眼里没一丝活气：“医生说我没救了，何必浪费时间。”

得摩斯若有所思：“你得了什么病？”

唐凛指指脑袋：“这里长东西了。”

得摩斯：“不能治吗？”

唐凛：“位置不好，没法手术。”

得摩斯不问了，因为他已经得到了全部想要的。

这不仅是唐凛的恐惧，也是唐凛的记忆。

这很悲惨，但得摩斯没有同情，只有失望。他以为唐凛会带给他惊喜，结果唐凛仅有的三个恐惧之一，竟然是“死亡恐惧”。

俗不可耐！

得摩斯从毛球怪物中抽离，泄愤似的一脚将其踢开。黑毛球“嗷呜”一声，落到偏远角落。另外两个似乎被吓到了，逃得更风驰电掣。

反正深渊里也没人看见，得摩斯什么形象姿态都不顾了，挽起袖子就吭哧吭哧追起来。

第二个黑色毛球终于到手，世界再次改变——水世界酒店，购物区。

唐凛坐在落地玻璃前，茫然看着外面的深海，不知是要哭还是刚哭过，眼睛红通通的，这让他整个人呈现出一种少见的柔软。

得摩斯鬼使神差地放轻了声音："你怎么了？"

唐凛回过头来，可怜兮兮地看他："范佩阳回不来了。"

得摩斯："……"

范佩阳的书架上都是唐凛，在唐凛这里又听见范佩阳的名字，吃过亏的得摩斯总觉得这不太像一个好兆头。

唐凛："他擅自离队去海底洞穴群，现在追击艇出去了，神仙也救不了。"

守关者不想打听，可恐惧者非要倾诉——

"我说过很多次了，什么都没有命重要……"

"找不回记忆又怎么样？未来总还会有新的记忆……可命没了，就什么都没有了……"

"他为什么非要这么固执……"

得摩斯扛不住了："你问我干什么，你去问他啊！"

唐凛不说话了，就拿着泛红的眼睛可怜巴巴看过来。

得摩斯果断扔掉毛球，回归渊底，然后确认，他还是喜欢神殿里那个平静冷然的唐凛。

一共就三个恐惧，连续两个都有恐惧者本人，连续两个都是怕死——一个怕自己死；一个怕范佩阳死。

得摩斯不想看第三个了，可又管不住自己的手。

"嗷呜！"第三个黑色毛球被抓住。

得摩斯眼前忽然一暗，猝不及防的光线变化让他适应了好半天才慢慢看清，自己已身处一间宽敞的卧室。卧室没开灯，月光透过轻纱窗帘照进房内，隐隐约约映出一张双人床的轮廓。

得摩斯咽了下口水，这是什么微妙的场景……

"砰——"

门被推开了，进来的是唐凛。

"砰——"

刚进门的唐凛又飞快转身把门严严实实关上了。

与此同时，外面响起敲门声，"咚咚咚咚咚咚——"每一下都很重，敲得得摩斯都跟着心突突地跳。这是什么索命恶鬼？！

"让我进来。"

得摩斯："……"

很好，是范佩阳。

“对不起，”唐凛和门外的人说话，话里有挣扎，有歉意，“我真的想不起来了，再给我一点儿时间。”

门外的人沉默半晌，道：“没有时间，就是现在，要么回到从前，要么形同陌路。”

得摩斯听得有点儿蒙。唐凛这是在害怕什么？担心到最后就连合伙人都做不成？所以这个恐惧映射过来就成了眼前这样？那轻纱幔帐双人床又是什么意思？

压抑住想在恐惧者心底呐喊“你不要胡思乱想”的冲动，得摩斯丢掉最后一个毛球。

三个恐惧，一个关于自己，两个关于范佩阳。

这并不出乎得摩斯的预料，毕竟范佩阳心底一书架都是唐凛。

但三个恐惧的内容虽偶有起伏，整体依然平淡，配不上他的“特意留到最后”。

得摩斯跳出深渊，回到山巅，吹着唐凛心底的风，想着等一下的送别词。毕竟是自己曾经看中的闯关者，就算判死刑，也要有些仪式感。

清风拂面，不经意带来一个蒲公英大小的白团团，也碰到了得摩斯的脸上。

得摩斯抬手想将其弹开，却在下一秒坠入一个新的世界。那是一辆停在路边的车，车的主人坐在驾驶位，望着挡风玻璃发呆。

得摩斯走过去，敲敲车窗。

车窗放下来，车的主人转过头：“有事？”

又一个全然陌生的唐凛，西装革履，利落优雅，逢人带笑，温和得恰到好处。

这不是深渊。

不是深渊，就不是恐惧。

那这是什么？情感？记忆？

得摩斯对一切和恐惧无关的东西不感兴趣，哪怕是误打误撞进来了，他也应该转身就走。可或许因为他从没想过那些奇怪的白团团里还能别有天地，于是鬼使神差就往下问了：“你在这里干什么？”

唐凛苦笑：“心情不好，静一静。”

得摩斯又问：“为什么心情不好？”

唐凛趴到方向盘上，侧脸看他：“有个坏蛋把我的生日忘了。”

坏蛋和他有什么关系？生日和他又有什么关系？作为一个守关者，他现在要做的就是立刻离开这个奇怪的心底世界，返回神殿，甩给唐凛一句“你那三个黑毛球的恐惧太无聊了，不通过”，然后杀人，收工。

得摩斯把自己该做的事情想得很完整，很顺畅，很行云流水，结果——

“坏蛋是谁？”他又继续问了坏蛋的名字。

这些白团团里一定有某种神秘的不可抗力！

“范佩阳。”唐凛像一个诚实的孩子，对待不怀好意的窥探者毫无防备，说完了还傻傻地问对方，“你认识他吗？”

得摩斯：“……”岂止认识，就是砍成八段，烧成渣渣，化成烟灰，他都认识！

“每年他的生日我都记得，我的生日他都忘。他答应今天陪我看午夜场电影的时候，我还以为他终于记住了一次……”唐凛敛下眸子，却没敛住里面的难过，“原来不是。”

“呃，”得摩斯觉得有必要确认一次，“你说的这个范佩阳，和我认识的那个心底整整一座书架都是唐凛的范佩阳，是一个人吗？”

趴在方向盘上的唐凛自然听不懂这些，他茫然地看得摩斯：“嗯？”

得摩斯换一个简洁问法：“是那个每说一句话，就让人更想打他的范佩阳吗？”

唐凛乐了，带着点儿孩子气道：“你才打不过他。”

得摩斯：“……”你骄傲个什么劲儿！

毫无预警的，副驾驶座的车门被推开了，侧身过来的唐凛仰头眨巴下眼睛：“要不要陪我去看午夜场电影？”

得摩斯：“我吃饱了撑的？”

两分钟后，得摩斯坐在空旷影厅的第一排，看着大荧幕上狂轰滥炸的画面，觉得自己一定是狗粮吃多了，伤了脑子。

电影突然给了一个天空的特写，湛蓝的天极清澈，半个影厅的黑暗都被这光明的画面照亮，包括正在看电影的人。

唐凛在哭。

但是他和他的眼泪都很安静。

得摩斯终于在糟心里回过神，一跃从这荒诞的白团团中抽离，回到唐凛心底的青山绿水，他绝对不要……

“噗——”又一个白团团糊他脸上了。

宽敞明亮的客厅里，清晨的阳光从落地窗照进来，温馨，宁静。餐桌旁，两个人在用早餐，一个是唐凛，一个是终于从名字进化到实体的范佩阳。

得摩斯隐藏起自己——他想提问的时候，没有任何人的内心可以对他说谎，同样的，他不想打扰的时候，任何人的内心都看不到他。

两个人一起吃完，可只有范佩阳一个人动了。他穿好外套，拿了随身物品和车钥匙走去玄关，显然准备直接去上班。而唐凛还坐在餐桌旁，静静看着他匆忙的身影。

直到范佩阳连鞋子都穿好，准备推门离开，唐凛才淡淡开口：“一定要每天都错开十分钟吗？”

范佩阳回过头来，询问性地挑眉，就像领导对下属，都不需要浪费时间说话，便能传达意思。

得摩斯对这个表情太熟悉了，在考核范佩阳的时候，他无数次被对方浑然天成的“上位者姿态”冒犯得想打破工作守则先弄死他再说。但他没想到，原来唐凛也是这个待遇。

对于这种“一视同仁”，他该欣慰，可看着唐凛眼里一闪而过的受伤，他胸口莫名有点儿发闷。

“我知道你不想让公司里的人知道我们住在一起，但我们每天错开十分钟抵达公司，一直这样规律也很可疑。”唐凛单手托腮，半认真半玩笑地建议，“我们可以偶尔一起到公司试试。”

“没必要，”范佩阳想也不想，“多此一举的结果很可能就是弄巧成拙。”说完他推门而出，刚走出去，又折回来，“对了，昨天的财务报表有点儿问题，你到公司之后直接来我办公室。”

唐凛无聊地拿起叉子在手里把玩，故意拖了几秒，直到范佩阳有些不耐地皱眉，才慵懒地应了声：“收到，我的范总。”

得摩斯看得瞠目结舌，拿叉子把玩不是为了要戳那个坏蛋吗？难道他理解错了？

不行，不能再待下去了，再待下去他会想帮唐凛替天行道。

再次回到青山绿水。

“噗——”

再再次回到青山绿水。

“噗——”

再再再次回到青山绿水。

“噗——”

得摩斯：“……”

谁能带他离开这片被噩梦白团子支配的深渊山巅？！

2

【白团团之三】

又是客厅，只不过这次变成了深夜。

全世界仿佛都睡了，连风都停了，窗外夜色深沉，月光静谧。

范佩阳靠坐在沙发里，睡着了。唐凛正在偷偷靠近他，并无耻地举着手机自拍留念。

无耻吗？得摩斯只觉得可怜。

哪怕这些人在他看来都是虫子，但虫子和虫子也是不一样的——有的让人想一脚就踩个稀巴烂，有的让人想蹲下来观察一会儿再踩。

但唐凛是第三种。

得摩斯以前从来不知道，这世上还有第三种虫子，就是你不仅踩不下去脚，还想帮他把前路挡着的小石子、大害虫都赶走。

不是这只小虫虫多可爱、多迷人，是太惨了啊！

交朋友交成这样，图什么？

【白团团之四】

这里终于没有范佩阳了，只有一个正在悄悄把衣柜里的衣服往背包里塞的唐凛，塞一件就停下来警惕地听听声音，做贼似的。

问题是他拿的衣服并不多，也就三四件，看起来像是要去短途旅行或者出差。但如果是正常理由，有必要这么偷偷摸摸吗？

得摩斯现身，在背后喊他："喂。"

唐凛吓一跳，猛地转过头来，看见不是范佩阳，松了口气。至于一个陌生人突然出现，似乎不在他的警戒范围之内，他仅仅是流露出一丝疑惑。

得摩斯没有做自我介绍，直截了当地问："你在做什么？"

唐凛愣了下，忽然伸出一根手指压住嘴唇："嘘，你不要那么大声。"

得摩斯也不知道自己哪根筋不对，就听话了，压低声音，用气声又问了一遍："你——在——干——吗？"

唐凛莞尔，笑意里透出一丝顽皮，也用夸张的气声道："偷——东——西。"

得摩斯茫然地看着他手里的包："就偷几……"

唐凛："嘘。"

得摩斯："偷几件破衣服？"

唐凛低头看刚塞进去的衣服，几不可闻地咕哝："就剩这几件了……"

得摩斯越听越迷糊。

唐凛忽地抬起头，特别认真地叮嘱："我只告诉你，你千万不要告诉别人。"

得摩斯愣愣点头："好。"

唐凛将声音压得更低，谨慎而郑重，像在透露一个惊天大秘密："这是一个实验。"

得摩斯："实验？"

"嗯。"唐凛用力点头，有种笨拙的孩子气，"我要把这幢房子里我的所有东西拿走，但不能一次性拿，要像蚂蚁搬家那样，一次偷偷拿走一点儿，直到这幢房子里再没有我的东西。”

所以刚刚唐凛说“就剩这几件了”，是指这个“蚂蚁搬家”的实验已经接近尾声？可是——

“你到底在实验什么？”得摩斯想不出来这有什么意义。

唐凛把背包放到地上，仰头看得摩斯:“实验看看范佩阳会不会发现我的东西在变少。”

同住一个屋檐下的两个人，哪怕只是普通室友，其中一个人的东西越来越少，到了一定程度，另外一个人也总该发现些端倪的。可是很显然，范佩阳是个例外。

明明看清楚了当前情况，得摩斯还是残忍地明知故问：“你就剩这几件衣服了，他发现了吗？”

唐凛不笑了，眨下眼睛，淡淡地惘然道:“没有。所以等拿走最后这几件，我就不要了。”

得摩斯：“不要什么？”

唐凛很努力地弯下眉眼，假装自己不难过：“不要范佩阳了。”

得摩斯怔了一瞬，忽然意识到，他遇见了今天晚上最大的喜讯：“你终于想开了？真要和他绝交？”

“不是绝交，”唐凛严格纠正，一字一句强调，“是散伙。”

散得好，散得妙。得摩斯甚至可以单纯为这件事给唐凛盖个……

慢着，如果这两个人真散伙了，为什么还会一起闯关？前面他考核范佩阳的时候被联手欺负又是怎么回事？

【白团团之五】

在这里，得摩斯找到了答案。

病房，单人床，以及看起来还算健康的唐凛。

得摩斯来过这里，就在深渊之底的第一个黑色毛球怪里。只不过在那间病房里，唐凛病恹恹的几乎要走到生命尽头，而在这里，他眼里还有光彩。

直到此刻，得摩斯终于能确认，这些白团团既不是感情，也不是臆想，更不是什么虚无缥缈的潜意识。它们有着时间和逻辑上的连贯性。它们就是唐凛的记忆。

虽然不知道因为什么它们被封存成了一个又一个的白团团，游离在唐凛的主记忆之外，但他可以负责任地说一句“封得好”。就这一团又一团的糟心记忆，这辈子想不起来都不亏！

得摩斯站在唐凛的病床前，刚要现身，有人进了病房，是范佩阳。得摩斯几乎下意识就想一脚踹过去，却忽然发现对方手里还端着一盘洗好的苹果。苹果又红又大，吃起来一定又甜又脆……

不对，得摩斯甩掉跑偏的思绪，把视线从苹果转移到范佩阳身上，男人把衬衫袖口挽到了手肘，手上还沾着未干的水珠。

所以苹果是他洗的？洗给唐凛的？范佩阳那个浑蛋会给唐凛洗苹果？

“想吃哪个？”范佩阳把盘子推到唐凛面前。

唐凛左挑右选，末了非常郑重地指了一个最圆润漂亮的。

范佩阳笑笑，把盘子放到床边的桌子上，拿起唐凛挑中的那个苹果，开始削苹果皮。

得摩斯：“……”

洗苹果，微笑，削苹果皮，这三件事哪一个都不符合范佩阳的坏蛋人设！

啊，他懂了。得摩斯眯起眼睛，一定是唐凛身患绝症，然后这家伙就良心发现、改过自新了。

嘁，这世上什么都有，就是没有后悔药，人都要死了，再献殷勤有什么用？

“晚上去看午夜场电影啊？”唐凛接过削好的苹果，笑眯眯地问。

范佩阳神情柔和，目光里有许多复杂情绪，可说出的话简单明了：“好。”

好吧，献殷勤还是有用的。

得摩斯看着那二位之间流动的气氛之光，也不知道该生气唐凛的“就是不散伙”，还是心疼自己的“在这里多余”。

不过这间病房里的范佩阳，终于和他在神殿里认识的那个重叠上了。前面几个白团团里，他几乎要怀疑神殿里的那个是“画皮”，否则没法解释为什么神殿里那个范佩阳满心都装着唐凛，白团团里的范佩阳却像个混蛋……抱歉，他不应该用“像”，分明就是！

现在他似乎捋得顺了——因为唐凛生病了，于是范佩阳觉醒了，简直是最俗套的“失去了才懂得珍惜”。

这出狗血剧，得摩斯不想再看下去了。

可就像在第一个白团团里，他管不住自己敲车窗的手一样，在这第五个白团团里，他又号令不动自己的脚了。

他没走，范佩阳先走了。是外面等候的秘书进来叫的，说是公司那边有急事，需要他回去处理。范佩阳显然是不想走的，但唐凛可怜兮兮卖了卖惨，他就乖乖听话了。

得摩斯围观全程，忽然觉得改变的不只是范佩阳。

先前的白团团里，唐凛只会自己开车兜风、自己偷拍合影、自己悄悄蚂蚁搬家，可现在，他会主动去和范佩阳“交锋”了，而且拿得住对方的软肋。虽然那个软肋是他自己。

离开的范佩阳和得摩斯擦肩而过，后者忍住伸腿绊人的冲动，一直忍到病房的门重新关上。

空气一下子安静了。窗外的绿地刚修剪完，淡淡的草香顺着缝隙溜进来，似有若无地浮动。

唐凛放下吃了一半的苹果，从床边的柜子里摸出手机，打开相册，一张张往前翻，一直翻到那张偷拍的合影。他静静看了好久，然后选择删除。可在手机系统弹出“确定要删除”的询问时，他又犹豫了。

得摩斯看得胸闷气短，直接现身：“还想什么，删啊！”

病床上的唐凛吓了一跳，险些手滑选“确定”，幸好最后关头直接按下返回键，退出了相册。

唐凛：“你……”

“你不用知道我是谁，”得摩斯的开场白一次比一次简单粗暴，“我就问你为什么不散伙！”

唐凛张大眼睛，有些惊讶，又有些蒙：“你怎么知道我想过散伙？”

得摩斯觉得心累：“我不单知道你想要散伙，我还知道他根本记不住你的生日、不在公司承认你们的关系、不跟你拍合影，我还知道你做了一个史上最蠢的‘蚂蚁搬家’实验！”

唐凛：“我……”

得摩斯：“我什么我，你不是说东西都拿走了，他还没发现，就不要他了吗？”

自己为什么要站在这里？为什么要问这些狗血问题？

不知道。反正就在这里了，就问了，还莫名其妙就下了决心，如果答案不让他满意，回头两个人都杀掉，破坏工作守则也要杀掉，会受罚也要杀掉，不然不能弥补他受的心灵创伤。

“你能不能让我说句话？”唐凛哭笑不得。

得摩斯没好气地看他：“你现在可以说了。”

唐凛轻轻叹口气，有点儿无奈，又有点儿伤感：“本来是想分道扬镳的，我餐厅都订好了，准备来个散伙饭，结果计划没有变化快……”他把手机丢到一旁，伸开手臂展示自己的病号服，“你也看见了，我病了，治不好的那种。”

得摩斯是看见了，可他不懂，生病是生病，散伙是散伙，这两件事有什么必然联系吗？还是说——

“你舍不得了。因为你活不了多久了，所以你好不容易下的决心又没了。”得摩斯自己找到了答案，然后被这个答案气着了。

不料唐凛一脸茫然：“你说什么呢？”

得摩斯："……"记忆和恐惧一样，都是不会撒谎的，难道他真的猜错了？

"我的确反悔了，"唐凛指指床边的椅子，示意得摩斯坐，"我不仅没和他散伙，还把之前偷偷运走的东西又放回去了。"

得摩斯刚坐下，闻言简直想再蹿起来："为什么？"

唐凛拿过先前吃的苹果，继续啃起来，腮帮子鼓鼓地咕哝："我不想让他发现任何我要和他散伙的蛛丝马迹。"

得摩斯："……为什么？"

这三个字，每多重复一遍，他的焦灼就增加一分。

"时间点不对。"唐凛从盘子里挑了个新的苹果，递给得摩斯，"我不散伙，你生什么气？"他朝得摩斯笑，真心的，眼眉弯得自然好看，"尝一个，可甜了。"

"咔！"清脆的一口下去，果然甜……等等，他为什么要在这里吃苹果？！

"什么时间点不对，"得摩斯追问，"你说清楚。"

唐凛摊手："就是我的病和散伙撞到一起了。如果我现在提散伙，我说再多的理由范佩阳都不会相信，他只会认为我因为生病不想拖累他，才要和他一刀两断。"

得摩斯有点儿转过弯来了："所以他非但不会认识到自己的错误，反而会认为你深情！"

唐凛可怜巴巴地点头："是不是有点儿尴尬？"

得摩斯："……"何止尴尬，一想到范佩阳的"自我感觉良好"要更上一层楼，他简直能气疯。

"不过我生病之后，反而可以静下心来想很多事情，"唐凛缓下声音，"其实这段关系里，我们都犯了错。"

得摩斯怀疑唐凛生病生傻了："你错什么了？"

唐凛转头眺望窗外："我错在不应该把什么都放在心里。我想让他陪我过生日，可我不说，非要用'午夜场电影'让他猜；我不高兴他对外只说我们是合伙人，可我也不说，偏要一个人生闷气；我还'蚂蚁搬家'……"他收回目光，有些不好意思地朝得摩斯笑，"你说得对，这个主意蠢透了。"

他明明在笑，却让人觉得悲伤。

得摩斯问："说了就能改变吗？"

唐凛想了想，从容而坦诚地说："不知道，但有沟通就有希望。人和人的相处本来就是互相磨合、理解、包容。"停顿一下，他想起什么似的，有点儿自嘲，又有点儿后悔，"其实我和工作上那帮家伙磨合得挺好的，但是到范佩阳这里，就忘了。"

得摩斯不知道该怎么往下接，更要命的是他竟然觉得唐凛的"自我反省"还挺有道理。

不，一定是因为他情感经验匮乏，所以容易被洗脑！

“其实在这段关系里，他也很努力。”唐凛吃完最后一口苹果，把果核丢掉，擦了擦手，拉过柔软蓬松的被子抱在怀里，像抱一个毛绒玩具，又满足又有安全感，“他工作特拼命，说这是我们两个的公司，他一定要做到最好……”

得摩斯：“你就不用替他说话了。”

“不是替他说话，”唐凛莞尔，“我就是觉得有点儿可惜，我们两个都很努力，但是没努力在一个方向。”

得摩斯摇头：“你和我说这么多，一点儿用没有，你应该把这些话去和他讲。”

“不要。”唐凛拒绝得果断干脆。

得摩斯无语：“你刚说过要沟通！”

唐凛抬起眼，小声问：“万一沟通完，他把这些都改了，变成一个绝世好男人了呢？”

得摩斯莫名其妙：“这不好吗？”

“不好，”唐凛咕哝着，声音低得几乎听不清，“我就要死了……我死了，他变好了，就便宜下一个人了……”

下一个？什么下一个？

得摩斯领悟好半晌才明白过来。

“我是不是特别自私？”唐凛小声问。

得摩斯摇头，声音前所未有的温柔：“不是。”

离开病房白团团，得摩斯没再回唐凛内心的山巅，而是直接切断“窥探”，再看下去他容易抑郁——过于深入被窥探者的内心，他的情绪也会受到干扰的。

事实上，他现在已经被干扰了，他会随着唐凛的遭遇去难过，去生气，去悲伤，去愤怒。

这样是不对的，可他控制不住。

作为唐凛，其实是经历了“难过—实验—准备分道扬镳—绝症—放弃分道扬镳”这一十分曲折的过程。然而范佩阳什么都不知道。没人控诉他，指责他，劈头盖脸骂醒他。哪怕他现在反省了，知道要珍惜了，那也只是因为唐凛生病的刺激，而不是真的意识到，他从前的所作所为给了对方多少伤害。

从客观角度讲，两个人的事，一个愿打一个愿挨。

从私人角度看，他想把范佩阳磨成粉撒进深海水世界。

视野重新回归神殿，面前是仍未回神的唐凛，后方是已经通关的十四人，得摩斯谁也不看，就看范佩阳。

范佩阳本就一直盯着他俩的方向，瞥见得摩斯望过来，微微挑眉。

3

唐凛从被窥探中清醒。

之前围观得摩斯窥探别人的时候，虽然被窥探者没表现出太多的异样，但毕竟是“内心被刺探”,他总以为多少会有些不适和抵触。可实际上,什么感觉都没有。他就像睡了一觉，整个过程宁静、平和。

不过当神志渐渐回笼，视野重新清晰，他还是多少能感觉到那段“被窥探之旅”有些漫长。

得摩斯依然站在他面前，不过没看他，目光正投向后方的通关者阵营，而且意味不善。

唐凛有些不解地回头，随着得摩斯向后望，可通关者阵营里并没有什么异常，如果非要说，那就是十几个闯关者脸上都挂着同款茫然。

明明是窥探自己，为何先醒来的得摩斯要看其他人？唐凛百思不得其解，直接问守关者，危险系数又太高，便决定先向通关者阵营的人旁敲侧击一下。

“那个，”他朝通关者阵营里的伙伴们礼貌询问，“我是不是……失神了很久？”

失神是“被窥探”的委婉说法，毕竟现在守关者阴晴不明，万一太直接的词把他刺激到了，对于还在考核中的唐凛来说实在不划算。

虽然委婉，但通关者阵营的众人默契地一听就懂，纷纷点头。

和尚：“很久？那是相当久——”

五五分：“你俩对视的时间都够看场电影了。”

全麦：“你心里到底有多少恐惧啊？”

丛越：“白路斜还非说你俩在心底世界私奔了，弄得范总脸色极差。”

唐凛把视线转移到范佩阳身上，收获一张低气压的脸。然后他又默默把视线转回丛越身上，客观陈述：“范总现在的脸色也不太好。”

“这可和我没关系了，”白路斜懒洋洋地晃荡起一条胳膊，甩锅，“他现在不爽，是因为得摩斯窥探完你之后就一直在瞪他。”

唐凛诧异地问：“为什么？”

白路斜举起的胳膊微微偏转方向，伸出的一根指头风向标似的直指得摩斯：“你问他。我们也想知道。”

唐凛把头转回来，恰好得摩斯也收回目光，两个面对面的人终于视线交会。

唐凛的思绪一下子回到正轨——他还在考核中！

得摩斯看见了他的恐惧，先一步清醒后反而去望范佩阳，前后一联系，唯一的解释只能是他的恐惧和范佩阳有关。

所以说来说去，还是要回到考核的中心思想。

“我的恐惧是什么？”没等得摩斯说话，唐凛先开了口。

其实他大概能想到自己害怕什么，并且根据前面观察下来的考核经验判断，自己的恐惧怕是不会让得摩斯太惊喜。不惊喜，就有“被判死刑”的危险，所以他必须先开口，尽量掌握主动权，给自己争取到更大的通关概率。

他不想死在这里！

“你的恐惧啊……”得摩斯幽幽吐出这几个字，带着点儿漫不经心。

他现在真的完全不关心唐凛的恐惧，只想把刚才经历的那场虐心记忆之旅拿出来晒晒，让大家伙都尝一尝，不能就他一个人憋屈生气。但守关流程必须走，尤其闯关者都直接问了，他还不往下执行，回去都没法解释。

“黑色毛球，”得摩斯无精打采地道，“三个。”

唐凛：“……嗯？”

众闯关者：“……啥？”

得摩斯叹口气，对于即将说出口的台词，莫名也觉得有一丝羞耻：“你的恐惧是三个挤在一起的黑不溜秋的毛球，就在你的恐惧深渊之底。”

唐凛：“毛球？”

众闯关者：“挤在一起？”

得摩斯忽然抬头，望向通关者阵营，随手点了下山虎、丛越、和尚：“你们三个，靠一起。”

下山虎、丛越、和尚的确是相邻站着，但彼此都至少有半步距离，突然被要求“靠一起”，你看我，我看你，最后只得茫然地凑了凑，变成三人肩并肩。

得摩斯：“再紧密一点儿。”

三人硬着头皮，挤成一团。

得摩斯满意点头，看向唐凛：“就这么挤在一起，我去抓，它们还跑。”

下山虎、丛越、和尚：“……跑？”

得摩斯：“这个不用演！”

唐凛没忍住，嘴角弯起，想到自己心底住着三个黑毛球，就还……挺萌的。

“我要是你，就笑不出来了。”得摩斯的声音沉下来，像午夜游魂的低吟，幽暗、危险，“你的恐惧是最寻常最俗套的那种，我曾在这里见过无数次，见得我都要吐了。一百个拥有这样恐惧的人，在我这里都未必能通关一个……”

“怕死，”唐凛抢了他的话头，“我很怕死，对吗？”

得摩斯有些意外。

唐凛的恐惧并不像范佩阳那样，一出生就是清清楚楚有名有姓的书籍，毛球怪再可爱——当然这个形容词他持保留意见——本质上也是恐惧怪物。而这样怪物形态的恐惧，几乎很难被人明确认知。说白了，都是潜意识里的恐惧，像崔战担心父母、五五分恐惧过气、和尚害怕单身，都是被他挖出来，对方才恍然大悟。

甚至连他这个窥探者，都要抓住毛球怪才能知道内里是什么。

唐凛的“自我清醒”和范佩阳的“奇葩书架”一样，都是极罕见的。

“看来我猜对了。”唐凛从得摩斯的神情里读到了答案。

得摩斯静下心来，感应唐凛的“恐惧波动”，这是一个闯关者是通关还是死刑的唯一标准——很平静，几乎没有太大的波动。

得摩斯莫名松了口气。如果唐凛的波动超过红线，他就必须执行死刑，那么他吃的一路过期假狗粮就再找不到机会吐出来，他能内伤到明年。

“是的，怕死，”得摩斯说，“你仅有的三个恐惧里，两个都是怕死。”

唐凛笑了，了然道：“一个是怕我自己死，一个……”回头看范佩阳一眼，“是怕他死？”

“都对。”得摩斯说着，摇摇头，“但我理解不了第二个。”

全场闯关者：“……”这种摆明就是让对方秀的问题，为什么要问啊？！

唐凛：“如果没有他，我早就死了，所以他的命和我自己的命一样重要。”

得摩斯：“感谢你没有说‘他的命比我的命更重要’。”

“也差不多，”唐凛很自然地道，“如果只能二选一，我愿意拿我的命去换他的。”

众闯关者：“……”看吧，暴击来了。

不过……众人看向周身气场急剧降温的守关者——也不用这么愤怒吧，还不是单纯意义上的愤怒，而是那种“哀其不幸怒其不争”的复杂情愫。

与之形成鲜明对比的，则是范佩阳——肩膀挺起来了，腰板也直起来了，小夹克也抖起来了，小手还插上兜了，虽然所有动作的幅度都很轻微，但依然挡不住灵魂的快乐和狂野。

“第三个恐惧，”得摩斯把话题拉回来，“你再猜一猜。”

这回唐凛迟疑了。在怕死之外，他当然还担心很多事情，但到底哪个脱颖而出进驻到了他的心底，的确有些模糊。

得摩斯等，等得很有耐心。

可唐凛最终放弃：“你来告诉我吧。”

得摩斯无所谓，反正就是走个流程，谁说都一样：“你怕你拒绝了范佩阳之后，和他连合伙人都没得做。”

唐凛怔在那儿，被这第三个毛球的内容打了个措手不及。

众闯关者更是被迎面一拳，彻底蒙了。什么叫“拒绝”？什么叫“合伙人没得做”？

十几双眼睛全集中到范佩阳身上：“你俩现在连好朋友都还不是？！”

范佩阳沉默片刻：“暂时还不是。”

众闯关者：“……”

那先前他们被秀的都是什么？！

“但以后会是的。”范佩阳微微昂头，语气笃定。

这话虽然很欠打，但众人的确没法反驳，毕竟唐凛对范佩阳的……等一下！众闯关者的目光重新聚焦到唐凛身上——唐凛还愣在那里，看起来并没有范佩阳那样淡定。

闯关者们只能由表面反应来推断，得摩斯却能直接感应到心里——那个说“怕死”都没多大情绪起伏的唐凛，因为第三个恐惧，波动峰值已抵达了危险的红线。

唐凛知道情况不太妙，他面上虽没太大反应，可心里的冲击自己清楚。他没想到，“拒绝范佩阳”这件事，给自己带来那么大的心理负担。换句话说，他比他以为的更在意自己和范佩阳的关系。他甚至顺着第三个恐惧发散开来，如果范佩阳真的要和他绝交，他会不会用“答应对方一切条件”来换这个人依然在身边。

他不敢再往下想。他怕知道答案。

得摩斯的鼻尖史无前例地渗出汗珠。因为唐凛的内心波动超过红线了，依照规则，他必须立即宣布对方不通过，并将其杀掉。

可他一点儿都不想这样做。

对唐凛产生了同情或者心疼？不，不可能的。他不愿意动手的唯一原因，只是他还有很多疑问没解开，还有一堆白团团要砸到这个神殿里，让浑蛋疼，让笨蛋醒，让其他人和他一样激情被虐。

但流程就是铁则。得摩斯微微眯了下眼睛，瞳孔一瞬间变得极黑。

几乎所有人都在这一刹那感觉到了守关者的杀机。范佩阳更是一个箭步冲出通关者阵营。可就在他想继续往前的时候，得摩斯眼里的杀气突然消失了，取而代之的是极度的错愕。

而在他对面，唐凛已经从冲击中平复，目光重新镇定。

围观者不清楚两人之间变幻莫测的暗流，得摩斯却清楚——就在他想动手的那一刻，唐凛的内心波动突然极速降回了安全区。

这过程和之前五五分的恐惧波动有些像，但又有本质区别。五五分的波动只是接近危险值，在这个程度上将波动平复下来，虽然难，但不是没可能，所以五五分做到了。可唐凛情绪波动的最高峰已远远超过红线，在任何一个闯关者身上，这都意味着彻底的情绪失控，甚至崩溃。到了这个地步，还能把心态拉回来，这需要极大的意志力。

得摩斯不知道唐凛是怎么办到的，但根据规则注释，只要他没动手，闯关者又重新符合了安全标准，那就以最新的情况为准。

得摩斯喜欢这个注释。

重又四目相对，得摩斯才发现，唐凛的眼神比先前多了一丝坚决和一丝冷然，这让他整个人的气场都有了改变——如果之前的气场叫作“沟通”，那现在的气场，应该是“战斗”。

得摩斯惊讶于这种变化。唐凛的韧性超乎他的想象。

“我想我知道你的评判标准了，”唐凛定定地看向守关者，直接且犀利地道，“根本不是什么聊得开心不开心，就是我们这些人在面对恐惧时的情绪波动……你把费尽心思挖到的那些恐惧一个个地当众摊开，尽可能地羞辱被窥探者，让他激动，但凡情绪波动激烈的，都被你杀了……”

唐凛越说，声音越冷，每一个字都像刀子，撕破守关者的虚伪：“我之前一直在想，你和提尔，都是言必提‘考核’，那提尔考核的是我们对文具树的运用，你考核的是什么……”他停顿一下，缓了语速，压迫力却更逼人，“就是‘直面内心的恐惧’。其实恐惧俗套无所谓，恐惧的善恶也无所谓，这一关的通关秘诀其实就一句话——可以有恐惧，但不能让恐惧左右你。”

神殿里，静得连呼吸声都听不见。

如同连环攻击的一席话，让通关者阵营那边恨不能给唐凛鼓掌，简直太痛快了，就应该这么打脸，让嚣张了一晚上的得摩斯知道知道，他那点儿小伎俩根本就不够看！

但是心潮再起伏，众人还是屏住了呼吸，低调再低调。因为得摩斯现在的愤怒值肯定是喷气式上升的，这时候谁冒头都……

“不对。”得摩斯近乎呢喃的话，打断了众人的思绪，也扰乱了上一秒还紧绷到极限的气氛，“你不应该是这样的人，”他有些受伤地看着唐凛，“你在内心里的时候，可温柔了。”

众闯关者：“……”

为什么你一脸受伤？漫长的窥探之旅究竟发生了什么？！

白路斜：“看吧，我就说他俩有事儿。”

刚退回通关者阵营的范佩阳又想“猛虎出闸”了。

围观者茫然，唐凛更困惑，语气也少了些冰冷，多了几分缓和：“我……温柔？你不是窥探恐惧吗？”

谁会在恐惧里温柔似水？

得摩斯终于等到了心心念念的环节：“我不只看了你的恐惧，还看了你的记忆。”

唐凛的心弦因为这个词莫名绷紧：“记忆？”

得摩斯似有若无地扫了范佩阳一眼：“确切地说，是你被封存的一部分记忆。”

唐凛和范佩阳不约而同看向彼此。难道真是那段记忆？它没有被文具抹去，而是被文具封存在了心底？

“你看他干什么？！”得摩斯又胸闷气短了。

“行，”唐凛好脾气地回过头来，“看你。”

得摩斯做了个深呼吸，问：“想不想知道你被封存的记忆里都是什么？”

唐凛没料到得摩斯真要公布。那些记忆无非就是他和范佩阳的过往，如果他真那么想知道，直接问范佩阳就好了。可他到现在都没问，就是因为“知道过往≠友情重燃”，一旦他问了，范佩阳也说了，然后呢，他要怎么收场？所以目前最有益于队伍团结的，就是保持现状。

“其实，不太想。”唐凛刻意让自己忽视后方范佩阳灼热的视线，只谨慎而真诚地回答得摩斯。

得摩斯点点头：“行，我全都告诉你。”

唐凛：“……”

守关者的态度摆明是“我意已决”，唐凛也就想开了，随他吧。自己和范佩阳之间的事情，蒙混过了今天，也含糊不过明天，以现在“恢复记忆遥遥无期”的情况，范佩阳迟早会耐心耗尽，回过头把从前都拎出来和他掰扯清楚，与其等到没退路的时候硬着头皮面对，还不如先让得摩斯打打前站，探探路。一来能侧面看看范佩阳对两人关系的态度，是不是真的一点儿退让余地没有，必须恢复从前。二来，说句真心话，他其实也很好奇从前的自己为什么会和范佩阳发展出那样深厚的感情，或许从记忆中能寻到一些答案。

相比唐凛的百转千回，范佩阳的想法就简单直接得多——说，请快说，如果需要动力赞助，我可以付钱刷卡！

从唐凛失忆的第一天起，他就希望能来这么一个人，把他们昔日的点点滴滴告诉唐凛，让唐凛知道他说的都是真的。可是没有这么一个人。因为他们几乎瞒过了全世界。

他也曾无数次地想过，干脆由自己来和唐凛讲，可每每这个念头一出来，又被他压了下去。找不到对的时机，找不到对的气氛……这些都是敷衍的话，真正的理由是，他开不了口。

面对失忆的唐凛，他做不到把过往一桩桩一件件拿出来，来证明他们曾有多好。因为那就像在和对方卑微地恳求：请你相信我，请你心疼我，请你重新把最真挚的感情给我。

没人能让范佩阳恳求，唐凛也不行。

两个当事人的态度，得摩斯看在眼里——

唐凛一副不抵触了、“想公布就公布吧”的随缘模样。

得摩斯点点头，嗯，还算有救。

范佩阳眼底波动，全是“快点儿说”的期待之光。

得摩斯微笑，趁现在还能乐呵，你就抓紧乐呵吧。

最后，得摩斯用犀利的视线环顾神殿：“都给我打起精神来！”

众闯关者：“……”

不是说唐凛的事吗，为什么要 Cue 他们这些围观群众？

还没等闹明白，那边得摩斯已经开始了：“在我开始讲之前，你先回答我一个问题，你这部分记忆为什么会被封存？”

这个提问一下子把所有八卦群众的注意力都勾过去了。

不过就算没有得摩斯先前那句提醒，他们也真情实感地打起精神了。

记忆被封存？又一个和白路斜一样的失忆者？不不，得摩斯说的是“这部分”，意味着唐凛只是部分失忆？可是这部分又是哪部分？得摩斯为什么频频去看范佩阳？唐凛失去的记忆和范佩阳有关？明明秀得那么熟练，非说只是合伙人，如果必须给这种违和感一个解释……

啊！十几个人霍地瞪大眼睛。难道唐凛失去的是有关他和范佩阳的记忆？！

经历了太多的围观者，这一刻都成了福尔摩斯。

“我差点儿忘了，你记忆有缺失。”还没等来唐凛的回答，得摩斯先转了方向，改去看范佩阳：“你一定知道原因，你来……”

“不用，”唐凛打断得摩斯，“这个我记得。”既然决定要面对，那他的事情就由他自己来说，“我之前脑子里长了东西，位置很不好，没法开刀，医生说我最多还能活三年……”

唐凛惊讶于自己的平静，明明是不久前的事情，可现在讲来却恍若隔世。他真的重生了，而给他新生的，就是范佩阳。

“后来我的病发展到压迫神经，我连走路都不行了，只能坐轮椅。医生让我做好思想准备，我明白那是什么意思……”

神殿里安静异常。

等待八卦的围观众人怎么也没想到，会是这样一个令人绝望的序幕开场。

唐凛：“就在那个时候，范佩阳闯完了前十三关，进了许愿屋。”

得摩斯好像能猜到后续了：“然后他就许愿把你拉进来了？”

唐凛："对，进来之后，他用幻具治好了我的病。"

众闯关者："……"

这操作太霸道了！能想到把人拽到关卡世界里用幻具治病，就已经是神仙思路了。更让人佩服的是，甘愿用属于自己的愿望来换另外一个人的命。许愿屋里的一个愿望啊，能让你一夜暴富，能让你战斗力飞跃，多少人甚至还嫌一个愿望太少。有几个能做到，把愿望许到别人身上？

"还有一件事，"唐凛又说，"是我后来才知道的。"

得摩斯正想着治病和失忆有什么关系呢，闻言一愣："什么事？"

唐凛回头看向通关者阵营里的范佩阳，顽皮眨眼："这是竹子和我说的，你要找人算账，找他。"

不等范佩阳回应，唐凛又转回头来，之后，眼里才溢满沉甸甸的感激。

只有得摩斯看到了。

"到许愿屋的时候，他已经找到永远离开这里的方法了，"唐凛说，"但为了拉我进来治病，他放弃了。"

得摩斯："……"

所有闯关者，包括白路斜都挑起了眉："……"

一个能离开这里的机会，抵得过一百个愿望。这还能说什么？这就是兄弟情深啊！

"对了，"唐凛再一次回头，不过这回不看范佩阳，而是看所有通关者，"那个离开的方法，一百万买的。"

众人："……"

他们竟一时分不清这是秀感情还是炫富！

4

如果没看过那些白团团，单听唐凛的叙述，得摩斯能给范佩阳发个"朋友楷模"的奖状。但是他看过了，谁也别想动摇他的正义立场。

"说重点，"得摩斯不想再听范佩阳的事迹，浪子回头对他没用，是浪子，就拍死，"幻具让你痊愈了对吧，那为什么会把你的一部分记忆封存？"

"这也是我们想知道的。"唐凛说的是真话，这个问题一直困扰他们到现在，"范佩阳治疗我用的是'‹幻›完好如初'，我的身体当即痊愈，但我也把和他的……一些记忆忘了。"大庭广众，唐凛还是下意识地斟酌了用词，"如果说'完好如初'也能对记忆有作用，那我的记忆应该整体回到某一个原点，而不是这样有选择性地被封存……”

“完好如初？”得摩斯打断他，重复了一遍幻具的名字。

唐凛停下，认真看他：“对，‘〈幻〉完好如初’。你想到什么了？”

得摩斯点点头：“那就对了。如果我是那个幻具，我不会只挑这一部分，我会在你心里把范佩阳这个人整个封存，密不透风，永不见天日。”

唐凛：“……”

范佩阳：“……”

众闯关者看不过眼了，渴望真感情的和尚第一个抗议：“人俩的事儿，你咬牙切齿干什么？”

得摩斯用“你们太年轻”的目光扫视众人：“先别急着站队，听我说完……”

他的视线最终落回唐凛身上：“‘〈幻〉完好如初’不是单纯的身体治愈，它会让你身上、心里所有的伤，全回到完好如初的状态。”

唐凛愣在那儿，脑子里有片刻的空白。

他能理解得摩斯的话，可是能理解不代表能接受。他从没想过和范佩阳的过往会是自己的一道伤，如果想过，他或许早早就能判断出失忆的原因。但就是因为没想过，即使现在得摩斯这样正式地说出来，他还是没办法相信。那个在他生病之后一个人支撑起公司的范佩阳，那个拿一个愿望换他健康的范佩阳，那个不顾自己生命危险也要去帮他找恢复记忆幻具的范佩阳……和这样一个人的过往，是伤？

“你不用觉得惊讶，一个人今天好不代表过去一直好。”得摩斯先和唐凛说，又抬头看通关者阵营的众人：“你们也不用惊讶，听我讲完就明白了。”

最后，他看向范佩阳：“……你跟着惊讶什么？！”

范佩阳平静的神情里的确有些许惊讶，被得摩斯骂了，那惊讶里又多了一丝无辜。

得摩斯一看他就气不打一处来，关键是这人摆明不觉得自己有错。

“我先把话说在前面，”得摩斯深吸一口气，稍作平复，向唐凛表明立场，“我只看了你五段记忆，也只和你说这五段。说这些的目的？没有。我就是看了，必须说，不说不舒服，明白？”

好像明白，又好像不明白，略微思索几秒，唐凛朝他温柔一笑：“嗯，谢谢。”

得摩斯：“……”果然有心机，不久前才刚说完对方没有在内心里那么温柔了，就来这么一下，烦躁的是他还挺受用。

“第一段记忆，”得摩斯直接进入正题，开门见山给出关键字，“午夜场。”

唐凛和范佩阳同时一震。

这是失忆后他俩唯一尝试过的“同过去的联系”，可惜结果有点儿惨——唐凛不记得自己喜欢看午夜场电影，范佩阳也并没有从再一次的“同看午夜场电影”里找回任何从前的感觉。

给出关键字的守关者见唐凛神情有变，立刻追问：“你对这个有印象？”

唐凛摇头，实话实说：“范佩阳说我喜欢看午夜场电影，但我一点儿都不记得了。”

得摩斯又问范佩阳：“你呢，不会也没印象吧？”

范佩阳不知道得摩斯对自己哪儿来那么大火气，不过他也不关心，如果得摩斯能帮助唐凛恢复记忆，对方态度再恶劣都行：“我又没失忆，当然记得。他喜欢看午夜场电影，在生病之前，总想和我一起去，我……”停顿一下，他坦诚，“我一直嫌浪费时间。后来他生病了，我才开始和他去看。”

通关者们面面相觑——

五五分：“典型的失去了才后悔啊。”

和尚：“我经验少，不太懂，这算渣吗？”

白路斜：“嘁，看电影而已。”

下山虎：“小渣吧。”

全麦：“胖子，你怎么不说话？”

从越：“实话和你们说吧，我拿范总当偶像。”

五五分：“那你闭嘴，先去摘掉滤镜。”

“他喜欢看午夜场电影？”得摩斯刻意扬起的声音拉回众人的注意力，只见他仍看着范佩阳，满眼嘲讽，“他第一次约你看午夜场电影那天是他生日，但是你忘了，最后是我陪……不对，是他自己去看的。后来他一而再，再而三地约你去看午夜场电影，不是因为喜欢，是想让你记起来，那天你究竟忘了什么。”

第一次，范佩阳消化信息的速度停滞了。明明说的是他经历过的事情，可让得摩斯这样一讲，就像一件完全陌生的事。

半晌的恍惚之后，他看向唐凛：“你为什么不直接说？”

唐凛也被问住了，茫然去看得摩斯：“我为什么不直接说？”

得摩斯又看回范佩阳：“以你们两个的关系，这种事还用直接说吗？如果连生日都要对方提醒才能想起来，是不是有点儿悲哀？”

范佩阳沉默了。

众闯关者的目光在范佩阳、唐凛、得摩斯三人之间转了一圈，就一个感觉——得摩斯，你好懂。

“先别急着辩解，”眼看范佩阳要说话，得摩斯伸手做了一个“Stop（停）”的手势，“听我说完后面的。悲惨记忆之二……”

唐凛：“……”这个前缀还真是沉重。

“你们两个住在一起，”得摩斯和唐凛说，“但他不允许你在公司公开，哪怕你们每天同一个餐桌吃早餐，上班时间也必须错开十分钟。”

唐凛条件反射要回头，却后知后觉地发现这样的站位很不方便，索性右转九十度，然后退后两步，这样左前方得摩斯，右前方通关者阵营，随时两边望。

“为什么不能公开？”换站位后的第一道目光，他给范佩阳。

这件事没有午夜场电影那样令人重新审视的“AB面”，范佩阳记得清楚：“你当时就问过我，我也解释了，这是我们两人之间的私事，没有必要拿到公司。我并不介意被议论，但合伙人私交过密，在公司的职能又有不同侧重，很可能会让中高层的员工在做决策时多想，没必要给他们增加这种负担，也容易影响公司效率。”

这一席话太有理有据，甚至有那么个瞬间，唐凛还以为自己回到了公司高层会议上，正听着范总掷地有声，侃侃而谈。

没再麻烦得摩斯，这回他自己问：“然后呢？听完你的解释，我怎么说？”

范佩阳皱眉想了一下：“你没说什么，就是同意了。”

唐凛心里蹿过一种很微妙的感觉，离受伤、难过什么的还很远，就是有点儿不解，有点儿别扭，还有点儿淡淡的堵。

范佩阳似乎在唐凛的沉默中读出了些什么：“其实你……不同意？”

“我不知道。”唐凛轻轻摇头，“我不记得了，没办法替那个时候的自己回答你。”

范佩阳：“不要那个时候，就现在这个你。”

唐凛认真看他，尽量客观而诚恳：“我会说，你讲得有道理，但这一番话太冷静、太公事公办了，有点儿伤人。”

范佩阳：“以前的你也是这样想的吗？”

唐凛苦笑：“我说了，你别问我，我不记得。”

范佩阳再次沉默了。“不记得”这三个字就像一把所向披靡的剑，斩断了他所有的追问和念想。

“你别欺负一个失忆的人，”得摩斯把范佩阳的魂儿喊回来，“不公开也就算了，你连一张合影都不和人家拍，逼得他最后可怜到只能趁你睡着了偷偷自拍合影。”

范佩阳愕然看向唐凛：“这点儿小事为什么不直接和我说？”

唐凛终于明白手机里那张自拍为什么那么孤零零了。因为范佩阳不愿意，所以从前的自己再想要合影也只能偷偷来。

但如今他比范佩阳还愕然。对啊，为什么？

对上范佩阳渴望答案的眼神，唐凛摇着头朝他笑一下："不知道。如果你问现在的我，别说一张，就是一百张，哪怕你不愿意，我也有的是办法让你点头。"

范佩阳："……"

"你的脑子是不是都在深海里喂鱼了？"得摩斯服了范佩阳的无知无觉，"为什么连这点儿小事都不直接和你说？是因为他不想让你困扰，哪怕只是一件小事！"

通关者阵营——

和尚："你们现在怎么看？"

五五分："太虐心了。"

白路斜："没一件正经事。"

下山虎："中渣。"

全麦："胖子，你摘完滤镜没？"

从越："暂时粉转路。"

"你是不是到现在还不能理解，为什么你的情谊深厚到别人那里全成了伤害？"得摩斯越说越痛快，俨然进入"你伤害了我，我也不让你好过"的纯报复状态，"那我就让你一次死个明白。唐凛做过一个'蚂蚁搬家'的实验，你不知道吧？"

范佩阳皱眉："搬家？"

唐凛歪头："蚂蚁？"

一个到现在不知道自己错哪儿，一个到现在不知道自己受了多大伤害，得摩斯要被他俩气死了："对，蚂蚁搬家，就是你——"他看向唐凛，"每次从你俩一起住的房子里，拿走一点儿自己的东西，每次拿一点儿，每次拿一点儿，看看你——"他又瞪范佩阳，"看你什么时候能发现，如果到最后你还发现不了，他就和你散伙。"

唐凛心跳忽然乱了一下，没来由地忐忑："他发现了吗？"

得摩斯斜眼瞥范佩阳："你说呢？"

范佩阳静默良久，说的却是："他没和我散伙。"

得摩斯冷笑："他餐厅都订好了，准备给你最后的浪漫——散伙饭。"

范佩阳："那为什么……"

得摩斯："为什么最后还是没提？因为他发现自己生病了，他怕这个时候再提，你会认为他是不想拖累你，故意和你散伙。"

范佩阳："……"

通关者阵营——

和尚："来个人拦我，快点儿，不然我就要上去动手了。"

五五分："没人拦你，记得把我的份儿也打了。"

下山虎："这种人都能有朋友，没天理啊！"

从越："……"

全麦："想什么呢？"

从越："粉一个偶像，应该离他的能力和魄力近一点儿，离他的私生活远一点儿。"

全麦："可是你的表情很悲伤。"

从越："……太渣了！"

全麦："喂，那边那个，你又想什么呢？"

白路斜："还挺招人疼的。"

全麦："谁？"

白路斜："唐凛。"

全麦："……"

白路斜："你躲什么？"

全麦："我怕范佩阳轰你的时候炸到我。"

得摩斯没理会通关者的叽叽喳喳，视线仍锁定范佩阳。后者的神情有些恍惚，像在思考，又好像受到的冲击太大，怎么也想不出所以然来。

得摩斯嘲讽地耸耸肩："你知道我在看这段记忆的时候是什么感觉吗？我可怜唐凛，连提散伙都担心被自我感觉良好的你错误解读，你说这朋友交得是不是有点儿惨……"

"不过我不同情他。"得摩斯忽然话锋一转，"那么多人，和谁做朋友不好？他自找的，活该。"

范佩阳眼神一暗，眉间不悦。

"别急着生气，我还没说完。"得摩斯把散落下来的金发向后拨，让锐利的眼神更直接，"我不同情他，但我更讨厌你。你知不知道在那些记忆里他有多温柔，多心软，你怎么好意思欺负得下去，你有本事挑一个我这样的比画比画看看。"

众闯关者："……"

这叫不同情？！

得摩斯的挑衅，反而让范佩阳冷静下来。守关者的态度不重要，守关者提供的信息才重要。那些他以为清楚得不能再清楚的过往，却有着这么多他不知道的另一面，说心里没受到震动是假的。可是唐凛为什么要把心思藏起来，为什么不能直接和他讲？

他把这些问题抛给当事人，却只能收获一个无辜的微笑——对不起，我不记得。

唐凛将范佩阳神情中细微的变化都看在眼里。他能想象对方受到的冲击，因为他自己也一样。他原以为会听见一堆感人至深的细节，可最终得到的是一颗颗忘了放糖的话梅，吃的时候以为是酸甜，再咂摸咂摸，只有酸。

难过吗？难过。但是一种旁观者角度的难过，为那个委屈的自己难过。

通关者阵营的众人已经默默后退到了两米开外，重立阵营，只留范佩阳一个人在原地，一枝独秀。

渣男，必须撇清关系！

“唐凛。”范佩阳毫无预兆地开口，打破了神殿的寂静，也将包括得摩斯在内的所有人的焦点，拉回到了他们两人之间。

唐凛不知道范佩阳要说什么，但不管说什么，他都会用心听：“嗯，我在。”

范佩阳忽然迈步走了过去，一直走到唐凛面前。两人之间只一步之遥，比社交距离近，但比亲密距离又远了那么一分。

范佩阳的目光很烫人，他说：“我不喜欢猜。”

唐凛愣住。

得摩斯和所有通关者都愣住。

谁能想到，范总在暴风雪般的被打脸后，说的第一句话居然是“我不喜欢猜”……

毫无所觉的范佩阳还在继续：“过去的事情没有办法改变，但是从今以后，你可以怎么想就怎么和我说。在我面前，你不需要有任何顾虑。”

足够郑重，足够诚恳，就是姿态高到天边了。

众闯关者都不知道该怎么评价这番道歉了……如果这真算道歉的话。

说不清谁全对谁全错？呸，就是姓范的全错！

“我说了，你就会照做？”唐凛的语气出奇的平静，甚至带了点儿温和。

众人心里一惊，不是就这么原谅了吧？！

范佩阳眼里再看不见其他人，只有唐凛：“我会。”

唐凛再确认一次：“任何事都会？”

范佩阳短暂静默后道：“只要不影响你的健康和安全。”

唐凛点头：“那我说了，我们在这里是战友，出去以后就只是合伙人。”

范佩阳猝不及防，定在那里。

唐凛轻轻呼出一口气，是他拖拖拉拉把事情搞复杂了，是他模棱两可的态度给了范佩阳希望和错觉，其实早在失忆的第一天，他就该和他说清楚。

“你刚刚让我怎么想就怎么和你说。其实我真的很感谢你把我拉进这里，让我有了重生的机会。我这条命是你给的，不管什么时候，只要为你，我都可以豁出命去……”

范佩阳半眯起眼。十分钟之前，他会因为这些话而动容，可现在他只觉得没意义：“你知道我想要的不是这些。”

“我知道，”唐凛不恼，耐心得就像在和一个熊孩子讲道理，“但我只能给这些。得摩斯说的那些事情，我生不出一点儿怨怼，因为我不记得。但就是因为我不记得，所以我也给不了你想要的回应。”

范佩阳有种不好的预感，可他宁愿相信那是错觉：“现在不记得，不代表永远想不起来……”

“我没办法对未来负责，”唐凛打断他，声音很轻，态度却坚决，“我只能对过去和现在的自己负责。”

范佩阳沉声问：“你想怎么负责？”

唐凛说：“我想替从前的自己，把那件没做完的事情做完……”他的目光平静而坦然，“范佩阳，等彻底离开这里，我们散伙。”

时间仿佛在这一刻静止了，范佩阳僵硬在那里，众闯关者继续呆愣。只有得摩斯一人喜出望外，恨不得奔走相告，普天同庆——

“唐凛，你，通关！”

话音落下，唐凛忽然被手臂上的温热感唤回了神。他抬起胳膊，只见提尔的徽章旁边多了第二枚徽章，但不是白路斜之前获得的那个“恐惧的脸”，而是一颗心，中间画着代表情绪起伏的波浪线。

“恐惧脸是工作章，心跳图是私人章。”得摩斯微微昂头，金发映着苍白而俊美的脸，鬼魅里透着点儿俏皮，“我这是第一次为闯关者破例，别到处炫耀啊。”

5

私人小徽章的发放虽然给得摩斯带来了一点儿快乐，但完全不能抵消他今天晚上的心力交瘁，所以唐凛的考核一结束，他片刻没耽搁，直接将通关的十五人打包踢进了“水世界潜艇”。

这艘潜艇是通往 3/10 的交通工具，待到“终极恐惧”结束，那边的通关者也会被送进潜艇，同神殿这边的通关者会合。

得摩斯回到神庙的露天庭院，后仰着往柔软的草丛里一躺：“呼——”

世界清静了。

“终极恐惧”也好，后续的通往 3/10 也好，都有鸮系统自动推进，所以他今夜的工作到这里就算告一段落了。

真是特别难忘的一夜……

“得摩斯，提尔请求和你对话，是否接收讯息？”

刚放松下来，耳内就响起了提示音。

得摩斯一手枕在头后，一手在空中轻轻一点，半空中出现了半透明的投屏和提尔那张古典气质的脸。

“时间卡这么准，我都要怀疑你是不是溜到我这边偷看了。”一接通，得摩斯就先揶揄了起来。

“我没你那么无聊。”提尔对偷偷溜到别人关卡这种事毫无兴趣，不过得摩斯的话还是让他很意外，“你才结束？”

得摩斯的守关习惯一贯是速战速决，共事这么多年，提尔对此再清楚不过，所以今天选这个时间联络，他还担心对方早休息了，要抗议他扰人清梦呢，敢情才刚刚收工？

“对，才结束，”得摩斯疲惫地叹口气，“不要问我细节，因为我一点儿都不想再回忆那些该死的考核过程了。”

提尔很少见得摩斯这么……备受摧残，对，就是这个状态。这倒让他罕见地生出一点儿好奇：“通关几个？”

“都说不要问我了。”得摩斯瞪他一眼，“‘终极恐惧’的还没出来，神庙十五个，有你徽章的四个都在里面，放心了吧？”

每次 2/10 关卡结束，提尔都会第一时间联络得摩斯问这个，两人早已心照不宣。

在提尔这里，毕竟是自己盖过章的闯关者，如果一到 2/10 就折戟沉沙，那说明自己眼光太差，就要反思了。而在得摩斯这里，他虽鄙视提尔对虫子们的这种“操心”，弄得像是盖过章了就要负责一样，但不过是一些通关讯息，给提尔说说也浪费不了两分钟。

四个全通关了。对于提尔来说，信息到此就足够了。如果有持他徽章的人死在得摩斯手里，他可能还会再多问几句，但如果都顺利通过，他就不会再追问这些人的名字。后面还有那么多关卡，这些人还会被一层层筛选，如果他们能坚持到那时候，自然会在鸮里有姓名。

而此刻，他更在意得摩斯刚刚说的通关人数：“十五个？这么多？”

对于其他关卡，可能这个数量正常，但在得摩斯手里，每次能通过十个就算他“心软”了，十五个简直是开卷考试。

“是啊，就是这么多。”得摩斯没好气地往上一吹，吹飞了散落在额前的浅金色发丝，“我怀疑水世界所有奇形怪状的虫子都选在这次闯关了。”

难得见得摩斯这么郁闷，提尔克制住嘴角往上扬的冲动，假装关心地问：“怎么了？”

“怎么了？”一听这个，得摩斯躺不住了，唰地坐起来，恨不能掰手指头数闯关者的罪状，“怕找不到人跟自己一起蹦极的，怕从七十二线掉到查无此人的，怕地下城和水世界没有阳光皮肤又白回来的，有在自己心里弄了一个办公区把恐惧整理得跟图书馆似的，还有一个心里压根儿就是空的，我进去差点儿迷路！”

提尔实在忍不住，还是乐了，不久前被那个叫作范佩阳的闯关者打晕的郁结终于彻底消散。

不过做人不能太过分，所以他说出的话还是很体贴的：“我能理解你受到的伤害了。”

万万没料到，得摩斯斩钉截铁：“你不能。”言语无法将他今晚的遭遇表达千万分之一。

提尔看出一些端倪：“还有其他事？”

得摩斯抿了抿嘴唇，还是把话咽了回去。

有，当然有，他为别人的感情跌宕起伏了一晚上！

但这话说出来有点儿丢脸。而且范佩阳和唐凛还都是被提尔盖过章的，他怎么能承认自己先让一个被提尔盖过章的人怼得哑口无言，再让另一个被提尔盖过章的人领着游了一遍记忆，末了还不自觉带入对方情绪，义愤填膺了。

不过现在静下来，得摩斯倒是由此想到了另外一件事：“提尔，你知道二十年前的‘无预兆 Bug’事件吗？”

“你如果想考我，就出个难一点儿的题目。”提尔扯扯嘴角。

二十年是按照关卡时间算的，如果从闯关者那边的现实世界看，那就是十年前，总之都在他和得摩斯入职以前。不过这种标志性的大事，任何一个在鸮里工作的人都一清二楚，甚至能像定义一样背诵出来——

“无预兆 Bug 事件，指的是二十年前的某一天，鸮系统毫无征兆出现无解的 Bug，该 Bug 导致原本的‘无差别随机吸纳闯关者进入’，变成有条件的‘只吸纳男性闯关者进入’。从那天以后，就再没有女性闯关者进来了，而原本已经在关卡里的女性闯关者，随着时间流逝、闯关减员，数量也变得越来越少，到现在已经基本见不到了……”

说到这里，提尔才反应过来：“你是不是遇上女性闯关者了？不奇怪，我上次也……”

“不是，”得摩斯打断他，“我想说的是，无预兆 Bug 事件还有第二种解释，你听没听过？”

提尔疑惑皱眉，他对小道消息向来不热衷：“第二种解释？”

“嗯，”得摩斯眯了眯眼睛，压低声音，“有人说那次 Bug 事件不是无预兆的，是上面人为干预的，甚至不惜冒着让鸮系统永久留下Bug的风险，就为了让以后的鸮系统只吸纳男人进来。”

“为什么？”提尔第一次听到这种说法，试着去猜，“上面认为女人的对抗能力不够？”

“我一开始也这么想，”得摩斯轻嘲地摇头，“但不是。”

提尔被彻底勾起了好奇，催促道：“别卖关子了。”

得摩斯将投屏拉近，凑过去，声音压得更低：“真正的原因是，一个守关的男人爱上了一个闯关的女人，并且为她不惜反过来对抗这里。”

提尔唇线绷紧，五官皱到一起，满脸一言难尽。好半晌，他才找回声音：“你这都是听谁说的，也太……”

“不着调？不可思议？天方夜谭？”得摩斯嗤笑着替他补完，可笑过，平静下来的脸上又有淡淡的认真，“我以前也觉得不可能。那些闯关的都是虫子，虫子能活着就该知足了，谈什么感情。好，就算谈，也不过是虫子和虫子的互相慰藉，一个守关者竟然会爱上一只虫子，要么傻了，要么疯了……”

提尔越听越不对。得摩斯说的是“我以前也觉得不可能”，那就代表他现在觉得可能了。为什么思想会改变？难道是……

提尔一惊：“你爱上闯关者了？”

天降一口锅，得摩斯被砸得脑袋嗡嗡的：“怎么可能！”

提尔斜眼，满脸写着不信。

得摩斯抚额：“我就是觉得我以前的看法可能有点儿片面，虫子也是有感情的，虫子的感情也是……就还……挺……牵扯人的。”

牵扯人？这是什么形容词？提尔皱眉领会好半天，怀疑得摩斯想表达的是“动人心弦”。

“所以呢，守关者爱上闯关者这个事，也不是完全没可能发生。”说了一大堆，得摩斯终于扣题。

提尔无所谓地摊手：“就算你说的小道消息才是真相，也都二十年了，你总不会还想要打探那两个人的后续吧？”

得摩斯摇头：“我又不认识他们，再说都这么长时间了，说不定早被上面处理了。”

提尔：“那你今天特意和我提这个事情做什么，就为了传播小道消息？”

得摩斯：“不，我是觉得上头想简单了。”

提尔：“什么意思？”

得摩斯：“他们以为不吸纳女人进来就安全了，可男人也能折腾得死去活来活来又死去！”

提尔：“……”这位同事今夜到底经历了什么？

联络结束。

虽然得摩斯最终也没告诉提尔自己究竟是被谁刺激了，但这么倾诉一番，还是让他纾解了不少，也有心情去看看“终极恐惧”那边的情况了：神庙通关十五个，“终极恐惧”顶多通关两三个，加起来也不到二十个，得摩斯觉得这个数量还是在可接受的范围……

给我等一下！得摩斯凑近新调出的投屏，上面是“终极恐惧”的实时现场画面——一堆人挤在船长房间门口，对着房内洗手池流水的水龙头，隔空惊恐。

船长房间是对的。水龙头流水是对的。惊恐也是对的。但是谁来告诉他，为什么都到“终极恐惧”的最后阶段了，存活的闯关者还有一、二、三、四、五……整整十八个人！而且十八个人看着还都全须全尾的，虽然有不同程度的挂彩，可根本不影响其生龙活虎。

6

幽灵船，船长房门前。

走廊静得出奇，只有屋内汩汩的流水声敲打着众人的神经。

何律：“现在怎么办？”

探花：“把水龙头关掉。”

清一色：“谁去？”

周云徽：“都说‘远离水’了，谁敢进去？”

这时候，文具树的实用性就体现出来了。

郑落竹重重叹息，无比想念领导们：“老板在就好了，隔空飞个扳手，拧一下就搞定……组长在也行啊，狼影过去拿小爪爪扑棱扑棱，也关上了……”

“远水解不了近渴，”骷髅新娘一拍自己的肱二头肌，“关键时刻还得看哥们儿的。”

十七双眼睛唰地集中到他身上：“你有办法？”

骷髅新娘胸有成竹地一昂头，一副白花花的骷髅架子毫无预警地出现在众人面前。

十七个伙伴微笑僵硬，十七个恐惧值“biubiubiu”往上蹿，最高的是一个孔明灯组员，蹿到了九十三。

“……你用文具树之前能不能提醒一下？！”十七声咆哮震天动地。

在这种随时可能被鬼吓死的地方，用“白骨战士”这种文具树是需要报备的！之前宴会厅的混战里，有断手、死尸，混个白骨战士在里面跑来跑去也就忍了，这好端端商量对策呢，突然冒出一副骷髅，谁扛得住？

骷髅新娘为自己的文具树抱不平："都并肩作战这么久了，你们说这话，我家骨头会伤心的。"

众人："……"

骷髅新娘："而且他又不是鬼，他是战士，白骨战士，下一秒就要去冒死拧水龙头了，你们不说给战友点儿鼓励，还嫌弃他？"

众人："……"槽多无口，而且莫名就被绑上了道德的枷锁。

南歌第一个伸手拍拍白骨战士的肩膀，用依然沙哑的声音道："加油。"

白骨战士咔咔回头，下巴咔咔开合。

嗯，应该是在冲他们笑。

众人："……"

十七个伙伴扯出整齐划一的笑容，尴尬而不失礼貌地回应。

骷髅新娘聚精会神，直视水龙头，同时操控文具树。白骨战士随即一跃跳入屋内，直奔洗手池，用纤细修长的指骨干净利落拧上水龙头。

水流止住了。

关岚还不太放心，对骷髅新娘道："你让骨头再拧紧一点儿。"

骷髅新娘照做，操控白骨战士又用力拧了小半圈，直到水龙头紧得不能再紧才切断文具树。白骨战士随即消失。

倒计时 00:24:56，房间内和走廊外一样静悄悄。

一个孔明灯组员问："现在怎么办，进屋吗？"

探花沉吟道："通关条件是找到船长房间，在房间内停留至倒计时结束，但没规定必须在房间内待多久。"

大四喜眼睛一亮："意思是只要我们在倒计时结束的那一刻，是在房间里的，就算通关？"

探花想了又想，慎重点头："理论上是这样没错。"

"你别理论上，"江户川听得心里没底，"说点儿实际的。"

探花又要思考，那边蹲在门口的郑落竹先出了声："实际上就是门正在一点点关上。"

众人心里一紧，不约而同去看斑驳的房间门。

果然，原本被完全推开的木门这会儿已经回来一点儿，并以极慢的、要仔细凑近看才能辨别出的速度一点点往回闭合。而就在所有人都凑近去看的一瞬间，门扇的关闭速度突然变快了，一眨眼就从大敞着变成了半敞着。

郑落竹离得最近，反应也最快，一下子蹿起来用身体顶住门，顶住的一瞬间，立刻感觉到一股巨大的力道正在和他对抗。

这股力量要关门。而没人能保证关闭的门还能再打开，也许就像之前客舱里那些门一样，任凭你使尽浑身解数，也甭想从外面打开。

“快进屋——”郑落竹大喊。

其实就算他不喊，众人也看明白了，这就是防止闯关者投机取巧，最后一分钟才进房。

十七人以最快速度进入房间，郑落竹最后一个闪身而入。

没了他的“对抗”，房门“砰”一声关闭。郑落竹转身抓住门把手试了两下，回头朝房内众人摇摇头：“打不开了。”

佛纹：“想到了。”

何律：“既来之则安之吧，我们就踏踏实实在这里待到倒计时结束。”

“真能踏实吗？”清一色持保留意见。

莱昂和关岚进门之后就走到洗手池旁边检查。

江户川关切地问：“不会再漏水吧？”

“那里漏不漏我不知道，”抢答的是唯一的十社组员，他伸手指着斜前方，“但那里，很明显，不对头。”

斜前方，屋内唯一一张床的床下，地面再次凹陷，形成一个比床小一圈的凹坑，里面浅浅的一层水。因为床脚很高，稍微弯腰侧目，这片水就一清二楚。

水龙头可以拧紧，因为流出的水已经顺着洗手池流下去了，不会囤积在房间。可床底的水要怎么办？

“还愣着干什么？”郑落竹一把脱下衣服，团成抹布一样的团，“擦……”

他想号召大家“擦干水”，可刚说了一个字，那片浅浅水里突然咻地冒出什么东西，一下子就从床底钻了出来，直奔众人。

十八个人都在床边，有弯腰的，有站直的，根本来不及反应。

那东西一瞬间穿过十社组员的身体，快到完全看不清。穿过去，它就消失了。而十社组员茫然低头，看刚刚被穿过的胸口，没有一点儿伤痕。但下一秒他就“扑通”倒地，被代表死亡的紫色光芒笼罩着托起。

十八人，死亡一人，剩余十七人。

“挪床，擦地板——”关岚厉喝一声，惊醒了还在冲击中的人。

郑落竹、莱昂、周云徽、何律以最快速度冲到床边四角，合力一抬，光速将床移到干燥地带。

床一抬走，床下的水坑再无所遁形，比单人床小一圈，半个指头深。

剩下的人脱外套的脱外套，脱T恤的脱T恤，反正能吸水就行。可还没等他们脱完，水坑里的东西又蹿出来了，这次是径直往上，咻地贴到天花板。

众人终于看清，那是一个半透明的灰色鬼影，躯干和四肢糊成一片黯淡的阴影，只有一双空洞的眼睛和一张咧开笑的嘴。而被它碰到，就会死。

"危险，危险，恐惧值超过90！恐惧值超过90——"

"终极警告，终极警告，恐惧值超过95！恐惧值超过95——"

所有人的耳内几乎同时响起刺耳警报，而这警报又加剧了他们的恐惧波动，让恐惧颈环的数值继续往上飙，简直是一个恶性循环。

就在这极度危急极度混乱的一刻，洗手池那边又传来流水声。

原本已经被拧得很紧的水龙头，又开了！

"要疯了！"离得最近的骷髅新娘也不用白骨战士了，一个箭步冲上去，双手奋力拧紧水龙头，而且拧紧了就不撒手。

这边郑落竹、何律、大四喜同时启动自己的文具树——

"铁板一块"，面积巨大的铁板骤然出现在十七个伙伴头顶，几乎将整个天花板封住，不给上面的鬼影一丝一毫的空隙。

"墨守成规"，何律声音洪亮地颁布规则："禁止攻击！"

"我是你的幸运星"，大四喜拼尽全力同时给两个人的文具树加强效果。

然而没用，鬼影悄然无声地穿过铁板，一点点往下飘。

"砰——"莱昂启动"中级狙击者"。可空气箭穿过鬼影，打在了郑落竹的铁板上。

而鬼影倏地加速，闪电一样俯冲下来，穿透了一个孔明灯组员的身体。

十八人，死亡两人，剩余十六人。

7

倒计时00:19:48。

和第一次一样，鬼影在杀掉一个人之后，又迅速消失了。

但恐惧感没消失。它像一条细细的、冰冷的绳索，缠绕着每一个闯关者的脖子，一点点收紧，再收紧。

铁板防不住，"墨守成规"的规则无效，哪怕有"幸运星"的加持也是徒劳。

没人知道下一次鬼影什么时候出来，也没人知道下一次死的会是谁。这间狭小的船长房，成了比之前宴会厅更让人毛骨悚然的炼狱。

“文具树根本没用，谁还有防御幻具，赶紧拿出来吧！”依然双手拧住水龙头的骷髅新娘大声疾呼。

“要有还会等到现在吗？！”水坑边，郑落竹彻底把衣服脱掉，第一个将T恤扔到水坑里，蹲下来咔咔按着衣服让其尽快吸水。

骷髅新娘一看他就想起那个宝贵文具，简直痛心疾首：“你的‘走近科学’用得太早了！”

郑落竹一跃而起，奔到洗手池，将吸足了水的T恤奋力拧干：“那时候要是不用，我们都没机会找到这里！”

衣服里拧出的水顺着洗手池流走，没有发生令人担心的“堵塞存水”。

紧盯着洗手池的骷髅新娘松了口气。他这握着水龙头呢，万一洗手池里冒出个鬼影，他绝对第一个壮烈牺牲。

那边剩下的闯关者们也都无一例外脱完衣服，围到水坑旁边，加入热火朝天的擦地板大军。

骷髅新娘脱不开身，帮不上忙，只能祈祷大家的动作快点儿，再快点儿。对于防御性幻具，他也不抱太大念想了，因为那东西确实罕有。在地下城之前的那些关卡里，能防鬼怪的幻具就很少见，进了地下城之后，连普通的幻具都难见到，更别说这种本来就珍稀的。所以他才更心疼“走近科学”，郑落竹用的时候，他单是看着，心都在滴血。可就像郑落竹说的，那时候如果不用，他们连抵达这里的机会都没有。

倒计时00:14:07。

十五件衣服的吸水效率还是极高的，众人几个来回，水坑就基本干了，但坑底还留着明显的水渍。而众闯关者用来“擦地”的衣服也都湿得透透的，即便再拧干，还是湿的，顶多做到滴不出水罢了。

十五个拎着湿衣服的伙伴你看我，我看你，再一起看水坑。

清一色咽了咽口水：“这样就行了？”

何律拿衣服擦掉手背上的水珠：“应该可以了吧。”

“水坑里虽然看着没有水了，但还是潮的。”郑落竹现在已经被搞得杯弓蛇影了，抖抖手里的衣服，“还有这些‘抹布’，在它们真正干透之前，里面也都是水分。”

探花绝望：“你要这么说，我们身体的细胞里还都是水分呢，空气里也有水分，我们还挣扎什么啊，直接等死得了。”

“你……”郑落竹刚要和他杠，水坑边缘的地面上突然冒出鬼影。

之前整整擦了五分钟水坑，什么事没有。

水坑擦干了，鬼影却出现了。

这记重锤不只让众闯关者猝不及防，还把他们刚刚松了口气的心敲得粉碎。

鬼影出来之后，直奔一个铁血营组员。

"小心——"何律从侧面一个猛扑，将人扑倒。

他的速度前所未有的快，竟然赶在了鬼影之前。

鬼影咻地钻了个空，悄然消失。

离何律最近的莱昂和另外一个铁血营组员一齐过去，把人拉起来。

"没事吧？"铁血营组员关切地问。

"没事。"何律喘口气，低头去拉被他扑倒的组员，可手刚伸出一半，就僵在那儿了——自家兄弟直挺挺躺在那里，未闭合的眼里残留着生命最后一刻的恐惧，他脖间的颈环数值，一百。

鬼影没伤到他，但以为躲不过去、必死无疑的他，在那一刻，被心底的恐惧杀了。

"九十四。"探花突然道。

何律抬头，脸上难忍悲痛："你说什么？"

"鬼影出来的时候，他颈环的恐惧值是九十四，是我们所有人里最高的。"探花环顾众人，"还有之前两次鬼影攻击，挑的都是当时恐惧值最高的人。"

郑落竹："你确定？"

探花："你别忘了我的文具树是什么。"

当然记得，"过目不忘"，郑落竹最羡慕的文具树类型之一，聪明型。

"你的意思是，鬼影不是无差别攻击，"江户川听出了端倪，"它会挑当时最接近死亡恐惧值的人下手？"

探花点头："对。"

"是水珠。"不知何时回到水坑那边蹲下观察的关岚和南歌同时出声。

众人立刻围过去："什么水珠？"

不用关岚和南歌回答，一靠近，所有人就都看清了，在水坑边缘的地面上，一滴水珠静静躺着，估计是先前哪个拎衣服去洗手池拧的人不小心滴落的。

其实这样的水珠，在刚刚热火朝天的擦地大作战里到处都是。但擦干水坑之后，细心的南歌又提醒大家把水坑周边也擦干净，所以淋溅到地上的水珠基本都没了，只剩这一滴，成了漏网之鱼。

"水分应该安全，危险的就是'明水'。"关岚说着，直接用手指将水珠一抹，抹成了水渍。

明水，类似明火一样理解，看得见的、摸得着的水，比如水坑、水龙头、水珠。

众人面面相觑，下意识把已经擦过的手，又在裤子上蹭了第二遍，擦得干燥，擦得生疼。

连拧着水龙头的骷髅新娘都飞快松开手，在衣服上蹭了两下，才又重新握回去。

倒计时 00:11:53。

屋里的最后一滴水也被擦掉了。

因为不太放心，孔明灯地下城分部组长周云徽又用“星星之火”把所有可疑的地方烘烤了一遍，火候控制得极其精准，虽然在水坑里留下了几个烧焦的黑印，但毕竟是把大部分水渍都烘干了，还是值得记一功的。

“现在应该没什么问题了吧？”郑落竹环顾四周，算是进屋之后第一次稍稍安心。

洗手池干燥，地面干燥，水坑干燥，水龙头还有骷髅新娘拧着，整个屋内再没有一滴水。

“应该可以了，”关岚在屋中央席地而坐，抬臂看“小抄纸”中的倒计时，“接下来就是等。”

众人也纷纷坐下来，且不自觉就聚成一堆，篝火晚会似的，似乎这样抱团更让人有安全感。

何律：“还剩十分钟，很快就过去了。”

探花：“就怕最后几分钟再来个什么。”

周云徽：“你能不能说点儿吉利的？”

清一色：“这就怕了？那你完了。它不是专挑恐惧值最高的攻击吗，你越怕，它越找你。”

大四喜：“别这样，这个时候我们更应该互相鼓励。”

周云徽：“哎，你看看，这才叫正能量。小四喜，要不要来孔明灯？”

清一色：“一边去，我们莲花本来就要凋零了，你还扯花瓣！”

周云徽：“……”他竟一时分不清这是客观陈述还是自黑。

“你们聊得挺嗨啊，”站立在洗手池旁的“水龙头守卫者”骷髅新娘，手都要拧酸了，“敢不敢过来个人给我换换班……”

“叮——”

突兀的提示音，让刚刚缓和一点儿的气氛再次凝固。

众人整齐划一地抬手臂，连骷髅新娘都弯腰用下巴点开了提示。

小抄纸：“还剩最后十分钟，鬼就在你们中间。”

屋里静得骇人。十五个闯关者缓缓抬头，你看我，我看你，目光却不再是先前的信赖和依靠，而是惶然与惊悚。

“先别急着怀疑，”越到危急关头，郑落竹反而灵光了，“就算鬼在我们中间，通关要求又不是抓鬼，而是我们在这里待到倒计时结束。”

“是的，”南歌第一个站到自家伙伴这边，“所以我们只要这样待着，别自乱阵脚，那个鬼就没办法做什么。”

“就是，”骷髅新娘隔空附和，“它总不能在众目睽睽之下跳出来自爆吧？”

“为什么不能？”孔明灯组员怀疑地打量着骷髅新娘，“如果它就是在最后关头跳出来自爆了，我们全没活路，你负责？”

骷髅新娘皱眉：“看法不同可以讨论，你这是什么眼神？”

“那我就直说吧，”孔明灯组员一个鲤鱼打挺站起来，“我觉得你最可疑，从水龙头第二次打开开始，你就一直和它较劲，擦地板你没参与，鬼影出来也是离你最远。”

“我在这儿保障后勤我还做错了？”骷髅新娘怨气飙升，“你知不知道这玩意儿一直蠢蠢欲动，要不是我，现在满屋子都是鬼影了！”

“不是，吵归吵，你能不能坐下？”挨着自家组员的周云徽伸手拉人，“你这突然蹿起来，太给大家心理压力了。”

众闯关者无比欣慰。这是实话。这人鲤鱼打挺那一下，所有人的恐惧值都飙升了二到七不等的数值。

倒计时 00:08:00。

孔明灯组员重新坐下，骷髅新娘也继续坚守岗位。但因为这一出，部分闯关者的眼底还是出现了犹疑和动摇。

“鬼就在你们中间。”这话杀伤力太大了。

关岚下巴抵着膝盖，视线扫过一圈，把围坐着的人都看了个遍，忽然提议：“既然大家都不放心，那就自证清白呗。”

坐下之后也根本没放心的那个孔明灯组员立刻问：“怎么证？”

关岚：“我刚刚看了一下，现在坐在这里的每一个人，都有同组织的队友在，那就每个人都说一件只有本人和队友知道，但外人不知道的事。”

众人闻言环顾左右，还真是。目前剩下的十五个人里，VIP 两人、草莓甜甜圈三人、孔明灯三人、铁血营两人、步步高升三人、莲花两人，没有一个独行侠。

“行，我先来。”那个孔明灯组员第一个响应。

苦思冥想了一会儿，他忽然转头盯住周云徽。

周云徽被吓了一跳：“看我干什么？”

孔明灯组员气沉丹田，掷地有声：“之前在环形城，是我提议罢免你的组长职务，对不对？”

周云徽：“……”

众闯关者：“……”

这种槽点满满的事为什么可以问得如此正气凛然？！

被自家组员罢免这种事，周云徽真不想承认，但事关“清白”，他只好硬着头皮道：“对，就是你，化成灰我都记得。”

“我证完了，”孔明灯组员把接力棒交到周云徽手里，“该你了。”

周云徽翻个白眼：“不是都让你说完了吗？”

“那不行，”孔明灯组员还很严谨，“我俩不能拿一件事情互相证，你要说一点儿新事。”

周云徽：“……”

十四双眼睛汇聚到周组长这里。

周云徽想了又想，黯然抬眼：“地下城跟我一起闯关的兄弟，全死了，一个没剩。”

郑落竹、南歌、关岚、探花、莱昂、何律一起沉默。

这件事，他们都是见证者。

第七章

孤岛求生 GU DAO QIU SHENG

1

倒计时 00:06:00。

南歌：“地下城的时候，我能顺利进入闯关口，是因为组长和范总送了我一个‘<特>我是 VIP’。”

郑落竹：“姐，你把我想说的抢了……”

南歌：“那你就换个别的。”

郑落竹：“呃，还有什么是只有我俩知道外人不知道的？哦对，你的体重……”

南歌：“你说一个试试。”

郑落竹：“我老板每月给我开的工资是五位数，奖金另算。”

南歌：“我证明。”

众闯关者：“……”

范总，还缺员工吗？

倒计时 00:05:00。

关岚：“我这个草莓甜甜圈地下城分部组长，是抓阄抓到的。”

探花：“我证明。”

莱昂：“嗯。”

众闯关者：“……”

要不要这么随便？！

探花："我还从来没对外说过，我的二级文具树是'一目十行'。"

关岚："正确。"

莱昂静默几秒，抬眼看向南歌："我的外号是你起的。"

突然被Cue，南歌猝不及防，愣了好一会儿才点头："哦，对，我证明。"

关岚、探花："……"

说好的找自家队友证明呢？！

倒计时00:04:00。

佛纹："我每次进关卡之前，都要焚香沐浴。"

骷髅新娘、江户川："……"

佛纹："你俩不要在这个时候沉默啊！"

骷髅新娘、江户川："我俩又没看见你洗澡。"

佛纹："那焚香总看见了吧？"

骷髅新娘、江户川："勉强算你通过。"

江户川："我最开始的文身就一个柯南，后来才把其他角色的头像一个个补上。"

骷髅新娘："我证明，因为他是在看了我的文身之后补的，觉得自己的太没气势。"

江户川："你可算了，我是看下山虎的文身才羡慕的，你那个新娘气势在哪儿？"

骷髅新娘："好吧，我承认，我进地下城的时候没文身，加入了步步高升，说必须文，一到水世界就回现实补文身去了，本来是要文个'白骨战士'，也不知道文身师傅哪根筋没搭对，文出来就是新娘。"

众闯关者："……"

这真是一个悲伤的故事。

倒计时00:03:00。

清一色："我们组原来不叫莲花，叫血战到底。"

大四喜："我证明，后来组长说没有格调，就改了。"

倒计时00:02:00。

何律转头看一眼仅剩的铁血营兄弟，有些为难地道："我是到了水世界，才和这个兄弟认识的，我实在想不出有什么特别的事，是只有我们才知道的。"

"不一定非要我证明，"铁血营的兄弟很义气，"你说一件他们能证明的事也行。"

何律略微思索了一下，抬头："十社的崔组长是晕着过的1/10关卡。"

郑落竹、南歌、关岚、探花、莱昂、周云徽："……我们证明。"

还剩不到两分钟，所有人都洗清了嫌疑，或者说，貌似洗清了嫌疑。

压抑封闭的船长房间中，寂静重临。

“或许……”有人打破静默，“或许所谓‘有鬼’只是个圈套，就为了让我们互相猜忌。”

“也可能鬼不只会伪装，还可以窃取被伪装者的记忆。”

“你怎么总把事情往最坏的方面想？”

“剩一分半钟了，咬咬牙就挺过去了。”

“就怕挺不过去。”

“我现在都不能看倒计时，看着心跳就突突的。”

“你别再制造恐怖气氛了行不行……”

众人七嘴八舌，不是非要在这个时候话痨，而是根本停不下来，一停，神经就要崩断。

时间一秒秒地流逝，越接近最后，越让人心慌。这几乎是一种本能的恐惧，似乎一切太顺利了，那么总会有可怕的事情在最后关头发生。

倒计时 00:00:40，时间进入了最后四十秒。

聒噪的闯关者们渐渐静下来，狭窄而憋闷的房间里，只剩呼吸和心跳。但与这种静谧相反，众人脖颈间的恐惧颈环数值，却一点点往上攀升，80……85……90……

倒计时 00:00:30。

几乎每个人的恐惧值都升到了九十以上，但又都被竭力克制在九十六以下。

还剩最后半分钟，关岚忽然感觉右侧脸颊痒了一下，是额角渗出的汗水顺着脸颊滑下来了。

关岚很自然地抬手去擦，却在擦掉汗珠的一瞬间猛然怔住。他迅速瞪大眼睛去看每一个人，很快，目光定在那个先前一直多话、频频质疑的孔明灯组员身上。

多话，质疑，都是因为他比别人更害怕、更紧张。而现在，他早已在倒计时的煎熬里满头大汗，汗水滑到下颚，聚成更大的汗珠，眼看就要落下。

“不要——”关岚情急，下意识地喊，同时身体极快地冲过去，想赶在汗水滴落之前拿胳膊给他蹭掉。

可还是晚了一步，聚在下颚的汗珠终于承受不住重力，直直落到地面。

“啪嗒。”水珠竟一点儿没摔散，就那样圆润饱满地躺在地上，像荷叶上的露珠。

一滴，足以致命。

关岚扑到孔明灯组员身上的同一瞬间，鬼影从地面的汗珠里咻地蹿出来。

众人上一刻还没搞懂关岚喊什么，又扑什么，等鬼影一出来，就全明白了。

“鬼在你们中间”是骗人的，关卡要的，就是他们互相猜忌、互相害怕，最后流下这一滴冷汗。

蹿出来的鬼影没急着攻击任何人，而是凌空展开灰暗的身体，急剧变大，顷刻就从一人大小的鬼影铺满了整个天花板，乍看就像给天花板蒙了一层灰布。

下一秒，鬼影像幔帐一样，猛地罩下来。

众人呼吸一滞。

碰到鬼影就是死，可鬼影已经和屋子一样大，他们根本无处可逃！

“唰——”

“铁板一块”和“铁板一圈”同时出现，郑落竹用尽全力操控两个文具，将众人头顶和四周都挡得严严实实。但这根本不能改变绝望的气氛。

有人喊：“别白费劲了，你的铁板根本挡不住！”

郑落竹喊得更大声：“挡不住也要挡！”

这一声提醒了还趴在孔明灯组员身上的关岚，他猛地回头朝佛纹喊：“用‘禅心’——”

佛纹错愕：“用‘禅心’就真的泰然赴死了！”

关岚：“你不用‘禅心’，现在就都死了！”

佛纹光速扫视。无一例外，能看见的颈环数值不是九十八就是九十九，全在死亡边缘疯狂试探。

倒计时最后十秒！

佛纹深吸一口气，用全部精神力启动“禅心 II”。

无形佛光普照整个房间。

十五人的恐惧值顷刻落回五十到六十。

鬼影也下来了。

众人放弃抵抗，淡定了。反正所有的招都用尽了，他们就算斗志昂扬，也没有能克制鬼影的文具，事到如今，没遗憾了。

落下的鬼影将十五人完全笼罩。

倒计时归零。

“叮——”

小抄纸：“恭喜通过‘终极恐惧’！记住，永远别让恐惧控制你。”

十五人眼前一暗，待到视野重新清晰，船长房间已经不见了，他们置身于一条长长的透明海底走廊，走廊尽头，正对着一艘威武潜艇的入舱口。

“叮——”

小抄纸：“请进入潜艇，前往 3/10。”

十五个伙伴谁都没动。他们的思绪还停留在“马上就要被鬼影弄死了”的阶段，突然跳跃到通关、潜艇上，根本转换不过来。

过了好半晌，才有人弱弱出声，带着点儿惶恐，带着点儿不可思议：“我们……通关了？”

探花放下手臂，抬起头：“应该是。”

骷髅新娘还不放心地四下张望：“鬼影呢？就这么没了？”

佛纹拍拍自家队友的肩膀：“是不是觉得幸福来得太突然？”

“突然倒无所谓，关键是太奇怪了啊。”骷髅新娘说，“我们放弃抵抗站在那里等死，反而通关了？”

“让我们通关的不是等死，是恐惧值。”江户川也回过味来了。

探花点头，解释道：“最后一个鬼影天罗地网似的，如果真要杀人，我们一个都跑不掉。但放出一个闯关者必死无疑的考验，那这场考验还有什么意义？”

听到这里，骷髅新娘才有点儿开窍，想说什么，但一时又总结不出来。

周云徽帮他：“前面那些鬼影是真的，但一次只杀一个人，是为了让我们建立‘遇见鬼影必死’的心理暗示，这样最后一个铺天盖地的鬼影出来，我们自己就能把自己吓死。”

“但如果最后的鬼影吓不死我们，”何律接茬，“那我们就通关了，因为这一关考验的不是真的捉鬼，而是‘别让恐惧控制你’。”

骷髅新娘抬头看过这一张张睿智的脸：“你们都想明白了？”

探花抬手臂指指通关那条“小抄纸”：“这不都给你写明了吗，别让恐惧控制你。”

“但是想明白没用，”佛纹看向关岚，“真正该感谢的人在那儿呢。”

如果不是关岚急中生智，让他用“禅心”，估计黑影一覆盖，他们的恐惧值全要破百。

不料关岚摇头，朝郑落竹的方向耸耸肩：“要谢，谢他。”

郑落竹茫然地指自己的鼻尖：“我？”

关岚耸耸肩，一脸天真无邪：“最后黑影一出来，所有人都以为没戏了，就你还傻不拉几地用‘铁板’防，明知道没有效果还要防。我就突然想，这关要考核的会不会就是你这种傻劲儿？”

郑落竹：“……你们甜甜圈都这么夸人吗？”

2

神殿考核十五人通关，终极恐惧十五人通关，本次 2/10 通关总计三十人。

得摩斯看着投屏中央的数字，头疼，看着投屏右上角不断闪烁的“渡船”图标，更头疼。

渡船，3/10 守关者卡戎的标志。

图标闪烁，意味着该标识代表的守关者要与你通话。

如果这是个私人联络请求，得摩斯第一时间就可以拒绝，偏偏这是必要的工作交接流程。

似有若无地叹口气，得摩斯选择同意，投屏里出现一张成熟英俊的脸，银白的头发，间或夹着些许黑丝，眉宇间有岁月洗礼过的味道，可一双眼睛又如年轻人一样生机勃勃、热烈有力。

没人知道卡戎多大岁数，作为同事的得摩斯也不清楚，有人说三十，有人说四十，有人说他才二十多，只是长得着急，还有人说他早六七十了，但驻颜有术，才看起来只是个中年大叔。

得摩斯不关心这些："卡戎，你每次联络我的时候，能不能先把头发梳一梳？"满屏不羁放飞的凌乱银发，晃得他眼晕。

"哦，抱歉。"卡戎倒是很虚心接受建议，伸手就从旁边捞了一顶造型奇特的帽子，压在脑袋上，"现在利落了吧？"

满头银发霎时服帖，但这顶绿色的西部牛仔风情帽突破了得摩斯的审美。

完全不想再和这位同事寒暄，得摩斯直接进入工作流程："2/10，通关者三十人，全部进入潜艇，你可以过去了。"

卡戎还在调整牛仔帽，闻言惊讶："三十人？怎么这么多？今天你生日？"

"对，生日大放送。"得摩斯一脸生无可恋。

生日什么的当然是调侃，但卡戎没料到，一贯牙尖嘴利的得摩斯竟然就这么接下了，他忽然起了警惕心："喂，你没有……故意放水吧？"

得摩斯没跟上对方跳脱的思路："啊？"

"别和我装傻。"卡戎正色起来，也不摆弄帽子了，凑近投屏沉声道，"守关者绝对禁止和闯关者建立任何形式的感情，如果你因此在守关过程中放水了，更是渎职。"

"不不，你给我等一下，"得摩斯越听越不对，"谁会和虫子建立感情！"

卡戎稍稍后撤，回到与投屏的正常距离，双手抱臂，仍挑着怀疑的眉毛："平时在你手里通关的都是个位数，这回直接后面加个零，你让我怎么想？"

"我也没料到，但事实就是——巧了。"得摩斯疲惫地吐口气，"今天到我这边的都是奇葩，有好几个心里的恐惧跟闹着玩儿似的，还有俩那叫一个虐心……算了，你不在现场，说了你也不懂……总之，在我手里通关的只有十五个，"他把责任划分得清清楚楚，"另外十五个都是'终极恐惧'通关的，你如果质疑，先质疑鸮。"

“‘终极恐惧’通关十五个？”这可比得摩斯放水更让卡戎意外。

3/10的守关者任务，和1/10、2/10不一样。

通关者进入潜艇，3/10的守关者就要接手，并引领他们抵达3/10，所以卡戎清楚每一次2/10的通关者数量。如果说每次在得摩斯手里通关的是个位数，那从“终极恐惧”通关的就几乎是零，很偶尔才会有一两个幸运儿或者天赋异禀者从“终极恐惧”突围。

得摩斯懒得解释，直接把闯关过程的影像片段传给卡戎看。

“曼德拉的尖叫”，唤醒客舱。“走近科学”，解决宴会厅。“星星之火”，烘烤船长房。“禅心”，平静等死亡。

“几乎每一个关键点都有人挺身而出，还恰恰找得到最合适应战的文具，”得摩斯摊手，“就是这么团结，就是这么好运气，鸮也没辙。”

运气，卡戎不予置评，但是——

“团结？”男人笑了，眼角淡淡的纹路像在嘲讽这话的幼稚，“那是他们还没到3/10。”

“啧啧啧，”得摩斯感慨地叹息，“每次我觉得自己够坏了，一想到你，就发现我还有努力的空间。”

卡戎连忙撇清：“这可和我没关系，3/10是彻底的系统推进，我只是个负责监控的。”

“行了，”得摩斯看看时间，“潜艇要走了，再不上去，你就等着游到3/10吧。”

卡戎摘下帽子，放到胸前，给得摩斯行了一个优雅的绅士礼：“交接完毕，下次见。”

得摩斯：“……”

再见一百次，他也适应不了这位古怪的同事。

3

潜艇。

“终极恐惧”通关的十五人沿着海底通道走进潜艇，没想到里面别有洞天，一进入，就是一个宽敞的休息大厅，四五十米长，二十多米宽，开阔到让人忘了这是一艘潜艇，还以为自己正搭乘某艘豪华游轮。

大厅里有舒适的座椅，有摆满美食的餐桌，有可以小憩的吊床，有可以观景的圆窗，还有十五个通过神殿考核的闯关者。

见新一拨伙伴进来，十五人同时抬头。

正吸溜果汁的下山虎第一个冲过来，扑向自家三个伙伴，声音都激动得变了调：“佛纹——”

江户川位置正好，稳稳把人接住。然后骷髅新娘在旁边拍拍下山虎单薄的肩膀：“为什么就喊佛纹一个人的名字，来，你给我解释解释……”

这边步步高升会合，那边草莓甜甜圈、铁血营、孔明灯也各自会合。整个休息大厅一下子热络嘈杂起来。

郑落竹和南歌看了半天，也没找到自家领导，直到唐凛和范佩阳穿过人群走来。

“竹子，南歌——”喊他们的是唐凛。

见到两个队友的一瞬间，唐凛的心才放下。

郑落竹和南歌的心情也一样，刚才没找到两个领导，还以为神殿考核出什么事了，紧张得他们连呼吸都不顺了。

“组长，老板，你俩就不能挑个醒目的地方坐？”无辜被吓的郑落竹没忍住吐槽。

唐凛倒想坐个醒目的地儿，可范总一进潜艇就挑了个犄角旮旯思考人生，他只得默默陪着。但这话没法给两个队友解释，所以唐凛直接避过，只拍拍郑落竹的肩膀，又朝南歌笑笑：“平安就好。”

“组长，你是不知道我们那边多丧心病狂……”郑落竹一肚子的通关感言，总算找到人倾诉了，拉着唐凛就开始讲。

南歌站在旁边，不着痕迹地打量范佩阳。虽然他一贯冷漠寡言，但此刻尤为冷漠，尤为寡言，这就有点儿不寻常了。她记得在环形城的时候，范总的情绪还很正常。难道在神殿里发生了什么？

有人和伙伴会合，有人无伙伴可会合。

比如清一色和大四喜，莲花这次闯关的一共就他们俩，都在“终极恐惧”了。

再比如十社，神殿考核的最终通关者只有崔战和一个组员，而“终极恐惧”的十社兄弟全军覆没。该组员无兄弟可迎，便继续在吊床旁边，时不时推两下吊床，给躺在里面的自家组长守护梦境。

没承想会合声一嘈杂，崔战醒了。

十社组员大喜过望：“组长！”

崔战的记忆还停留在和得摩斯厮杀那里，谁料一睁眼，变了新天地。

“什么情况？”他问组员。

“组长，我们通关了！”组员先报喜，然后才有些难受地道，“但就只有我们俩，其他人都……”

崔战深呼吸，示意他不用说下去了。闯关到现在，他们见过太多太多死亡了，“死亡”几乎成了吃饭喝水一样的常态词。

缓了缓神，他开始环顾四周——

餐桌那边是草莓甜甜圈和步步高升。前者六人齐全，都是地下城组的；后者四人，下山虎他当然知道，佛纹更是环形城就交过手，剩下一个文着骷髅、一个文着一堆卡通头像，看起来都实力不俗。

靠在观景圆窗前的是铁血营、孔明灯、还乡团。铁血营何律带着三个组员，正互相拥抱。孔明灯周云徽和三个组员就有点儿微妙，看起来是想学隔壁表达会合的喜悦，但肢体语言的生疏和别扭泄露了他们的尴尬。还乡团是最安稳的，还是祁桦、丛越和一个组员的阵容，全是神殿考核这边的，看来还乡团也没有兄弟"终极恐惧"通关。

不过丛越的站位有些奇怪。他离祁桦和另外一个组员差不多有五六米，就像是飘忽在圆窗和餐桌之间，而且眼神和那边两人也没有交流。崔战明明记得，在神殿里时，丛越和还乡团的组员们还是很以祁桦为核心的。难道在他昏迷期间发生了什么？

正思考着，隔壁吊床忽然浪荡地摇起来，吓了崔战一跳。转头一看，白路斜就在他旁边的吊床里，双手枕在头后，用身体带着吊床自由摇摆。

崔战："……"这是最让他迷惑的一个人，在神殿里就迷，现在更惑。

察觉到身旁的视线，白路斜一个巧劲轻松停住吊床，翻身侧躺："醒了？"

清一色和大四喜也看中了吊床，从餐桌上拿了两盘食物走过来，准备吃完就睡。见他们说话，清一色自来熟地加入聊天："神殿这边怎么考核的，给我们讲讲？"

"你们谁啊？"崔战不客气地瞟一眼，但还是实话实说，"我一早就晕过去了。"

清一色和大四喜又看白路斜。

白路斜打个哈欠："考核无聊死了，懒得讲。"

清一色对这两位的态度都不怎么爽，但毕竟求人，只得扯出礼貌微笑，去看唯一的十社组员。

十社组员皱眉："考核有什么可讲的……"

清一色以为没戏了。

十社组员突然一把接过他俩的盘子放到旁边，然后又拉过来两把椅子："坐，我给你讲讲 VIP 的爱恨情仇！"

清一色和大四喜在对方眼里看见了灼热的八卦之光。

嘈杂持续了二十分钟，该喜悦的喜悦了，该互诉的考核坎坷也互诉了，激动的心情渐渐平复，大厅也慢慢安静下来。

和自家领导回到偏僻角落的郑落竹终于讲完了九死一生的"终极恐惧"，正想问神殿考核的情况，忽然意识到周围变得比较安静了，到了嘴边的话便顿了一下，想稍稍压低音量再交谈。

这一顿，他终于注意到自家老板的反常——从头到尾，他说了快二十分钟，全是唐凛在听、在应，自家老板一句话没搭。

郑落竹咽回了后面的话，偷偷去看范佩阳。

范佩阳根本没看他，只侧身站着，目光沉沉地看着圆窗外的深海。

郑落竹："……"老板情绪不对头啊。

南歌在心里松了一大口气，谢天谢地，蠢竹子总算发现了。

"组长，你们休息，我和竹子去那边吃点儿东西。"南歌说完，也不给郑落竹反对的机会，直接拉起人就去了餐桌区域。

唐凛望着两个伙伴在远处的餐桌旁坐下，才收回目光，转而去看范佩阳。对方背对着他，唐凛只能看到他映在圆窗上的侧影。

餐桌区域。

"我还没见过老板这样，到底出什么事了？"郑落竹抓耳挠腮，但没耽误他吃面包、啃鸡腿、喝果汁。

"最好别问，"南歌摇头，"如果他们想说，早就说了。"

"他们不说没事儿，"前方忽然传来声音，"有我们呢。"

郑落竹和南歌诧异抬头，只见长条桌案对面，十个男人排排坐，从左往右依次是全麦、和尚、关岚、莱昂、探花、五五分、下山虎、骷髅新娘、江户川、佛纹。

郑落竹："草莓甜甜圈？"

南歌补充："还有步步高升。"

郑落竹："你们知道我要问什么吗，就搭茬？"

关岚双手托腮，乖巧得像课堂上回答问题的小朋友："你不是问你老板到底出了什么事儿吗，我们知道。"

"不是，"郑落竹指指神殿通关的几个，"他们知道我还能信几分，你和我们一起走'终极恐惧'路线的，你知道个鬼！"

"我之前是不知道，但现在已经被科普完了。"关岚露出灿烂笑容。

郑落竹、南歌一起去看探花、莱昂、佛纹、骷髅新娘、江户川。

共同走过"终极恐惧"的五个伙伴，有四个异口同声："嗯，我们都被科普完了。"

莱昂没跟上节奏，只好在大家都说完之后沉默点了一下头。

郑落竹、南歌："……"

他们有种不好的预感。

十五分钟后，草莓甜甜圈和步步高升以接力形式，共同给两人完成了科普工作。

郑落竹和南歌起初还能追问上一两句，到后面就不行了，只剩两脸茫然地跟着剧情上天入地。

范佩阳的恐惧是书架？书架都是唐凛？唐凛的恐惧是黑毛球？毛球之外还有白团团记忆？得摩斯不仅帮唐凛揭开了一些记忆，还破译了“‹幻›完好如初”造成失忆的原因？两个人的过往对于唐凛来讲是伤？揭开记忆的结果不是和好如初，而是离开这里就散伙？还能再虐一点儿吗？！

“我们去那边了，”关岚一口气喝光剩下的果汁，起身过来拍拍震惊中的两人的肩膀，“这里留给你们两个静静。”

八卦科普团功成身退，郑落竹和南歌四目相对，久久无言。

信息量太大了……

最后，还是南歌快一步回过神。她先看了看远处的偏僻角落，那里只剩唐凛一个人，范佩阳不知什么时候走开了，现在正在另外一个角落思考人生。

看完自家领导，她又环顾全场。所有人，是的，所有人，不管餐桌旁吃东西的、吊床上小憩的、椅子围圈聚一堆交谈休息的，大家的目光都时不时地往唐凛和范佩阳那边飘。

南歌：“……”

得，她和竹子八成是最后一拨被科普的。

“南歌。”慢一步回过神的郑落竹低低出声。

南歌收回目光，看向他，心情也有些复杂：“难受了？”

“他们把这个当八卦，当热闹，但我不行。”对着南歌，郑落竹没什么可隐瞒的，“我有点儿心疼我老板，这个和谁给我发工资没关系，我就是……”

“明白，”南歌安慰道，“但这种事，我们想帮也帮不上。”

郑落竹抬头看她，带着点儿茫然，带着点儿抱不平：“我不懂为什么非要散伙。就算范总以前有做得不对的地方，但他心里都是唐总这没说的吧？为了唐总他能豁出命去，这还不够吗？而且现在这些都过去了，反正从我跟着范总，我见到的都是他对唐总的好，唐总为什么非要拿这个来惩罚一个人以前犯过的错？”

南歌想了想，摇头，说：“竹子，我觉得这不是惩罚，至少我认识的唐凛不会拿这种事情来报复。”

郑落竹：“那为什么……”

“自始至终，你都忘了一件事。”南歌客观分析道，“唐凛失忆了，就算范总以前做得再过分，他没有‘亲身经历’的记忆，就谈不上产生怨恨，更别说报复。”缓口气，她的声音柔软下来，“我想，这件事唐凛可能已经考虑很久了，只是恰好有这个契机，让他做了决定。”

“他不怕范总伤心吗？”郑落竹一个旁观者都替范佩阳难过。

南歌说：“我想，他更怕越拖越给范总希望，最后伤人更深。”

郑落竹静默良久。南歌说的的确有道理，但是——

郑落竹瘫倒在餐桌上，沮丧道：“我还是心疼我老板……”

南歌想开口宽慰，下一秒却看见范佩阳像是做了什么决定，忽然转身，迈步又往唐凛那边去。

“竹子，竹子！”南歌顾不上其他，“啪啪”拍自家队友。

郑落竹差点儿被她拍吐血，连忙起身，然后就看见了连走路都带风的自家老板。

不只南歌和郑落竹，整个休息厅的闯关者都因为范佩阳这一动，而唰唰唰地看过去。

空气突然安静，众人目光就像一束聚光灯，追着范佩阳走。

终于，范佩阳来到唐凛面前，高大的身影直接将坐着的唐凛全部笼罩。

唐凛仰起头，看不清范佩阳逆着光的脸，但他听清了范佩阳说的话。

所有人都听清了。

“我不同意散伙。”

唐凛没言语，静静看他。

范佩阳居高临下，但并没有盛气凌人，相反，他的声音镇定平静，更像准备充分之后的谈判：“你想和我散伙的时候，是有全部记忆的，散伙的决定也是基于这些记忆资料做出的，但现在你没有资料了，那我有理由认为你的决定缺乏依据。如果真想散，就等你恢复记忆之后再来说。”

唐凛终于出声：“如果我现在就要散呢？”

范佩阳说：“你可以坚持你的，我也可以坚持我的。”

唐凛起身，真正和范佩阳目光交会。漫长而寂静的十几秒后，他点头：“好的，我知道了。”

众闯关者：“……”

怎么就知道了？是同意你坚持你的，我坚持我的，还是同意找回记忆再散伙，你给个明白话啊！

围观群众心潮起伏，但当事人显然对这个谈判结果还算满意。得到唐凛的表态之后，范佩阳立刻高效率地切换到下一阶段——去餐桌区域吃东西。思考人生也是耗费体力的。

众闯关者：“……”

这是什么强大的心理素质！！！

眼见着老板过来，餐桌旁的郑落竹立刻起身迎接——以前是谄媚，现在还多了许多真情实感的心疼。

南歌简单和范佩阳打了招呼，然后就把二组长留给郑落竹，起身去找唐凛。

一人负责关怀一个领导，南歌和郑落竹分工明确。

唐凛看着范佩阳去餐桌区，又看着南歌从餐桌区走来。

待南歌走到面前，他才莞尔道："听完八卦了？"

南歌原本还有点儿犯难，要和唐凛说什么、怎么关怀、怎么宽慰，在心里过了好几稿。这会儿忽然发现，自己可能想错了。

"你好像……没那么纠结。"南歌这话委婉了，何止不纠结，她甚至觉得唐凛还有点儿开心。但在刚进潜艇会合的时候，她敢发誓，唐凛的情绪绝对和范佩阳一样，都是低落的。

如果是范佩阳或者郑落竹来聊，唐凛不会说实话。和郑落竹说，估计要掰扯才能让他懂，并且告诉他等于告诉范佩阳。而和范佩阳说，估计那人能上天。

但恰巧是南歌。

"我发现，事情在往好的方面走。"唐凛的声音里有久违的轻松。

南歌有点儿蒙了："你是说，范总不同意和你散伙？"

"他说什么不重要，"唐凛轻声道，"重要的是，他没委屈自己，心里怎么想就怎么做了。"

南歌哭笑不得："委屈这个词好像和范总无缘吧？"

"还真不是。"唐凛看着圆窗外的幽蓝世界，"以前的范佩阳不会屈居任何人之下，如果 VIP 要有组长，他不会退让，哪怕是我；以前的范佩阳，也不会让我模棱两可拖这么久，他会在我失忆的第一天就单方面把所有我们之间的过去砸过来，不管我想不想听……但这些都没发生，"他看向南歌，"应该说在更早之前，他就开始让着我了，哪怕是他心里不愿意的。"

南歌好像明白一些了："因为你的病？"

"嗯。"唐凛笑一下，带着淡淡的无奈，"我不记得，但在得摩斯讲的那些回忆里，我有话不说，难受就自己忍着，特委屈。可是在我有的记忆里，在我生病之后，在我进了关卡之后，我从来没委屈过什么，一直以来让步的都是范佩阳。"

南歌听到这里，终于全懂了。一段健康的关系，不应该以任何一方的退让和委屈为代价，不管委屈的是唐凛还是范佩阳……

"两个人的相处，要两个人都舒服才能长久，"唐凛深吸一口气，又轻轻呼出，满眼任重道远，"我还在摸索中。"

"组长，我懂你的意思了。"南歌认真看向自家领导，"我就是还有一个问题不太明白，你不是要散伙吗，还要什么舒服，要什么长久？”

唐凛：“……”

餐桌区域。

郑落竹心急如焚地围着范佩阳绕圈：“老板啊，你提的那是什么条件啊，就是做的那些事儿……”

正在就餐的范总一个眼神瞥过来。

郑落竹：“就你……们之间那些荡气回肠的过去，真等唐总恢复记忆，他肯定更要和你散啊。”

范佩阳：“恢复记忆的时间无法预料，可能马上，也可能遥遥无期，那么在恢复记忆之前，大概率我会有充足的时间来重新修正我们的关系。”

郑落竹：“……”到底谁给你的自信啊？！

“行，就算大概率可以修复，那万一呢，万一没等到你修复，唐总就恢复记忆了呢，怎么办？”郑落竹真是为老板操碎了心，“你话都说出去了，说人家恢复记忆就可以散。”

范佩阳一点儿不慌：“如果真发生了你说的情况，我还有其他对策。”

郑落竹：“……”老板你到底有多少对策啊，你是俄罗斯套娃吗？！

范佩阳只简单吃了两口就离开了餐桌区，不过没急着回唐凛、南歌那边，只是让郑落竹先回去，自己则找了个极低调的安静位置。

郑落竹没回，而是等范佩阳走后默默又跟了过去。如果说他以前是为钱跟着范佩阳，那现在就是真心被其人格魅力所折服——永远处变不惊，永远傲立风雪，永远……

咦？自家老板为什么突然鼓捣起手机？

闯关的时候大家基本都把手机关机，并放在不会因为打斗而掉出来的拉链口袋里，通常是为了需要的时候用来照明、记录时间等。不闯关的时候呢，有些人就会拿单机游戏打发一下时间，也算提醒自己别忘了现实世界。但范总可从来不会用手机打发时间，只要他开机，那就是有正事。可是眼下在潜艇上，能有什么正事？

郑落竹左看右看，自家老板挑这个地方还真是很隐蔽，基本没人看到。再看老板，正专注按着手机，完全没注意到他跟了过来。

郑落竹透明人做到底，蹑手蹑脚绕到老板身后，悄悄探头窥屏，下一秒，瞪大眼睛——范佩阳在输入备忘录！

待办事项：

1. 下次回现实，去公司公布关系。

2. 9 月 22 日（生日），要庆祝。

3. 别墅内衣服、日用品列清单，定期清点。

4.……

郑落竹："……"

有些人表面上宁折不弯，背地里悄悄写小纸条。

4

"恭喜各位——"休息厅入口突然响起陌生男声。

三十个闯关者一惊，齐刷刷望过去，只见一个带着奇怪绿色牛仔帽的老男人闲庭信步地走入潜艇。

艇门在他身后关闭，整艘潜艇随即传来轻微而持续的震动，显然是要起航。

登入潜艇的不速之客身材精壮，看面容三十五到四十岁左右，笑起来有种成熟的魅力。不过"稳重"二字同他无缘，一顶绿帽子已经凸显了他的独特品位，牛仔的狂野风情更是在他随性走过来的那几步路上展现得淋漓尽致。

"恭喜各位通关 2/10。"来到大厅中央，他摘下帽子扣在胸口，给四周的闯关者行了个特别客气的绅士礼，一头银发在灯光下白得耀眼，"我是 3/10 守关者，卡戎。"

罕见的谦逊有礼，让众闯关者不知如何适应，毕竟 1/10 和 2/10 的守关者都恨不得把"傲慢"两个字写在脸上。

不过更让大家猜不透的是，为什么下一关的守关者这么早就出现了。

守关者不是都要在闯关口开启那天，才会去关卡里"当值"吗？而他们现在甚至还没抵达 3/10。

一片捉摸不透的安静里，草莓甜甜圈的几个关心的问题就比较特别。他们凑近自家头脑担当，窃窃私语地开启神话知识小课堂——

和尚："卡戎？有什么讲究吗？"

探花："和得摩斯一样，都是出自希腊神话。卡戎是冥王哈迪斯的船夫，负责带死者渡过冥河。"

关岚："听起来好不吉利，我们这艘潜艇会不会也成为死人潜艇？"

探花："组长，咱们才刚从幽灵船死里逃生，你是玩儿上瘾了吗？"

全麦："探花，我不太会夸人，但自从 1/10 那关你被 VIP 的唐凛碾压之后，我发现你奋发图强，有脱胎换骨之貌啊。"

探花："……"

进了水世界，他第一时间回现实，把所有国家的神话专著都搬回了水世界酒店，天天躲房里自己偷偷背，这种事情他会说？

草莓甜甜圈开小会的时候，范佩阳和郑落竹借着人群掩护，不着痕迹回到了唐凛和南歌身边。刚一会合，还没来得及交谈，前方的卡戎已重新戴回牛仔帽，并在半空中亮起一个巨大的投屏，屏幕从上到下依次列着全场三十人的头像照片。

“我知道各位对于我的出现和接下来的 3/10 有很多疑问，放心，我会一一说明的。”卡戎笑得极有亲和力，就像邻家风趣幽默的大叔，“不过在此之前，还是要把 2/10 的收尾工作做一下……”

卡戎微微正色，朗声道：“2/10，通关者三十人，基础经验值奖励 500/ 人，附加经验值奖励总计 3000/ 神庙，1500/ 终极恐惧，神庙通关者附加经验值奖励由守关者分配，终极恐惧通关者附加经验值奖励由鸮评定分配。”

话音落下，列满闯关者头像照片的巨大投屏上，瞬间拉出经验值成绩单。

基础经验值，如卡戎所言，每个人都是五百。而额外的附加经验值，神殿十五人，总计三千，按人均应该每人两百，但得摩斯的分配如下——

唐凛：370。

范佩阳：30。

众闯关者：“……”

守关者的情感偏向一目了然。

和尚：260。

五五分：280。

全麦：260。

和尚、全麦：“我们仨有什么区别吗？为什么就你高二十？”

五五分：“颜值加成。”

和尚、全麦：“……”

崔战：250。

十社组员：180。

崔战：“什么破数儿！”

众闯关者：“你睡一觉就有二百五，知足吧！”

祁桦：240。

丛越：190。

还乡团组员：160。

铁血营组员：200。

铁血营组员：200。

孔明灯组员：170。

白路斜：40。

下山虎：170。

白路斜："少给我写了个零？"

郑落竹："行了，我老板比你还少十分，说啥了！"

范佩阳："……"

幽灵船通关十五人，附加经验值一千五，按人均应该每人一百，但鸮系统分配如下——

南歌：400。

郑落竹：250。

佛纹：200。

关岚：100。

周云徽：100。

骷髅新娘：100。

大四喜：100。

探花：50。

莱昂：50。

何律：50。

铁血营组员：50。

江户川：50。

孔明灯组员：0。

孔明灯组员：0。

清一色：0。

不同于守关者会在客观评判上增加心情值，鸮的附加经验分配标准一目了然。

南歌得分最高，因为如果没有她，这通关的十五人里恐怕90%连第一个环节"船舱客房"都通不过。

郑落竹次之，因为是他在楼梯出口被封死时发现了通往宴会厅的楼梯暗门，也是他用"‹防›走近科学"直接扭转了宴会厅战局。

佛纹排第三，因为是他最后的"禅心"，直接奠定了全员通关的结果。

一百经验值和五十经验值的，都是不同程度为通关出了力，有的用文具树，有的用头脑，有的维持秩序，有的稳定军心等等。

零经验值的，基本都是全程没作为，搭了其他闯关者的顺风车，才得以通关。

但零分获得者清一色有意见：“我的文具树是‘荆棘丛生’，地上生出的藤蔓缠不住鬼的脚，我有什么办法，我也很想为闯关出一分力啊！”

“明白，明白。”旁边的江户川拍他肩膀，“我们都知道，你不是态度消极，就是文具树不中用。”

清一色：“……”为什么感觉更心酸了？

“叮——”

毫无预警的提示音，同时在三十人手臂上响起。

小抄纸：“恭喜解锁三级文具树。”

解锁第三个文具树需要五百经验值，正好就是 2/10 通关获得的基础经验值。现在他们经验值够了，新文具树就自动解锁了！

提示一来，什么经验值，什么卡戎，全被大家忘脑后了。所有人都迫不及待查看自己的文具树界面。

不过查看归查看，大家都很安静，哪怕是同一组织的，也顶多是默默地互相看，没有过多交流。毕竟文具树是要战斗用的，关系到性命安危，在这种公共场合，多一分保密，就多一分稳妥。

唐凛解锁的新文具树是“狼影追踪”。另外三个伙伴过来看一眼也就大概理解了，这个应该是放小狼出去追踪或者锁定对象的。

南歌解锁的新文具树是“余音绕梁”。这个就不好讲了，只能看出和声音有关，但具体效果肯定要试了才知道。

郑落竹解锁的比较特别，“彩虹眼”。组长、老板、队友，六道目光都聚焦到他那双明亮的心灵窗户上，企图在里面寻找彩虹。郑落竹对这个文具一头雾水，但已经感觉到了一丝莫名的羞耻。

范佩阳是最后一个亮出手臂分享的——“初级破坏狂”。

唐凛、郑落竹、南歌：“……”

第一次使用水世界训练场时，进门测试潜力，范佩阳的关键字是“摧毁”。现在，他们信了。

卡戎给了众闯关者充分的查看和消化新文具树的时间。

有些先完成的闯关者放下手臂，抬起头，才发现潜艇不知什么时候已经开始在海底前行了。潜艇的速度很快，圆窗外的幽蓝色明暗交替变化，不时还有黑影掠过。

卡戎一直等到最后一个闯关者放下手臂，才击了下掌，集中大家的注意力："好的，相信各位已经清楚自己获得的经验值和解锁的三级文具树了，那么 2/10 到此结束，接下来，就是 3/10 的关卡说明……"

"等一下。"

"3/10 的……关卡？"

"不是应该先进入 3/10 的生活区域，然后等到闯关口开启，才是关卡吗？"

"你可别告诉我，这就开始 3/10 闯关了啊……"

与其说大家是疑问，不如说是难以接受。这才完成 2/10，突然就要和他们说 3/10 的关卡，别说没心理准备，就算有，身体也扛不住啊。

"我明白各位的心情，"卡戎向众人投以抱歉的目光，"但是很遗憾，作为守关人的我既然已经出现了，那就意味着 3/10 的关卡正式开启。"

众闯关者："……"

想好事一件不来，想坏事次次精准。

"和之前两个关卡不同，3/10 没有生活区，也没有闯关口，进入 3/10 就代表闯关开始，离开 3/10 就代表通关。"卡戎有条不紊地道，"下面由我为各位说明 3/10 的具体规则……"

"3/10 关卡内容：孤岛求生。你们三十人会被鸮按关系亲密度分为五组，每组六人，所以同一个组织或者队伍的闯关者，很大概率会被分到一起……当潜艇抵达 3/10 的海面之后，五组闯关者会被随机投放到海上的五个孤岛，这样的岛在 3/10 有无数个，所以岛与岛之间几乎没有联络的可能。当然如果你们想要横渡汪洋去探索，寻找邻居，也并不违反规则……孤岛上没有水，没有食物，但是在码头有一个邮箱，每天里面都会有一个小面包。我想应该不太够吃，所以你们恐怕需要寻找更多的生存方法……七天之后会有船去岛上接你们，送往 4/10，能活着登船就等于通关。"

卡戎一口气说完，目光环视众闯关者，似乎在等着大家提问。

不过还没等众人开口，他又想起什么似的，恍然地一拍脑门："看我这记性，忘了说，3/10 因为没有生活区，一进来就是关卡，所以没有 2/10 水世界那样的购物区，你们的经验值恐怕要到 4/10 才能花了。"

探花提问："那能像 2/10 那样，用经验值换返回地下城的机会吗？"

卡戎摇头，温和道："不仅你们不可以返回之前的关卡，上面关卡的闯关者也不可以返回 3/10。我知道在这里的各位，大部分都有组织成员在上面关卡，但是抱歉，3/10 就是真正意义上的孤岛。"

"你一直说孤岛孤岛，"崔战皱眉，"到底什么样？多大？多孤？"

卡戎微笑：“每个孤岛都是独一无二的，我不清楚鸮会将你分到哪一个，所以还是抵达之后自己去探索吧。”

崔战之后，没人再提问。因为规则太简单，简单到都想不出还有什么可问。

现在大家只在意两件事：一、就是崔战问过的，孤岛究竟什么样，这个恐怕只有登岛才知道了；二、六人一组，鸮究竟会将谁和谁分到一起。

卡戎摆明不准备回答这些。闯关者们也没再自讨没趣。

接下来的一小时，守关者与闯关者相安无事。

圆窗外的蓝色渐渐明亮，直到天光泻入——潜艇浮出海面了。

众人纷纷将目光投向窗外，一望无际的海面，海与天连成一线。

潜艇终于停住。

靠墙闭目养神的卡戎在同一时间睁眼：“各位准备一下，三分钟后，鸮会将你们送到相应的孤岛。”说完，他又瞥向餐桌区，带着笑意道，“守关人提醒，潜艇上的一切食物禁止携带至孤岛，违者直接视为闯关失败。”

餐桌区附近，早就打包好足够食物的众闯关者闻言一颗心稀碎，只得无奈地把战利品丢掉，把口袋清空。

可怕的不是闯关失败，而是被判定为失败后，会被鸮如何处理。

为了一点儿食物，还不值得拿性命去冒险。

但正在餐桌进行最后扫荡的越胖子不甘心，举起原本要塞进口袋的鸡腿问：“那个，吃到肚子里算携带吗？”

卡戎被问愣了，过了两秒才说：“……不算。”

从越瞬间心花怒放，在最后的三分钟内化身冬眠前的北极熊，胡吃海塞，疯狂存储能量。

众闯关者看呆了。这顿猛如虎的操作，他们来不了，只能化身柠檬精，一个个羡慕围观，顺带吸收点儿“饱气”，希望能在孤岛上多支撑点儿时间。

三分钟时间到，三十人只觉得眼前一花，突然天旋地转。

这感觉没持续太久。很快，唐凛就落在了地上。他睁开眼，爬起来环顾四周，是一座绿意盎然的岛。

“扑通——”

接二连三有人在他身旁落地——范佩阳、郑落竹、南歌、骷髅新娘、江户川。

除了范佩阳稳稳站定，其他人都是横着落地的。

同一时间，另外四座孤岛的闯关者也都落定了——

孤岛 2：草莓甜甜圈六人自己承包一座岛。

孤岛 3：周云徽 + 三个组员，崔战 + 一个组员。

孤岛 4：何律 + 三个组员，白路斜，从越。

孤岛 5：祁桦 + 一个组员，清一色，大四喜，佛纹，下山虎。

5

3/10 守关者监控室。

卡戎靠在一张舒服的皮质躺椅里，眼前是数十个投屏组成的一大面投屏墙。每一个投屏的画面都不同，甚至投屏的数量还可以再增加，只要他想，可以同时看到五座孤岛上任何一个地点的实时情况。

不过现在没那个必要。五组闯关者刚刚登岛，还在茫然和初步的观察适应中，短时间内不大可能分散，所以留五个投屏用来观察，其实就足够了。

但是卡戎喜欢捕捉那些细微的表情和心理，故而除了全景投屏外，还给每个岛上的每一个闯关者保留了一块特写投屏。

点燃一支雪茄，再倒半杯洋酒，卡戎一手夹烟，一手举杯，舒舒服服靠进躺椅里，刚要正式开始“追剧”，投屏正中央弹出一张极速闪烁的恐惧的脸。

脸已经够恐怖了，再闪烁，看起来就像随时能从投屏里冲出来。卡戎一个激灵，杯里的酒差点儿都扬出去。

联络接通，得摩斯俊美的脸占据全部投屏：“嗨。”

卡戎深深吸一口雪茄，总算心平气和：“什么事？”

守关者之间的普通联络请求，只会在投屏右上角有小图标闪烁。但如果是十万火急的事，发送联络请求的守关者就会选择“紧急联络”，这时候联络请求就会直接在投屏中央弹出，不管当时投屏正在进行什么操作，都要给“紧急联络”让路，结果自然就是眼前这样——任你投屏再多，也全是得摩斯的脸。

不过别人发“紧急联络”，就真的是有事，而得摩斯发——

“没事啊，闲得无聊，问问你这边的情况。”

果然……

“都送岛上去了，”卡戎吐出浓浓烟雾，又喝一口小酒，“这才第一天，好戏还没开场呢。”

得摩斯皱眉，满眼嫌弃：“你在潜艇上的时候，是不是又装和蔼可亲好大叔了？”

卡戎靠进座椅深处，惬意地眯起眼：“初次见面嘛，我要是太凶，吓着他们了，以后还怎么玩儿？”

得摩斯撇撇嘴。真应该把提尔那个死宅拉出来，和后面这些守关者都交际交际，这样提尔就能明白，自己那点儿恶趣味，和后面这些家伙一比，简直是小清新。

“怎么分的组？”这才是得摩斯联络的真实目的。

卡戎挑起半边粗眉：“啧，你还挺关心他们。”

“都说了是无聊。”得摩斯郑重强调。

就是因为无聊，他才想要知道那些家伙在新关卡的情况。对，无聊，才不是什么莫名其妙的挂心，什么一闲下来就时不时想那帮奇葩在 3/10 怎么样了……他才没有！

“发你了。”卡戎直接将分组情况传送给了得摩斯，然后不等对方回应，留一句“自己看吧”便单方面结束了通话。他迫不及待想看各个孤岛的情况了，哪儿有时间陪一个聒噪的同事闲聊。

投屏上，苍白英俊的脸消失，又变回孤岛的实况画面。

第一块投屏，就是 1 号孤岛。

这是一座被苔藓覆盖的绿色岛屿，地势有起伏，但起伏并不大，苔藓又不像树木那样遮挡视线，所以一望就能看到好远，视野开阔。

被分到这里的是唐凛、范佩阳、郑落竹、南歌、骷髅新娘、江户川。其中只有范佩阳稳稳落地，姿态优雅。

趴在地上的骷髅新娘看呆了：“范总，你这落地动作满分，能不能传授两招？”

旁边先一步起身的郑落竹伸手过来拉他：“死心吧，我老板这范儿靠的不是努力，是天赋。”

骷髅新娘站直了之后左右环顾，才发现自家队友就一个江户川，瞬间蒙了：“佛纹和下山虎呢？”

江户川也茫然，转头看一眼整整齐齐的 VIP 四人组：“他们四个……我们两个……正好六个。”

唐凛看着被迫和队友分开的两个花臂，起了同情，毕竟自家团团圆圆，别家一分为二，对比这么鲜明，换谁都心酸。

“其实这种情况是很难避免的。”唐凛用冷静分析来给二人宽慰，“每个岛上六个人，但除了草莓甜甜圈，我们每个组织的人数都不够，系统必然要拆开一些队伍，重新搭配。”

骷髅新娘哀怨地问：“那为什么拆我们？”

唐凛语塞。

骷髅新娘更哀怨了，看向江户川：“怎么办，连鸮都看出我们和他们关系不亲密了。”

江户川拍拍他的肩膀：“没事，感情是处出来的，来日方长。”

唐凛、范佩阳、南歌、郑落竹："……"

合着你们四位是真的感情生疏吗？！

像是看出了他们的吐槽，江户川解释道："地下城的时候组织里那么多人，我俩和他俩就是点个头的关系，进水世界也不是一起进的，也就是这次闯关培养了一下感情……"

"但是培养得很迅速。"骷髅新娘补充，"下山虎那家伙还是很可爱的。"

江户川紧跟着说："佛纹也很靠得住。"

骷髅新娘："……"

江户川："……"

完了，又勾起了对伙伴的思念了。

唐凛莞尔，赶紧打破这悲伤的情绪："七天而已，坚持过七天，就都能在 4/10 会合了。"

"就怕这七天不好坚持。"江户川眉宇间渐渐沉重，显然心态已渐渐进入闯关模式。

"没什么不好坚持的，"范佩阳出声，语气淡而笃定，"先测试新文具树，确定增加的能力，以便应对可能发生的危险，接下来环岛一圈查看环境，最后定制七天生存方案。"

骷髅新娘、江户川："……"

怎么回事，突然好有安全感！

监控室里，未免被其他孤岛情况干扰，卡戎只留了七块投屏，全对准 1 号孤岛——一块投屏给全景，另外六块投屏则聚焦在每一个闯关者的脸上。

"第一步关系建立得还不错嘛。"他给杯子里添了新的酒，自言自语地发表评论，虽然评论正面，可他的脸上意兴阑珊，倒完酒之后，直接把七块投屏转移到了 2 号孤岛。

画面一切换，是六个人在吃蛋糕。

卡戎一口酒喷了出去。

2 号孤岛是一座树木茂密的热带雨林风情岛屿，阳光明媚，气候湿润，沙滩、海风、棕榈树，领个结婚证就可以过来度海岛蜜月。

草莓甜甜圈众人没结婚证，所以就把蜜月改团建了。明媚阳光下，六人围坐在洁白沙滩上，人手一款甜品。

探花："组长，你这个马卡龙不正宗，正宗的必须要甜得齁死人。"

全麦："你就喜欢那种少女心的玩意儿，中看不中吃。"

探花："大哥，我刚在潜艇上吃完，你以为谁都跟你似的，十分饱之后还能吃四个拿破仑溜缝？"

五五分："组长，这个布朗宁我现在吃一半了，你把文具树效果取消试试。"

关岚："如何？"

五五分："没问题，饱腹感还在。"

"看来食物是没问题了。"关岚举目眺望远处被森林覆盖的山丘，"剩下的就是找水了，不知道这里有没有椰子树。"

和尚："组长，你能不能兴奋一点儿？"

关岚："为什么要兴奋？"

和尚："你的文具树在这关就是'挂皇'啊，其他岛的人要知道蛋糕真能顶饿，得羡慕嫉妒得吐血！"

关岚忧伤地叹口气："可是这不是我的理想，我的蛋糕明明是下毒用的。"

和尚、探花、五五分、全麦："……"

莱昂正在咽最后一口黑糖珍珠舒芙蕾，差点儿被珍珠噎着。

这边众人被自家组长远大的理想震撼，那边卡戎的脸已经彻底黑下来。这种 Bug 一样的文具树就应该禁止好吗？！

"来，让我们转换一下心情……"守关者已经郁闷到自己给自己串场了，抬眼一扫，投屏就切换到 3 号孤岛。

这里已经吵起来了。

卡戎眼睛一亮，来精神了。

3 号孤岛是一座略显荒凉的岛屿，远处是灰突突的山，近处是崎岖不平的礁石，没有沙滩，礁石之下就是汹涌的海水。

孔明灯的周云徽带着自家三位组员。十社的崔战带着自家一位组员。两方人马立于两块相隔数米的礁石之上，谁都不愿意先向谁走近，只好隔空喊话。喊到现在，音量一浪高过一浪，配合着惊涛拍岸的背景音，火花四溅。

崔战："谁当组长不是看谁的人多，要看谁的能力强！"

周云徽："你连撒手锏都没有，就一个加速文具树，算什么能力？"

崔战："那你的酒精灯呢，能干吗，做初中化学实验？"

周云徽："我的三级文具树是'火焰喷射枪'，要不要让你第一个体验？"

崔战："行啊，看是你的喷射枪快，还是我的滑板鞋快！"

周云徽："你的什么？"

崔战："'我的滑板鞋 II'，我的三级文具树。"

周云徽："……噗。"

崔战："你再乐一个？信不信我一秒过去抱着你投海！"

周云徽："我还真不信了，要不咱俩就打赌，你能抱着我投海，组长我让你当！"

“咻——”崔战一言不合就踩着滑板鞋过来了，走礁石犹如溜冰场。

“呼啦——”周云徽也不是吃素的，一个火球扔过去，开打。

这边礁石上的孔明灯仨组员和那边礁石上的十社一组员，你看我，我看你，最终双双走到一起，肩并肩蹲下来观战，一边看，一边心情复杂地交流——

孔明灯组员 1：“你们组长证明自己实力的方式，为什么是抱着我们组长投海？”

十社组员：“可能我们组长觉得那样更有气势。”

孔明灯组员 2：“同归于尽更有气势？”

十社组员：“别问了，我也是水世界才跟着他的，还没看透他的心。”

孔明灯组员 1：“得，那我们都一样，我们三个也是水世界才跟着他的。”

孔明灯组员 3：“环形城的时候还投票罢免过他。”

孔明灯组员 2：“这一段不用提。”

五分钟之后。

孔明灯组员 1：“他俩好像越打越来劲了。”

孔明灯组员 2：“我看不用等七天，再有半小时，他俩就能把自己消耗得弹尽粮绝。”

孔明灯组员 3：“到底是谁提议先把未来七天的代理组长选出来的？”

十社组员：“……”

孔明灯组员 1、2、3：“给我面壁去！”

刚吼完罪魁祸首，打斗忽然戛然而止了。四个组员齐齐发愣，看着两个组长气喘吁吁地回来——虽然都喘，但一个沮丧不甘，一个春风满面，胜负已然明显。

“来吧，”崔战朝三个孔明灯组员微笑，“叫组长。”

三个孔明灯组员腾地站起来，不可置信地问周云徽：“你输了？！”

虽然打得难解难分，但周云徽那火焰喷射枪一出，横扫啊，崔战能纠缠到现在，完全是依靠自身速度，多数时间都在防守，怎么就突然赢了？

“其实硬打到最后，我也能赢。”崔战耸耸肩，“他那个喷射枪极度消耗精神力，根本不能持久战，不过真要那么杠，今天晚上他就得饿得睡不着，”他斜着瞥旁边一眼，“还是给你留点儿体力吧。”

周云徽没好气地皱眉：“已经让你赢了，哪儿那么多废话？！”

“你早点儿放弃不就得了，你以为我愿意用这招？”崔战也一脸不高兴，似乎对自己获胜的手段有些耿耿于怀。

仨孔明灯组员和一个十社组员面面相觑，快好奇死了，异口同声地问崔战：“你到底怎么赢的？”

崔战抬头遥望苍茫大海："我提醒他，闯 1/10 关卡时，是我用幻具治了他的伤。"

四组员："……" 道德绑架可耻，但有用啊。

监控室里，投屏前的卡戎脸上写满了一言难尽。吵架、内斗，甚至是冲突，都是他喜欢的剧情，但这个 3 号孤岛的气氛……说不上哪里怪，反正就是怪怪的。

眼见着两个刚才还打得你死我活的闯关者凑一起研究生存战略去了，卡戎果断将画面切换到 4 号孤岛。

这是一座植被极其茂盛的岛屿，比热带雨林风情的 2 号孤岛上的植被种类更繁多、更奇特，看起来就像一座占地广阔的植物园。

不过身处其中的六人——何律，铁血营组员 1、2、3，白路斜，丛越——暂时还没有探岛的心思，他们很明显分成 4-1-1 三个阵营，正彼此隔着很远，谨慎而警惕。

这才是孤岛求生的常规操作嘛。

卡戎双手放在头后，重新躺进椅子，优哉游哉地欣赏。

何律和自家三个组员坐在一株高大的不知名植物之下，植物巨大的叶片像把遮阳伞，挡住了阳光，洒下阴凉。但铁血营组员们的神经还很紧绷。

造成这种情况的罪魁祸首——白路斜——正在远处研究一簇大红色的奇异花朵。

两分钟之前，白路斜毫无预警地用一个铁血营组员来测试他刚刚解锁的三级文具树"催眠术"。中招后的铁血营组员在文具树操控之下，跳了一段草裙舞，逗得白路斜捧腹大笑，气得铁血营剩下两个组员七窍生烟。要不是何律拦着他们，要不是白路斜很快收手，一场火拼绝对少不了。

更可恨的是，白路斜压根儿没觉得自己做错，见他们盛怒，还轻佻地笑，说着"我又没杀他，顺手拎过来帮我测试一下而已"，转头就研究花花草草去了，压根儿不把他们放眼里。

"组长，我忍不下这口气。"被当成测试对象的铁血营组员 3 看着白路斜的背影，双眼几乎要喷火了。相比同样生气的队友，他这个当事人才更觉得被侮辱。

"我知道你很愤怒，"何律重重拍上他的肩膀，借由手掌传递稳定的力量，"但愤怒解决不了问题。他在神殿里说过，可以三分钟之内杀光当时所有的人，我认为这不是大话，所以就算我们现在和他动手，也只是被再次羞辱。"

铁血营组员 3 咬牙："可我咽不下这口气。"

铁血营组员 1、2："我们也咽不下！"

"那就提升自己的实力，君子报仇，十年不晚。"何律说，"但是眼下，摆在我们面前的问题，是如何在这里度过七天，如果连这个都完不成，那就没有以后了。"

铁血营组员看向自家组长。

何律不言语，只静静地回望。他的目光里没有太多复杂的东西，只有坚毅、大气、沉静。

三人激烈的情绪渐渐平和。

这就是他们这些先进入水世界的老组员愿意跟着何律一起来闯关的原因。这个人身上有种厚重又温和的气质，像大海，能包容一切，也能抚平一切。

“现在，我去找他谈，不管发生什么，你们都不要动。”何律说。

铁血营组员重又警惕起来：“找谁谈？白路斜？和他能谈什么？”

“联手，”何律说，“岛上只有我们六个人，越团结，越集中力量，存活概率越大。”

铁血营组员1：“组长！”

铁血营组员3：“组长，你认真的？我才被他那样……行，我大度，我不计较，但他都狂上天了，能愿意和你谈？”

何律坦然道：“谈得拢就谈，谈不拢就大家各自行动。如果谈不拢，甚至他还有敌意，那我们也就清楚，接下来该多防备一个人了。”

角落的茂盛草丛里，从越揪着一根长长的狗尾巴草，孤单寂寞冷。

他看着白路斜招惹铁血营，看着铁血营怒气爆棚，看着何律阻止差点儿爆发的混战，看着白路斜研究大红花，看着何律和自家组员开小会，现在又看着何律走向白路斜……明明是六个人的荒岛，他却不配有姓名。

越胖子想把头埋进膝盖里，独自悲伤，但肚子肉太多，膝盖蜷不到位，腰也弯不下去，努力试了几次未果，只得放弃，于是更悲伤了。

在悲伤中，他努力思考自己会被分到这个孤岛的原因——不详。

他想到了自己会和祁桦分开，毕竟早就离心了，但对于自己的归宿还真没底。要问他的意愿，他当然愿意和VIP在一座岛上，不说别的，至少VIP组员的人品他信得过，不用担心夜里被谁捅一刀。可事实是他被分到了这里，无论是铁血营还是白路斜，他都不熟。

卡戎说分组是按照亲密度分的。从越也不知道是鸮出了问题，还是为了每个岛都凑够六人的不可抗力，抑或卡戎压根儿就没全说实话。

接下来的七天，他该怎么过？

远处，何律已经来到白路斜身后了。他没刻意收敛脚步声，白路斜应该听得一清二楚，可后者又慢悠悠地扯了几片大红花的花瓣，研究一下，没收获，扔掉，然后才转身，依旧蹲着，抬头看何律。

虽是仰望，可扯出邪气笑容的男人气势上一点儿不输人：“何组长，替人报仇来了？”

何律摇头，开门见山：“接下来的七天，我希望大家能联手，团结一致，共渡难关。”

白路斜眼里缓缓浮现出一个问号，难得友情提醒：“我刚拿你的人测试了新文具树。”

何律神情不变：“我知道，并且我到现在仍认为你这件事做得非常不妥当，但一码归一码，我们现在要共同面对一个难题，那其他的恩怨就可以先往后放。”

白路斜乐了，起身，两人的身高几乎持平，他摆明恶意地揶揄：“你倒识时务。”

可何律没恼，只沉默地看了白路斜一会儿，说：“你刚刚测试新文具树的时候，完全可以让我的队友做更危险的事情，但你没有，所以我认为你选择拿他测试，纯粹只是好玩、方便，就像你说的，顺手。”

白路斜笑容消失，眼神渐渐变得嫌恶：“相比不自量力和我动手的人，我更讨厌你这种奉承讨好的……”

“奉承？”何律不解蹙眉，“你对我们没有杀意，至少目前没有，这是事实，也是我会来找你联手的基础，但你拿我的队友测试这件事，我的态度依然是你做错了。”

白路斜歪头，对眼前的家伙有点儿微妙的兴趣了：“觉得我做错了，可你还要找我联手，这么矛盾，你自己不难受吗？”

“我为什么要难受？”何律和白路斜一样，对对面的人难以理解，但不同的是，白路斜揶揄，而他愿意努力，坦诚沟通，“如果你同意和我们联手，我希望你能向我的组员道歉。”

白路斜像听见了天方夜谭：“你逗我呢？”

何律不懂这有什么逗的：“我是认真的。”

白路斜嘲讽地问：“如果我拒绝呢？”

何律：“那我会很遗憾。”

白路斜挑眉：“然后？”

何律：“不赞同，但尊重你的决定。”

白路斜确定了，他真的一点儿都不喜欢和这个人说话，一点儿都不！

从越远远盯着交谈中的两人，本来想着等何律谈崩，心情低落的时候，他再过去送温暖，这样被铁血营接纳的概率会高一点儿。

不是他没出息，实在是这种生存游戏，一个人的力量太有限了。连铁血营都不计前嫌去找白路斜，不就是因为白路斜能力强吗？他孤家寡人，人家不稀罕他，他只能厚脸皮贴上去。

但他围观到最后，万万没料到，跟白路斜谈完，何律没回铁血营那边，而是径直朝自己这里走过来了。

肯定是和白路斜谈崩了，才想起自己。

虽然只是备胎选项，但从越还是激动得直接从草丛里站了起来，站得倍儿直溜。

何律被他突然的立正逗乐了，来到他面前站定，温和道："白路斜已经同意联手了，你也一起加入吧。"

从越错愕，比自己被邀请还错愕："白路斜竟然会同意？你怎么说服他的？"

何律："也没什么特别的，就是真诚沟通。"

从越："……"

这么简单？不可能，肯定有什么谈判撒手锏，只是对方不愿意告诉他。不过从越也不计较这个，人家能来找自己，他已经很知足了："我还以为你们看不上我。"

这下轮到何律错愕了："为什么会这么想？"

"你们和白路斜差点儿撕破脸，你还先去找他，我以为……"从越说不下去了，胖子也是有自尊心的。

何律恍然大悟，哭笑不得："你想多了，我先去找白路斜，是因为他的不确定因素最大，我越早和他聊，越可能成功。"

从越："你的意思是，我的不确定性小？"

何律摇头："没有不确定性，我对你有百分百的信心。"

幸福来得太突然，砸得从越有点儿晕："也就是说，你从一开始就想好要来找我联手了？"

"当然。"何律毫不犹豫，"你为了坚持内心的正义，不惜和祁桦决裂，我信得过你的人品。"

从越："……"

他现在相信对方说的了，拿下白路斜，就是真诚沟通。不够？那就往死里真诚。

何氏真诚，太可怕了！

6

监控室投屏前，卡戎盯着 4 号孤岛的"其乐融融"，陷入了深深的迷惑。这三组人马互相都不熟吧？不是该彼此警惕吗，还差点儿因为一个人的任性燃起战火，怎么就你好我好大家好了？那个穿着迷彩服的闯关者，文具树是"和平使者"吗？

由于观赏体验过于糟糕，守关人一个烦躁，暂时关了所有投屏，将帽子盖到脸上，睡午觉去了。一觉起来，已是下午四点。

卡戎没料到自己睡了这么久，差点儿把天睡黑了。

虽说第一天，孤岛上也不太可能发生什么，但他还是赶忙调出投屏，第一个就对准了之前一直没看过的5号孤岛。

画面出现，却是三块投屏同时亮起，每块投屏都是岛上的不同地点——祁桦和还乡团组员在海边，佛纹、下山虎在礁石上，清一色、大四喜在岛背面探索。

三个地点相距都不算近，如果是达成默契的分头探索，那就太不科学了：一来，不是每组都在探索；二来，孤岛面积并不小，单独两人一组进行探索，并不会比六人一起来得高效，安全就更谈不上了。

所以眼下的情况只有一种解释——这六个人，第一天就分崩离析了。

卡戎有点儿遗憾，毕竟看好朋友痛苦挣扎反目相杀，才够有情节张力。不过鉴于今天看过太多一言难尽的孤岛，这个上来就拆伙的5号还是颇让人欣慰的。

守关人将画面的时间往前调，调到这几个人刚刚登岛的那一刻，然后靠进躺椅，眼里闪着期待，眼角堆起满意的鱼尾纹。

5号孤岛是一座过于荒凉的岛：有沙滩，但偏黑色的沙粒像煤渣，更不存在海螺、寄居蟹那些可爱生物；有礁石，但只是光秃秃的石头，寸草不生；有环岛山脉，但一眼望去几乎看不见什么绿色。

比岛屿环境更让人心凉的，则是分组——

佛纹、下山虎没想到，自家步步高升四个伙伴会被系统分开。

清一色、大四喜倒是彼此没分开，却是千算万算也算不到睁眼第一个看见的会是祁桦。

祁桦和还乡团组员算是六人里相对满意的了。他们和丛越已经撕破脸，不在一起是预料之中，然后分来的两个花臂也好，两个莲花也罢，都不算是太凶残的闯关者，真打起来，没那么难对付。想想，如果分到的是VIP、草莓甜甜圈、白路斜之类，动起手来，简直是死亡之组。

这么一对比，祁桦就挺高兴了。所以他也是第一个递橄榄枝的："以前的恩怨都过去了，未来七天，咱们一起……"

"滚蛋！"清一色直接骂回去，"谁和你一起！"

大四喜没跟着一起骂，但望向祁桦的目光满是警惕。

佛纹和下山虎原本还沉浸在与队友被迫分离的悲伤里，结果生生被眼前的冲突薅回了现实。

"等等，清一色，你冷静一点儿。"佛纹在"终极恐惧"里和清一色、大四喜并肩战斗过，多少也算有了点儿交情，连忙劝，"不管你们之前发生了什么，既然系统按亲密度把我们分到这里，那说明……"

"什么都说明不了。"大四喜拦住情绪激动的清一色，静静看向佛纹，一字一句道，"环形城里，我差点儿就被祁桦杀了，不是他手下留情，是我命大。”

佛纹沉默了。他都不需要问细节，不需要了解是不是祁桦正好要抢大四喜的颈环，所以才迫不得已对他出手。一个人差点儿杀了另外一个人，纵然有再多的理由，仇也结下了，他没资格也没立场劝人家谅解。更何况，所谓的理由可能也根本站不住脚——崔战为了抢他的颈环，绕着环形城追杀了他好几圈，有无数次机会可以弄死他，可是都放弃了，直到最后时间快到了，才好不容易找到机会弄晕他，抢夺成功。

下山虎看佛纹不说话了，便也闭紧嘴巴。

祁桦等了一会儿，见两个花臂不打算当和事佬了，只好硬着头皮，朝清一色和大四喜笑笑："环形城里，谁都不想死，有时候人为了保护自己，不得不伤害别人，我心里也很过意不去……"

他说得极其真诚。清一色和大四喜却听得恶心。

祁桦不觉得，还在试图说服："在这个岛上熬过七天就能通关，谁都清楚这个时候最正确的做法就是联手。"

"那我们宁愿不通关。大四喜，我们走！"清一色拉住队友，头也不回地往岛屿深处走去。

两人走得很快，没多久就消失在了剩下四人的视野之中。

祁桦耸耸肩:"无所谓，总有看不清大局的人。"说着，他将目光转回佛纹和下山虎，"你们不会也和他们一样幼稚吧？"

佛纹和下山虎还在谨慎考虑，没急着回应。

严格来说，他俩和祁桦都没有过直接交集——佛纹走的"终极恐惧"，对祁桦的认知基本为零，除了知道他是还乡团水世界组长外，剩下关于这人的信息，都是潜艇会合的时候听下山虎当八卦讲的；下山虎经历过"神殿考核"，于是得摩斯挖出的祁桦那些秘密，他都听进耳朵里了，包括现实中的挪用公款、打老婆，关卡中的文具树"画皮"，还有丛越因为他要暗算 VIP 而和他决裂……

总之，无论怎么看，祁桦在佛纹和下山虎这里都算不上什么好人，只是没清一色、大四喜那么"不共戴天"罢了。

这样的人，真的可以合作吗？佛纹没底，下山虎更发虚。

"我不懂你们在担心什么，"祁桦有些不耐烦了，作为还乡团组长，他愿意低声下气和两个小组织的组员搞联合，已经很给面子了，"我的文具树是'画皮'，也都让得摩斯揭得底儿掉了，就算我伪装成你们中的一个，想搞阴谋，你们随便拿个问题一测，我就露馅了，这样还不够让你们放心？"

"那……"下山虎讷讷开口，"那要按你说的，你的文具树什么用都没有，我们为什么要和你联手？”

祁桦乐了：“我的文具树在这里或许不实用，但我组员的文具树可是攻击型，在这座不知道藏着什么危险的岛上，我想很需要一个这样的战斗力。”

“一说文具树，倒是提醒我了，”安静很久的佛纹突然抬眼，问祁桦，“你的三级文具树是什么？”

这问题砸得祁桦措手不及，他嘴唇轻微动了动，却还是没发出声音。

“不好回答？”佛纹定定地看着他，“是怕公布了就不方便暗中使用了？”

祁桦眼里掠过一抹不易察觉的光。下一秒，他干净利落抬起手臂，亮出文具树：“‘画皮Ⅲ’，我的新文具树，具体效果还没验证，够有诚意了吧？”

还乡团小弟凑过来帮腔：“喂，我们组长都把文具树给你看了，你是不是也得礼尚往来啊？”

如果祁桦不亮文具树，佛纹真的还挺纠结。但这一亮，他反倒踏实了。

“抱歉，”佛纹把衣袖拢得更紧，“我不会把底牌亮给不怀好意者。”

祁桦眼底一暗：“你什么意思？”

佛纹：“你的三个文具树，依次是‘画皮’‘画皮Ⅱ’‘画皮Ⅲ’。你说你没试过新文具树，这我信，但你根据前两个文具树来推断，应该也能多少判断出新文具树会增加什么效果……可是你刚刚和我说的是什么？你说你的‘画皮’已经被得摩斯揭秘了，就算你想伪装成我们中的一个，想搞阴谋，让我们随便拿个问题一测，就可以放心了……”

祁桦脸色变得难看了。

“我现在很不放心。”佛纹缓缓摇头，道，“如果我不问你的新文具树是什么，如果听你说完我就同意联手了，那这个升级后的‘画皮’，是不是在未来的某个时间，就会用在我们身上了？”

祁桦咬牙：“但我现在已经告诉你了。”

佛纹一脸遗憾，是真心的遗憾：“但我现在已经没办法信任你了。”

两人独自行动，是个冒险的选择。然而如果要面对两个时刻可能算计你的人，他宁愿面对一片未知的孤岛。

7

1号孤岛。

如果要在所有孤岛中选出一个求生进度最有条不紊的，非这里莫属。

这要归功于范佩阳，上来就给了个“测试文具—环岛查看一圈—制订七天生存方案”的三步走求生计划。于是在草莓甜甜圈众人懒散地吃着蛋糕、周云徽和崔战为谁当求生周代理组长打得你死我活、何律艰难说服白路斜、还乡团和莲花及步步高升六人分崩离析成三个两人小组的时候，唐凛已经带着1号孤岛所有伙伴，开始进行孤岛求生第一步——测试新文具树。

“你俩不用有顾虑。”唐凛喜欢凡事把话说在前面，尽量减少合作中可能出现的分歧和风险，所以在测试之前，同骷髅新娘、江户川打开天窗说亮话，“文具树就像每个人的撒手锏，如果你俩不想在我们面前透露和测试三级文具树，我完全理解，那我们就分开两地，各测各的，测完再回去探岛。”

范佩阳已经在酝酿新的三级文具树了，很想尽快一测究竟，听见唐凛这样说，有些不以为然，因为他确信自己的提议是应对眼下困局最可行、最有效率的方案，两个步步高升的组员有什么可犹豫的理由？然而朝江户川和骷髅新娘的方向一瞥，他还真看见了两脸欲言又止。

范佩阳微微蹙眉。

江户川和骷髅新娘没看见，因为他俩还在惊讶里——唐凛太敏锐了。从始至终，他们都没有表现出一点儿“不愿意测试文具树”的情绪，唐凛是怎么发现的？

“岛上只有六个人，”唐凛看出他们的疑惑，继续道，“我方有四个，你方有两个，虽然你们和竹子、南歌一起经历过‘终极恐惧’，但对我和范佩阳还是没把握，如果未来环境真的越发恶劣，很可能到最后，我们之间会为了生存资源争夺得你死我活，到时候四对二，我们人数占优，还清楚你们的所有文具树，那你们就真的一点儿活路都没有了。如果处境对调，VIP两人，步步高升四人，我也会有这种忧患意识。”

他一口气说出了江户川和骷髅新娘完整的心路历程。

两个步步高升组员瞠目结舌：“你的新文具树是‘读心术’吗？”

唐凛莞尔：“不是。但我会将心比心。”收敛笑意，他认真起来，“我理解你们的担忧，但我也不会让我的队友吃亏，所以如果分开测试，那我们就各找地方，互不干扰，互不窥探。当然，如果你们改变主意，愿意给我们信任，那我也能代表VIP向你们保证，未来七天，没有VIP，没有步步高升，我们就是一个队伍，不管发生什么情况，我们都不会向自己的队友动手。”平和的声音里，是冷然和果决。

江户川和骷髅新娘看着这样的唐凛，不知为什么就生出一种确信——这个人，说得出就做得到，他的保证可以信。

心绪起伏间，他俩又依次看向另外三人，毕竟VIP是由四人组成的。

两人的视线先和郑落竹撞上，后者横眉怒视——咱们都一起打过鬼了，你信不过？！

是真诚的愤怒，可以信。

再看南歌，女人轻轻挑起漂亮的柳叶眉，略一点头——以唐凛说的为准。

这是在“终极恐惧”里救过他们的恩人，可以信。

最后是范佩阳，男人不耐烦地蹙着眉——你俩已经浪费三分钟了，再多拖一秒钟试试？

“让我们互相信任吧！”江户川和骷髅新娘唰地看向唐凛，几乎异口同声地道。

唐凛总觉得在这热血沸腾的话语里听出了求生欲。

布满苔藓的岛屿，几乎都是平整开阔的空地，所以六人没走多远，就挑中一块合适的地方，开启新文具树测试。

第一个是唐凛，他的三个文具树分别是——狼影幢幢、狼影独行、狼影追踪。

“第一个是视线干扰，第二个可以进行实质性攻击。”唐凛简单解释完，集中精神同新文具树建立联系。很快，一个黑色狼影出现在他面前，一出现，就纵身一跃，扑他个满怀。唐凛猝不及防，直接被扑倒，小狼就趴他身上一顿蹭。

“行了，行了。”唐凛被蹭得发痒，忍不住笑，眼眉一霎柔和。

范佩阳怔了怔，压抑住想上去将那过分活泼的狼影强行拎走的冲动。

骷髅新娘和江户川也看傻了，但不是看唐凛，主要是看狼。

江户川：“骷髅，以你多年的萌宠博主经验，这是狼吗？”

骷髅新娘：“看轮廓倒是像……”

江户川：“别看轮廓，看内涵。”

骷髅新娘：“绝对是二哈。”

那边唐凛终于坐起来，搂着狼影头抵头，再次集中精神。小狼竟也慢慢乖下来。

众人保持安静，知道唐凛在和新的文具树沟通。

大约半分钟后，唐凛松开小狼，抬起眼：“它可以通过一个人使用过的东西，去追踪这个人现在的位置。”

郑落竹一怔，第一个出声，带着些急切：“多久前使用过的都行吗？十几年前的行吗？”

南歌明白他的心思，便也帮着问：“百分百能追踪到？”

江户川不知道郑落竹找人那档子事，单纯以为他们是询问文具树的效果，也跟着追加提问：“一个东西如果好几个人用过怎么办？”

骷髅新娘：“……我还能问点儿啥？”

唐凛现在还回答不了自家队友的问题，但对于没抢到提问的骷髅新娘，他倒能给个新任务：“帮我做测试吧。”

骷髅新娘跃跃欲试："行，怎么帮？"

唐凛站起来，朝他伸手："借我一样你的东西，随便什么都行。"

骷髅新娘了然，这是要让狼影追踪他呢，于是立刻摸身上口袋，很快摸出一小瓶快用到底的运动扭伤喷雾剂。

刚要递给唐凛，一件夹克从天而降，抢先盖住了唐凛伸出的手和小半截胳膊。

"我帮你测。"只剩单衣的范佩阳低沉出声。

骷髅新娘："……"

先被抢话，又被抢任务，他可能天生就是不用操心的命。

"这个夹克之前是别人穿的，正好还可以测一下，经过两个人的手，它能追踪到谁。"范佩阳补充道。

唐凛拿住夹克，不用抬头，都知道范佩阳肯定一脸"就这么定了，你赶紧开始吧"的模样，只得给骷髅新娘一个歉意眼神，然后便把夹克递给狼影。

狼影一口咬住夹克，连撕带扯满地打滚，大有哈士奇拆家之意。

范佩阳看得直皱眉："这是追踪之前的必然流程？"不知为什么，他总觉得那夹克是替自己受了苦。

"可能吧……"第一次测试，唐凛也不清楚，但在他的预想中，把东西给狼影之后，狼影应该是闻闻气味什么的，但不管怎么说，东西已经给了，所以下一步是，"你找个地方躲起来，尽量远一点儿，看看它能不能追踪到。"

范佩阳点头，而后举目眺望。

郑落竹也帮着自家老板望："这岛上没遮挡物，要躲就得挑地势低的地方……这附近也没有啊，那就得往远处去……"

"不用。"范佩阳说完，直截了当往海边走。

几分钟后，遥远的海边，一个矫健身影跃入大海。

唐凛："……"

南歌："……"

骷髅新娘："……"

江户川："太拼了……"

郑落竹："他也不是对谁都这么拼的。"

都这样了，唐凛哪儿还敢耽误时间，连忙蹲下拍拍狼影的头。小狼顷刻松开夹克，四处转悠，不时低头嗅嗅地面，像在寻找气味。

这情景看得众人有点儿担心。都下海了，如果是靠闻气味，恐怕到沙滩就中断了吧？

大约过了半分钟，狼影忽然仰头一嚎："嗷呜——"下一秒风驰电掣就往海边跑。

众人立刻跟上。

狼影跑到海边，根本没半点儿犹豫，一跃入海，身姿之矫健倒和范佩阳有一拼。

此时的范佩阳早看不见人了。

唐凛抿紧嘴唇，看着打到沙滩上的一次次海浪，有点儿担心。理智上，他觉得范佩阳应该是屏住呼吸潜到水下了，以免被狼影捕捉到身影。即便是帮忙测试，那人也会当一场竞争看，既然是竞争，以范佩阳的性格，绝对不会给狼影放水。但感情上，在看见范佩阳安然无恙之前，他还是放不下心。

"哗啦——"

一人一狼两个身影，同时冒出水面——湿透的范佩阳走上岸，拎着湿透的狼影；被抓住后颈皮的狼影不甘心地蹬着小腿，可又奈何不得，"嗷呜""嗷呜"叫得生气。

一上岸，范总先告状："它咬我。"

唐凛："……"

郑落竹、南歌、江户川、骷髅新娘："……"

他们没看见狼影咬人，就看见其毫无尊严地被霸道总裁拎在手里，还露出了圆滚滚的小肚肚。

"可能是主项追踪，附加轻度攻击。"唐凛给自家小狼找补，总不能用残酷的真相提醒范总，说"人家还是夜游怪的时候就不爱搭理你"吧。

收回狼影，切断文具树，唐凛总结道："狼影能在海里准确找到范佩阳，我认为不是靠气味追踪，应该就是靠物品和人之间的联系，但是目前还不确定，他追踪到的是'最后一个拥有这件物品的人'，还是'拥有过这件物品的人中，目前距离我最近的人'。"

这一点没法求证，因为被范佩阳抢了衣服的人并不在这里。

之后唐凛用赠送的方式，让郑落竹将随身匕首送给南歌，让骷髅新娘将随身运动扭伤喷雾剂送给江户川，再将匕首和喷雾剂拿过来给狼影追踪，狼影毫不犹豫追踪到的是郑落竹和骷髅新娘，也就是物品的原主人，不管他俩离得近还是远。

唐凛怀疑狼影的追踪目标，和拥有这件物品的时间长短也有关系。

几次测试下来，狼影无一失手，说明它的追踪范围至少可以完全覆盖这座岛屿和周边海域。至于最远能到哪里，范佩阳不介意游个几公里帮忙测试，被唐凛直接否决。

"狼影追踪"的测试到此结束。

接着就是范佩阳，他的新文具树是"初级破坏狂"。不同于唐凛的"狼影系"，范佩阳的新文具树看起来和前面两个"懒人系"毫无关系。

测试者在和新文具树建立联系。围观者不敢打扰，只能私底下小声议论——

郑落竹："你们觉得能是什么效果？"

骷髅新娘："破坏狂，我有种不好的预感。"

江户川："我们要不要离得再远一点儿？"

南歌："初级，应该不用太担心。"

"咣！砰——"一个拳头大的石块被范佩阳隔空移动，炮弹一样冲击到远处高耸的一块岩石上，撞击的瞬间，石块爆炸了。

爆炸了……炸了……了……

岩石被轰出一个大洞和一道极深的裂痕。下一秒，裂痕上半部分的岩石从断裂处错位，轰然滑落砸到地上。

郑落竹、骷髅新娘、江户川："初、级、不、用、太、担、心？！"

南歌："……"她为低估范总深深反省。

唐凛也被这杀伤力惊到了，但惊到之余，又觉得这很顺理成章。范佩阳的三级文具树其实并没有脱离"懒人"系列，还是隔空移物，但物品本身的杀伤力增大了，之前只是依靠物品的撞击力，现在则加上瞬间爆裂的威力。

不过这个文具树也很耗体力，才用一次，范佩阳就在调整呼吸。

缓了片刻，范佩阳又试了一次。这次他尝试能隔空操控物品的最大数量和质量，结果发现，能同时操控的还是两个，每个物体的质量也基本还是"懒人的福音 II"的能力范畴，似乎"初级破坏狂"只是在"懒人的福音 II"基础上，加了物品本身的爆裂效果。

范佩阳没再试第三次。现在的每一分体力都很宝贵，他不会为一个测试就白白浪费。

第三个测试的是南歌，她的新文具树是"余音绕梁"。

测试之前，她以为是尖叫会变得很动听之类的，结果实测了才发现，是"隔空传音"，只要对方在她的视野里，她看得见那个人，就可以将想说的话一对一传到那个人耳朵里。

这能力简直太好用了——

郑落竹："传情报。"

江户川："讲八卦。"

骷髅新娘："突然喊一嗓子吓唬人。"

南歌："……我没那么无聊！"

南歌之后是江户川。他的三个文具树依次是"条条大路通罗马""条条大路通罗马 II""此路是我开"。前两个文具树都是改变对手脚下的路的方向，从而干扰对手行动，起到防御作用。新文具树则是可以将对手脚下路的状态改变，比如平路变起伏或者突然颠簸，甚至可以设置一些坑坑洼洼、杀伤力普通的小陷阱等等，本质上还是防御。

第五个测试的是骷髅新娘。他的文具树依次是“白骨战士”“白骨战士Ⅱ”“背后灵”。

“你的文具树怎么都阴森森的？”“终极恐惧”的阴影实在太浓烈，郑落竹现在一看这些就脊背发凉。

骷髅新娘白他一眼：“灵异这种，你得看谁用。关卡用，就是噩梦；我这种光明磊落的闯关者用，就是弘扬正气！”

郑落竹：“……”

“背后灵，”南歌回忆道，“我以前用过这个一次性文具，就是会有一个鬼魂突然出现在对手背后，而且普通的物理性防具防不了，必须用‘走近科学’那种稀有防具。”

“那是很厉害的文具树啊，”唐凛有些期待了，对骷髅新娘说，“赶紧试试。”

骷髅新娘也很兴奋，琢磨了一下，决定还是熟人比较好下手，于是目光幽幽落到江户川身上。

江户川深吸一口气，豁出去了：“来吧。你知道的，我没那么高级的防具，你可别真往死里攻击啊。”

“放心，”骷髅新娘拍胸脯，第一次因为攻击力太高被警告，还有点儿小骄傲，“就是简单测试，我知道这个的威力，我肯定收着来。”

江户川站直了，一脸慷慨就义。

骷髅新娘聚精会神，顺利和“背后灵”建立了联系，而后浑身绷紧用力。

“咻——”

江户川一个激灵，几乎是一刹那回头，去看身后到底出现了什么样的妖魔鬼怪。但没鬼怪，就自家队友那张大脸——骷髅新娘瞬移到了江户川背后！

骷髅新娘仰天长叹：“什么鬼？！”

唐凛、范佩阳、南歌、郑落竹：“……”

原来背后灵是骷髅新娘自己啊。这真是一个事必躬亲的文具树啊。

最后一个测试的是郑落竹。不是大家把他放最后，是他自己推推让让，留到了最后——“彩虹眼”，郑落竹想破脑袋也没想出来这到底干吗用的，就怕一操控，真成一双七彩眼了，那以后还怎么见人！

“该来的总要来，”唐凛鼓励自家队友，“面对现实吧。”

郑落竹求助地看向范佩阳：“老板……”

范佩阳跳海的时候，浑身湿透，但一件衣服没脱，任由它们贴在身上，勾勒出倒三角的上身和形状漂亮的腹肌。四目相对，范总没理会员工求助，只淡淡道：“如果你的三级文具树效果很实用，涨工资。”

郑落竹瞬间生龙活虎：“我来了——”

骷髅新娘、江户川：“……”这万恶的金钱！

随着郑落竹屏息凝神，围观五人也静下来，集中注意力，他们其实比郑落竹还好奇，“彩虹眼”到底是什么东西。

一分钟过去，郑落竹茫然看向唐凛：“组长，没效果。”

唐凛意外：“没效果？”

郑落竹点头：“我和文具树沟通，得到的信息是‘观察’‘提前防御’，可我什么都没观察到，也不知道怎么就提前防御了。”

观察，提前防御，提前……唐凛品着这个词，突然灵光一闪：“你再试一次，这次拿我当你的对手。”

郑落竹收到，再次启动文具树，不看别人，就看唐凛。

一秒，两秒，三秒……郑落竹霍地瞪大眼睛，他在唐凛周身看见了一股银蓝色的气流！

“看见了？”唐凛从自家队友的神情里读出了结果。

郑落竹猛点头：“有一股银蓝色的气流正在从你身体里出来，画面极其科幻……”

唐凛乐了：“我在酝酿文具树。”

郑落竹一时没反应过来：“啊？”

唐凛没急着解释，回头对另外四人道：“你们都和文具树建立联系，但别使用，就像是准备战斗但还没开始真正战斗的状态。”

范佩阳启动“懒人的福音”。早在看见唐凛面对郑落竹集中精神，显然是在酝酿文具树的时候，他就懂了。

南歌、骷髅新娘、江户川还有点儿迷糊，可是都纷纷酝酿起自己的文具树。

神奇的事情发生了，郑落竹可以看见不同颜色的气流从每个人的身体里出来，一眼望过去，五颜六色，真跟彩虹似的。

“怎么样？”唐凛问。

郑落竹实话实说：“都有气流，而且每个人的颜色不同，你们看不见吗？”

众人摇头。

郑落竹到此时，也好像懂了点儿：“这就是‘彩虹眼’？能在每个人刚启动文具树的时候就发现？”

“对，”唐凛点头，“所以才叫‘提前防御’，就是当对手准备动手，但还没有真正动手的时候，就已经被你发现了。”

江户川羡慕死了："那不是永远都比对手快一步？"

"可是为什么每个人的气流颜色也不同？"骷髅新娘问。

唐凛看郑落竹："你觉得呢？"

郑落竹想了想，懂了："颜色代表了不同的文具树属性。"

"高配版的'‹防›我看透你了'。"南歌精辟总结。

"快说说，我是什么颜色？"骷髅新娘问，"我刚才酝酿的'背后灵'。"

郑落竹："深灰色。"

江户川："我是'此路是我开'。"

郑落竹："土黄色。"

南歌："'曼德拉的尖叫'。"

郑落竹："大红色。"

"我是银蓝色，"唐凛沉吟着，"是不是意味着攻击性的文具颜色都偏重、偏深？"

郑落竹果断点头："肯定是，老板纯黑色，纯纯的。"

范佩阳："……"

测试完新文具树，六人稍事休息，便开始探索这座岛屿，一晃，就到了傍晚。

可一无所获，整片岛屿除了苔藓就是苔藓，没树木，没动物，没水源。

六人在潜艇上吃得饱饱的，其实还不算太饿，但又是测试新文具树，又是探索岛屿，口渴却挡不住，而且越是知道"找水一定很难"，越是容易在意口渴的感觉，就像心理暗示的恶性循环。

其间江户川突发奇想，说："我在侦探小说里读到过，有些苔藓是可以挤出水来的，只要我们这样薅一把出来……"说着，他就直接弯腰伸手抓了，抓住一扯，就是一大团苔藓，然后双手用力往中间挤，过了一两秒，还真有水淅淅沥沥滴下来，而且看着还挺清澈。

"哎，你可以啊！"有些口渴的骷髅新娘大喜过望，直接过来仰头张嘴接水滴。

动作太快，唐凛想拦都没拦住。

几滴苔藓水下肚，骷髅新娘开始昏眩，手舞足蹈，跟吃了毒蘑菇似的。

江户川一惊，连拍背带抠喉："你给我吐出来！"

骷髅新娘干呕两下，未果。

最后是唐凛急中生智："南歌，尖叫。"

南歌得令，拉过骷髅新娘就给了他一个"私人尖叫专场"，叫得骷髅新娘头晕耳鸣恶心，最后"哇"一声，吐了个干净。

一番折腾下来，太阳都开始往下落了。六人回到最初登陆的海边，有些疲惫地躺下，听着海浪，看着久违的落日余晖，心情和太阳一样快落到底了。

骷髅新娘："没动物，没植物，就这一望无际的毒苔藓，那个卡什么还让我们自己想办法，怎么想，无中生有啊？"

江户川："岛上没出路，就只能水里想招儿了。"

郑落竹："下海捕鱼？"

南歌："就怕我们明天饿得连下海的力气都没了。"

一只怪鸟从微暗的天空飞过。

"咻——"沙滩上一块小石子凌空而起，速度极快地直奔而去。

"砰！"石子重重击中怪鸟，怪鸟径直落下来，"啪叽"摔在六人不远处的沙滩上。

"食物不是问题，重点在水。不过最好先烹饪一下，测试食物的安全性……"范佩阳说着坐起来，看向郑落竹、南歌、骷髅新娘、江户川，"谁厨艺好？"

郑落竹、南歌："……"

骷髅新娘、江户川："我们以后叫你安总行吗？"安全感的"安"。

唐凛也坐起来，见范佩阳真一点儿问他的意思都没有，有些纳闷道："为什么不问我？"

范佩阳转头看他："我们的厨房在原始装修之后，又装修过两次。"

唐凛怔住，忽然意识到自己可能开启了一个错误的话题，但话都说到这里了，自己又毫无印象，只能试探性地问："都是我毁掉的？"

范佩阳："一次是你，一次是我。"

唐凛："……"

郑落竹、南歌、骷髅新娘、江户川："……"

你俩这也太艰难了。

第八章

变 天 了 BIAN TIAN LE

1

2 号孤岛。

草莓甜甜圈六人在森林里转悠一天，没找到椰子，也没找到水源，连带点儿汁水的果子都没找到，只得无奈又回到沙滩，看着夕阳西下，无尽伤感。

五五分：“组长，我好渴。”

关岚：“忍着。”

探花：“我记得看过用海水蒸馏法弄淡水的求生小妙招，但我现在好累，不想动，谁自告奋勇，替我实践一下？”

和尚、全麦、五五分、关岚：“……”

“好吧，那就明天再说。”探花累得眼睛都睁不开了，翻身侧躺，准备先眯一会儿，忽然发现原本躺在自己旁边的队友不见了，他一下子就精神了，腾地坐起来，“莱昂呢？”

另外四个人闻言，也纷纷起身。

五人面面相觑，心情复杂——

“我们把莱昂丢了。”

“他一天到晚不出声，迟早得丢。”

“怎么办？”

“丢森林里了吧？”

“肯定迷路了。”

“你们对他有信心吗？”

“当然有。”

“休息吧，一觉睡醒他就回来了。”

“嗯！”

五人刚心安理得地重新躺下，一道黑影就笼在了他们头上。莱昂拎着一头奇形怪状的动物，砰地往地上一扔。

那动物有一头羊那么大，胖乎乎的像小猪，但长了一对牛的犄角。它还活蹦乱跳的，不过四脚都被莱昂捆得结结实实，只能用圆滚滚的身体在沙滩上蹭来蹭去。

五人吓了一跳，忙不迭起身。他们在森林寻了一圈，虽然重点是找水源，但也的确没看见任何动物，突然就被莱昂猎回来一头，太蹊跷了。

“你哪儿找到的？”关岚问。

“地底下挖出来的，”莱昂说，“看着像在冬眠。”

“不是，”和尚看不下去了，“我们缺水，又不缺食物，人家好好睡着觉，招你惹你了？”

莱昂淡淡道：“有一头，就可能有两头，有动物，就可能还有别的，这个岛不简单。”

3号孤岛。

崔战启动“我的滑板鞋”，以一己之力，短时间内就探遍了大半个岛。

之所以说是大半个，因为岛上有一座环形山，极高，石头无比光滑，又几乎是垂直角度，他根本上不去。周云徽等人也没有能攀登这种光滑山壁的文具或者文具树，所以被环形山围绕的这块区域内到底什么情况，谁也不知道。

而在环形山外可以任意探寻的地方，崔战找到一座小木屋。木屋简陋，就像临时搭建的供人歇脚的地方，里面能容纳十个人左右，没什么设施和物品，顶多挡挡风雨。但岛上气候尚可，没有风雨要挡，所以这座木屋基本就是个没用的摆设。

天已经基本暗下来了。六个人坐在岸边的礁石上，遥望大海。

崔战：“午夜零点发放小面包，到时候我们一起去取，平均分配。”

周云徽叹口气：“我现在渴得光是听见‘面包’两个字，就觉得噎得慌。”

孔明灯组员1：“没错。水才是最大问题。”

孔明灯组员2：“不知道其他组怎么样了。”

十社组员：“别人我不知道，但关岚的一、二级文具树分别是‘蛋糕有毒’‘糖果有毒’，而且据说他可以制造出无毒的蛋糕和糖果。”

孔明灯组员3：“那有什么用，现在缺的是水。”

十社组员："你就知道他没水？他的三级文具树如果是'果汁有毒'，不合理吗？"

众组员："……"该死，好有道理！

"别在这儿自己给自己添堵了，"崔战说，"保存体力，先把这一夜过去再说。"

周云徽挑眉："我发现你当上代理组长之后，气质飞升啊。"

崔战："哥们儿原来就很有气质。"

周云徽："蹲在闯关口抽烟的气质？"

崔战："……"

周云徽："没词儿了吧？"

崔战："你把我烟瘾勾起来了，你负责。"

周云徽："这荒凉孤岛我上哪儿给你找香烟去！"

崔战："弄点儿火吧，我可以靠着火苗幻想。"

周云徽："……"

4号孤岛。

何律将六人分成三组，自己和白路斜一组，另外三个组员和从越分成两组，一天之内，将岛查探得差不多——没有动物，只有植物，没有可食用的果子，也没有水源。这是一个令人沮丧的结果。尤其还有一个在旁边说风凉话的白路斜："我早说过，不用白费力气，把我们投到岛上，就是让我们互相残杀的，搞什么联手、探岛，多此一举。"

铁血营组员又要冒火。

从越全程佛系，他相信何律能摆平一切牛鬼蛇神。

果然，何律的情绪完全不受白路斜影响，仍坚定不移地相信："世上无难事，只要肯登攀，晚上我们先去取小面包，然后好好休息，剩下的事情明天再想。岛上可以生长这么多植物，不可能没有水。"

白路斜无语地躺倒在地，呈大字状望天："你这个人真是一板一眼到死，太无趣了。"

何律走到他身边，低头认真道："没有规矩，不成方圆。"

白路斜看了他两秒，何律突然坐下来，乖乖看海。

白路斜操控着"催眠术"，长舒口气，世界清静了。

5号孤岛。

夜深了，接近午夜零点，原本已散伙的六个人又不约而同地在海岸边碰头——发放小面包的邮箱伫立在那里。

祁桦和自家组员，清一色和大四喜，佛纹和下山虎，每一组在白天都没有收获。清一色和大四喜算是最幸运的，在山上看见了动物身影，但没抓住，让它逃掉了。

孤岛求生的第一天，其实大家都不算太饿，但都想来看看卡戎口中的小面包究竟有多少。毕竟第一天不饿，不代表后面他们还不饿，越早确定分配规则，心里越安稳。虽然截至目前，他们还没有就面包的分配问题做任何协商或者交谈。

“叮——”

零点到了，提示如期而至。

小抄纸：“请去邮箱取小面包。”

六人互相看一眼，谁都没动。

同一时间，1号孤岛上，郑落竹大咧咧就把邮箱打开了。六个脑袋同时凑到邮箱前，只见一个只有南歌的手掌一半大的干巴巴的小面包，静静躺在邮箱里。

唐凛、范佩阳、南歌、骷髅新娘、江户川：“……”

要不是怕浪费粮食，郑落竹简直想一把将小面包抓出来摔地上再踩两脚：“这是喂鸟用的吗？！”

监控室里，卡戎对着7×5排列的三十五块投屏乐得愉悦舒爽。

一行投屏一座孤岛，每行一块全景投屏、六块特写投屏，一共五行——

1号孤岛上，郑落竹的特写最精彩。

2号孤岛上，和尚、全麦对着邮箱黑了脸。

3号孤岛上，周云徽、崔战在咒骂守关者，第一次找到了友谊的感觉。

4号孤岛上，何律有些错愕地取出小面包。

5号孤岛上，三组人马依然在彼此观望，谁也没靠近邮箱。

“恭喜度过第一天……”卡戎自顾自地和投屏中根本听不见的闯关者们说话，一边说，一边操控投屏，很快，所有投屏中央弹出一条确认信息——是否激活孤岛？

“第二天来喽。”卡戎叼着雪茄，选择“激活”。

1号孤岛——

唐凛环顾周遭，并没有发现什么异样，但……

“怎么了？”范佩阳发现他神色不对。

唐凛问：“你有没有觉得，风好像变热了？”

范佩阳沉默，微微侧脸，迎着海风的方向。的确，不久前还很凉爽的夜风，好像有点儿温热了。

2号孤岛——

查看完邮箱的草莓甜甜圈六人没拿面包，任由它可怜巴巴地躺在原地。他们重新围着那个胖乎乎的、因为挣扎而累得喘粗气的奇怪动物坐下，讨论明天要不要在全岛挖地三尺，验证一下莱昂说的，看看这座岛究竟有多不简单。

此刻的他们并不知道，森林已经苏醒了。

3 号孤岛——

“阿嚏！”刚给六个人分完小面包的崔战，毫无预警打了个喷嚏。

周云徽嘲笑他：“你这身体素质也不行啊——嚏！”

崔战无奈看他：“我不想打你脸，命运都不同意。”

周云徽还要还嘴，孔明灯组员和十社组员接二连三打了喷嚏。然后大家才发现，天变凉了，原本温润的夜风带上了丝丝寒意。

4 号孤岛——

何律给五人分了小面包，以不饿为由，没要自己那份。之后他带着众人摘了许多高大植株的宽厚叶片，铺在一处植被环绕的空地上。叶片一部分当垫子，一部分当被子，隔凉隔潮，还带着些许柔软。

何律原本想安排大家轮流守夜。但一来的确没发现岛上有什么危险，二来自家组员又在和白路斜闹情绪，两边说一句话都能说出火。于是他让大家休息，自己守夜。但是他太困了，昨天闯完关直接上潜艇，没休息多久又到岛上，然后就马不停蹄探岛、找水、找食物，连轴转下来，眼皮克制不住地发沉。

一根带着倒刺的藤蔓从一片绿色的植被中生长出来，像被赋予了某种诡异生命，沿着地面向前，悄悄爬到他身后。何律没察觉。

5 号孤岛——

最终打破对峙的，既不是祁桦和组员，也不是佛纹和下山虎，更不是清一色和大四喜，而是天气。天降暴雨，一瞬间就将六人淋湿，将邮箱打得噼啪作响，将整座孤岛变成一片大雨滂沱的世界。

2

1 号孤岛。

“什么变热了？”刚吃完自己那份小面包的江户川和骷髅新娘正蹲在不远处挖“保鲜坑”，准备将范佩阳打的怪鸟放进去暂时存储，明天再想怎么烹饪，无意中听见唐凛和范佩阳的交谈，立刻望过来，警觉地问。

唐凛想说风变热了，可下一秒，他想到什么似的，突然也蹲下来，伸手摸了摸沙滩——也带着一丝暖！

不是风的问题。

唐凛的神情凝重下来："这座岛的温度升高了。"

江户川和骷髅新娘一愣，立刻也拿手去探沙子的温度，可探了半天，他们满脸狐疑："没什么变化啊……"

同样学着唐凛去探沙温的郑落竹抖落掉手上的细沙："你俩玩儿半天沙子了，当然感觉不到。"说完，他起身看向自家组长和老板："真的热了，虽然就热了一点点，但也太奇怪了，正常晚上不是应该比白天冷吗？"

先前这座岛屿的温度像春季，而现在，则更像春末夏初。

"在关卡里哪儿有什么正常的事。"原本踏水吹着海风的南歌走回沙滩，加入讨论。

唐凛点头："这个温度问题不大，就怕这只是个开始。"

"不是吧？"江户川和骷髅新娘也站起来，"你的意思是，温度还会持续升高？"

唐凛沉着脸点头。

范佩阳淡淡道："现在就要做最坏的打算。"

江户川、骷髅新娘齐刷刷看他："什么打算？"

范佩阳："火山爆发，岩浆遍流，海水沸腾，一片焦土。"

江户川、骷髅新娘："……"他俩现在就想投海！

"老板，你别说得那么恐怖。"郑落竹眼见着步步高升的伙伴们变了脸色，赶紧拍拍肩膀，传授经验，"你俩学我，做最坏打算的时候，尽量在客观事实基础上做一层柔化滤镜，这样既不影响思考应对策略，还不容易被打击信心。"

江户川抚额："让范总说的，明天就一片末日地狱景象了，你给我柔化一个？"

"不就火山爆发海水沸腾吗，"郑落竹一拍脑袋就来，"火锅岛啊，牛油重辣的那种川锅，然后我们就是肉片和丸子，这么一想画面就萌了，就好接受了对不对？然后你再去想怎么生存。"

江户川、骷髅新娘："……"火锅里的肉丸子还有挣扎的必要吗，归宿不就是被人捞走吃掉？！

"你这比喻还挺可爱。"南歌好笑地扑棱扑棱郑落竹的脑袋。

唐凛凝重的脸上也露出一丝莞尔："你这个心态好，继续保持。"

范佩阳见唐凛笑了，微皱着的眉也慢慢展平。

江户川和骷髅新娘看着这四个人："……"VIP，一个令人迷惑的组织。

温度虽然在上升，但上升的速度很慢，如果它一直保持这个升温速度，那么到明天早上，也顶多就是正式进入夏天。所以唐凛还是建议大家先休息。

六人回到海边，躺倒在沙滩上。开阔的大海比背后的岛屿更能带给人安全感，万一夜里温度骤升，他们还能跳海里降降温。

从昨夜闯关到现在，大家几乎是连轴转，先前测文具树、探岛、等小面包、挖坑的时候还不觉得，现在终于结束了孤岛的第一天，真正躺下休息了，积累的疲惫悉数袭来，瞬间让人累得连手指头都不想动。

像是知道闯关者们休息了，连海浪声都变静了。

唐凛和范佩阳并肩躺着，郑落竹和南歌在右边相隔数米的地方各找了个舒服的位置，骷髅新娘和江户川在两个人的左边，也隔了一段距离。起初，两边都在说话，后来交谈声渐渐弱了，再后来只剩夜风、海浪、月光。

唐凛双手枕头看着夜色下的苍穹，目光飘到很远很远。范佩阳也和他一个姿势，但看着看着，苍穹就变成唐凛的脸——失忆前的唐凛。

“想什么呢？”耳边传来唐凛的声音。

范佩阳顿了下，说：“想剩下六天要怎么过。”

两个人都在看夜空，没看对方，所以唐凛也不知道范佩阳在理直气壮地编瞎话，还很认真地顺着往下聊：“其实这一关，就是希望每座岛上的人自相残杀，为了达到这个目的，接下来一定一天比一天更艰难。”

“正常，从地下城开始，关卡就是在筛选。”范佩阳早就默认“恶意”是关卡的基本要素之一了。

唐凛静默片刻，下决心一样，道：“其他岛什么情况，我控制不了，但在这座岛，我绝对不会让自相残杀的事情发生。”

“我不可能对你下手。”范佩阳语气淡然，仿佛在说今天天气不错，“如果有人想对你下手，我会让他后悔来这个岛。”

唐凛从来没怀疑过范佩阳对自己的态度，他说这些，只是想和范佩阳讨论一下后面的对策。可范佩阳就这样自然而然地承诺了。

唐凛曾经很怕和范佩阳聊“过去”，他知道范佩阳也一样，所以他们默契地对过去闭口不谈。然而在经过神殿的事情之后，一切好像有了变化。范佩阳在变，他也在变，似乎有些话说开了，就会一路光明透亮下去，哪怕暂时还看不到出口，却让人多了面对的勇气和坦然。

“不信？”迟迟没等来回应，范佩阳以为唐凛不相信自己。

“我信。”唐凛看着月亮，月光映亮他眼底的浅浅笑意，像细碎的海浪，“毕竟那一书架都是我。”

范佩阳被打趣得措手不及。他在说刚才那番话之前，已经做好了多种准备，不管唐凛是沉默、装傻、逃避，还是转移话题，他都可以接下去。可怎么也没想到，唐凛就这么直接迎上来了，还大马金刀地将了他一军。

承认？不可能。别说得摩斯只是空口无凭，就是真把他心底的深渊实况转播出来了，他也会装死到底。至于理由？范总装死不需要理由。

但是不承认？书架是自己搞的，书是自己塞的，人是自己想的，恐惧是自己放的，还全被守关者拿出来公开处刑了，任何狡辩都会显得很苍白。

“范佩阳。”唐凛忽然轻声叫了他的名字。

范佩阳怀疑自己听错了，因为他竟然从中听出了久违的温柔。他想转头去看唐凛，可身体一动不动，像是被那声名字定住了。

“这样不对。”唐凛又说。

范佩阳回过神，不再试图去窥探身旁的人，他看着遥远的天际，问：“哪里不对？”

唐凛的声音越发低了，像呢喃，像叹息，更像心疼：“你可以在心里放别人、放我，或者放其他人，都行，但你永远别忘了放自己。”

范佩阳微怔，心里掠过一丝说不清道不明的复杂：“你的经验之谈吗？”

唐凛眼底柔和下来：“算是吧。”

范佩阳轻哼：“你不是都忘了，哪儿来的经验？”

“多谢热心的守关者，”唐凛笑，“窥一斑而知全豹，听得摩斯讲了几件事，我就大概知道我们过去的状态了。”

范佩阳不以为然：“那么多被封存的记忆，他只看了几个，样本存在偶然性，结论必然有偏差。”

唐凛也清楚，两个人的交往不可能都是糟心的事，如果真这样，以前的自己图什么啊，日子太好了需要挫折教育？但范佩阳这种“我说的才是真理”的态度，实在太让人想揍了，所以唐凛故意问：“你的意思是，那些封存的记忆里也有快乐的事？”

范佩阳想也不想：“当然。”

唐凛就等着他这句呢：“那你给我讲讲吧，得摩斯都错过了什么快乐样本。”

快乐的过往肯定有，但唐凛不信范佩阳会讲，因为“讲述过往”这种事，就像在努力证明“我们曾经有多好”，范总才不屑于……

范佩阳：“当初是你先找我做朋友的。”

唐凛：“……”

这算哪门子的快乐？！

3

2 号孤岛。

“别急着睡，”关岚踢踢已经躺下的探花和五五分，又叫住准备走去旁边空地的和尚、莱昂和全麦，指着地上四脚朝天已经不挣扎了的牛角小猪，说，“先给它起个名字。”

探花蒙了：“为什么要起名字？”

“总怪物怪物的叫，万一它听懂了，多伤心。”关岚蹲下来，兴致勃勃地玩弄牛角小猪的两只耳朵，一边玩耍一边抬头对自家组员道，“A. 小胖；B. 小肉；C. 小香。选哪个？”

全麦：“……你的每个选项都让我越听越饿。”

“别说没用的，”关岚催促，“快选。”

顶着一对牛犄角的小猪已经把自己交给命运了，一脸麻木地任由关岚蹂躏。

“选什么啊，”全麦苦口婆心，“组长，我可和你说，这动物一旦起了名字，那就容易有感情，真等到要宰了吃肉的时候，就下不去手了。”

关岚、和尚、五五分、探花，四双震惊的眼睛直直瞪过来：“你要吃它？！”

全麦被吓一激灵：“啊？啥玩意儿，不是吃的吗？”

关岚、和尚、五五分、探花：“当然不是！”

全麦带着最后一线生机，求助地看莱昂。

莱昂摇摇头：“我对你太失望了。”

全麦：“……”他当初到底为什么要加入这个组织？！

最终，经过投票表决，“小香”胜出。

“小香，你现在已经是半个甜甜圈的‘人’了，乖乖的啊，我要给你解绳子了，不许跑哦……”关岚一边温柔哄着，一边解开了捆着小猪蹄的绳索。

绳索落地，小香重获自由，原地打了个滚，翻身起来，扬蹄就跑，小猪一样的身体，猎豹一样的速度。

关岚、和尚、五五分、探花、莱昂：“……”

全麦：“组长？是不是后悔没把它吃了？”

关岚：“你走开！”

话音还没落，刚跑进丛林的牛角小猪又风驰电掣跑回来了。

关岚大喜，张开爱的双臂：“小香——”

牛角小猪一跃而起，在空中划出一道漂亮弧度，越过关岚头顶，落到他身后。

关岚抱了个空，有点儿失落。

探花、五五分、和尚、全麦则是看呆了——猪的呆萌，豹的速度，袋鼠的弹跳，这绝对全能选手啊，但是它被莱昂逮住了！

莱昂无视队友投来的敬仰目光，紧紧盯着落地后瑟瑟发抖的牛角小猪。

“不对，”他说着看向丛林，“它是被吓回来的。”

关岚已经在看着不远处的森林了。

另外四个人闻言也望过去。

云遮住了月光，夜色下的森林静谧，幽暗，偶尔有树被海风吹动，树影摇曳，像一个个藏在阴影里的幽魂。

“哗啦——哗啦——”森林里发出声音，像有什么东西在往这边而来，刮到了树枝树叶，一片嘈杂。

“咚——咚——咚——”擂鼓一样的声音响起，越来越近。

众人面面相觑。

不是擂鼓，是脚步声，庞大的、沉重的脚步声！

“哗啦——咚——”巨大的身影撞开最后一棵树，走出丛林。那是一头足有十米高的熊，周身斑马条纹，山一样立在那里，投下的阴影将草莓甜甜圈六人全部吞没。

五五分咽了下口水：“人行横道……成精了。”

“和尚。”关岚压低声音。

和尚屏息凝神：“明白。”

同一时间，斑马熊缓缓低头，像是才注意到前方地上的六个小黑点。它张开嘴，猛然朝地上六人咆哮：“吼——”

压倒一切的强力音浪和熊熊烈火，一齐从它口中喷射而出。早酝酿好文具树的和尚，及时启动“刀枪不入琉璃屋”。一座晶莹剔透的堡垒瞬间将六人连同小香一起笼罩。

烈火喷到琉璃屋上，六人的视野成了一片火海。

“这是哥斯拉啊！”和尚咬牙顶着琉璃屋。

五五分启动文具树“给我刀”，一甩胳膊，手中握住一柄长而锋利的猎刀：“和尚，还能顶多久？”

和尚：“这个火候的话，五分钟。”

关岚眯起眼睛，眸子里染上跃跃欲试的兴奋：“琉璃屋撤了之后，第一波攻击让我来，正好试试新文具树。”

4

监控室里，卡戎在激活孤岛后又耐着性子等了半小时，其间关掉所有投屏，就为了避免“剧透”，以便等下查看进度时享受到最大的愉悦。

半小时，对于能闯到 3/10 的这些人来说，足够他们警觉了，甚至一些岛屿上很可能已经展开了精彩剧情。现在是验收的时候了。

卡戎重新给自己倒了一杯酒，一边品着，一边琢磨先开哪一组。1 号？太有条不紊，中规中矩，没意思。3 号？不用想，那个用火的和那个速度快的，肯定又在掐呢。4 号？这是卡戎比较期待的，那个“孟婆汤”是最不稳定因素，随便想想都有无数种自相残杀的结局，不过正因为比较期待，他决定先往后放放。5 号？这比 4 号还让他开心，当然要留到最后。所以，就 2 号吧。让他看看，逍遥了一天的六个人，面对夜晚来袭的怪兽，是否还能逍遥。

七块投屏在半空浮现，火光映亮了每一块投屏——六人正在和斑马熊激烈缠斗，每一个都灰头土脸，再不复白日惬意。

卡戎舒舒服服地躺进椅子里，举杯朝投屏中的六个人敬了一下：“午夜快乐。”

“全麦，别让它碰你，你的‘别碰我’就是能反弹九分，一分伤害也够你死几百回！”特写投屏里，关岚的额头已被汗水打湿，“莱昂，你去正面牵制它，我找机会绕到它后面！”

和尚：“我跟着你，万一你的新文具树不灵，我还有琉璃屋罩你！”

关岚：“行。五五分，护好探花——”

新文具树？卡戎微微侧头，在投屏上调出关岚的文具树信息——一级文具树，蛋糕有毒；二级文具树，糖果有毒；三级文具树，恶魔之手。

卡戎挑眉，“毒性”，还真是不错的能力方向。前两个都是靠物品来下毒，而“恶魔之手”则直接靠接触就可以给被接触者带去毒性，虽然前期只是一些感冒、发烧、喉咙发炎、头晕等小病小痛，但到了“恶魔之手 II”“恶魔之手 III”，效果会很可怕。

“不过现在，想用它对付孤岛巨兽，啧啧啧……”卡戎对投屏上已经绕到斑马熊背后的关岚投以同情目光。

关岚的手已经贴上斑马熊的腿，趁着莱昂在前面用“狙击”不断吸引怪兽的注意，他抓紧时间集中精神力，最大限度将文具树的效果给到斑马熊身上。但是效果似乎并不明显，斑马熊依然在和莱昂对峙。

“吼——”像是感应到了什么，斑马熊突然吼一声，回过头来，但一时还没发现脚边的关岚。

关岚当机立断，解除文具树，拉着和尚悄悄从斑马熊两脚之间穿过，回到前面。

斑马熊还在回头找。前方，五个草莓甜甜圈组员已经被琉璃屋罩住，安全性稳稳当当。只剩一个莱昂在高点狙击，暂时也安全。

卡戎皱起眉头，他预想中应该是孤岛巨兽把这些不知天高地厚的家伙们打得落荒而逃，可不是这样游刃有余地战斗……

“莱昂，”琉璃屋里的关岚突然朝高处喊，“小香没乱跑吧？”

没有感情的狙击者公事公办地回答：“没有，老老实实在我身边，求生欲极强。”

小香？卡戎单手撑头，苦思冥想，这座岛上六个人有叫这个名字的吗？他把全景投屏上的琉璃屋拉近：“一，二，三，四，五……”

琉璃屋里五个，高处狙击点一个，那那个在狙击者身边的小香是谁？卡戎一头雾水地将目光转移到莱昂的特写投屏，没别人啊？思索两秒，他把莱昂投屏的视角往上拉，从正面特写改成上空俯瞰。这回清楚了，莱昂身后，有一头老老实实趴着的牛角小猪。

小香……猪。

很好，一天一夜的孤岛求生，没吃苦，没受罪，还养了个宠物。

卡戎深吸一口气，忍住摔杯冲动，一遍遍在心底重复：“没事，没事，这只是第二天的开始，只是第二天的开始。”

但是 2 号孤岛不能再看了，再看他容易起杀气。

这种时候，就适合看看 1 号孤岛那种中规中矩的。

已经发现温度升高了吧？以“狼影追踪”和“初级破坏狂”那两个人的镇定和敏锐，这时应该已经开始谋划应对方案了，甚至很可能这一夜两个人都不睡，只为谋万全之策。

很努力，也很可悲。因为孤岛永远会在你艰难适应之后，变得更恶劣。

卡戎一边轻蔑地摇着头，一边将投屏转回 1 号孤岛，只见海滩上舒舒服服躺着六个人，其中四个已经睡着了，没焦虑，没担忧，睡得那叫一个香甜。

卡戎：“……”

摊上两个喜欢掌控全局的，其他人不用操心，也正常。说服完自己，卡戎将全景的投屏视角拉近，一直拉到唐凛和范佩阳身上。见两个人了无睡意，还在交谈，卡戎露出满意笑容。对，就这样，越有压力，越操心，越操心，越想要更好地应对，但越应对，就越发现自己的无能为力，到最后心态崩塌。

卡戎放下酒杯，认真去听闯关者们的交谈，看看这两人到底能商量出什么对策。要知道，破坏闯关者的对策，也是 3/10 守关者的本职工作呢。

“我先找你说开的？”投屏里传来唐凛的声音。

范佩阳：“对。”

唐凛：“不可能。”

范佩阳：“为什么不可能？”

唐凛：“我图什么啊？”

范佩阳：“外貌？性格？身材好？能力强？不知道，太多可能性了，你没具体和我说过是哪一点。”

唐凛：“……”

卡戎：“……”他都想冲进投屏砸范佩阳一酒瓶子！

唐凛：“反正我失忆，你怎么说都行。”

范佩阳：“我可以为了达到目的用一切手段，包括骗人，但我从来没骗过你。”

卡戎：“……”

等一下，你俩在干吗？应对方案呢？生存策略呢？岛都要变火炉了，四个睡觉，两个谈心，还能不能尊重一下关卡？！

5

3 号孤岛。

夜风一阵比一阵凉，就“嗷呜”一口吞掉自己那份小面包的工夫，已经由夏入秋，还隐隐有往深秋发展的趋势。

一个穿着单衣的孔明灯组员扛不住了：“我说，能先进屋吗？”其他人穿的外衣比他厚实一些，暂时还可以抵御冷风，不过旁边就有小木屋，没道理露宿礁石。

很快，六人便进入小木屋，木屋里什么都没有，只在屋中央有一个石头垒的炉子，墙角还剩一堆烂木头。

“真是比被打劫了还干净。”周云徽叹口气，走到墙角扒拉扒拉那堆木头，问，“需不需要我把炉子烧起来？”

穿单衣的孔明灯组员：“必须的。”

崔战：“暂时不用。”

两个人同时出声，意见截然相反。

周云徽不说自家组员，直接嫌弃地看崔战：“你怎么和谁都不对付？”

“谁说的，”崔战不认，“我和 VIP 他们就处得挺好，‘深海恐惧’的时候我一带三。”

周云徽脑补半天，没脑补出来这个“一带三”是什么玩意儿，崔战和他们在“深海恐惧”里斗地主了？

“现成的柴火，为什么不烧啊？”穿单衣的孔明灯组员理解不了。

崔战：“柴火就这些，现在烧了，如果未来几天更冷，我们怎么办？”

周云徽翻个白眼：“山上不是有几棵歪脖子树吗，砍了呗。”

崔战冷哼：“我们现在每天只有一口小面包，还不知道淡水在哪里，这种情况你消耗体力去砍树？是怕死得太慢吗？”

周云徽哑口无言。能生火，在孤岛上绝对是首屈一指的技能，但他光想着显摆自己的文具树，忽略了其他情况。不过崔战能想到这些，他也挺意外的：“你以前的作战思路没这么周全啊，都是热血一上头，怎么爽怎么来。”

崔战坐下来，靠到木板拼接的墙壁上，一脸云淡风轻地摇摇头：“靠武力就能解决的，干吗费脑子。”

周云徽：“……”他总觉得这个欠揍的姿态和话语似曾相识，可又一时对不上号……

经历过神殿考核的十社组员：“组长，咱就做自己行吗，别学范佩阳。”

木屋虽简陋，但还是抵御了大半寒风。六人各自寻了舒服的地儿，或坐或躺，讨论眼下的情况和明天的出路。

“这昼夜温差也太大了。”穿单衣的孔明灯组员拿手指蹭蹭发凉的鼻子。

“就怕不是温差。”周云徽在逐渐降低的温度里，脑子也清醒了。

“不是吧，你别吓我。”单衣孔明灯组员变了脸色，“我现在就冻得血液循环不畅了。”

“老虎。”另外一个孔明灯组员喊了他一声。

穿单衣的孔明灯组员抬起头，一件厚外套已经飞了过来，他抬手接住，满满的温暖:“谢谢强哥。”

脱外套救济队友的孔明灯组员强哥，一身花岗岩般的肌肉，脱了外套就剩T恤，胸肌快把T恤撑破了，看得唯一的十社组员那叫一个羡慕。

但十社组长崔战的关注点显然在另外一个方面：“老虎，强哥，这都什么名字，你们孔明灯怎么跟黑社会似的？”

说完他又看向第三个孔明灯组员：“你叫什么？”

孔明灯组员3：“华子。”

崔战：“……”气质果然统一得无懈可击。

“你是不是吃饱了撑的，我组员叫什么你管得着吗？”周云徽斜过去一眼，瞥唯一的十社组员，“你叫什么美妙的名字，来，说给我听听。”

十社组员：“郝斯文。”

周云徽："……"他为什么要问！

吐槽归吐槽，但也算间接交换了名字。人和人的关系就这样，如果不知道名字，哪怕共处一天，也依然有那层陌生的隔阂，可一旦互通了名字，就好像打破了某种壁垒，渐渐地相融起来。

经过一番讨论，众人决定明天先下海看看，如果海里能捕到鱼，那是最好，如果捕不到，再去环形山那边。毕竟环形山那里地势复杂，一不小心就可能迷路，而且今天探了半天，也没发现有什么动物活动的迹象。

食物获取计划顺利通过，接着就是最大的难题——水。

六人头脑风暴了半天，也没想出来什么好法子。最后崔战拍板，先睡觉，明天休息好了脑袋灵光了再继续想。

大家一致认为，很科学。

夜晚越来越凉，偶尔有冷风从木板缝隙钻进来，吹得人很不舒服。老虎和华子盖着强哥的外套，睡得沉沉。强哥则躺在一角，鼾声大作。周云徽是有一点儿动静就难以入睡的那种人，只好躺在地上无奈地眯着眼，偶尔再想想剩下的几天怎么过。

突然，木屋里有了窸窣的动静。

周云徽警觉地睁开眼，只见黑暗中，两个人影悄悄起身，正蹑手蹑脚往门口走，看身形轮廓就知道是崔战和郝斯文。

周云徽眯起眼。偷偷摸摸，非奸即盗，这是准备背着他们干什么？

木屋门被轻轻拉开半人宽的缝隙，冷风一下子灌进来。睡梦中的老虎和华子哼哼唧唧翻了个身。强哥则不动如山。

崔战和郝斯文极快地溜了出去，又从外面轻轻把门带上。

周云徽等了十几秒，听见脚步声走远，才轻巧利落地起身，跟了出去。

微寒的夜，月色如水。周云徽一出来，就看见远处崔战和郝斯文鬼鬼祟祟的背影。看方向，他俩应该是去环形山。难道是白天探索那里的时候，十社有了什么发现，但打算吃独食，所以没告诉他们孔明灯？还是说，崔战其实有办法爬上环形山，一探山内究竟，但不愿意和他们分享，所以才夜里偷偷行动？

周云徽思来想去，琢磨了几种可能，但归根结底，其实都是同一个——十社打算独享这个秘密。

这个认知让周云徽沮丧。别看他总和崔战掐，但在心里，他一直觉得这个十社组长的人品还可以。而且在地下城待了那么久，他一直代表孔明灯和崔战、何律、代晓亮几个组长保持联络、互通消息，也算半个朋友了。甚至到了这座孤岛上，他同意让崔战当七天代理队长，也不全是因为“道德绑架”，其中绝对有信任的成分。然而现在，这些都让崔战团吧团吧扔他脸上了。

没什么可说的。自己犯的傻，再傻也得扛。他现在就想看看崔战到底发现了什么，如果真是对闯关有用的，周云徽不介意做一个在后的黄雀。

赶了近一个小时的路，崔战和郝斯文抵达目的地，真是环形山。

也幸亏崔战为了照顾郝斯文，没发动“健步如飞”或者“我的滑板鞋”，否则周云徽跑断腿也跟不上。

环形山就是一座环岛山脉，不过极其陡峭，山体上又都是湿滑的藓类植物，几乎没有任何能借力的草木，所以白天的时候，六人试了几次都没爬成功，便放弃了。可是现在，崔战和郝斯文站在山脚下抬头仰望，大有要征服峻岭之势。

周云徽躲在不远处的岩石后面，看着那俩人，最后一丝侥幸也没了。这摆明就是找到攀登方法了，想着环形山内可能有生存资源，怕资源有限，不愿意和他们分享。

人之常情，周云徽理解，但依然心寒。

郝斯文：“组长，真不告诉他们？”

崔战：“别问废话了。”

夜风将两个人的对话一字不差送到岩石之后，周云徽冷冷勾起嘴角。

月光下，两个人的行动也一清二楚，只见郝斯文屏息凝神，应该是在启动文具树。

很快，凭空生出一根绳索，像有自主意识一样，一头紧紧缠到崔战腰上，一头则送到郝斯文手里。郝斯文握紧绳索。崔战朝他点头，而后转身，走到峭壁之下。郝斯文原地没动，绳索却随着崔战往前走而自动拉长，仿佛郝斯文握着的是一根橡皮筋。

“我再说一遍，”已在峭壁之下站定的崔战忽然回头，郑重叮嘱，“如果我爬上去了，我会把你拉上来，然后你在山顶等，我回去叫他们，等我带着人返回……”

“等你带着人返回之后，我肯定还在原地，保证用‘捆仙索’把你们全拉上来，我要敢自己一个人先跑了，我就吃饭噎死，喝水呛死，闯关永远分最差的组，每一个守关者都第一个拿我开刀。”郝斯文没找到断句的地方，一口气差点儿没上来，可算说完了，紧着捯气儿，“组长，你都诅咒我八百遍了，我到底哪块儿长得像叛徒，你说，回去我就微整！”

崔战重重地拍拍他的肩膀，满眼欣慰：“我果然没看错你。”

郝斯文：“……”组长极其自然地跳过了他最后的控诉呢。

岩石后，周云徽被这对话搞蒙了。不是背着他们偷摸来这里的吗？爬上去再留一个人在山顶等，一个人跑回去找他们，是什么操作？

还没等他想明白，那边的崔战已经启动了“健步如飞”。

周云徽想不通崔战的目的，却看懂了对方的战术。

山体湿滑，爬几米就会摔下来，哪怕提前看好了几块不同高度的、凸出的岩石，打算将其当作攀登途中的落脚点，但往往爬到两块石头之间就会一个脱手摔下来。他们白天的时候试了几次，最高也只爬了六七米，连第三块落脚的石头都没爬到。而达到这个成就的就是崔战。当时的他也是用了“健步如飞”，凭借极快的速度一口气冲上了六七米，不过最后摔得比较惨就是了。也幸亏才六七米，下面还有强哥、老虎他们一起当肉垫，否则崔战早拄拐了。

白天试一次就放弃的人，夜里又偷偷摸摸来试。周云徽真的越想越迷。

百思不得其解间，崔战已凭借“健步如飞”，一口气攀上了三米高的第一块凸出岩石。

周云徽不再分神，紧盯着崔战身影，心也不自觉跟着悬起来。

崔战紧贴山体，艰难稳住身体平衡，抬头看六七米高的第二块凸出岩石，它的凸出面积小了很多，几乎只能容纳一只脚。崔战屏息运气，再次发动“健步如飞”，手扒紧头顶山体，脚下用力一蹬，整个人像壁虎一样咻咻咻地蹿了上去。

周云徽屏住呼吸，莫名也跟着紧张。好在崔战成功踩到第二块石头，紧贴山体稳住了平衡。他刚要松口气，就见崔战踩着岩石的脚突然一滑，整个人贴着山体滑了下去。

周云徽一惊，差点儿条件反射地跑出去。幸而郝斯文一声“组长”的大喊叫醒了他。

崔战沿着山壁蹭下来，多少借了点儿阻力和摩擦力，落到跑过去的郝斯文身上时，冲力不算太大，两个人都没受伤，就崔战的手磨出了不少血痕。

郝斯文有点儿打退堂鼓了：“组长，别试了，我真觉得希望不大，而且食物还没着落呢，你在这里把体能用尽了，后面几天怎么办？”

崔战转过身，仰头看山，目光坚定，一点儿没放弃的意思：“我不信这么一座山是平白无故放在这里，而且还这么难爬。越难，越代表它里面有东西，说不定就是通关秘籍。”

郝斯文：“……”摊上一个愈战愈勇的组长，压力太大。

周云徽倒是很同意崔战的说法。一座求生的孤岛，一座翻不过的环形山，稍微想一下，都会觉得山里面有问题，只是他们实在找不到攀登的方法，只能放弃。

但是很显然，要让崔战放弃，一两次打击远远不够。

第二次攀登已经开始。这次吸取前次的教训，崔战稳稳站住了第二块岩石，从六七米处开始往十米处攀登。只见他双手抠紧滑溜溜的山体，气沉丹田，脚下生风，咻地再次蹿了上去。十米，抵达！

崔战身形稳住的一瞬间，周云徽才发现，自己手心已经出了汗。

十米之后是十五……不对，周云徽发现崔战没向右上方十五米处的岩石看，看的是左上方几乎要到二十米高了的凸出岩石。他想直接到二十米？周云徽不敢置信。

而那边崔战已经第三次蹿出去了。

这次路程长，周云徽看得清楚，崔战是脚尖和手一块发力，脚尖死死抵着每一次蹬到的山体，手掌则紧紧抠着山壁，最前端的指节因为太用力几乎变形。

二十米也成功登上！

周云徽激动得心跳加速。

崔战则一鼓作气，瞅准头顶三十米处凸出的山体，噌地就再次蹿了上去。

周云徽双手握拳，要照这个进度，再来个五六次，就可以……哎？

崔战行云流水的攀登身影忽然一顿，下一秒，被他紧紧贴着的一大块山壁裂开来，带着他一起从环形山上脱落，重重地往下掉。

“组长——”郝斯文大喊，吓得声音都变了调。这一次可是实打实地从高空往下摔了，二十几米，会死人的！

周云徽根本来不及思考，直接在脑中展开“文具盒”，以最快速度用掉一次性文具“‹防›软着陆”。

一抹淡淡的光芒笼罩崔战。距离地面只剩几米的时候，男人自由落体的速度突然减慢了，只有那块剥落的山壁仍极速往下掉。

郝斯文在最后一刻险险躲开。

大块山壁“轰隆”一声摔得四分五裂。

“软着陆”的崔战则像带着隐形降落伞一样，慢悠悠地落到了碎石之上。

郝斯文看傻了。崔战可没傻，四下张望，一声大喊：“是谁，赶紧给我出来！”

“放心，”周云徽从岩石后面理直气壮走出来，“做好事不留名不是我的风格。地下城的人情我还完了，以后咱俩谁也不欠谁。”

崔战没想到是他：“你跟踪我们？”

周云徽皱眉：“你别恶人先告状，明明是你们半夜三更鬼鬼祟祟。”

“我们鬼鬼祟祟？”崔战横眉冷对，气势汹汹，“我们是在寻找登山办法，找到之后你们直接享受现成的，你不说感激也就算了，还反咬一口？”

这话听起来倒可信。毕竟周云徽躲在岩石后面的时候，得到的也是相同信息。但越是可信，越让周云徽费解：“找方法你就大大方方找，和我们说了，我们就算帮不上忙，也不至于拖你后腿吧，你偷偷摸摸的干吗？”

崔战：“……”汹汹的气势，蔫了。

一旁的郝斯文低声默默解说：“他怕大张旗鼓找半天还是失败，丢脸。”

周云徽："……"

崔战："郝斯文，你过来，我保证不踹你。"

一点儿凉意落在崔战鼻尖，帮助郝斯文逃过一劫。崔战拿手抹一下，像是水汽。他抬起头。

同样感觉到不对的周云徽和郝斯文也抬起头。

月光依然皎洁，淡淡清辉下，雪花正洋洋洒洒落下来。

6

4 号孤岛。

藤蔓沿着地面前行，一直探到何律身后，尖端悄无声息翘起，像一条布满倒刺的毒蛇，吐着信子对准何律的后颈。

何律在半睡半醒间似乎感觉到了一些不寻常，昏昏沉沉的眼睛突然清明。可还没等他发现不寻常的根源，那藤蔓已凌厉刺向他的后颈，倒刺锋利如刀。

"嚓——"还差几毫米就要刺入何律皮肤的藤蔓被拦腰斩断，绿色的汁液飞溅出来。

何律闻声回头。

白路斜甩甩刀上诡异的绿色汁液，淡淡瞥他一眼，彻底地嫌弃："你这种警觉性，能活到现在真是奇迹。"

藤蔓早缩回了茂密的草丛，只留一截被斩断的尾端躺在地上，仍有绿色汁液一点点往外淌。

何律伸手沾了点儿绿汁，往嘴里放。

白路斜看呆了，倒没阻止，但好心提醒："你想死我可以帮你，不用吃这么恶心的东西。"

何律咂摸两下："苦的。"

白路斜："……"要是甜的才奇怪吧？

"但是好像没毒，"何律欣喜地看向白路斜，"我们有水了！"

白路斜后退一步，看看何律，再看看地上断掉的藤蔓及其流淌出的绿色汁液，眼角眉梢写满了抗拒："我绝对不会喝。"

铁血营三个组员和丛越被吵醒，起来就看见地上一截诡异的绿色植物和嘴唇沾着绿的何组长，还有漂亮的脸皱成一团的白路斜。四人连忙起身，聚拢过来。

"发生什么了？"丛越问。

何律刚要回答，突然看见丛越身后一株巨大的植物正"弯腰"下来，原本展开的叶片合成夹子的形状，直冲丛越而来。

何律瞬间启动“墨守成规”，同时一声大喝：“禁止植物入侵！”

文具树一霎生效。“夹子”在距离丛越半臂远的地方受阻，那里正好是“墨守成规”的范围边缘。

同一时间，反应过来的丛越也迅速转身。

“夹子”在边缘挣扎了几秒，突然继续往前，但是速度比先前慢了一些。

“‘墨守成规’不能完全防住它！”何律朝丛越喊，“小心——”

丛越立即后退，同时启动“慢慢来Ⅲ”。“夹子”的速度一下子变得更慢了，如果先前是冲刺，被“墨守成规”拦了一下变成匀速跑，那此刻就已经是散步了。

旁边的铁血营组员冲过来，手起刀落。“夹子”被从茎部切断，“啪嗒”落到地上，落地了还“咔咔”夹了两下，才死心地合上了“嘴”。不过它并没有像前面那根藤蔓一样，流淌出汁液。

“什么玩意儿？”铁血营组员一边问，一边启动自己的文具树，“看不见的铁桶阵”，将六人牢牢保护起来。

“这还不够明显吗，”白路斜走过来，拿脚尖踢踢地上死气沉沉的叶片，“杀人植物。”

何律看向自家队友，补充道：“也可能是救命水源。”

“不是。”白路斜光速否定，面无表情。

交谈间，又一拨致命植物袭来，这次数量更多，杀伤力更强。

监控室的投屏上，正实时直播着4号孤岛的情况。

何律的“墨守成规”和铁血营组员1的“看不见的铁桶阵”，组成双重防御。丛越的“慢慢来”辅助。白路斜和铁血营组员2、3是战斗主力。

刚组成这个战斗阵型时，白路斜并没有被放在“战斗主力”的位置。虽然他前面救了何律一次，但并没有其他人看到，后来致命植物出现，也是被何律的“墨守成规”和丛越的“慢慢来”形成双重制约，末了铁血营组员飞速赶来，一个手起刀落，搞定。从头到尾，白路斜看起来就没发挥任何作用，所以铁血营组员们的原话是——

“植物既不会喝‘孟婆汤’，也不会中‘催眠术’，你就老老实实待在保护圈里吧。”

“啧，白路斜也有施展不开能耐的时候。”

奚落两句而已，谁让铁血营组员们从和白路斜分到一起，就被这人气得死去活来，现在逮住机会，图个嘴巴痛快，不算太过分。

但白路斜的字典里没有“忍”，更没有“与人为善”。他直接一个箭步冲出铁桶阵，在毫无防御的情况下跳上疯狂摆动的巨大绿植，跟斗牛士似的牢牢抓住绿植的叶片，任它怎么抖，就是不松手，最后一刀插入绿植主茎，借助身体重量从上划到下，直接将绿植剖成两半。

铁血营组员们二话不说，“主将”位置呈上。

一株又一株植物被斩断，但是再没有像第一根偷偷袭击何律的藤蔓那样，流出可以喝的汁液。一心挂着给伙伴们寻找水源的何律，渐渐有点儿着急。

其他战斗中的人没注意，但全屏欣赏的卡戎看得清楚。

“空欢喜比没希望更可怕……”卡戎同情地看着何律，一本正经地感慨，“鸮真是坏人。”

感慨完，他又欣赏了一会儿投屏里的团战，单就战斗来讲，配合得还不错。

“但愿你们明天还能这么团结。”卡戎自言自语着，将投屏转到了 5 号孤岛。

7

5 号孤岛。

大雨下来的一瞬间，六个人都被浇傻了。因为没一点儿征兆，雨就那样下来了，而且一下来就是重度暴雨，雨水砸得人眼睛都睁不开。

还是大四喜第一个反应过来，抓住清一色大声喊：“我们有水了！！！”不大声不行，雨声几乎把天地间所有的声音都盖住了。

清一色想回答，一张嘴就是一口水，没什么味道，还挺清凉的，就是嘴唇被砸得有点儿疼。

“好像能喝！”大四喜看见清一色舔嘴唇，立刻分享收获，他刚才说话的时候，已经被灌进去好几口了。

很快，两个莲花组员就一起仰头，张开嘴大口接水喝。

有了第一个吃螃蟹的，佛纹、下山虎、祁桦和还乡团组员也纷纷仰望苍穹，接受雨水的润泽。

干渴了一天的六人，终于得到了生命之源。

没一会儿，六人就灌了个水饱。不渴了，饿劲儿就回来了，毕竟水不能当饭吃。

雨越下越大，溅起的水雾让整个世界变得朦胧，连站在身边的人都要使劲才看得清楚，稍微远点儿根本看不见了。

佛纹用力睁着眼睛，对众人大声喊话：“我们一起去开邮箱？”

清一色替自家队友回答：“好！”

祁桦也同意：“可以。”

在彼此都无法信任的情况下，共同行动是最容易被接受的方案了。

六人在大雨中走到邮箱旁边，最后是由佛纹伸手打开了邮箱——空的。

佛纹不可置信地伸手又往里摸了摸，就是空的，什么都没有。

“怎么可能，”下山虎点开“小抄纸”查看，“明明就是让我们来取面包啊……”

清一色费力地眯起眼，看向祁桦，带着绝对的怀疑：“谁吃了？”

祁桦皱眉：“你这是什么意思？我们和你们一起在这里等到十二点，你没看见？”

“我看见了，”清一色说，“但在我们四个抵达之前，只有你们两个留在海边。”

祁桦的声音骤然升高：“那时候邮箱里根本没有面包！”

佛纹、下山虎、大四喜一齐看过来。

祁桦忽然意识到不妥。

清一色一脸了然：“说漏嘴了吧，你就是提前打开看了。”

祁桦：“那个时候还没到零点！”

清一色：“取面包的提示是零点来的，不代表面包也要在零点才放入，很可能在我们四个回到海边之前，面包已经被放进去了。”

祁桦：“卡戎明确说过，面包要在零点才会有。”

“卡戎还说过关系好的才会被分到一个岛呢，”下山虎弱弱补刀，“但我们和你们关系也一般啊，他们和你们关系更差。”

祁桦：“……”

还乡团组员：“……”

末日一样的大雨里，六人分道扬镳，但这次不是分成三组，而是分成两组——祁桦、自家组员一组，莲花、步步高升一组。

大四喜、清一色和佛纹、下山虎本来就没什么过节，之前分道扬镳，纯粹是清一色在气头上，拉了自家伙伴就走，但现在谁是好人谁是坏人清楚了，又和佛纹有一起闯“终极恐惧”的情分，结成联盟理所当然。

四人重新回到山里，找了大半夜，才找到一个山洞群地带，挑了个看着顺眼的山洞钻进去，终于有了地方躲雨。

四人前脚刚进山洞，后脚祁桦和自家组员就悄悄冒头，挑了临近一个不起眼的小山洞，也躲了进去。

“组长，你真英明。”进了山洞，组员长舒一口气，“这要不是跟着他们，我俩自己找地方避雨，指不定找到什么时候呢。”

“四个人嘛，肯定比我们两个人效率高。”祁桦耸耸肩，“有人愿意在前面探路，我们乐得清闲。”

组员问："明天也这样跟着他们？"

"当然。"祁桦皮笑肉不笑，"他们今天找山洞，明天就要找吃的，我们等现成的就行了。"

"对，"组员咬牙切齿，"让他们贼喊捉贼。"

祁桦的脸色冷下来。他的确提前看了邮箱，但邮箱里也的确就是空的。谁拿了小面包，他不知道。白天的时候，他和自家组员并不是全天候守在岸边，如果在他们走后，小面包就发放了，谁都有可能趁机过来拿走。

一个小面包算不了什么，真要在这个岛上待七天，也不可能就指着小面包。但把他没做过的事情往他身上扣，他绝不原谅。

暴雨还在肆虐，它冲刷掉了岛上的一切痕迹，湮灭了岛上的一切声音。但分裂、猜忌、愤怒、仇恨却在暴雨中悄悄滋长，疯狂蔓延。

监控室里，卡戎叼着小面包，关掉投屏，才张嘴开始啃，刚啃两口就"呸呸"吐了出来。

"好难吃。"守关者毫不犹豫扔掉小面包，转身补眠去了。

8

对于守关者和1号孤岛来说，这都是比较安稳的一夜。

不过当太阳重新升起的时候，1号孤岛的温度已经进入了酷暑。

唐凛是被热醒的，太阳像电暖气的加热管，沙滩像三伏天汽车的引擎盖。侧躺着的他睁开眼，先看见了同样对着他侧躺的范佩阳的睡颜。

两个人离得很近，范佩阳灼热的呼吸一点儿没浪费，都洒在了他脸上，给这个火辣辣的清晨添砖加瓦。

"我去，这也太热了！"不远处炸开抱怨，有人起床了。

范佩阳的睫毛动了动。

唐凛迅速起身，假装刚睡醒的样子，打着哈欠，自然地和那边一惊一乍的骷髅新娘打招呼："早上好啊。"

骷髅新娘正不遗余力扑落沾在身上的滚烫沙子，闻言哭丧着脸："不好，热。"他真是第一次被活活热醒。

"的确热。"唐凛擦了一下脸上的汗，抬头看天，初升的太阳没一点儿晨曦的温柔，简直是用生命在燃烧光芒，晃得他自言自语咕哝一句，"这得有多少度……"

"35℃往上。"旁边传来范佩阳刚刚苏醒、略带沙哑的声音。

唐凛低头，和范佩阳的视线撞了个正着。男人仍侧躺着，单手枕在头下，静静看他，眼里还没聚起平日的内敛和沉稳，头发也睡得凌乱，全然的放松和慵懒。

唐凛怔住了。有那么一刹那，他觉得自己见过这样的范佩阳——不设防，不控场，将最柔软的一面都给你，也只给你。可再往深想，什么时候、哪里见过，就都想不出来了。

“完了，照这个速度热下去，真成火锅岛了。”其他人也陆续起来了，郑落竹一起来，哀号得比骷髅新娘还大声，不过也从侧面证明该伙伴依然元气满满。

“这个温度我还能坚持，”江户川双手擦一把脸，甩甩手上的汗珠，呼出一口气，“但我现在真有点儿渴了。”

“我知道，”唐凛说，“所以我们今天最重要的任务，就是找淡水。”

骷髅新娘一脸绝望：“岛都快让我们走遍了，除了毒苔藓，就剩几小撮才到咱们膝盖高的灌木丛，还都干巴巴的只有枝儿，连叶都不见，哪儿去找水？”

“海里。”回答的是范佩阳。他从容起身，面朝大海活动活动筋骨，目光渐渐清明，周身又笼上了沉静的气场。

南歌有点儿明白了：“海水淡化吗？”

唐凛点头：“海水煮沸，蒸发的水蒸气里是不含盐的，再把这些水蒸气冷凝，就能获得淡水。”

江户川挠头，感觉前路困难重重：“理论是很科学，但是怎么实际操作？我们拿什么煮，又怎么冷凝？”

“实践的问题交给我们。”唐凛看向四个伙伴，分工明确地发布任务，“骷髅、小江，你俩去把那些干枯的灌木砍回来，够烧一天的就行。南歌，我和范佩阳要用海水混合沙土，垒一个炉灶，你帮我们。”

骷髅新娘、江户川：“OK。”

南歌：“没问题。”

郑落竹左看右看，发现自己被孤单包围了，心酸地问：“组长，我呢？”

唐凛莞尔：“你去那边找一块没那么热的苔藓地，眯着，储备体力。”

郑落竹精神一振：“我有重要任务？”

唐凛点头：“非常重要。”

灌木低矮，枝丫又细，没一会儿，江户川和骷髅新娘就抱着柴火满载而归。回到海边，他们发现唐凛和范佩阳蹲在一起垒炉灶，南歌站在不远处当甩手掌柜。

见二人回来，闲着的南歌立刻迎过去：“你俩速度还挺快。”

江户川和骷髅新娘对视一眼，都在对方眼里看见了不赞同。现在是六人求生，大家要齐心协力，一起出力，才能最大限度博得生机，女生或许在身体素质上吃亏，但一点儿活都不干，尤其是在已经被分配了任务的情况下，这就说不过去了。可这话又不知道怎么开口，总不能直来直去，说“你这样偷懒不对”吧。

南歌叹口气，就眼前这两位你看我我看你的，有什么秘密都写脸上了。她忍俊不禁地伸手过去，一把抱过骷髅新娘怀里的灌木，说：“炉灶早垒好了。”

骷髅新娘和江户川一愣，同时看向那边还蹲在一起修整炉灶的两人：“那他们还在弄什么？”

南歌抱着柴火，没急着走，而是随他们一起望着自家领导的身影：“美观。”

江户川、骷髅新娘：“什么？”

南歌：“炉灶垒完了，范总说还不够美观，于是和组长继续修整、抛光。”

江户川、骷髅新娘：“……”一个泥炉灶还抛什么光，你要烧瓷器吗？！

像是看出了他们的吐槽，南歌压低声音，悄悄道：“其实不用在意这些理由，你俩和我过去一趟，就什么都明白了。”

两个人面面相觑，然后就看见南歌比了个“嘘”的手势，之后三人蹑手蹑脚走回岸边，在距离唐凛和范佩阳身后一米半左右停住。

南歌示意二人别说话，听就行。

江户川、骷髅新娘一动不敢动，竖起耳朵，调动这辈子最大的听力。很快，他们就听见了唐凛的声音：“你不用给我讲，我都记得。”

接着是范佩阳的声音，语气很意外：“你记得？”

唐凛：“嗯，野外求生，你为数不多的业余爱好之一，公司团建的保留节目。最艰苦那一次，我真的认真想过，你要下回还弄这种地狱项目，我就和你拆伙。”

范佩阳沉默了一会儿，才有些落寞地道：“你没和我说过你不喜欢。”

“最开始是真的不喜欢，”唐凛说着话锋一转，声音染上笑意，“后来不知怎么，就觉得还挺有乐趣的。”

“真的？”范佩阳表示怀疑，“单人赛的时候，你每次都输给我。”

唐凛：“你要再提战绩，下次我真的不去了。”

范佩阳：“你还愿意和我一起去？”

唐凛：“……”他是谁，他在哪里，他刚刚说了什么？

后方的偷听三人组——

江户川看向南歌：“什么美观什么修整，都是幌子，他俩就是公费寻找失落的友情！”

空着手的骷髅新娘无声地拍拍南歌的肩膀：“我现在知道你看见我俩回来，为什么有种眼含热泪的激动了。”

南歌抱着柴火，一脸心塞："就问你们我难不难？难不难？！"她不应该在这里，应该和竹子一起躺在苔藓地。

不过前方已经私聊结束，南歌还是适时出现，装出一副刚回来的样子，将柴火递过去："组长，足够咱们烧半天了。"

唐凛接过柴火，朝后方的江户川和骷髅新娘笑一下："辛苦了。"

唐凛大多数时候都是冷静睿智的，尤其对外人，所以温柔一笑，格外有杀伤力。

骷髅新娘连忙摆手："不辛苦。"

江户川："要是不够，我们还能再砍！"

"够了。"范佩阳蹙眉挡在唐凛身前，拿过江户川怀里的灌木。

真正围到炉灶前，江户川和骷髅新娘才发现，他们冤枉了范总。炉灶方正大气，泥坯光滑，灶壁棱角分明，跟贴了隐形瓷砖似的。人家私聊归私聊，没耽误美化的活儿啊！

"接下来就是生火煮海水了吧？"江户川蹲在炉灶旁，献计献策，"钻木取火还是靠石头打火星引燃？"

"石头。"范佩阳说着，从砍回的灌木里挑了几根比较细的枯枝，走到几米外，掰碎了堆到地上。

江户川四下环顾，飞快起身寻了两块大小适中的石头来，问范佩阳："你看这两个行吗？"

两块石头，打出火星，引燃枯枝——标准取火流程。不过通常都是用干草，因为火星太小，干草更易燃，枯枝其实有点儿费劲……

"一块就够。"范佩阳打断了江户川的思绪。

"一块？"江户川茫然地看着范佩阳从他手里取走一块石头，越发费解，引燃枯枝已经很有难度了，一块石头要怎么撞出火星？

"砰——"石头在范佩阳的操控下凌空飞射而出，直接撞进枯枝堆里，落入的一瞬间爆裂开，火星四溅。

淡淡的焦味出来了。

灼热的海风吹过，枯枝末端星星点点的火光借着风，渐渐燃烧成微弱火苗。

江户川："……"他错了，他不该以常理揣测范总，他忘了范总不是普通人，是"初级破坏狂"。

范佩阳拿着引燃的一小把枯枝回到炉灶边，谨慎地将其放入空荡的炉灶之中，而后一根根往里添加灌木枯枝，谨慎，细致，有条不紊。

连唐凛都成甩手掌柜了。

江户川和骷髅新娘齐齐看向南歌——信范总，得永生！

南歌忍着笑，轻轻点头，算上丛越，这儿仨迷弟了。

如果唐总的闯关是寻找记忆之旅，范总的闯关就是帮唐总寻找记忆之旅，以及三征之旅——用实力征服关卡，用霸气征服守关者，用安全感征服闯关者。

天更热了。

炉灶熊熊燃烧起来，给这热又添了一把火。但这是希望之火！

"南歌，"唐凛转头道，"叫竹子。"

南歌领命，但脚下不动，只遥望远方苔藓地上那个躺着的小黑点，屏息凝神，发动"余音绕梁"。

"竹子，"南歌开口，声音很小，就像耳语，"该你登场了。"

下一秒，远处的郑落竹一个鲤鱼打挺，热情奔放地朝这边跑来。

江户川和骷髅新娘都不知道说什么了。爆裂生火，狼影追踪，千里传音……真是一支全自动智能化的队伍。

"组长，我的秘密任务到底是什么？"郑落竹刚跑过来就迫不及待地问。

唐凛拍拍他的肩膀，严肃郑重地说："铁板，做锅。"

郑落竹："……"

炉火烧起来，铁板锅架起来，海水煮起来。很快，海水沸腾。

现在就剩下江户川最关心的问题了："怎么获得这些水蒸气？我好像在哪儿看过，是不是要在锅里放个高于水的杯子，用塑料布蒙在锅上面，再把塑料布中间压低，这样水蒸气到塑料布上，就会慢慢聚到最低处，就滴到杯子里了……"

"这荒岛哪儿有塑料布？"骷髅新娘说，"杯子更没有了，难道也用铁板圈一个？"

"虽然我可以用铁板圈，"郑落竹耸耸肩，"但我老板有现成的。"

骷髅新娘和江户川转头，就见范佩阳从口袋里掏出一个午餐肉罐头。罐头盒方方正正，接水很合适，但……

骷髅新娘："你哪里来的罐头啊？"

江户川："潜艇里的食物不是不让带到这里吗？！"

郑落竹和南歌也蒙了，虽然范总随身带罐头很正常，但这个牌子的午餐肉罐头，他们可从来没见过。

唯一知情者唐凛解释道："不是潜艇里的，是草莓甜甜圈全麦的。"

南歌："甜甜圈？全麦？"

郑落竹："什么时候拿的？"

唐凛："神殿考核，我和得摩斯起了冲突，他帮我，就顺手用了全麦口袋里的罐头……"

骷髅新娘："顺手？"

唐凛："还有五五分的刀和你们家下山虎的铁核桃。"

骷髅新娘："……"

"所以，现在这些都在范总身上？"江户川上下打量正在开启罐头的男人，感觉在看一个移动的宝箱。

"没有，"范佩阳亲自说明，"就留了一个罐头。"

江户川："全麦同意给你？"

范佩阳："战斗完罐头掉在地上，估计他是忘了。"

江户川、骷髅新娘："……"是人家忘了还是你偷偷捡走顺手牵羊了啊？！

范佩阳将午餐肉挖出来，给大家一人分了一块，而后将空罐头盒放到一边，并没有放到锅里。

江户川先前就有疑问了，只是没讲。罐头盒其实是很轻的，放到煮沸的海水里，根本站不住，绝对就是随着沸水东倒西歪的结果。

在他想这些的时候，范佩阳捡起早就脱掉的夹克。夹克背部贴了一大块皮革，用作造型和图案，范佩阳将其撕了下来。

江户川了然，这是打算用这张皮革当蒙着锅的塑料布。不过范佩阳既没往锅上蒙皮革，也没往锅里放空罐头盒，是要怎么做？

疑惑刚起，罐头盒和皮革已经自己飘起来了，一个乖乖进入锅中，悬浮在沸水之上，一个乖乖飘到铁锅上方，边缘弯折下来，变成一个虚虚扣着的皮革盖子，盖子中心微微下陷，看起来就像个漏斗。

江户川抚额。他竟然忘了，范总还有"懒人的福音"。

"再弄点儿海水过来，浇到皮革上面。"一直自力更生的范总终于需要帮手了。

留下必须维持铁板的郑落竹，唐凛带着其余三人在海里和岸上往返跑，用手捧，用衣服兜，眨眼工夫，就在皮革盖子上面浇满了水。

接下来就是等了，但高效率的范总没让大家等多久。沸腾的海水不断蒸发水蒸气，水蒸气喷到皮革盖子内侧，又因为皮革盖子上面全是微凉的海水，导致皮革本身的温度也一直偏低，于是喷到皮革盖子内侧的水蒸气就冷凝成水珠，慢慢顺着皮革下陷的弧度，聚到皮革内侧中央，滴落进悬浮在下面的空罐头盒里。

一锅水还没烧完，罐头盒里已积满了 2/3 的淡水。

范佩阳将罐头盒移出来。虽然量不多，每人只分得一小口，但对于渴了一天一宿的大家来说，绝对是琼浆玉液。

之后如法炮制，待到傍晚，众人感觉体内储备的水还能再战三天。

不渴了，就可以开吃了。于是夕阳之下，众人挖出昨天已经收拾干净的怪鸟的尸体，开始 BBQ（Barbecue，指户外烧烤），正好蒸发海水的时候得了一些粗盐，还能稍许调味。

天色渐暗，烧烤的焦香也开始在海岸飘。南歌是主厨，郑落竹打下手，骷髅新娘、江户川围观，唐凛和范佩阳两个厨房杀手去海里泡着降温加等待开饭。

岛屿比早上更热了，呼吸都像在桑拿房里，唯一庆幸的是没太阳晒了，还算给六人留了最后一点儿活路。

“明天再升温，真要死人了。”江户川握住穿着鸟肉的枯枝在火上翻滚，以便让其烤得更均匀。

“唉，解决完吃的，缺水，解决完水，又高温，这是往死里折腾我们啊。”骷髅新娘拿着盛满海水的罐头盒，时不时用手蘸水，往另外三个伙伴脸上撣一撣，算是物理降温。

“走一步看一步吧，”郑落竹还挺有信心，“我相信老板肯定有对策。”

提到范总，江户川和骷髅新娘明显来精神了。

江户川：“范总野外求生能力那么强，做饭应该不在话下啊，一做就毁厨房，这不科学啊！”

南歌摇头：“你试着想一下，用野外生存的粗犷方式在家用厨房做饭。”

江户川：“……”懂了。

骷髅新娘：“这世上到底有没有能难住范总的事儿？”

郑落竹：“如果不算唐总，没了。”

骷髅新娘转头看向海中那个伟岸的身影，一声幽叹：“幸亏孤岛生存只有七天，再长一点儿，我都容易爱上你老板。”

郑落竹：“……”

江户川：“不，我还是欣赏唐凛那种冷静智慧偶尔温柔一下迷死人的。”

郑落竹：“……”

南歌：“你俩要是继续这种思想，可能就活不过七天了。”

9

2 号孤岛。

暗淡的天色下，探花鼓捣了一天的“海水蒸馏法”终于实践成功。

“成了，成了！”兴奋的探花小心翼翼捧着宽大的棕榈叶，招呼自家伙伴，“快点儿过来，有水喝了！”

五个渴到怀疑人生、几乎要考虑钻丛林里把昨夜跑掉的斑马熊抓出来放血的人，挣扎着从沙滩上爬起，聚到探花身边。

探花将棕榈叶心聚着的水，一人一小口地送到伙伴们嘴里。

虽然只有一小口，但他们活过来了。

全麦：“接下来就快了吧？”

和尚：“能不能多搞几个‘蒸馏试点’，批量生产？”

五五分：“我可以帮忙。”

莱昂：“嗯。”

关岚撇撇嘴：“我的冰激凌蛋糕更快。”

探花、全麦、和尚、五五分、莱昂：“不要甜的！”

这两天一夜下来，黑森林、红丝绒、布朗宁、舒芙蕾、蓝莓乳酪条、黄桃果酱挞、巧克力熔岩、芝士流心……他们一丁点儿甜的都不想吃了，一丁点儿都不！

3号孤岛。

周云徽、崔战、老虎、强哥、华子、郝斯文六人缩在木屋里，守着屋中央的火堆，却仍瑟瑟发抖。

雪下了一天，越下越大，到傍晚，已经将整座岛屿变成了白茫茫的冰雪世界。

好消息是，淡水问题解决了。坏消息是，气温低得已经难以抵御，木屋形同虚设。雪水虽解决了淡水问题，却也更快地让人损耗热量，白天的时候他们试着下海捕鱼，结果海水冷得要命，碰一下都针扎似的疼，下去根本就是找死。风雪也让探岛成为不可能完成的任务。

六人如今已是饥肠辘辘，能忍，但实在难挨。

寒风在木屋外呼号，有些顺着木板缝隙溜进来，吹得火苗乱舞。崔战靠坐在墙角，伸腿踢了踢旁边的周云徽，一张嘴就是白色雾气：“你再把火弄旺一点儿。”

周云徽把白绿运动服的拉链拉到顶，下巴缩进领口里，只露出半张脸，没好气地咕哝：“再旺就把这屋子烧着了。”

老虎、强哥、华子抱成一团保存热量，前所未有的亲密。

老虎：“几点了？”

华子：“得六点多了吧？”

老虎：“那还得熬六个小时啊。”

强哥："一个小面包，也值当你盼星星盼月亮的？"

老虎："哥，我就靠那口小面包续命啊！"

崔战和周云徽，不同的性格，却同样在沉默。他们是组长，让自家兄弟饿到现在，是他们失职。

荒岛上只有礁石，没有绿植，更是连动物的一根毛都没有，如今又被大雪封了岛，难不成他们真要死在这儿？

4 号孤岛。

何律带队，在丛林里搜寻了一天的"带汁液的植物"，还真让他找到了。经过一番战斗，藤蔓被齐根斩断，绿色汁液喷涌而出，除了苦，没别的毛病。

大家一口气喝了个满足，在缺水的情况下，苦也是甜的。

除了白路斜从头到尾皱着脸，也没有其他不和谐因素。

但是在丛林里找了一天，何律也没找到吃的。他遇见过一些叶片肥厚的巨大植物，也试着摘一些叶片来吃，但要么酸到灼烧口腔，要么咸到吃了绝对会比喝海水还死得快。试了几次之后，铁血营的队友和丛越都看不下去了，全力阻止他再去尝试，最后何律除了嘴里留下一些细小的伤痛，一无所获。

夜幕降临，六人回到沙滩，等零点发放的小面包。

此时，小面包的实际充饥意义已经不大了，它更像一点亮光，让前胸贴后背的人们在黑暗的深渊里，不至于彻底绝望。

5 号孤岛。

暴雨没有一丝停歇的迹象。它们砸在沙滩上，砸在岩石上，砸在树林里，带着摧毁一切的气势。

清一色、大四喜、佛纹、下山虎在树林里找了大半天，没捕到一只猎物。其间有两次，他们似乎看见了猎物的身影，但还没等使用文具树，那身影就在暴雨的掩护之下一闪消失。

临近傍晚，四个人不想再无谓地耗费体力，只得回到山洞休息，让湿透的身体回回温。

这四人又饿又累，祁桦和还乡团组员亦然。他们打定了主意，要跟在四人后面坐享其成，结果四人空手而归，他们也只能一起饿着。

10

监控室里，三十五块投屏，同时播放着五个岛的画面。

卡戎刚洗完澡出来，一边擦着头，一边随意地看着。第二天就要过去了，五座孤岛中，四座都按着鸮的剧本在走，没给出任何惊喜。

2号岛，那个娃娃脸的“蛋糕有毒”的确是Bug，可水是他们致命的软肋，没有工具，只能用棕榈叶片来搞蒸馏法，效率太低。当然，或许明天那个叫作探花的会做得更熟练，提高效率，但在依然干渴难耐的今夜，他们就要面临最大的考验和诱惑了。

3号岛，寒冷，缺食物，每一项都致命，而那个跑得快的和那个用火的依然束手无策。

4号岛，何律去找植物汁液当水在剧本之内，去尝植物叶片在剧本之外，不过尝几下就知难而退了，聪明，但是无趣。

5号岛，不用说了，简直就是这一关卡的标准模板，每一步都走在鸮和他这个守关人希望的路线上，无趣，但不失让人放心的可爱。

唯一超出卡戎预想的，是1号岛。这个第一天被他认为最中规中矩的六人组，现在是彻底狂野了，大口喝淡水，大火烤鸟肉，还能再滋润一点儿吗？以为天堂岛度假呢？

不过没事。卡戎擦干头发，把毛巾往旁边一丢，坐回躺椅，望着1号孤岛的投屏里，吃饱喝足、正在找相对没那么热的苔藓地准备休息的六人，不怀好意地勾起嘴角：“珍惜现在的时光吧，到了零点，你们就得面对人性的黑暗了……”

众闯关者在等着零点。卡戎也在等着零点。

就在这样的双重期盼里，零点如期而至。

5号孤岛——

清一色、大四喜、下山虎、佛纹回到岸边邮箱旁，祁桦和组员也假装刚从别处回来。

睁不开眼的倾盆大雨里，六人打开邮箱，又是空的。

4号孤岛——

饿了两天一夜的六人一起走向邮箱，在距离邮箱还剩一米的时候，白路斜忽然快一步上前，而后转身看向另外五人，启动“孟婆汤”。五人脚下一顿，记忆被文具树抹去，大脑一片空白，神情瞬间茫然。

从越甚至咕哝出声：“我是谁……”

记忆空白的人不知道自己是谁，不知道自己在这里要做什么，对于眼前发生的事也很难马上去思考。这种状态，等同于丧失了一切战斗力和防御。

而“孟婆汤”，会将这一切持续三分钟。

三分钟，足够白路斜优哉游哉地吃掉小面包了。

分享？白路斜的人生信条里可没这个词。不，应该说他就没什么人生信条。

听何律的歪理邪说搞什么“联手”，结果就是饿到现在。他没跟这几个家伙反目，已经很难得了。

吹着口哨，白路斜走到邮箱前，打开邮箱，可爱的小面包就躺在里面。他嘴角微扬，刚抬起手要伸进去，手腕忽然被人抓住。

口哨戛然而止。白路斜皱眉转头，对上何律那张严肃的脸。

3 号孤岛——

速度最快的崔战背负着另外五人的信任，独自跑到邮箱拿小面包。

“我的滑板鞋”简直就是为这冰天雪地而生的，他“咻咻咻”地滑到岸边邮箱，拿了面包，又“咻咻咻”地滑回来，前后没超过十分钟。

但就在这十分钟里，狂风把木屋吹散了。

崔战滑回来，远远就看见周云徽、老虎、强哥、华子和郝斯文坐在坍塌了的木板堆里，仰望风雪，怀疑人生。

2 号孤岛——

草莓甜甜圈众人打开邮箱，里面除了一个小面包，竟然还有一杯果汁。

与此同时，他们收到新提示——

小抄纸：“果汁只允许一个人喝，如果分给其他人，所有喝果汁的人视为闯关失败。”

1 号孤岛——

唐凛六人吃饱喝足，邮箱里的小面包对于他们实在没吸引力。但作为对关卡的尊重，他们还是派了骷髅新娘去看邮箱。

也不能说是派，因为骷髅新娘自知白天没出什么力，所以自告奋勇跑这个腿。

可是骷髅新娘刚起身，还没跑出苔藓地，六人手臂就同时响起一声“叮”。大家一起低头查看。

热风忽然停了，苔藓地陷入一片安静。

小抄纸：“明天过后，1 号孤岛的高温将达到生命存活的临界点，不想死，就按地图所示，去寻找渡海船吧，它会带你去往临近的安全岛屿，度过关卡剩余的时间。友情提示：渡海船只有一艘，只能容纳一人，祝你成功。”

只能容纳一人，祝你成功……

这两句话连在一起，再迟钝的人也明白了其中的用意。何况 1 号孤岛上就没有迟钝的人，只有心心念念着赶紧离开这个鬼地方的闯关者。

逃生的机会只有一个，给谁？除了互相残杀，几乎找不到第二种结局。

骷髅新娘和江户川默默对望，在彼此眼中看见了同样的纠结和煎熬。该怎么办？能怎么办？眼下这种情况，甚至连话都不能随便说，万一说错了哪句，被别人解读出了负面意思……

“我就闹不明白了，”郑落竹大咧咧出声，轻易打破了“小抄纸”带来的微妙寂静，“非逼着我们互相争斗？团结一致不行？不符合鸮的三观？”

“谁给了你鸮团结有爱的错觉，”南歌叹口气，“从进地下城开始，关卡就一直是竞争筛选机制。”

“再筛选下去人就死光了！”郑落竹脸朝下埋进苔藓地里，汲取着高温孤岛仅剩的一点儿微凉湿气，含混不清地咆哮，“鸮到底想要什么样的人啊，不死金刚吗？！”

唐凛抹一把脸上的汗水，顺带着将前额湿透的头发向后拢，露出光洁额头：“恐怕就是这样。”

郑落竹侧过脸来：“啊？”

“第一关，考核文具树运用，是基本；第二关，考核克服恐惧，是心理；而这一关，考核的是生存能力。”唐凛逻辑清晰地道，“如果把闯关看成面试，那么我想，后面的关卡还会考核我们其他东西，而鸮最终想要的，毫无疑问，就是战斗力最强者。”

“然后呢？”郑落竹、南歌异口同声，神情专注得像在划考试重点。

唐凛莞尔：“我只是提供一种思路，未必是正确答案，就算是……”他无奈地摇摇头，“我也想不出鸮培养超级战士到底要干什么。”

“不好意思，我打断一下，”听了半天的骷髅新娘弱弱举手，指指手臂上的“小抄纸”信息，“对于这个……你们没什么想说的吗？”

郑落竹：“有什么可说的，摆明想让我们内讧，你要真纠结了，就是中计了。”

“可是明天过后，这里就待不了了。”江户川豁出去，直奔重点，“船只能带一个人走，我们迟早要面对这个问题。”

唐凛的声音温和下来，带着安抚：“你也说了，明天过后，这表示我们还有一天的时间来想对策。”

江户川：“那就别讨论其他了，赶紧想啊。”

唐凛、南歌、郑落竹一齐转向范佩阳。

安静多时的范总抬眼，淡淡看江户川：“我在想。”

江户川：“……”你们要不要分工这么明确？！

“范总，”骷髅新娘小心翼翼地问，“我们是不是应该先把船找到？”

范佩阳不假思索否定：“夜里太黑，按地图走仍然容易迷路，一旦迷路，既浪费了休息时间，又增加了额外体力损耗，还没找到船，得不偿失。现在先照常休息，明天一早再行动。”

江户川犹豫半晌，还是问了：“找到船之后呢？”

范佩阳:“只有找到了才知道。船型、船速、航行方式、如何认定唯一乘船的闯关者身份，都会影响后续对策。”

夜更深了。温度依然保持在白天的水平，热得人感觉身体都要融化掉，但太阳不在了，少了日光的灼烤和伤害，比白天好受了一点儿，虽然也就一点点。

1 号孤岛的闯关者们入睡了。

投屏前，卡戎神清气爽，随着画面俯瞰的视角欣赏着 1 号孤岛的众生相——

VIP 四人组是真睡着了，睡得深沉，均匀起伏的呼吸，代表他们安稳的内心；两个步步高升的根本睡不着，不时地翻身，即便没有得摩斯窥探恐惧的能力，卡戎也能轻而易举洞悉二人的心绪。

VIP 的心理素质的确好，这是出乎卡戎预料的。但他们以为步步高升的心理素质也一样过硬，就太乐观了。

“趁现在，赶紧去找船吧。”卡戎对着江户川和骷髅新娘两张皱眉假寐的特写投屏自言自语，像是希望能隔着屏幕将蛊惑传进两个闯关者的耳中，“等明天，找到了船，还是只能选一个搭乘者。规则就摆在那里，真以为会有对策？”

江户川和骷髅新娘当然听不见卡戎的声音。可卡戎说的，正是他们辗转反侧的原因。

范佩阳翻来覆去就一个意思，等明天找到了船再说。可他们面临的真正难题就是找到了船之后怎么六选一啊！这个难题像大山一样，压得江户川和骷髅新娘满腹纠结，无心睡眠。

VIP 的伙伴们倒好，一个睡得比一个香，单是听那绵长的呼吸，都能勾勒出一个美梦。

你们是有多心大？！

窸窸窣窣。

旁边传来苔藓被摩擦的声音。

有人起来了？侧身相对而睡的江户川和骷髅新娘在这一刹睁开眼睛，疑惑而警觉的视线撞到一起。是谁？是和他们有一样顾虑的人，终于横下心来决定晚上自己偷偷溜过去了吗？

两人正打算用余光悄悄看，头顶上先笼下一片阴影，仰望，是唐凛居高临下、逆着月光的脸。

江户川和骷髅新娘瞪大眼睛，同时要喊。

唐凛眼疾手快，捂住两人的嘴巴，然后用气声轻轻地说：“嘘。”

不明所以的两个人在唐凛的示意下起身，蹑手蹑脚跟着他回了远处的海边。

海浪声声，月色清明。江户川和骷髅新娘终于可以用正常音量说话了：“唐总，你这是什么意思？”

唐凛微笑：“找你俩夜谈。”

江户川、骷髅新娘：“为什么？”

唐凛几不可闻地叹息：“再不把你俩叫起来，我怕你俩在苔藓地上翻滚一夜。”

江户川、骷髅新娘：“……”

虽然能大概明白唐凛的意思，是听见他俩没睡着，但这“翻滚一夜”是什么魔性用词，关键唐凛还说得巨正经！

“我知道你俩为什么睡不着，”唐凛开门见山，“还是在想只有一个人能登船的事，对吗？”

江户川没想到他这么直接，静默片刻，点头，真诚说了心里话：“范总虽然一直说先找船，之后再决定下一步对策，可船就一艘，‘小抄纸’写明了只能容纳一人，我们迟早还是要六选一。”停顿一下，他重重叹口气，“我知道大家都不愿意面对这个问题，但你不说，我不说，一直用‘先找船’来往后推，不代表这个问题不存在。”

“然后我们 VIP 有四个人，你们步步高升才两个人，”唐凛帮他说完，“到时候真争夺起来，一场血战，你们还胜算不大。”

“是必输，”骷髅新娘对自家实力还是看得很透彻的，“虽然是六选一，但最开始肯定四打二，你们先赢，完后再你们 VIP 内部四选一。”

“还替我们安排得挺明白。”唐凛乐了，“既然都想这么清楚了，为什么不趁我们睡着，先去找船？”

江户川咕哝：“谁说都睡着了，你不是醒着吗？”

唐凛才不上当：“你们俩又不知道。”要是知道，刚才哪儿会被吓成那样。

“好啦，”骷髅新娘也不要面子了，实话实说，“我俩是有危机感，但我俩也不是白眼狼，要没你们，我俩现在估计得渴掉半条命，再饿掉半条命，就剩一口气儿瘫在沙滩，别说找船，连抬手看‘小抄纸’的力气都不一定有。”

“唐凛，”江户川忽然郑重地喊了唐凛的名字，一字一句道，“如果你们 VIP 想要这艘船，或者说，至少让这艘船的搭乘者出自 VIP，不用顾虑我和骷髅，直接说。”

“我想要这艘船——”唐凛毫不犹豫。

江户川和骷髅新娘没想到他这么干脆，同时一怔。

唐凛眼里浮出笑意：“我想要这艘船，带我们六人一起离开。”

江户川和骷髅新娘的脸色同时沉重：“怎么可能？”

“没什么不可能，”唐凛说，“乘船者只能一个人，但没说不能再拖着其他人。”

江户川："拖？"

唐凛："竹子有铁板，可以想办法拴在船后，当冲浪板带着我们。"

骷髅新娘："我们这么多人，一上去就沉了吧？"

江户川："哪怕竹子能把铁板搞成铁盆，载动我们了，他能坚持多久？万一航行到一半，他体力不支，我们就都喂鱼了。"

唐凛："那就不用铁板，我们自己扒在船外面，坚持到目的地。"

江户川："中途坚持不住呢？"

骷髅新娘："有海怪把我们吃了呢？"

唐凛："那就选一个大家都信得过的人，留下一样随身的东西，然后他自己乘船去目的地，我们再用狼影追踪，想办法过去。"

骷髅新娘："……"

江户川："唐总，你的对策像浩瀚星空……"

怎么抛出什么难题都有解啊？！

唐凛弯下眉眼，眸子里带了点儿温柔，又带了点儿别的什么东西，闪闪亮亮的："范总是主力，我只是配合讨论了一下。"

"这些都是范总的对策？"江户川错愕，"那怎么不和我们说？"一问就是先找船，谁听着都像敷衍拖延吧？

"因为这些对策都还只是雏形，"唐凛说，"你看刚刚，我给一个对策，你就能提出新问题……"

"所以？"这也不妨碍范佩阳把初步想到的这些告诉他们啊。

唐凛摇头："一个对策如果不是成熟的、至少有九成把握的，他是不会说的。"

江户川、骷髅新娘："为什么啊？"

唐凛："说出来后，才发现不可行，丢人。"

江户川、骷髅新娘："……"这令人窒息的自尊心！

"哎，不对啊，"骷髅新娘发现了盲点，看向唐凛，"他这不是都和你说了吗？"

唐凛："……"

江户川飞给自家蠢萌队友一个白眼："人家那关系能一样吗？！"

唐凛："……"来个海怪，把这两个花臂拖走吧！

解除了后顾之忧，两个步步高升的伙伴终于能睡个好觉了。

从沙滩往回走的路上，江户川还在嘀嘀咕咕地自我反省："都是让'小抄纸'给我带沟里了，什么就能容纳一人、祝你成功，我就给自己套上规则了，一有规则，思维就被禁蝈了……”

“以后就知道了，”唐凛说，“除了自己和伙伴，什么都别相信。”他的声音在这句话里渐渐冷下来，再没有刚才给他们解释对策的温和。

江户川和骷髅新娘不约而同偏过脸，看他。

唐凛认真看进两个伙伴的眼睛，带着理智的冷静，带着战斗的锋利：“这些关卡，这些守关者，以及替他们服务的‘小抄纸’，都是敌人。”

江户川和骷髅新娘同时心里一震。他们在关卡里待得太久了，久到已经习惯了去按关卡规则去做，习惯了因为通关而高兴，甚至将“小抄纸”视为帮手，却忘记了一个最基本的道理——他们在这里遭受的一切都是无妄之灾，他们本不用这么艰难和危险。

关卡是主谋，守关者、小抄纸都是帮凶！

投屏前，卡戎微微眯起眼睛。这几天他见的多是唐凛温和的一面，还以为他这个 VIP 组长是靠一张脸混到手的。现在他承认，他低估了这个闯关者。

投屏里，两个步步高升的伙伴已随着唐凛躺回了苔藓地。

入睡之前，骷髅新娘和江户川嘀咕的最后一句话是：“不知道下山虎和佛纹现在怎么样了……”

“我就好心帮你看看吧。”卡戎独角戏地接着话，将投屏转向 5 号孤岛。

5 号孤岛。

清一色、大四喜、下山虎、佛纹、祁桦、还乡团组员，又一次面对空荡的邮箱。

六人呆立在邮箱前，暴雨早将每个人从头到脚浇得透透的。

是又一次被人拿走了，还是他们被守关者骗了，其实从头到尾根本就没有小面包，已经不重要了。小面包就像一个海市蜃楼，他们追啊追，一次次希望，又一次次失望，然后发现，哦，那是幻象。

水汽弥漫的视野里，大四喜忽然看见远处碎石堆后面有一道黑影蹿过，像是野兔一类的小动物，他情不自禁地喊出声：“有猎物！”还没等喊完，他拔腿就往碎石堆跑。

剩下五人本来已经被雨水打得蔫头耷脑，一听有吃的，瞬间精神百倍，噌就跟着蹿过去了。

“哪儿呢？”下山虎一边跑，一边问。

“这里！”大四喜追上了，虽然离那跳跃的小黑影还有距离，但视线已经锁定了。

下山虎在饥饿之神的感召下，用这辈子最快的速度冲刺过去，一眼锁定前方目标，启动“如胶似漆”。

没承想，就在文具树起效的前一刻，原本蹲在石头上的黑影又跳了起来，正好离开岩石。

“如胶似漆”要在被锁定对象和某种物品接触的时候才能起效。猎物还不知道自己逃过一劫，仍敏捷地往前跳。

下山虎懊恼，果断放弃“如胶似漆”，改用新获得的三级文具树。文具树启动的一瞬间，他将手臂大力地挥出去，就像钓鱼挥杆那样。一道透明黏稠的胶水线从他手心喷出，以极快的速度划破空气，稳准狠地牢牢粘在那黑影身上。

下山虎握紧拳头，用力拉胶水线。黑影一顿，在夜色下踉跄着向后滚。

大四喜：“你的新文具树太帅了！”

后面追着的清一色也看见了，问和他并肩跑的佛纹：“那是什么啊，‘如胶似漆Ⅲ’？”

佛文：“‘胶水侠’。”

清一色：“……”

牵制住猎物的下山虎加大力量，准备尽快将猎物拖到面前，不料那黑影忽然猛地跳起，然后发了疯一样向前狂奔。下山虎一个没扛住，也被拉扯着向前跑，就跟遛了一条牵不动的大狗似的，被拽着速度越来越快，简直要起飞。

“下山虎，松手！”佛纹在后面喊。猎物没了可以再追，自家伙伴受伤就麻烦了。

“不行！”下山虎都饿红眼了，哪儿能放过，“我一定要把它抓到！”

倾盆暴雨下，众人不知不觉就追进了山。其间佛纹和清一色也用了文具树，可“禅心”对猎物根本没用，那黑影该逃还是继续逃，全然没有慷慨赴死的意思；清一色的“荆棘丛生”更是连锁定目标都难，每次荆棘刚冒个头，还没等真正长出来，猎物早跳到下一个地点了。

至于佛纹和清一色的三级文具树，前者是“战意”，可以增强战斗意志，对于猎物显然不合适，顶多给牵着猎物的下山虎用一用；后者是“流沙河”，可以让地面出现小的流沙坑，使目标陷入其中，难以脱离，理论上应该是好用的，无奈清一色对新文具树的操控还不娴熟，沙坑面积一直维持在一只脚左右的大小，猎物每次跳入，拿前爪一勾沙坑边沿又蹿出来了。

山路崎岖，猎物又狡猾，带着下山虎专挑难路走。下山虎这辈子最大的毅力都用在这里了，就是不松手，等到黑影体力不支，终于瘫倒在地、动弹不得，都已经快到山顶了。

下山虎和大四喜呼哧带喘地上前查看。借着乌云后面的一丁点儿光亮，他们终于看清，是一种没见过的小动物，像野兔，但耳朵很短，嘴也不一样，不过看着肥滚滚的，肉多。

“他们呢？”抓到猎物了，下山虎才发现背后早没了人影，只有一片雨幕。

大四喜调整着呼吸：“你跑太快了，估计他们没跟上。”

祁桦、还乡团组员没跟上，下山虎举手欢迎，但清一色和佛纹没跟上就麻烦了。

他用“胶水侠”把猎物捆好，拎起来，茫然地问：“现在怎么办？”

大四喜想了想，道：“回沙滩，山里地形太复杂，找人更危险，他们看不到我们，也会回沙滩会合的。”

“行。”下山虎用力眨眼，以免雨水进到眼睛里，同时转身，准备往山下走。

手里的猎物忽然被抢了过去，下山虎一愣，抬头看大四喜：“干吗？”

大四喜拎着猎物，毫无预警地伸手朝他胸前一推。下山虎毫无防备，向后跌落，沿着山的陡坡一路往下滚，最终滚进山下方的一片黑暗中。

拎着猎物的大四喜慢慢变回祁桦的脸。

监控室里，卡戎兴奋地抽了一口雪茄，细细品味后，无比享受地吐出白雾。

“就该这样。”他赞许地看着投屏上祁桦的特写，“够狠，够狡猾，有前途。”

另一块投屏上，跟丢了的清一色、佛纹已经由跑改走，一边走，一边四下呼喊伙伴的名字：“下山虎——大四喜——”

喊着喊着，两人忽然听见什么东西滚下山的声音。他们互相看一眼，立刻往声音传来的方向奔，直到被一道沟拦住去路。那是半山腰的一个深沟，狭窄幽暗，低头往里看，除了不断落进去的大雨，什么都看不清。但是如果有人从山上滚下来，很可能就落进这里。

两人对视一眼，立刻朝沟里喊：“下山虎——大四喜——”

“佛……纹……”

“清……一……色……”

底下隐隐约约传来回应，而且是两个人的声音！

还没等佛纹和清一色想出办法，一条胶水线先从沟底甩了上来。佛纹眼疾手快，一把抓住。清一色赶紧帮忙。两人合力，将下山虎拉了上来。下山虎脸上有些擦伤，血迹都被雨水冲刷掉了，伤口发白。

“没事吧？”佛纹上下查看。

“没事，”下山虎说着转身，重新向下面甩出胶水线，“大四喜和蛇还在下面。”

清一色、佛纹：“……”大四喜和什么？

很快，大四喜也被营救上来，身上挂着一条死掉的蟒蛇。

“什么情况？”清一色、佛纹异口同声地问。

下山虎：“他先摔下来的，我后下来的，底下都是软泥和草丛，一摔下来我就看他在和蟒蛇搏斗……”

大四喜：“然后下山虎就帮忙，我俩一起拿下口粮！”

清一色、佛纹：“我们问的是你俩为什么会滚下来！”

满心满眼都是口粮的大四喜、下山虎：“……”

就近找了一块山体突出的地方，四人躲到岩石底下避雨，彼此将信息一集合，终于弄清了祁桦的整个作案过程。

首先，跑在大四喜身后的还乡团组员故意先跑了岔路，让视野不清的清一色和佛纹想当然地认为他在追大四喜和下山虎，于是也跟着去了岔路，等发现想回头，自家队友早没影了。然后就是祁桦的表演时间，趁下山虎全部注意力都被猎物牵制的时候，他借着雨声的掩盖，先推了大四喜下山，最后伪装成大四喜，轻而易举拿到了猎物。

不过下山虎全程被猎物牵着的速度很快，祁桦能在推完大四喜之后再追上下山虎，不排除使用了增加速度的一次性文具。

“下次再见到，我绝对也要让他尝尝滚下山的滋味。”清一色咬牙切齿。

佛纹原本只是不信任祁桦，现在下山虎被坑，他彻底和清一色站到同一阵营了：“算我一个。”

下山虎没识破伪装，又愤怒又憋气，还有劫后余生的惊魂未定。

只大四喜心态良好地将蟒蛇收拾成一段段去了皮的蛇肉，然后问另外三个朋友：“有火吗？”

清一色、佛纹、下山虎：“……”

大四喜：“……没有？！”

“心态崩了”会迟到，但不会缺席。

这一夜，因为所有草木都被雨水淋湿，无法钻木取火或者击打石块引燃干草取火的5号孤岛四人组生啃了蛇肉，并无限想念拥有“星星之火”和“酒精灯”的周云徽。

此时，他们并不知道，那个被他们羡慕的男人，已经拥有了更厉害的“火焰喷射枪”。

当然，他们更不知道……

3号孤岛。

天寒地冻，鹅毛大雪，刚燃了几分钟的火堆再次被吹散。

凛冽寒风中，周云徽、崔战、老虎、强哥、华子、郝斯文肩并肩躺在雪地里，身下是一层来自倒塌木屋的破木板，身上再盖着又一层破木板。他们仰望漫天飞雪，靠钢铁般的意志力，幻想自己正在马尔代夫晒太阳。

（第二部正文完）

2

子夜十

TEN LEVELS IN THE TRIAL AREA

作者
颜凉雨

封面绘图
LetterS

封面设计
杨小娟

内文版式
周沫

图片总监
杨小娟

责任编辑
徐慧

出版社
中国致公出版社

总出品
湖北知音动漫有限公司

制作出品
知音动漫图书•漫客小说绘

官方微博
https://weibo.com/xiaoshuohui

平台支持

图书在版编目（CIP）数据

子夜十. 2 / 颜凉雨著. -- 北京 : 中国致公出版社,

2022

ISBN 978-7-5145-1769-9

Ⅰ. ①子… Ⅱ. ①颜… Ⅲ. ①长篇小说－中国－当代

Ⅳ. ①I247.5

中国版本图书馆CIP数据核字(2021)第025261号

子夜十 .2 / 颜凉雨 著

ZIYE SHI

出　版	中国致公出版社 （北京市朝阳区八里庄西里 100 号住邦 2000 大厦 1 号楼西区 21 层）
出　品	湖北知音动漫有限公司 （武汉市东湖路 179 号）
发　行	中国致公出版社（010-66121708）
作品企划	知音动漫图书 • 漫客小说绘
责任编辑	徐 慧
责任校对	吕冬钰
装帧设计	杨小娟 周 沫
责任印制	翟锡麟
印　刷	武汉市新华印刷有限责任公司
版　次	2022 年 3 月第 1 版
印　次	2022 年 3 月第 1 次印刷
开　本	787mm×1092mm 1/16
印　张	20.5
字　数	380 千字
书　号	ISBN 978-7-5145-1769-9
定　价	49.80 元